GULLIVER

1008

Katarina von Bredow

Verliebt um drei Ecken

Roman

Aus dem Schwedischen
von Maike Dörries

EIN **GULLIVER** VON **BELTZ & GELBERG**

Für Andréa, mit einem Dank für die Durchsicht,
für »Romeo und George« und für das,
was du über das »manuelle Atmen« gesagt hast!

MIX
Papier aus verantwortungsvollen Quellen
FSC® C008492

www.gulliver-welten.de
Gulliver 1008

Die schwedische Originalausgabe erschien u.d.T.
Hur kär får man bli? bei Rabén & Sjögren, Stockholm

Aus dem Schwedischen von Maike Dörries
Lektorat: Susanne Härtel
Neue Rechtschreibung
Markenkonzept: Groothuis, Lohfert, Consorten, Hamburg
Einbandgestaltung: Cornelia Niere, München unter Verwendung eines
Motivs von plainpicture/Readymade-Images/Denise Boomkens
Gesamtherstellung: Beltz Druckpartner GmbH & Co. KG, Hemsbach
Printed in Germany
ISBN 978-3-407-74008-3
4 5 6 7   15 14 13 12

Manche Dinge sind ganz selbstverständlich.
So selbstverständlich,
dass man gar nicht über sie nachdenkt.
Nicht, bevor man dazu gezwungen wird.
So wie bei Adam und Frida.

IN DER NACHT, bevor ich in die Neunte kam, konnte ich nicht schlafen. Keine Ahnung, wieso.

Es war schließlich nicht das Gleiche, wie in die Siebte zu kommen. Oder aufs Gymnasium. Ein weiteres Jahr Grundschule, mehr nicht. Das letzte Jahr, das schon, aber definitiv kein Grund, wach zu liegen. Trotzdem wälzte ich mich im Bett hin und her, bis das Laken unter mir eine einzige verdrehte Wurst war.

Um drei Uhr stand ich auf, um mir ein Brot zu machen und ein Glas Milch zu trinken. Tarzan blickte verwundert von seinem Schlafteppich zu mir hoch, als ich an ihm vorbeiging, aber er machte keine Anstalten, mir in die Küche zu folgen. Offenbar gab es nachts eine Zeit, in der selbst er es unpassend fand, aufzustehen. Viktor hatte einen seiner Comics auf dem Küchentisch liegen lassen. Ich blätterte darin herum, während ich mein Brot aß.

Die Straße war wie ausgestorben, es war vollkommen still draußen. In dem Mietshaus gegenüber leuchteten zwei Fenster. Vor das eine waren grün gemusterte Vorhänge gezogen. Ich stellte mir vor, dass sich dahinter eine heiße Liebesaffäre abspielte – ein Mann und eine Frau in einem großen französischen Bett mit hohen Kopf- und Fußteilen und Goldknöpfen. Das andere Fenster war weit geöffnet. Dort saß ein dunkelhaariger, hagerer Mann mit bleichem Gesicht und rauchte. Er hatte den Aschenbecher auf das Fensterbrett gestellt. In kurzen Abständen strich er die Asche mit einer fahrigen Bewegung am Rand des Aschenbechers ab. Kaum hatte er die eine Zigarette zu Ende geraucht, zündete er sich auch schon die nächste an. Er hatte was Zielstrebiges. Als hätte er sich vorgenommen, sich heute Nacht zu Tode zu rauchen. Vielleicht war es ja die Frau seiner Träume, die schräg über ihm hinter dem grünen Vorhang mit einem anderen Mann schlief.

Viktors Zimmertür ging auf. Er tapste ins Bad und machte Licht. Ein heller Streifen fiel über den Boden im Flur, wurde schmaler und verschwand ganz, als Viktor die Tür hinter sich schloss. Eine Weile war es ganz still, dann hörte man es spülen. Viktor kam wieder in den Flur. Er schien zu zögern. Dann tauchte sein Kopf in der Küchentür auf. Sein Haar war vom Schlafen zerzaust.

»Hallo«, sagte er. »Krieg ich auch ein Brot?«

»Ich hab kein Brot gekriegt«, sagte ich mit einem Nicken zum Kühlschrank hin. »Ich hab mir eins gemacht.«

Viktor ging zum Kühlschrank. Die ausgewaschene Schlafanzughose mit den blauen Raumschiffen hing locker über den Hüften. Seine Schultern waren im Laufe des Sommers kantiger geworden, sein Hals sah dünn und zerbrechlich aus, als er ihn auf der Suche nach einem leckeren Brotbelag vorstreckte. Er entdeckte ein Päckchen in Plastik eingeschweißte Salami. Während er sich ein Brot schmierte, wanderte mein Blick zurück zu dem Mann auf der anderen Straßenseite. Er hatte gerade eine Zigarette zu Ende geraucht und fingerte schon wieder an der rot-weißen Zigarettenschachtel. Prince, wahrscheinlich. Oder Marlboro. Der dürfte einen ganz schön fiesen Mundgeruch haben. Und bestimmt nikotingelbe Zähne. Kein Wunder, dass die Frau den anderen Mann vorzog.

Als Viktor sich zu mir an den Tisch setzte, drehte der rauchende Mann den Kopf zur Seite und sah mich direkt an. Ich wandte hastig das Gesicht ab und blickte Viktor an.

»Wieso schläfst du nicht?«
Er zuckte mit den Schultern und biss in sein Salamibrot. Ich bekam Appetit auf mehr, war aber zu faul, mir noch eine Stulle zu schmieren. Außerdem machten solche nächtlichen Fressattacken bestimmt fett.
»Wie war es eigentlich in der Sechsten?«, fragte er nach einer Weile.
Ich lächelte. »Gut. Da gehört man endlich zu den Großen und kann die aus der Vierten und Fünften nach Herzenslust ärgern.«
Viktor sah mich vorwurfsvoll an. Ich glaube, er hatte noch nie in seinem Leben jemanden geärgert. Ich auch nicht, wenn ich ehrlich war. Jedenfalls nicht sehr oft.
»Bist du aufgeregt?«, fragte ich.
»Nö. Ich frag nur so. Wir kriegen eine neue Klassenlehrerin. Eva hat aufgehört.«
»Schade«, sagte ich. »Du mochtest sie, oder?«
Viktor nickte. Dann beugte er sich über den Tisch und schaute zu dem schmalen Streifen Himmel hoch, der zwischen den Häuserreihen zu sehen war.
»Weißt du, dass es da draußen Löcher gibt? Wenn man durch die durchkriecht, landet man an einer ganz anderen Stelle im Universum!«
»Wo hast du das denn her?«, fragte ich.
»Aus einem Buch, das ich in der Bibliothek geliehen habe.«
»Sciencefiction oder ein Fantasy-Buch?«
Viktor sah mich gekränkt an. »Nein. Ein wissenschaftliches Buch über das Weltall!«
Er stand auf und verschwand in seinem Zimmer, um gleich darauf mit einem dicken Buch unterm Arm zurück in die

Küche zu kommen. Zwischen den Seiten steckten weiße Papierstreifen. Viktor schlug das Buch ungefähr in der Mitte auf und las mir etwas daraus vor. Ich verstand kein Wort, wahrscheinlich, weil ich nicht sehr aufmerksam zuhörte. Als er fertig war, sah er mich mit leuchtenden Augen an.

»Ist das nicht unglaublich?«, sagte er enthusiastisch.

Ich zuckte beschämt mit den Schultern. »Du, das ist nicht so mein Ding …«

Viktor klappte das Buch zu und beugte sich wieder über den Tisch, um einen weiteren Blick auf das kleine Stück Himmel zu werfen, als hoffte er, schräg über dem ICA Maxi ein Loch zu entdecken, wenn er nur genau hinguckte.

Eines Tages, dachte ich, werde ich ihm ein richtig tolles Teleskop kaufen. Eines Tages, wenn ich Geld habe.

Ein gutes Teleskop kostete ein paar tausend Kronen. Dabei nützte einem in der Stadt, wo man mit den vielen Lichtern sowieso keine Sterne sah, wahrscheinlich auch das beste Teleskop nichts. Aber ich liebte es, Viktor beim Geschenkeauspacken zuzusehen. Wer einmal erlebt hat, wie Viktor etwas sehnlich Gewünschtes auspackt, will es immer und immer wieder sehen. Wenn wir reich wären, dann wäre Viktor garantiert ein grauenvoll verwöhntes Blag, das alles kriegt, was es haben will. Aber wir waren ja nicht reich.

Zum achten Geburtstag hatte Viktor ein Computerspiel von mir bekommen. *Age of Empires II.* Das hatte er sich mehr als alles andere gewünscht, aber Kasper und Marie fanden es zu teuer, und Viktor sei zu jung für ein derart kompliziertes Strategiespiel, das es zu alledem nur auf Englisch gab.

Das Spiel kostete mehr als mein monatliches Taschengeld.

Ich verbrachte mindestens eine halbe Stunde in dem Laden, unentschlossen, ob ich es nun nehmen sollte oder nicht. Dann stellte ich mir Viktors Gesicht vor, wenn er das Geschenk auspacken würde, und mir wurde ganz warm. Ich nahm das Spiel, trug es feierlich zur Kasse und zählte mein Taschengeld und einen Teil meiner Ersparnisse auf den Tisch. Die Kassiererin raffte die Scheine gänzlich unfeierlich zusammen, und als ich sie bat, mir das Spiel als Geschenk einzupacken, tat sie es genervt und lieblos. Ich musste mir echt die Tränen verkneifen, als ich das Paket entgegennahm und den Laden verließ. Ich steuerte schnurstracks den Buchladen an und kaufte einen teuren Bogen Harry-Potter-Geschenkpapier und dazu schwarz-goldenes Geschenkband. Danach ging ich auf direktem Weg nach Hause, riss das alte Papier ab und wickelte das Spiel noch einmal ein.

Ich hatte das Geschenk in meinem Zimmer liegen lassen, als wir Viktor an seinem Geburtstag mit einem Ständchen weckten. Ich beobachtete ihn, wie er die Geschenke von Kasper und Marie auspackte: zwei Bücher, ein blaues Sweatshirt und ein billigeres Computerspiel, das Marie wohl als Trostpflaster gekauft hatte, und ich ließ ihn in dem Glauben, dass das alle Geschenke wären. Er bedankte sich ganz brav für alles, blätterte in einem der Bücher und versuchte, seine Enttäuschung zu verbergen. Ich wartete, bis er das erste Marmeladenbrot von seinem Geburtstagstablett gegessen hatte, ehe ich endlich aufstand und mein Geschenk holte. Das gelb-schwarze Band schimmerte im Licht der Nachttischlampe, als ich es Viktor überreichte.

»Herzlichen Glückwunsch«, sagte ich.

Viktor warf einen freudig überraschten Blick auf das Paket,

ehe er mich anblickte, und wahrscheinlich sah er es meinen Augen an, oder weil meine Wangen vor Aufregung ganz rot waren. Jedenfalls wusste er es. Oder er hoffte es zumindest. Er fummelte den Knoten auf, legte die Bänder ordentlich neben sich auf das Bett und pulte ganz vorsichtig die Tesastreifen ab. Er ging sehr behutsam vor, wobei er mich zwischendurch immer wieder ansah, als hätte er doch ein wenig Angst, enttäuscht zu werden. Aber als er schließlich das Papier auffaltete und die Schachtel mit den drei Königen in den Händen hielt, befanden wir beide uns plötzlich in einem stillen, aus der Zeit gehobenen Raum.

Als Viktor den Blick hob, durchrieselte es mich warm, und es dauerte eine Weile, ehe ich Kaspers und Maries verdutzte Gesichter registrierte. Ich wurde knallrot, als hätten sie mich bei einer Schandtat ertappt.

Daran musste ich denken, als Viktor und ich in der Küche saßen, in der Nacht, bevor ich in die Neunte kam, in der ich mir wünschte, ihm zum zwölften Geburtstag ein Teleskop schenken zu können. Ein richtiges.

Im Haus gegenüber zündete der einsame Mann sich noch eine Zigarette an. Hinter dem grünen Vorhang war das Licht verloschen.

Die letzte Nacht der Sommerferien. Ich sah auf die Uhr. Zwanzig vor vier. Jetzt dürften Frida und ihre Eltern auch zu Hause angekommen sein. Sie kamen nie früher als unbedingt nötig aus dem Urlaub zurück. Ich hätte sie am liebsten angerufen, beherrschte mich aber. Ich wollte lieber versuchen, noch ein bisschen zu schlafen, damit der Morgen schneller käme.

MARIE HATTE SICH Anfang des Sommers ein dünnes, türkisfarbenes Viskosetop gekauft, es aber so gut wie nie angehabt. Das sähe zu meiner Jeans bestimmt genial aus. Als sie unter der Dusche stand, schlich ich ins Schlafzimmer und mopste es aus ihrer Schublade. Beim Anprobieren vor dem Spiegel in meinem Zimmer stellte ich zufrieden fest, dass es genauso genial aussah, wie ich es mir vorgestellt hatte.

Kasper und Viktor saßen schon am Frühstückstisch. Das dicke Buch über den Weltraum lag aufgeklappt neben Viktors Teller und Kasper schmierte summend Leberpastete auf eine Scheibe Graubrot.

»Ja, ja«, sagte er fröhlich, als ich mich auf meinen Platz setzte. »Da fängt für unser Fräulein also heute das letzte Jahr in der Grundschule an! Was ist das für ein Gefühl?«

»Kein besonderes«, log ich.

Marie kam in die Küche gerauscht. Sie hatte nur einen Rock und einen weißen BH an.

»Ich kann mein Top nicht finden …«

Sie verstummte und sah mich an. »Katrin … also, du darfst es wirklich jederzeit ausleihen, aber heute wollte ich es mal anziehen.«

Ich hatte nicht damit gerechnet, dass sie merken würde, dass das Top nicht an seinem Platz lag, und noch weniger, dass sie etwas sagen würde. Das war nicht ihre Art. Sie kniff sonst immer alle Augen zu, sobald es auch nur ansatzweise nach Konflikt roch.

»Das passt doch überhaupt nicht zu einem Knochengestell

wie dir!«, sagte ich gereizt. »Nimm doch das rote, das du sonst immer anhast.«
»Worum geht es eigentlich?«, fragte Kasper verwirrt.
Marie legte eine Hand auf meine Schulter, was mich zusammenzucken ließ. Was glaubte sie eigentlich, wer sie war?
»Katrin … ich habe heute ein Geschäftsessen. Das ist wichtig für mich. Kannst du es dir nicht an einem anderen Tag ausleihen? Ich schenke es dir sogar, wenn du es mir heute lässt.«
»Wenn du zu egoistisch bist, es auszuleihen, dann steck es dir sonst wohin.«
Ich zog das Top mit einem Ruck über den Kopf und schleuderte es in ihre Richtung, aber sie reagierte zu langsam und es landete auf dem Boden.
Viktor hob seinen Blick aus dem Weltraumbuch. »Macht ihr einen Striptease-Wettbewerb?«
Männer raffen aber auch gar nichts, wenn man ihnen nicht alles dreimal erklärt, egal ob sie elf oder dreiundvierzig sind.
Kasper musterte mich. »Was, um Himmels willen, ist denn mit euch los?«
»Nichts«, sagte ich, stand auf und rannte in mein Zimmer, um das blau-weiß gestreifte Top zu holen, das ich im Frühjahr mit Frida zusammen gekauft hatte. Das passte auch gut zu meiner Jeans. Aber ich wäre halt gern mit was Neuem zur Schule gegangen.
Erstaunlicherweise war ich gar nicht müde, obwohl ich nur so kurz geschlafen hatte. Ich stellte mich vor den Spiegel und bürstete mir noch einmal die Haare. Zwischendurch überkam es mich immer wieder, sie einfach abzuschneiden.

Schon ein paar Jahre trug ich die Haare nun lang, und wenn sie frisch gebürstet und glänzend über meine Schultern fielen, befürchtete ich, dass ich so einen Entschluss bereuen würde. Meine Nase war ein bisschen zu groß und die Lippen waren zu dick, aber die Haare waren auf alle Fälle in Ordnung. Man konnte nie wissen, wie es aussehen würde, wenn ich sie kurz schneiden ließ. Frida stand jede Frisur. Aber ich war nicht Frida.

Marie hatte sich an das andere Tischende gesetzt, ohne noch etwas zu sagen. Viktor hatte seine Haferflocken aufgegessen und las in seinem Buch, als ob die Schule warten könnte, bis alle Löcher des Weltraums erforscht waren. Kasper teilte mit, dass er vormittags einen Fototermin im Freien hätte, was Marie mit einem wortlosen Nicken quittierte, während sie in ihrer Tasse rührte. Ich musste zugeben, dass ich Unrecht gehabt hatte. Sie sah klasse aus in dem türkisfarbenen Top. Die dünnen Träger passten gut zu ihren schmalen Schultern, dem langen Hals und den locker hochgesteckten Haaren.

Es war fünf nach acht. Ich schmierte mir eilig ein Brot, das ich auf dem Weg zur Schule aß.

Wie immer am ersten Tag nach den Sommerferien gab es eine Begrüßungsversammlung in der Aula. Die Mädchen, die in der Siebten anfingen, waren geschminkt und aufgetakelt. Hautenge Shirts über kleinen Brüsten, frisch gewaschene Haare und gestylte Young-Miss-Frisuren. Immer wieder lugte ein braun gebrannter Bauch zwischen Shirt und Hosenbund hervor. Der eine oder andere gepiercte Nabel. Nächstes Jahr würde Viktor auch bei dem Aufruf der Siebtklässler dabei sein. Mein großer kleiner Bruder. Aber

dann würde ich nicht mehr da sein. Der Gedanke bereitete mir Magendrücken, also schob ich ihn eilig beiseite.
Ich entdeckte Frida und die anderen an der gegenüberliegenden Saalseite. Rakel hatte sich die Haare blond gefärbt und kurz und struppig schneiden lassen. Das stand ihr nicht besonders gut. Ihr Gesicht wurde dadurch kantig, fast ein bisschen derb. Wahrscheinlich wollte sie aussehen wie Frida im Frühjahr. Neben ihr stand Ellen, einen samtroten Punkt auf der Stirn und das pechschwarze Haar in zwei lange Zöpfe geflochten. Ellen war aus Indien adoptiert. Milchschokoladenhaut und glänzend schwarze Augen. Das absolute Gegenteil von Frida.
Ziemlich peinlich für Rakel, dass Frida sich in den Sommerferien offensichtlich entschieden hatte, ihr Haar wieder länger wachsen zu lassen. Sie sah richtig süß aus mit dem lila Plastikhaarreif in den blonden Locken und dem romantisch lila Baumwollkleid. Frida konnte anziehen, was sie wollte. Sie lachte und winkte mir zu, als sie mich entdeckte.
Wenn ich ein Junge wäre, wäre ich in Frida verliebt, so viel ist sicher. Sie versprühte ihren Charme gleich literweise. Als sie mich umarmte, sog ich den vertrauten Duft von Apfelshampoo und Pleasure ein. Zwei lange Monate war es her, dass sie in die Provence abgedüst war. Ihre Eltern hatten dort ein Ferienhaus. Zwei Monate ohne ein einziges Telefongespräch. Wir hatten uns ab und zu geschrieben, aber da Frida Briefeschreiben lästig fand, kamen nicht besonders viele und schon gar keine langen. Aber wie ich gehört hatte, hatte Ellen nur eine Postkarte und Rakel gar keine Post bekommen. Das ist nicht böse gemeint. An Ellen und Rakel ist überhaupt nichts auszusetzen. Aber es tut

gut, zu wissen, dass Frida und ich das eigentliche Team sind. Was Besonderes.

»Wie geht's?«, fragte Frida.

»Gut«, sagte ich. »Aber meinetwegen hätten die Ferien ruhig noch ein Woche länger sein können.«

Ich meinte, was ich sagte, und auch wieder nicht. Eine Woche länger Ferien hätte eine weitere Woche ohne Frida bedeutet. Aber eine freie Woche mit Frida zusammen, das wär's gewesen. Das wollte ich eigentlich damit sagen. Sie würde es schon richtig verstehen.

Der Direktor stieg auf die Bühne und hieß uns mit dem üblichen Blabla von Kameradschaft und Lernerfolgen zum neuen Schuljahr willkommen. Er war jetzt bald dreißig Jahre lang Rektor an unserer Schule und schien zu glauben, er leite eine altmodische englische Internatsschule. Ich glaube, ihm war nicht klar, dass es auch noch ein Leben außerhalb der Schulmauern gab, dass wir nachmittags nach Hause gingen und ganz unterschiedliche Leben mit ganz anderen Menschen lebten. Zwischendurch glaubte ich fast, dass er auch in der Schule wohnte. Dass er abends ein Klappbett aus seinem braunen Schrank nahm und sich neben dem Schreibtisch einen Schlafplatz herrichtete. Ich kann mich nicht erinnern, ihn jemals außerhalb des Schulgeländes gesehen zu haben.

Die neue stellvertretende Direktorin, eine junge rothaarige Frau, die wahrscheinlich noch nicht mal geboren war, als der Direktor an unserer Schule Direktor wurde, las vor, in welche Klassenräume die Achten und Neunten gehen sollten. Dann forderte sie die Siebtklässler auf, in der Aula zu bleiben, damit sie auf die unterschiedlichen Klassen verteilt werden konnten.

Wir folgten dem Strom nach draußen und überquerten den asphaltierten Schulhof auf dem Weg zum Hauptgebäude. Frida trödelte und blieb in der Sonne stehen.

»Du hast Recht«, sagte sie. »Eine Woche länger hätte nichts geschadet.«

Ich fragte mich, ob sie das genauso meinte wie ich oder ob sie damit sagen wollte, sie wäre gern eine Woche länger in Frankreich geblieben. Ich wurde in meinen Gedanken unterbrochen, als Frida mir ein kleines Päckchen unter die Nase hielt.

»Bitte schön«, sagte sie, »für dich.«

In dem dunkelblauen Papier war eine rote Schachtel. Und in der Schachtel lag etwas, das auf den ersten Blick wie ein Eiszapfen an einer Silberkette aussah.

»Das ist ein Bergkristall«, erklärte Frida. »Den hab ich in Frankreich gekauft. Einen für dich und einen für mich.«

Mein Blick wanderte zu ihrem Hals, aber da hing die Silberschlange, die sie letzten Sommer aus Griechenland mitgebracht hatte. Sie legte die Hand darauf.

»Ich hab sie heute natürlich noch nicht umgemacht«, sagte sie lächelnd. »Sonst wär's ja keine Überraschung gewesen.«

Ich nahm den Kristall aus der Schachtel und hielt ihn gegen das Licht.

»Schön«, sagte ich. »Total schön … danke.«

»Der soll Heilkräfte haben«, sagte Frida. »Und als Pendel kann man ihn auch benutzen, zum Beantworten von Fragen.«

»Glaubst du an so was?«

Sie zuckte mit den Schultern. »Weiß nicht. Aber schön sieht er jedenfalls aus.«

Frida nahm mir die Kette aus der Hand und legte sie mir um den Hals. Der Kristall blitzte kurz in der Sonne auf, ehe ich ihn kühl auf meiner Haut spürte.
»Morgen tu ich meinen auch um«, sagte Frida. »Dann gehen wir im Partnerlook. Wie beste Freundinnen in der ersten Klasse.«
Ich lachte. Ein bisschen verhalten, weil ich nicht wollte, dass sie mitbekam, wie kindisch glücklich ich über das Geschenk war. Wie Viktor, als er *Age of Empires* bekommen hatte.
Der Schulhof hatte sich in der Zwischenzeit fast geleert. Wir beeilten uns, noch rechtzeitig in den ersten Stock zu kommen. Die anderen waren schon alle in der Klasse, als wir den Korridor entlangrannten, aber Affe hatte uns gesehen und wartete mit dem Schließen der Tür. Wir hatten eindeutig den nettesten Klassenlehrer der Schule. Er konnte zwar ziemlich streng und rigoros sein, aber wenigstens war er nicht ungerecht. Solange wir nett zu ihm waren, war er auch nett zu uns.
Der Raum war in Sonnenlicht gebadet, die Fenster waren weit aufgerissen.
»Wo wart ihr denn?«, flüsterte Ellen, als wir uns auf die Plätze hinter ihr und Rakel setzten.
»Wir sind in den Abstellraum entwischt und haben uns verlobt!«, flüsterte Frida zurück. Ellen und Rakel kicherten.
Ich strich mit den Fingerspitzen über den Kristall. Da klopfte es an der Tür.
Affe hatte gerade Luft geholt, um etwas zu sagen. Er stieß die Luft wieder aus und öffnete die Tür.
»Ist das hier die 9D?«, fragte derjenige, der geklopft hatte.

Die Stimme klang wie die eines erwachsenen Mannes. Hoffentlich kein junger Vertretungslehrer, der Affe ablösen sollte, weil Affe aufhören wollte oder so.

»Ja, so ist es«, antwortete Affe. »Dann bist du Adam, nehme ich an?«

»Ja. Ich hab die Klasse leider nicht auf Anhieb gefunden.«

»Macht nichts. Komm rein. Und erst einmal herzlich willkommen!«

Affe trat einen Schritt zur Seite und machte einem ziemlich großen Jungen in ausgeblichenen Jeans und einem unglaublich ausgewaschenen T-Shirt Platz. Das Haar war im Nacken kurz, oben etwas länger, und es stand wild ab, als hätte er gerade einen Wirbelsturm überlebt.

Affe wandte sich an die Klasse: »Darf ich vorstellen, Adam Axelsson. Er geht ab heute in eure Klasse. Seid so nett und helft ihm, sich in den Nischen und Winkeln unserer Schule zurechtzufinden.«

»Ich wüsste schon, in welche Nische ich ihn gern ziehen würde …«, flüsterte Frida mir ins Ohr.

Das hatte Ellen vor uns offenbar gehört, denn sie prustete laut los. Frida wurde rot und lächelte Affe, der uns einen fragenden Blick zuwarf, besänftigend an.

»Wir werden schon dafür sorgen, dass er sich nicht verläuft«, sagte sie.

Adam schaute zu uns rüber und für den Bruchteil einer Sekunde sah er mir direkt in die Augen. Sein Blick sauste mit Überschallgeschwindigkeit durch meine Pupillen und die Hirnwindungen, ehe er weiterwanderte. Verwirrt sah ich Frida an, aber Frida hatte nur Augen für Adam. Sein Blick war jetzt bei ihr. Für ein paar Sekunden nur bei ihr.

»Setz dich«, sagte Affe mit einer Hand auf Adams Schulter. »Bist du neu hierher gezogen?«
Adam nickte. »Noch nicht ganz«, sagte er, als er zwischen den Bankreihen auf den freien Platz hinter Andreas zusteuerte. »Der Umzugswagen kommt erst morgen.«
Die Stimme eines Erwachsenen in dem schlaksigen Körper eines Jugendlichen. Auf alle Fälle sah er älter aus als die anderen Jungs aus der Klasse. Wäre ich ihm irgendwo in der Stadt begegnet, hätte ich vermutet, dass er aufs Gymnasium geht.
Affe räusperte sich und wir wendeten widerstrebend unsere Blicke von dem Neuen zum Pult.
»Willkommen, alle zusammen«, sagte Affe. »Schön, euch wieder zu sehen. Braun gebrannt und ein bisschen erwachsener seht ihr aus, finde ich. Ich hoffe, ihr hattet einen tollen Sommer. Ich habe mir gedacht, dass wir den Unterricht mit einer Diskussion über das Großereignis dieses Jahres einleiten … das Projekt!«
Er machte eine Pause und erklärte Adam, was es damit auf sich hatte: »In dieser Klasse gibt es eine kleine Spezialität. Wir suchen uns in jedem Schuljahr ein größeres Projekt, das wir gemeinsam erarbeiten und schließlich in der Weihnachtszeit in der einen oder anderen Form präsentieren. In der Siebten haben wir einen Film gedreht, in der Achten eine Novellensammlung geschrieben und in diesem Jahr …«
Affe wandte sich wieder an den Rest der Klasse. »Habt ihr irgendwelche Vorschläge?«
Wir wussten, dass die Frage rein rhetorisch war. Er hatte mit Sicherheit längst entschieden, worum es bei dem Herbstprojekt gehen sollte. Aber Anton versuchte es trotzdem.

»Können wir nicht noch mal einen Film drehen?«, schlug er vor.
»Anton, du bist ein Genie!«, stöhnte Frida.
»Warum nicht?«, sagte Andreas. »Wir könnten ja einen ganz anderen Film machen!«
»Einen Liebesfilm«, schlug Rakel vor.
»Mit ganz viel Sex!«, rief Sebastian.
Affe verzog den Mund. »Mal abgesehen von dem letzten Einwurf, seid ihr schon auf der richtigen Spur!«, sagte er.
»Ist das ein Quiz oder eine Übungsstunde in Mitbestimmung und Demokratie?«, frotzelte Frida.
»Sowohl als auch«, antwortete Affe. »Wenn ihr einen besseren Vorschlag habt als ich, lass ich mich gern überzeugen.«
»Na klar«, sagte Rakel.
Der Lautstärkepegel in der Klasse stieg an.
»Demokratie heißt ja wohl nicht, dass derjenige, der den besten Vorschlag macht, automatisch Recht hat?«, sagte Andreas. »Das muss ja wohl abgestimmt werden. Wer die meisten Stimmen hat, gewinnt!«
»Dann stimmen wir jetzt über den Sexfilm ab!«, rief Sebastian. »Wer findet, dass …«
»Reiß dich zusammen, Sebbe!«, fiel Affe ihm ins Wort.
Ich drehte den Kopf ein Stück zur Seite und warf einen unauffälligen Blick zu Adam. Mitten in so einer Diskussion zu der Klasse zu stoßen musste ungefähr so überwältigend sein, wie von einem Zug überrollt zu werden. Aber Adam lag nicht platt am Boden, er sah höchstens ein wenig erstaunt aus. Seine Lippen waren leicht geöffnet, aber falls er lächelte, sah man es nicht.

Affe hob die Arme und allmählich beruhigte die Klasse sich wieder.
»Genug Demokratie für heute«, sagte er. »Ich habe entschieden, dass wir ein Theaterstück einüben, das wir zur Weihnachtsfeier in der Aula aufführen werden!«
»Oh ja, ich bin das Jesuskind!«, rief Sebastian und erntete Lacher aus allen Richtungen.
»Na ja«, sagte Affe, »ich hatte da weniger an was Biblisches gedacht, sondern an etwas Neueres ... Shakespeare, zum Beispiel.«
»Wahnsinnig neu«, sagte Frida breit grinsend.
»Verglichen mit der Bibel, schon«, sagte Affe. »Was haltet ihr von King Lear? Oder Macbeth? Oder doch lieber Hamlet? Es gäbe auch noch die eine oder andere Verwechslungskomödie, zwischen denen ihr wählen könnt.«
»Romeo und Julia«, schlug Ellen vor.
»Echt superkomische Verwechslungskomödie«, sagte Andreas.
»Romeo und Julia ist doch mindestens an einer Million Schulen gespielt worden, seit *Shakespeare in Love* in den Kinos lief.«
»Wir machen eine Schwulenversion daraus«, sagte Anton. »Romeo und George!«
Lautes Gelächter. Affe lachte auch.
»Keine schlechte Idee«, sagte er. »Fast noch besser als meine eigene, muss ich sagen. Ich hab mir nämlich überlegt, ob wir das Stück nicht in der Originalsprache spielen wollen, also in der Sprache, in der Shakespeare es damals geschrieben hat! Das macht es natürlich schwierig, Änderungen im Text vorzunehmen. Ich hatte mir das Ganze als Bestandteil des Englischunterrichts vorgestellt. Jeden-

falls wäre es ein hervorragendes Training für die Aussprache.«
»Fett«, sagte Andreas. »Und dann fahren wir alle nach London, quatschen Shakespeare-Englisch und keine Sau versteht uns.«
Affe hörte gar nicht zu. Sein Blick schweifte durchs Fenster ins Freie und blieb an einem unbestimmten Punkt über den Dächern des Villenviertels hängen.
»Eigentlich gar nicht so dumm«, murmelte er und drehte sich ruckartig zur Klasse um. »Wir nehmen Romeo und Julia«, sagte er. »Dank des Films kennt fast jeder die Geschichte, da besteht keine Gefahr, dass wir unser Weihnachtspublikum überfordern. Macbeth in der Originalsprache zu folgen wäre wahrscheinlich doch ziemlich schwierig. Was meint ihr? Sind wir uns einig, dass wir Romeo und Julia spielen?«
Sebastian zog die Schultern hoch. »Das ist ja wohl das Stück von Shakespeare, das *viel Sex* am nächsten kommt, oder?«
»Also, abgemacht«, sagte Affe. »Ich wäre übrigens dafür, dass Adam die männliche Hauptrolle übernimmt. Das ist eine gute Gelegenheit für ihn, sich in der Klasse einzuleben.«
Einen Moment sah Adam etwas geplättet aus, aber er fing sich schnell wieder.
»Na, da bin ich ja froh, dass wir uns nicht für *Romeo und George* entschieden haben«, sagte er.

EIN VORTEIL AN der Neunten war das Café.

Die neunten Klassen hatten das »Effies« in dem Jahr ins Leben gerufen, als wir in der Siebten anfingen, und seitdem hatten wir mit neidisch-sehnsüchtigen Blicken zu den bemalten Fenstern des Cafés gelinst, das nur für die Schüler der neunten Klassen offen war. Jetzt würden wir es übernehmen. Jede Klasse war einen Monat im ersten Halbjahr und einen Monat im zweiten für das Café verantwortlich. Die 9A machte den Anfang. Am ersten Tag war es bekanntermaßen rappelvoll dort drinnen. Früher waren in den Räumen neben dem Sekretariat die Hausmeister untergebracht. Inzwischen hatten sie ein eigenes Häuschen neben dem Aulagebäude, von wo sie den gesamten Grundschul- und Mittelstufenkomplex im Blick hatten.

Das Effies bestand aus drei Räumen: einem kombinierten Personal- und Küchenraum, einem Raum mit Tresen und ein paar Tischen und einem dritten Raum, in dem nur Tische standen. Ach ja, und dann gab es noch eine Minigarderobe. Die Wände und Fenster waren von einem Graffitikünstler namens Spam gestaltet, der in Wirklichkeit Sune Johansson hieß. Er war der große Bruder eines Mädchens aus dem Gründerjahrgang. Von außen konnte man nicht ins Café gucken, und die jeweiligen Nutzer achteten streng darauf, dass die Türen immer ordentlich geschlossen waren. In der Siebten und Achten hatten wir höchstens mal einen Blick auf den vorderen Teil der Garderobe erhascht, darum war es jetzt nicht ohne ein gewisses feierliches Gefühl, als wir nun die Schwelle des Heiligtums überschritten.

Wie nicht anders zu erwarten, waren alle da. Einen Tischplatz zu finden, war völlig aussichtslos, und nur mit knapper Not gelang es Frida, sich bis zum Tresen durchzukämpfen und zwei Rumkugeln zu ergattern. Danach standen wir schweißgebadet und wie die Ölsardinen in der Nähe der Eingangstür und nahmen das berühmt-berüchtigte Effies in Augenschein, das jetzt also uns gehörte.

»Der Neue weiß wahrscheinlich noch gar nichts von dem Café«, sagte Frida.

»Die Tische sind echt schön«, sagte ich. »Ich dachte, die hätten nur ausgemusterte Schultische hier.«

Unter der Decke hingen ein paar Diskokugeln im 70er-Jahre-Schick, und vor den Wänden waren Metalldrähte mit Hallogenspotlights gespannt, die teilweise gegen die Decke oder auf die bemalten Wände gerichtet waren.

»Ob Affe uns abstimmen lässt, wer die Julia spielt?«, fragte Frida.

Ich sah sie verständnislos an. Warum zerbrach sie sich den Kopf über zukünftige Englischstunden, wo wir doch zum ersten Mal Effies heiligen Boden betraten?

»Keine Ahnung«, sagte ich. »Wieso fragst du?«

Sie lächelte. »Weil ich dann am besten gleich eine persönliche Wahlkampagne starte. Du stimmst doch für mich, oder?«

»Alle stimmen für dich, wenn du es möchtest. Was soll das?«

»Hallo! Denk doch mal nach. Adam spielt den Romeo! Das ist die Gelegenheit für mich, ihm zu helfen, sich in der fremden Umgebung einzugewöhnen.«

Ich musste schallend loslachen, verschluckte mich prompt und bekam einen Hustenanfall. Als ich nach Luft schnapp-

te, kriegte ich noch mehr Krümel in die Luftröhre. Ich hustete, bis mir die Tränen kamen. Frida schlug mir so heftig auf den Rücken, dass ich schon befürchtete, die Rumkugel würde mir durch die Nase wieder rauskommen.
Genau in diesem Augenblick betraten Adam, Anton und Sebastian das Café.
»Was ist denn mit dir los?«, fragte Anton.
Ich schnappte noch immer unter Tränen nach Luft und war außer Stande zu antworten. Frida übernahm das für mich.
»Wir üben ein Stück. Wir waren grade bei der Stelle, wo Schneewittchen der Apfel im Hals stecken bleibt. Wer soll eigentlich eurer Meinung nach George spielen? Äh, Julia, natürlich?«
Sie richtete die Frage an Adam, aber der wurde gerade von ein paar neuen Besuchern zur Seite gedrängt, die versuchten, das Lokal zu entern.
»Shit, ist das voll hier!«, sagte Sebastian und betrachtete das Gedränge zwischen uns und der Theke.
Anton nickte und wühlte in seiner Hosentasche, ehe er einen zerknüllten Zwanziger herausfischte. »Was kostet das hier?«
»Es ist ziemlich billig«, sagte Frida. »Die haben auch belegte Brötchen.«
Ich wischte mir mit dem Handrücken über die Wangen und fuhr mit den Fingern unter den Augen entlang, wo mir die Schminke wahrscheinlich längst in schwarzen Streifen bis zu den Mundwinkeln herunterlief. Normalerweise schminkte ich mich nicht, wenn ich zur Schule ging, aber ausgerechnet heute hatte ich ein bisschen Eyeliner und Mascara aufgetragen.

Plötzlich spürte ich eine Hand auf meinem Arm. »Alles in Ordnung mit dir?«

Ich hob den Blick und sah direkt in Adams dunkelgraue Augen. Mir schoss augenblicklich das Blut in die Wangen.

»Ja, doch, danke, klar …«, murmelte ich. »Hab mich nur verschluckt.«

»Nach ›nur‹ klang das aber nicht«, sagte Adam. »Es sind schon Leute erstickt, weil sie sich verschluckt haben.«

Er grinste breit, und ich war mir nicht ganz sicher, ob er sich über mich lustig machte. Auf alle Fälle hatte er schöne Augen. Gewitterwolkengrau mit ein paar Gischtspritzern. Ich begann zu verstehen, wieso Frida die Julia spielen wollte.

Sebastian, Anton und Adam zwängten sich zum Tresen durch. Frida legte einen Arm um meine Schulter.

»Du bist ein Schatz«, sagte sie strahlend. »Das war echt nett von dir, dich genau in dem Augenblick zu verschlucken, als er reinkam. Sonst wären sie bestimmt nicht stehen geblieben. Du hättest echt einen Freundschaftsorden verdient.«

Meine Finger tasteten nach dem Bergkristall.

»Hab ich doch schon.«

»Stimmt. Kämpfen wir uns nach draußen? Ich öle wie Hund.«

Ich warf einen Blick in Richtung Tresen, der hinter der Menge grölender Neuntklässler verschwunden war.

»Und wenn sie zurückkommen?«, fragte ich.

»Es darf auf keinen Fall so aussehen, als würden wir auf sie warten«, sagte Frida.

»Nein, natürlich nicht.«

»Und außerdem ist es nicht besonders appetitlich, wenn man vor Schweiß nur so trieft.«
Ich musste wieder lachen, diesmal, ohne mich zu verschlucken. Auf dem Flur vor dem Effies war es angenehm kühl, obwohl dort ebenfalls große Menschentrauben standen.
»In ein paar Tagen, wenn alle das Café gesehen haben, wird es bestimmt ruhiger«, sagte ich.
»Und wenn alle ihr Taschengeld ausgegeben haben«, sagte Frida.
Wir gingen auf den Schulhof. Ellen und Rakel saßen in der Sonne auf einer der Bänke vor der Südfassade. Frida und ich setzten uns zu ihnen.
»Wart ihr auch drinnen?«, fragte ich.
Ellen schüttelte den Kopf. »Das sah so ätzend voll aus. Ihr?«
»Mhmh. Es ist echt schön da. Nette Einrichtung und so. Aber rappelvoll.«
»Ich guck es mir später an«, sagte Rakel. Sie sah Frida an und fuhr sich mit der Hand über die kurzen Haare.
»Längeres Haar steht dir besser«, sagte Frida.
Ich war nicht ganz sicher, ob das als wohl meinender Rat gemeint war oder eher als Spitze.
»Aber so ist es auch schön«, fügte sie hinzu und drehte das Gesicht in die Sonne.
Ihre Lider schimmerten blasslila, als sie mit geschlossenen Augen lächelte. Woran sie wohl gerade dachte. An meine Hustenattacke, vielleicht. Oder an Adam.
»Wie findet ihr den Neuen?«, fragte Ellen, als hätte sie meine Gedanken gelesen. »Hast du das ernst gemeint … was du gesagt hast?« Sie kicherte verlegen.
»Er ist absolut süß«, sagte Frida gelassen.

»Aber hässliche Klamotten hat er«, sagte Rakel.
»Finde ich nicht«, sagte Frida.
»Sie ist verknallt«, sagte Ellen.
»Liebe auf den ersten Blick«, sagte Frida.
Wir sangen »When I first set my eyes on youuuuu…« für Frida und lachten. Frida lächelte engelsgleich, während ihr Haar so hell in der Sonne leuchtete, dass es fast in den Augen wehtat.

ICH KONNTE ES regelrecht riechen, als ich zur Tür reinkam. Die ganze Wohnung war voll davon, sozusagen.
Kasper und Marie waren beide zu Hause, obwohl es erst drei Uhr nachmittags war. Sie saßen sich am Küchentisch gegenüber, und man konnte es ihnen schon von weitem ansehen, dass sie eine Meinungsverschiedenheit hatten.
Viktor lag in seinem Zimmer auf dem Bett und starrte an die Decke.
Der Einzige, der gut gelaunt war, war Tarzan. Ich tätschelte ihn, während er seinen Begrüßungstanz aufführte, dann ging ich zu Viktor und setzte mich auf seine Bettkante.
»Worüber streiten Papa und Marie?«
Viktors Blick wich keinen Millimeter von dem Punkt an der Decke. Er schien dort den interessantesten Fliegenschiss der Welt entdeckt zu haben, dessen gründlicher Erforschung er den Rest seines Lebens widmen wollte. »Weiß nicht.«
»Wie war dein erster Tag in der Sechsten?«
»Ganz okay, nehme ich an.«
Ich musterte ihn mit zusammengekniffenen Augen. Versuchte zu ergründen, was hinter seiner Stirn ablief. Ich konnte es nicht.
»Wir haben einen Neuen in der Klasse«, sagte ich.
»Aha«, sagte Viktor uninteressiert.
Aber plötzlich riss er seinen Blick los und richtete ihn auf mich. »Magst du ihn?«
Ich lächelte. »Äh, pff... na ja, er scheint ganz nett zu sein ... Was ist mit Kasper und Marie?«
»Weiß ich nicht, hab ich doch gesagt.«

Er glotzte wieder an die Decke. Ich erhob mich seufzend und ging in die Küche. Jede Bewegung fiel mir schwer, als wäre die Luft um die beiden am Tisch Sitzenden herum erstarrt.
»Es gibt Momente, da fühlt man sich in seinem eigenen Zuhause wie eine Fremde«, sagte ich. »Keiner weiß was, keiner sagt was. Was ist eigentlich los?«
Ich hatte die Frage an Kasper gerichtet, aber der antwortete mit einem Nicken zur anderen Tischseite. »Frag Marie«, sagte er.
»Frag Kasper«, sagte Marie.
»Jetzt reißt euch aber mal zusammen!«, sagte ich.
Marie sah mich an. Ihr Blick war grimmig, verteidigend.
»Ich habe heute Mittag einen neuen Job angeboten bekommen«, sagte sie. »Einen hochinteressanten, gut bezahlten, spannenden Job. Aber Kasper ist der Meinung, dass ich ablehnen sollte, damit ich weiter gratis in seinem Atelier arbeiten kann.«
»Du arbeitest doch gar nicht gratis«, sagte Kasper. »Ich bezahle dich für deine Arbeit.«
»Das ist nichts im Vergleich zu dem, was ich bei Sörgrens kriegen würde.«
»Das ist doch was ganz anderes.«
»Genau das sage ich ja!«
Kasper seufzte und sah mich an. »Sie weiß genau, dass ich es mir nicht leisten kann, jemand anderen einzustellen. Und dass ich die Arbeit im Atelier allein nicht schaffe.«
»Das musstest du auch, bevor ich gekommen bin«, konterte Marie.
»Das ist lange her. Da gab es noch nicht so viel zu tun. Ich habe dich gebeten, bei mir anzufangen, weil mehr Aufträge

reinkamen, als ich bewältigen konnte. Und du warst ja *so* froh. Trotz der schlechten Bezahlung!«

Marie sprang von ihrem Stuhl auf. »Ich war in dich verliebt!«

»Und das bist du jetzt nicht mehr, oder was soll das heißen?«

Marie starrte ihn ein paar Sekunden lang an, dann nahm sie ihre Tasche, die über der Rückenlehne hing, und stürmte mit energischen Schritten in den Flur. Gleich darauf schlug die Wohnungstür hinter ihr zu.

Mein erster Impuls überraschte und erschreckte mich. Ich hätte am liebsten den Küchenstuhl genommen, auf dem sie gesessen hatte, und ihn mit aller Kraft gegen die Tür geschleudert. Ich wusste überhaupt nicht, wo diese Aggression plötzlich herkam. Ich hatte schließlich nichts mit der Sache zu tun. Es ging nicht um mich. Trotzdem musste ich tief durchatmen, um die Wut, die so plötzlich in mir hochwallte, unter Kontrolle zu kriegen. In meinem Innern erwachte ein ruheloses Tier und streunte hierhin und dorthin. Kasper und Marie stritten sich nie. Nie ernsthaft, jedenfalls.

Ich stand regungslos da und sah in Kaspers aufgewühltes Gesicht, während ich mir in Erinnerung rief, wie lange ich gehofft hatte, dass endlich Schluss zwischen den beiden wäre, dass Kasper endlich begriff, dass Marie nie hätte hier einziehen dürfen.

Aber das half nicht. Ich hatte mich irgendwann daran gewöhnt, dass sie bei uns lebte. Vielleicht mochte ich sie sogar ein bisschen. Irgendwann war etwas geschehen, ohne dass ich es gemerkt hatte, und es gefiel mir gar nicht, als ich das jetzt merkte.

Kasper streckte den Rücken und drehte sich zu mir um. »Ähm … ja. Und wie war dein erster Schultag?«
»In Ordnung«, sagte ich und merkte, dass ich mich wie Viktor anhörte.
Ich muss wohl ziemlich vorwurfsvoll geguckt haben, jedenfalls breitete Kasper entschuldigend die Arme aus und erhob sich von seinem Stuhl.
»Ich muss zig lukrative Aufträge ablehnen, wenn sie nicht mehr bei mir ist!«, verteidigte er sich. »Das ist die reinste Katastrophe. Ein Fotoatelier, das einem Brautpaar absagt, verliert seine Kunden! Und es hat ihr doch Spaß gemacht, bei mir zu arbeiten. Das hat sie jedenfalls immer behauptet.«
Dann brach seine väterliche Seite durch. Er tätschelte mir die Wange. »Aber mach dir keine Gedanken. Wollen wir Viktor fragen, ob er mit Pizza essen geht?«
Mein Vater Kasper in einer Nussschale. Ist das Leben kompliziert, geht man einfach in die Pizzeria.
»Keinen Hunger«, sagte ich. »Ich drehe eine Runde mit Tarzan.«
»Ach ja«, sagte Kasper und sah plötzlich wieder ganz schuldbewusst aus. »Den hab ich völlig vergessen.«
Tarzan hatte offensichtlich seinen Namen gehört, denn im nächsten Augenblick stand er ungeduldig trapsend in der Küchentür.
»Wieso vergessen?«, hakte ich nach. »Ist Marie nicht in der Mittagspause mit ihm draußen gewesen?«
»Kann ich nicht sagen. Sie war doch mittags mit diesem Sörensen verabredet … oder Sörgren, wie immer der Kerl heißt.«
»Was ist das eigentlich für ein Job?«

»Bei einer Werbeagentur.« Kasper schnaufte verächtlich. »So ein Mist, das ist doch nichts für Marie.«
»Klingt doch perfekt«, sagte ich und ging in den Flur, um meine Schuhe anzuziehen. Während ich Tarzan an die Leine legte und die Treppe runterging, überlegte ich, was ich damit meinte. Perfekt für wen?

Normalerweise durfte man im Videbergspark Hunde nicht frei laufen lassen, aber da unter den hohen Kastanienbäumen kein Mensch zu sehen war, ließ ich Tarzan von der Leine. Ein Hund braucht Auslauf, besonders ein temperamentvoller Boxer wie Tarzan. Trotz seiner sieben Jahre war er ein völlig verspieltes und quirliges Muskelpaket, das unendlich viel Bewegung brauchte. Eigentlich also ein absolut unpassender Hund für eine Mietwohnung in der Stadt. Ich setzte mich auf eine Bank unten am Fluss und sah zu, wie er wild über die Rasenfläche tobte, um den Bewegungsdrang in seinen Beinen loszuwerden. Wenn er einen Weg überquerte, spritzte der Kies unter seinen Pfoten hoch.
Während ich so dasaß und Tarzan mit dem Blick folgte, tauchten ganz andere Bilder in meinem Kopf auf. Erinnerungsfetzen, kurze Episoden, unsortierte Filmsequenzen aus dem Archiv. Ein Novembertag vor bald sechs Jahren, als Marie mit einer ausgebeulten braunen Reisetasche vor unserer Tür stand und Kasper sie fest und lange in den Arm nahm, ehe er uns erklärte, dass das Marie sei und dass sie eine Weile bei uns wohnen würde. Sie hatte so jung ausgesehen. Höchstens halb so alt wie Kasper, fand ich.
Wir hatten von nichts gewusst.

Wir hatten nicht gewusst, dass er jemanden in seinem Atelier eingestellt hatte, wir wussten nicht, dass er eine Freundin hatte, wir wussten absolut nichts. Und dann stand da plötzlich eine wildfremde Frau vor unserer Tür, die »eine Weile bei uns wohnen« würde. Ich war neun und Viktor sechs. Mama war drei Jahre vorher ausgezogen, und Viktor und ich hatten immer noch nicht richtig begriffen, dass das für immer war. »Sie wird eine Weile in Brüssel wohnen«, hatte Kasper gesagt.

Das war ein echter Schwachpunkt von Kasper, dachte ich, als Tarzan an mir vorbei die Steigung zum Weg hochsauste. Er gab einem nie eine ordentliche Erklärung. Aber ich war mir nicht sicher, ob es daran lag, dass er zu feige war, den Tatsachen ins Auge zu sehen, oder weil er es selber nicht besser wusste. Für ihn war die Lösung aller Probleme die Pizzeria.

Da war es richtig wohltuend, wenn er ausnahmsweise mal deutlich wurde. Wie an jenem Abend vor vielleicht vier Jahren, als wir noch gemeiner zu Marie gewesen waren als üblich und er sie als heulendes Elend auf dem Sofa fand, als er abends nach Hause kam. Da hatte er uns tatsächlich mal zur Schnecke gemacht. Es ist ziemlich wirkungsvoll, wenn jemand, der selten laut wird, plötzlich mit einem schimpft. Wir hörten auf, gemein zu Marie zu sein. Indirekt jedenfalls. Wir beachteten sie einfach nicht mehr, behandelten sie wie Luft. Das war sicher auch nicht sehr nett, aber weniger greifbar, darüber konnte sie sich schlechter bei Kasper beschweren.

Tarzan kam den Hang heruntergerannt, die Zunge hing ihm wie ein Schlips vor der Brust. Er war schon etwas langsamer, und nach einem kurzen Abstecher zum Flussufer, wo er ein paar ordentliche Schlucke von dem braunen Wasser schlabberte, kam er und legte sich mit einem zufriedenen Seufzer vor meine Füße.

Ich nahm ihn noch nicht gleich wieder an die Leine. Ich genoss es, dass er sich aus freien Stücken zu mir gelegt hatte und nicht, weil ich ihn gerufen und ihm befohlen hatte, dass er sich hinlegen sollte. Nicht weil ich ihn an der Leine hatte, sondern weil wir Freunde waren. Mir war schon klar, dass das romantische Gefühlsduselei war. Wahrscheinlich wusste er ganz genau, dass er sich mit mir gut stellen musste, wenn er ein Dach über dem Kopf und was zu fressen haben und ab und zu durch den Park toben wollte. Ob Marie ihn jemals hatte frei laufen lassen? Ich musste feststellen, dass ich Marie nicht sonderlich gut kannte.

Im Grunde genommen, hatte die Veränderung schon vor einiger Zeit eingesetzt. Als Marie mir mal mit meinen Haaren geholfen hatte. Eigentlich eine Bagatelle, aber trotzdem. Das war genau zwei Jahre her, mein erster Schultag in der Siebten. Ich stand vor dem Spiegel und versuchte, mir einen französischen Zopf zu flechten, was völlig danebenging. Ich hatte am Abend vorher im Fernsehen ein Mädchen mit dieser Frisur gesehen und dachte mir, dass mir so ein Zopf bestimmt auch gut stehen würde. Aber ich hatte es noch nie besonders mit Frisuren, und außerdem war ich ziemlich nervös. Ich kam in eine neue Klasse, bekam einen neuen Klassenlehrer, würde mich an neue Abläufe gewöhnen müssen. Ich hatte das Gefühl, dass alles anders werden würde. So schlimm war es natürlich nicht. Aber das konnte ich ja noch nicht wissen, als ich vor dem Flurspiegel stand und panisch mit meinen Haaren kämpfte.

Und da kam Marie. Sie tauchte links hinter mir im Spiegelbild auf.
»Das sieht toll aus!«, sagte sie.
»Quatsch!«, fauchte ich sie an, ohne mich umzudrehen. »Verarschen kann ich mich selbst!«
Sie lächelte. »Der Zopf ist nicht besonders toll, aber es ist auch ziemlich schwer, ihn sich selbst zu flechten. Ich wollte damit nur sagen, dass ich mir vorstellen kann, dass er dir gut steht. Soll ich dir helfen?«
Das saß, ich gebe es zu. Ich wartete misstrauisch auf den nächsten Überredungsversuch, der es mir leichter gemacht hätte, nein zu sagen, aber er kam nicht. Ich dachte im Stillen, dass ich den Zopf ja jederzeit aufmachen konnte, wenn er mir nicht gefiel, um so Marie eins für ihre Aufdringlichkeit auszuwischen. Und was hatte ich schon zu verlieren, falls der Zopf so schön war, dass ich ihn behalten wollte. Vielleicht war es das wert.
»Okay«, murmelte ich. »Wenn du glaubst, dass du es kannst.«
Sie holte einen Stuhl aus der Küche und ich setzte mich wortlos darauf. Ihre warmen, langen Finger strichen über meinen Hals und die Schläfen, als sie das Haar mit einem Kamm aufteilte und zu dem ersehnten Zopf flocht. Ich musste mich richtig anstrengen, um die Berührungen an der Oberfläche zu lassen, damit sie nicht in mein Inneres vordrangen, diese sanften und unaufdringlichen Berührungen. Ich merkte, ohne es zu sehen, dass der Zopf gut wurde. Sie war wahnsinnig schnell und hatte unglaublich geschickte Finger.
Eigentlich hatte ich mir vorgenommen, nichts zu sagen, aber ich war einfach zu neugierig.

»Bist du Friseurin, oder was?« Das klang patzig, obwohl es gar nicht so gemeint war.
Sie zögerte ein paar Sekunden, ehe sie antwortete. »Ja, bin ich.«
»Warum hast du das nie gesagt?«
»Weil mich keiner danach gefragt hat.« Ihre Stimme klang tonlos. Traurig. Es versetzte mir einen Stich.
»So musstest du uns wenigstens nicht dauernd umsonst die Haare schneiden«, sagte ich spitz.
»So kann man es auch sehen«, sagte Marie.
Danach sagten wir nichts mehr. Ich schämte mich, obwohl ich es nicht wollte, und der Zopf wurde richtig schön. Er passte zu meinem Gesicht. Ich streckte mich ein bisschen, als ich mein Spiegelbild sah.
Frida fand den Zopf auch klasse und beneidete mich um meine private Friseurin.
»Typisch Marie, so was für sich zu behalten«, brummelte ich. »Aber sie braucht keine Angst zu haben, ich belästige sie bestimmt nicht noch mal mit meinen Haaren.«
Frida verdrehte die Augen, wie immer, wenn sie fand, dass ich blöde war.

Ach ja, Frida.
Ich vermisste sie mit einem Mal so heftig, dass meine Hände ganz fummelig wurden, als ich Tarzan die Leine anlegte, um so schnell wie möglich nach Hause und zum Telefon zu kommen.
Die Wohnung war still. Kasper und Viktor waren wahrscheinlich in der Pizzeria. Frida hatte ihrer Mutter versprochen, ihr heute Nachmittag beim Auspacken und Waschen zu helfen. Aber kurz telefonieren dürfte sie ja wohl, dachte

ich, als ich die obere Schnellwahltaste am Apparat im Flur drückte. M1 für Frida.

Nach zwei Freizeichen antwortete Fridas Mutter. Sie hatte so eine merkwürdig raue Stimme, wie eine Nachtclubsängerin, die zu viel Zigarettenqualm inhaliert und zu viel Whisky getrunken hat. »Lundström.«

»Hallo«, sagte ich. »Hier ist Katrin.«

»Ach hallo, Katrin. Lange nichts von dir gehört! Wie geht es dir?«

»Gut, danke. Ist Frida zu Hause?«

Es war ziemlich unhöflich, nicht wenigstens zu fragen, wie es in Frankreich gewesen war, oder mich zu erkundigen, wie es ihr ging, aber ich musste auf der Stelle mit Frida sprechen.

»Sie ist unten in der Waschküche, das kann einen Moment dauern. Willst du warten, oder soll ich ihr sagen, dass sie dich zurückrufen soll?«

»Nein«, sagte ich eilig. »Oder doch. Ich meine, ich kann warten.«

Während des Wartens drehte ich zerstreut am Knauf der Schublade des Telefontischchens, bis ich ihn in der Hand hatte und das Gegenstück der Schraube durch die Schublade kullern hörte. Ich fummelte die Schublade auf und schraubte den Knauf wieder an, den Telefonhörer zwischen Ohr und Schulter geklemmt, und stellte mir vor, wie Frida jetzt gerade die Kellertreppe hochstapfte, Schweißperlen auf der Stirn und rote Wangen von der Wärme in der Waschküche. Auf Fridas Kellertreppe riecht es nach einem Mix aus Waschmittel, schwüler Wärme und etwas Metallischem. Jetzt könnte sie aber langsam mal oben sein. Vor meinem inneren Auge fiel ihr ein, dass sie vergessen hatte,

den Startknopf der Waschmaschine zu drücken, also machte sie noch mal kehrt, drückte den Knopf und stieg erneut die Treppe hoch, diesmal langsamer.
Endlich knackte es in der Leitung, und ihre Stimme drang in mein Ohr, als säße sie direkt neben mir. »Hallo! Wie geht's?«
»Ich weiß nicht so genau. Hier tut sich einiges.«
Und dann erzählte ich ihr von Kasper und Marie, und Frida hörte zu. Sie saugte jedes Wort auf, das ich sagte. Das ist das Tolle an Frida. Keiner kann so gut zuhören wie sie. Zwischendurch schob sie ein »Mmh« oder ein »Oje« ein, aber sie unterbrach mich nicht. Erst als ich still wurde und wartete, dass sie etwas sagte.
»Ätzend«, sagte sie. »Aber wenn er sie tatsächlich nur als billige Arbeitskraft braucht und deswegen nicht akzeptiert, dass sie für jemand anders arbeiten will, ist er schon ein ziemlicher Pascha.«
Fridas Antwort ließ die Wut wieder aufflackern, in der ich vorhin fast den Stuhl hinter Marie hergeschleudert hätte, nachdem sie die Wohnung verließ. Und diese Wut überkam mich genauso plötzlich wieder wie beim ersten Mal, und ich musste mich zusammenreißen und tief Luft holen, ehe ich was sagen konnte.
»Und was ist, wenn er die Arbeit im Atelier allein nicht schafft?«, sagte ich.
»Das wäre dumm. Aber das ist schließlich *sein* Problem, oder? Dann muss er sich eben eine Lösung überlegen. Er sollte sich für Marie freuen. Finde ich jedenfalls.«
Sie hatte Recht. Im Prinzip. In jedem anderen Fall wäre ich ganz ihrer Meinung gewesen. Aber dies hier war kein anderer Fall. Dies hier betraf meine eigene Familie, und ich

hatte nun mal das Gefühl, dass Marie Kasper im Stich ließ. Ich fühlte mich irgendwie gespalten; die eine Hälfte dachte so und die andere das genaue Gegenteil. Wie widersprüchlich konnte man eigentlich sein?

»Marie ist in Ordnung«, sagte Frida, als wüsste sie, was ich dachte.

Das sagte sie häufiger. Offenbar hatte sie das Gefühl, dass die Mitteilung nicht bei mir ankam.

»Ja, ja«, sagte ich widerstrebend, »kann schon sein. Man gewöhnt sich an sie. Sie gehört irgendwie dazu.«

»Wärst du traurig, wenn sie auszieht?«, fragte Frida mit einem provozierenden Unterton in der Stimme.

»Schon möglich«, sagte ich. Es fiel mir schwer, das zu sagen, und das ging auch nur bei Frida.

»Weißt du was?«, sagte Frida. »Ich frag Mama mal schnell, ob ich nicht eine Stunde wegdarf, dann können wir uns am Bahnhof auf einen Becher heiße Schokolade mit allem Drum und Dran treffen. Okay?«

»Mit allem Drum und Dran« bedeutete Schlagsahne und fetttriefende, frisch frittierte Krapfen mit dicker Zuckerschicht. Für akute Notsituationen. Ich fühlte bereits, wie die heiße Schokolade mich wärmte.

»Ja«, sagte ich.

Zwei Minuten später stürmte ich die Treppe runter. Der Kristall hüpfte beim Rennen rhythmisch in meiner Halsgrube auf und ab, und ich dachte, dass Frida eigentlich einen Orden verdient hätte.

Warum machte ich aus einer Mücke einen Elefanten? Natürlich würde Marie zurückkommen, alles würde sich wieder einrenken, und ich hätte hundert neue Gelegenheiten, mich über sie aufzuregen.

AM NÄCHSTEN MORGEN saß Kasper allein am Frühstückstisch. Er sah blass und alt aus. Gar nicht wie Kasper, mehr wie Olof Kaspersson, wie er eigentlich hieß. Ich wurde schon wieder wütend. Sollte Marie sich doch ihren Werbejob sonst wohin stecken und hingehen, wo der Pfeffer wächst. Wir kamen auch ohne sie zurecht, sie sollte sich bloß nichts einbilden! Wir brauchten niemanden.

»Wo ist Viktor?«, fragte ich.

»Weiß ich nicht.«

»Was soll das heißen: ›Weiß ich nicht‹?!«

Kasper blinzelte verwirrt. »Er schläft wohl noch. Hat er keinen Wecker?«

»Bist du sein Vater oder nicht?« Ich ging in Viktors Zimmer.

Er schlief nicht. Er lag auf seinem Bett, das Gesicht zum Fenster gewandt. Sein Blick war genauso abwesend wie gestern. Hoffentlich klappte er nicht zusammen. Streit in der Familie kann Kinder psychisch krank machen, hatte ich gehört.

»Was machst du?«, fragte ich. »Es ist schon spät.« Ich setzte mich auf die Bettkante. »Bist du traurig?«

Er drehte den Kopf weg. »Wieso sollte ich traurig sein?«

»Wegen der Sache mit Kasper und Marie.«

»Warum? Was ist mit denen?« Die Frage schien ernst gemeint zu sein.

»Weil sie sich gestritten haben«, sagte ich. »Wegen Maries neuer Arbeit. Das war der Grund für ihren Streit gestern.«

»Aha«, sagte Viktor.

Ich sah ihn zweifelnd an, weil ich ganz selbstverständlich davon ausgegangen war, dass sein merkwürdiges Verhalten mit dem Streit zusammenhing. Aber nun merkte ich, dass er möglicherweise an etwas ganz anderes dachte. Viktor grübelt ständig über irgendwelche Dinge nach. Manchmal denke ich, dass so viel Grübeln nicht gesund sein kann. Irgendwann verirrt er sich in seinen Gedanken und findet nicht mehr heraus.

»Komm, steh auf. Es ist schon nach halb acht.«

Viktor richtete sich auf und seufzte. »Ja, ja, ja …«

Ich ging wieder in die Küche. Vielleicht hatte Viktor auch nur instinktiv das Gefühl, dass es gefährlich war, die Wohnung unbewacht zurückzulassen. Und das schien ja in der Tat der Fall zu sein. Denn als ich gestern zur Schule aufbrach, verließ ich ein Zuhause, in dem alles seinen gewohnten Gang ging, und als ich ein paar Stunden später zurückkam, war es auf dem besten Weg, in tausend Scherben zu zerfallen.

In der Schule war glücklicherweise alles beim Alten. Außer dass Adam jetzt da war. In der ersten Pause schleppte Frida mich hinter sich her zum Lehrerzimmer, weil sie mit Affe reden wollte. Ich stand neben ihr und wartete gespannt, was sie vorhatte.

»Bleib ganz cool«, raunte sie mir zu, als Affe auf uns zukam.

»Na, was habt ihr auf dem Herzen?«, fragte Affe.

»Ich muss Ihnen ein Geheimnis anvertrauen«, sagte Frida. »Das bleibt doch unter uns, oder?«

Affe konnte nur schwer seinen Stolz verbergen, als er mit ernster Miene nickte.

»Aber natürlich, du kannst mir alles anvertrauen.«
Frida senkte die Stimme.
»Es ist gar nichts Schlimmes, aber … ich hab bisher noch niemandem erzählt, dass ich Schauspielerin werden will. Eine richtige Schauspielerin, meine ich, am Theater. Ich will die ganz großen Rollen spielen, Ophelia und Elektra und so.«
»Das ist aber ein kleiner Unterschied«, sagte Affe lächelnd. »Zwischen Ophelia und Elektra, meine ich.«
Frida kam einen Augenblick aus dem Konzept, fing sich aber schnell wieder.
»Na ja, das ist ja schließlich der Witz, wenn man eine große Schauspielerin ist, oder? Dass man ganz unterschiedliche Rollen spielen kann?«
»Absolut«, sagte Affe. »Aber worauf willst du eigentlich hinaus?«
Frida sah ihm tief in die Augen, mit einem betörend flehenden Blick.
»Ich würde so gern die Julia spielen«, flüsterte sie.
An dieser Stelle hätte ich mir im Normalfall die Lippen blutig beißen müssen, um nicht einen explosionsartigen Lachanfall zu bekommen, aber ich war so schwer von Fridas Auftritt beeindruckt, dass ich noch nicht einmal daran dachte, die Mundwinkel zu verziehen.
»Aha«, sagte Affe. »Verstehe. Aber das kann ich schließlich nicht alleine bestimmen …«
»Sie haben doch auch bestimmt, wer den Romeo spielen soll«, konterte Frida. »Ohne ihn zu kennen. Vielleicht ist er ja ein ganz miserabler Schauspieler.«
»Möglich, aber in dem Fall habe ich so entschieden, weil ich ihm den Einstieg in die Gruppe erleichtern wollte.«

Frida seufzte.
»Ich weiß … Aber wenn Sie schon nicht bestimmen können, dass ich die Julia spiele, dann lassen Sie uns doch wenigstens in großem Rahmen abstimmen. Als praktische Übung in Demokratie.«
»Na gut, meinetwegen, wenn du denkst, dass dir damit geholfen ist.«
Frida lächelte sanft. »Das will ich hoffen.«
Affe klopfte ihr auf die Schulter. »Okay. Ich drück dir die Daumen.«
Als wir den Flur hinuntergingen, blubberte nun doch das Lachen wie ein Vulkanausbruch in mir hoch. Frida zerrte mich in den nächsten Toilettenraum, damit ich außer Hörweite des Lehrerzimmers explodierte.
»Reiß dich zusammen!«, sagte sie. »Wir haben es eilig! Du, Rakel und Ellen müsst mir helfen. Wir haben direkt nach der Mittagspause Englisch!«
Ich versuchte mich zusammenzureißen.
»Wo liegt das Problem?«, fragte ich. »Erzähl den anderen einfach, dass du gern die Julia spielen würdest, dann wählen sie dich schon, das weißt du doch!«
Frida schüttelte energisch den Kopf.
»Das geht nicht! Denk doch mal nach! Wenn ich das erzähle, raffen doch alle, dass ich scharf auf ihn bin! Und selbst wenn er es nicht merken sollte, werden Sebbe oder einer der anderen Schwachköpfe ihm das garantiert in weniger als drei Minuten stecken. Und das darf auf keinen Fall passieren!«
Ich verstand. Sie hatte wie immer Recht. »Nein, natürlich nicht. Und was hast du vor?«
»Ihr müsst mit so vielen Leuten wie möglich reden. Sagt

einfach, ihr hättet gehört, dass Affe abstimmen lassen will, wer die Julia spielt …«

»… und ob du nicht *perfekt* für die Rolle wärst?«, beendete ich den Satz.

»Genau«, sagte Frida.

»Wenn du mich fragst, solltest du vielleicht den Job in der Werbeagentur annehmen«, sagte ich.

Frida sah mit einem Mal beunruhigt aus. »Findest du, dass ich eine Verräterin bin?«, fragte sie.

Ich sah sie verständnislos an. »Wieso?«

»Na ja, ich bin hier wild am Planen, von wegen der Rolle und Adam und so, während bei dir zu Hause grad alles drunter und drüber geht?«

Ich schüttelte den Kopf und lachte. »Ist doch klasse«, sagte ich. »Das lenkt mich wenigstens ab von Kasper und Marie. Aber danke, dass du daran denkst. Du bist echt super.«

Ich umarmte sie, und sie umarmte mich, und eingehüllt in ihren Apfelduft wusste ich, dass ich alles für sie tun würde. Wirklich alles. Das war ein großartiges, rauschhaftes Glücksgefühl, das alle Sorgen weit wegdrängte.

Einen einfacheren Auftrag hätte sie uns nicht übertragen können. Natürlich würden alle finden, dass Frida ideal für die Rolle als Julia geeignet war. In der Mittagspause gingen wir wie zufällig zu den Mitschülern aus unserer Klasse und streuten die Nachricht von der bevorstehenden Abstimmung. Ellen und Rakel sprachen sogar mit ein paar Jungs. Ich nicht. Ich war überzeugt, dass sie auch so für Frida stimmen würden.

Adam ging ein paar Meter vor uns, als wir die Treppe zu unserer Klasse hochliefen. Ich musterte unauffällig seinen Rücken und fragte mich, wie er wohl reagieren würde, wenn er wüsste, was für eine Maschinerie seinetwegen in Gang gesetzt wurde. Sein Rücken sah irgendwie verletzlich aus, obgleich er ziemlich breite Schultern hatte, und der Anblick seines Nackens jagte mir ein Kribbeln bis in die Fingerspitzen. Einige Jungsnacken haben diesen Effekt auf mich, sie reizen mich, die Hand auszustrecken und sie zu berühren.

Was er wohl dachte, wenn Frida zur Julia gewählt wurde? Dass er Glück hatte, das hübscheste Mädchen der Klasse zur Gegenspielerin zu bekommen, was sonst, und das auch noch in dem bekanntesten Liebesdrama der Welt. Das hübscheste Mädchen und der hübscheste Junge der Klasse, konnte es besser laufen? Wir bogen in den Flur ein und ich schielte noch einmal vorsichtig zu Adam hinüber. War er das wirklich? Der hübscheste Junge der Klasse? Der Gedanke hatte sich ganz von allein gedacht. Auf alle Fälle passte Adam gut zu Frida. Was das Aussehen betraf. Anton war auch nicht gerade hässlich, und Andreas hatte ziemlich nette Augen, aber neben Frida würden sie nach nichts aussehen.

Ich spürte zum ersten Mal einen leichten Stich. Was, wenn tatsächlich alles nach Plan lief und Frida und Adam sich bis über beide Ohren verliebten und von nun an bis ans Ende aller Tage jede freie Minute miteinander verbrachten? Wie viel Zeit würde Frida dann noch für mich haben?

Manchmal bin ich fest überzeugt, dass Frida genau weiß, was ich denke. Dass sie jeden meiner Gedanken laut und deutlich in ihrem Kopf hört. Kaum hatte ich das nämlich gedacht, griff sie nach meiner Hand und drückte sie. Vielleicht suchte sie auch nur Unterstützung für die bevorstehende Unterrichtsstunde, aber für mich fühlte es sich nicht so an. Wir befanden uns mitten im Gedränge vor der Klasse, als sie meine Hand drückte, und ich wurde schlagartig ruhiger. Natürlich würde Frida mich nicht wegen eines Jungen im Stich lassen, nicht einmal, wenn er Adam hieß.

Affe summte leise vor sich hin und sah Frida nachdenklich hinterher, als wir zu unseren Plätzen gingen.

»Also gut«, sagte er. »Nachdem wir uns bereits auf den Romeo geeinigt haben, sollten wir uns vielleicht auch daranmachen, eine Julia zu bestimmen. Danach sehen wir uns den Text genauer an und verteilen die kleineren Rollen, wenn's euch recht ist.«

Er legte eine Pause ein, als erwartete er eine Antwort, machte dann aber routiniert weiter, als sie ausblieb.

»Im Namen der Gerechtigkeit werden wir nun darüber abstimmen. Ich verteile gleich ein paar Zettel und gebe euch fünf Minuten Bedenkzeit. Keine Diskussionen mit euren Nachbarn. Dann schreibt ihr den Namen derjenigen auf den Zettel, die eurer Meinung nach die Julia spielen soll, faltet ihn zusammen und legt ihn in …« Er brach mitten im Satz ab und sah sich in der Klasse um. »… Sebastians Basecap!«

Sebastian zog verzweifelt den Schirm tiefer in die Stirn. »Och nöö …«

»Doch«, sagte Affe. »Es gibt außer mir keinen Lehrer, der Basecaps in seinem Unterricht duldet, sei froh, dass wir es für so eine wichtige Aufgabe brauchen.«

In Zeitlupe und unter anspornenden Pfiffen seiner Mitschüler zog Sebastian die Mütze vom Kopf und reichte sie Affe.

Die Zettel wurden verteilt, linierte Papierstreifen eines

Kollegblockes. Frida hatte den Stift zwischen die Lippen geschoben und tat, als sinniere sie über ihrem leeren Papierstreifen, dabei beobachtete sie garantiert aus den Augenwinkeln, dass die meisten nicht lange nachdachten und einen kurzen Namen auf ihren Zettel schrieben. Die Lippen um den roten Stift verzogen sich nämlich zu einem leichten Lächeln, so leicht, dass es außer mir wahrscheinlich niemand bemerkte.

Ich schrieb mit deutlichen Druckbuchstaben FRIDA auf meinen Zettel und faltete ihn zweimal. Kurz darauf machte Affe mit dem dunkelblauen Cap die Runde.

Zweiunddreißig Stimmen wurden gezählt, darunter zwei Enthaltungen, eine Stimme für Tove, siebenundzwanzig Stimmen für Frida und eine Stimme für *mich*! Und dann noch eine!

»Katrin!«, las Affe laut und deutlich vor. Ich kriegte eine knallrote Birne, während ich mich hilflos im Klassenraum umsah.

Ich hatte das Gefühl, dass alle mich anstarrten, vorwurfsvoll, als hätte ich Frida verraten, weil ich ihr zwei Stimmen geklaut hatte.

Aber Frida lächelte mich an.

»Ich hab für dich gestimmt«, flüsterte sie. »Wer dir wohl die andere Stimme gegeben hat?«

Den Bruchteil einer Sekunde streiften meine Gedanken Adam, aber nur ganz kurz und leicht wie der Flügelschlag eines Schmetterlings. Er hatte ja nicht wissen können, dass natürlich Frida die Julia spielen würde. Aber im selben Augenblick sah ich ein, wie dumm es von mir war, mir einzubilden, dass er deswegen für mich gestimmt hätte.

»Also gut«, sagte Affe. »Damit hat Romeo also seine Julia.

Es besteht ja wohl kein Zweifel, dass Frida die Rolle bekommt.«

Adam sah Frida kurz an und lächelte. Frida erwiderte das Lächeln leicht verlegen. Mir wurde ganz warm. Natürlich hatte er für Frida gestimmt. Alles war, wie es sein sollte.

»Ich teile jetzt das Stück aus«, fuhr Affe fort. »Bis Montag lest ihr bitte die ersten zwanzig Seiten. Markiert bitte die Stellen, die ihr nicht versteht, und Worte, die ihr nicht im Wörterbuch findet, damit wir später gemeinsam darüber reden können.«

Auf dem Weg in die Pause bekam ich die Erklärung für die zweite Stimme. Andreas stand in der Tür hinter mir.

»Ich finde, du hättest besser gepasst«, sagte er.

Ich sah ihn verdutzt an. Er lächelte mich kurz an, ehe er sich an mir vorbeischob und hinter Sebastian herlief, der schon auf dem Flur war.

ICH STOLPERTE FAST über Marie, als ich nach Hause kam.
Sie saß auf dem Treppenabsatz zwischen der zweiten und dritten Etage. Mir schoss durch den Kopf, ob sie wohl auf dem Weg nach oben oder nach unten war. Am Kommen oder im Gehen. Ich stellte mich auf den Absatz unter ihr. Sie sah mich mit großen Augen an. Wie ertappt. Blass war sie und rote Augen hatte sie, und ihr haselnussbraunes Haar war zerwühlt, als hätte sie morgens verschlafen und wäre ohne Frühstück aus dem Haus gestürmt.
Sie liebt ihn, dachte ich. Sie liebt Kasper.
Es war, glaube ich, das erste Mal, dass ich mir über Maries Gefühle Gedanken machte. Ich versuchte, sie schnell beiseite zu schieben, aber sie ließen sich nicht einfach wegwischen.
Marie holte tief Luft auf ihrem Platz ein paar Stufen über mir.
»Ich dachte ...«, setzte sie an, kam aber nicht weiter.
Sie seufzte und versuchte unbeholfen, ihre Haare zu bändigen.
»Ich dachte, es wäre noch niemand zu Hause«, sagte sie schließlich.
»Wie lange sitzt du schon hier?«, fragte ich, nur um etwas zu sagen.
Sie zuckte mit den Schultern und stand auf. »Ich wollte nur ein paar Sachen holen«, sagte sie und ging vor mir in den vierten Stock.
Ich zögerte ein paar Sekunden. Im ersten Augenblick wollte ich hinter ihr herrufen, im nächsten wäre ich am liebs-

ten umgekehrt und gegangen, als wäre ich ihr nie begegnet. Aber am Ende folgte ich ihr doch. Meine Füße flogen regelrecht die Stufen hinauf, nachdem sie sich erst einmal in Bewegung gesetzt hatten. Als ich sie einholte, war ich so außer Puste, als wäre ich ein paar Kilometer gerannt. Mein Herz hämmerte, als ich mich an Tarzan und seiner Begrüßungszeremonie vorbeidrückte.

Marie öffnete den Schrank im Schlafzimmer und nahm einige Kleidungsstücke heraus. Nicht alle. Nur ein paar.

Was hatte das zu bedeuten?

Auf dem Bett lag die Reisetasche. Die ausgebeulte, braune Reisetasche, mit der sie vor sechs Jahren hier angekommen war. Wo hatte die nur die ganze Zeit gelegen? Ich versuchte klar zu denken, aber meine Gedanken blieben immer wieder an dieser blöden Tasche hängen, die offen auf dem Bett lag. Hatte die nicht schon mal dort gelegen? Hatte ich Marie nicht schon mal packen sehen, so wie jetzt, hier in diesem Zimmer? Aber war das nicht die falsche Tasche? In meinem Kopf dröhnte und rauschte es. Ich war voller Fragen, die Gefühle wirbelten durcheinander. Ich stand schweigend da und sah zu, wie Marie mit kantigen Bewegungen ihre Sachen packte. Tarzan hatte seinen Begrüßungstanz aufgegeben, er presste sich an mein Bein und sah unsicher von mir zu Marie und wieder zu mir. Die Fragen wirbelten immer schneller, füllten inzwischen das ganze Zimmer und prallten blind gegen die Möbel und Wände.

Die Zeit zog sich unendlich in die Länge, als Marie sich plötzlich aufrichtete und mich direkt ansah. Ihre Augen sahen anders aus. Glänzender. Traurig. Sogar ein bisschen wütend.

»Bist du jetzt zufrieden?«, sagte sie. »Ich ziehe aus, verdammt noch mal, reicht dir das immer noch nicht?!«
Im ersten Moment verstand ich nicht, was sie meinte. Es dauerte ein paar Sekunden, ehe ich begriff, dass sie dachte, mein sehnlichster Wunsch erfülle sich nun. Sie war überzeugt, dass es das war, worauf ich die ganze Zeit gewartet hatte. Und sie glaubte, ich stände jetzt hier, um meinen Sieg auszukosten und den Anblick zu genießen, wie sie ihre alte Tasche packte. Plötzlich wurde mir klar, dass sie bis oben hin angefüllt sein musste mit allem, was ich ihr angetan hatte, allen Gemeinheiten, aller Gefühlskälte, allem, was ich ihr im Laufe der letzten sechs Jahre an den Kopf geworfen hatte, und wie sie all das in sich hineingefressen haben musste. Und ich dachte an die Dinge, mit denen ich eigentlich nichts Bestimmtes bezweckt hatte, die ich einfach aus alter Gewohnheit getan hatte. Es war schon eine ganze Weile her, dass ich gar nichts mehr gegen sie hatte, aber mit einem Mal begriff ich, dass sie das ja nicht wissen konnte. Es musste sich für sie angefühlt haben wie bei einer nicht verheilten Wunde, in die ich immer wieder mein Salz streute, jedes Mal nur ein paar Körner, aber ohne Unterlass, sechs Jahre lang.
Das war einfach zu viel.
Wenn man gemein zu jemandem ist und plötzlich merkt, wie weh man dem anderen damit tut, kann man sich entschuldigen oder den anderen in den Arm nehmen. Aber das hier war eine Nummer zu groß. Vor mir türmte sich eine unüberwindbare Felswand auf, an der ich nicht vorbeikam.
Sie sah so klein aus neben dem Bett und der offenen Reisetasche. Hinter ihrer Wut lauerten schon die Tränen, das

konnte ich sehen. Trotzdem war ich nicht in der Lage, zu ihr zu gehen und sie zu trösten. Dazu war es zu spät. So jedenfalls fühlte es sich für mich an.
Dann dachte ich, dass ich wahrscheinlich sowieso nur ein Staubkorn im Getriebe war. Die Hauptschuld lag bei Kasper und seinem Atelier und bei dem neuen Job. Wäre ich ein liebes und braves Kind gewesen, das ihr ans Herz gewachsen war, dann wäre ihr der Entschluss auszuziehen nur noch schwerer geworden.
Alles das ging mir durch den Kopf, bevor ich endlich aufhörte, sie anzuglotzen, in mein Zimmer verschwand und die Tür hinter mir zuknallte.
Ich blieb mitten im Zimmer stehen, sicher mehrere Minuten lang, während ein Wirbelsturm durch meinen Kopf fegte und mich daran hinderte, auch nur einen einzigen klaren Gedanken zu fassen. Ich streckte den Arm nach der Fernbedienung des CD-Spielers aus, in dem noch die Portishead-CD lag, drückte auf Start, drehte die Lautstärke hoch, bis die Musik den ganzen Raum füllte und die Wände auseinander drückte. Fridas Gesicht tauchte vor meinem inneren Auge auf, und die Wirbel in meinem Kopf beruhigten sich wenigstens so weit, dass ich mich aufs Bett legen konnte. Meine Finger berührten den Kristall, den sie mir geschenkt hatte. Das mit der Kraft schien zu stimmen. Ich spürte, dass ein kleines bisschen von Fridas Kraft auf mich überging.
Ich hörte mir die CD von vorne bis hinten an, und als die Musik verstummte, hatte Marie die Wohnung verlassen.
Ich legte Tarzan die Leine an und rannte mit ihm die Treppe hinunter, rannte den ganzen Weg bis zum Videbergspark. Ich verfluchte Marie in Gedanken, jeder Schritt auf

dem Asphalt war eine wilde Beschimpfung, und als ich unter den Kastanienbäumen ankam, brannten meine Augen von den Tränen, die ich nicht mehr zurückhalten konnte.
Sie war nie gemein zu mir gewesen. Kein einziges böses Wort. Immer freundlich. Nicht böse, wenn ich sie provozierte, einfach nur stumm und ausweichend. Feige. Anbiedernd. Berechnend. Sie wollte sich natürlich nur einschleimen.
So dachte ich. Ich benutzte jeden Gedanken gegen sie, aber die Erinnerung an ihre warmen Hände in meinem Haar brannte auf meiner Haut wie blutige Kratzer und lockte noch mehr Tränen heraus. Ich würde Kasper nicht erzählen, dass ich Marie getroffen hatte. Ich würde so tun, als hätte der Besuch nie stattgefunden. Es wäre für alle besser, wenn sie niemals gekommen wäre, so viel war klar.

Tarzan blieb heute an der Leine. Ich ging zügig, mit großen Schritten, und riss ungeduldig an der Leine, wenn er irgendwas beschnuppern wollte. Ich durfte nicht stehen bleiben. Sonst würde der Schmerz mich von hinten überfallen.
Als ich die Wohnungstür öffnete, lag ein Schlüsselbund auf der Fußmatte. Sie musste ihn durch den Briefkastenschlitz geworfen haben, als sie ging. Das war mir vorhin gar nicht aufgefallen.
Ich rührte die Schüssel nicht an, schnappte mir nur meine Tasche, tätschelte Tarzan und verschwand wieder nach draußen. Frida wartete sicher schon. Sie war die Einzige, der ich vielleicht davon erzählen konnte.

Rote und gelbgrüne Äpfel lagen vor einigen Gärten in dem Wohnviertel auf dem Bürgersteig. In der Luft war schon ein leichter Herbstduft zu spüren, dabei war es erst August. Frida kniete in der Einfahrt und wechselte die Kette an ihrem Rad. Bis vor einem halben Jahr waren wir nur mit dem Rad unterwegs gewesen, bis mein altes, klappriges Crescent geklaut wurde. Jetzt waren wir meist zu Fuß unterwegs. Oder zu zweit auf Fridas handbemaltem Teil.

Die Nachmittagssonne blitzte in dem Kristall auf, der an einer Kette um Fridas Hals baumelte. Als wollte er ihr signalisieren, dass ich da war. Frida stand auf, wischte sich die Hände an einem Putzlappen ab und musterte mich von Kopf bis Fuß. Eine Windbrise wehte ihr eine blonde Haarsträhne über das linke Auge. Sie strich sie weg.

»Zeit für heiße Schokolade, hab ich Recht?«

Ich nickte.

Wenige Minuten später saß ich auf Fridas Gepäckträger und sauste mit ihr durch das Wohnviertel.

»Mama ist bei den Weight Watchers eingetreten!«, rief Frida über die Schulter zurück. »Sie zählt *points* bei allem, was sie isst. Wie viele *points* wohl in einer heißen Schokolade mit Schlagsahne und fetten Krapfen stecken?«

»Mindestens eine Million«, sagte ich zu ihrem Rücken.

»Aber eine Krise ist eine Krise ist eine Krise!«, sagte Frida.

Als wir kurz darauf mit den weißen Bechern mit heißer Schokolade und dem Teller zuckriger Krapfen zwischen uns am Cafétisch saßen, sprachen wir kaum über Marie. Ich konnte irgendwie nicht in Worte fassen, was mich bedrückte, als wüsste ich es selbst nicht so genau, als käme alles, was ich sagte, nur annähernd an das heran, was ich eigentlich sagen wollte. Ich erzählte, dass Marie gekommen war und was sie gesagt hatte, und Frida meinte, dass sie ihr Leid täte. Das regte mich auf, weil ich natürlich wollte, dass *ich* ihr Leid tat, auch wenn ich diejenige gewesen war, die sich unmöglich benommen hatte. Ich fühlte mich angegriffen, obwohl Frida mir überhaupt keine Vorwürfe machte. Selbst als sie sagte, dass Kasper die größte Schuld träfe.

Wahrscheinlich war das Ganze eine Nummer zu kompliziert, um es jemandem verständlich zu machen, auch wenn dieser Jemand Frida war. Wahrscheinlich hätte ich sowieso alles, was sie sagte, in den falschen Hals gekriegt.

Wir beendeten das Thema Marie ziemlich bald und unterhielten uns stattdessen ausgiebig über Adam und was Romeo und Julia in dem Stück eigentlich machten. Später kam Andreas dran. Ich erzählte Frida, dass die zweite Stimme von ihm war.

»Er ist in dich verliebt«, sagte Frida. »Den Verdacht hab ich schon lange. Du magst ihn doch auch, oder? Hast du nicht neulich gesagt, er hätte schöne Augen?«

Ich horchte in mich hinein, was nicht sonderlich gut klappte. Mein Speicher war voll. Doch, ja, Andreas hatte schöne Augen, aber das hatte irgendwie nichts mit mir zu tun, dafür war jetzt gerade kein Platz.

»Das klingt vielleicht ein bisschen bescheuert«, sagte Frida, »aber es wäre doch gar nicht so übel, wenn wir gleichzeitig einen Freund bekämen und zu viert dann Sachen unternehmen könnten. Verstehst du, was ich meine?«

Ich nickte. Doch, ja, ich verstand, was sie meinte. Und wieder meldete sich dieses unruhige Ziehen in meinem Bauch. Die Angst, Frida zu verlieren. Aber noch saßen wir hier. Und immerhin schmiedete sie Pläne, wie sie mich und

Adam am besten unter einen Hut brachte. Mit Hilfe von Andreas. Aha. Na ja, es könnte schlimmer sein.

»Und wie kommst du darauf, dass er in mich verliebt ist?«, fragte ich.

Frida beugte sich über den Tisch. Als ob uns bei dem Lärm irgendjemand belauschen könnte. An ihrer Oberlippe klebte ein Zuckerkristall.

»Ist dir am Ende vom letzten Schuljahr nichts aufgefallen?«, fragte sie. »Bei Rakels Party, zum Beispiel? Andreas ist ein paar Mal *ganz zufällig* neben dir auf dem Sofa gelandet. Und du erinnerst dich ja wohl noch, dass er uns ein Stück Pizza geholt und uns gefragt hat, ob uns die Musik gefällt. Weißt du nicht mehr?«

»Doch«, sagte ich. »Aber ich dachte, er wäre in *dich* verliebt.«

Frida schüttelte lächelnd den Kopf. »Offensichtlich nicht, oder?«

Auch wenn ich mit Frida nicht über Marie reden konnte, half sie mir doch indirekt. Wenn ich mich voll und ganz auf Andreas konzentrierte, trat Marie in den Hintergrund, wurde zu einem dunklen Schatten hinter den Kulissen.

Marie war Kaspers Problem. Nicht meins.

SCHON EIGENARTIG, WIE schnell die Dinge in einem verstummen. Ich meine damit nicht, dass sie verschwinden oder dass man sie vergisst, sondern dass sie still werden.
Kaspers Gesicht war grau und eingefallen und er wirkte leicht zerstreut. Verirrt irgendwie. Er vergaß Dinge, war überfordert von ganz alltäglichen Abläufen. So stellte ich mir nicht unbedingt jemanden vor, der gerade von seiner Liebsten verlassen worden war. Aber er war nun mal mein Vater, und ich gebe zu, dass es mir ziemlich unangenehm gewesen wäre, wenn er flennend im Bett gelegen oder sich vor der Glotze um den Verstand gesoffen hätte oder was die Männer in Filmen so machten. Vermutlich war das hier die Wirklichkeit. Ich versuchte mich zu erinnern, wie er bei Mamas Auszug gewesen war, aber da kamen keine Bilder. Das lag bestimmt daran, dass ich damals noch nicht wusste, dass sie für immer auszog. Und daran, dass Kasper es wahrscheinlich auch nicht gewusst hatte.
Ich schleppte schwer an der Begegnung mit Marie. Das Ganze lag mir wie ein schwerer Stein im Magen. Oder eher wie ein Felsbrocken. Noch lag er still, aber er konnte jederzeit ins Rollen geraten, besonders wenn ich den verirrten Ausdruck in Kaspers Augen sah. Dann kam es mir vor, als hätte ich ihm Marie weggenommen, als wäre alles meine Schuld, und in mir geriet alles in Schieflage, so dass ich jeden Moment befürchten musste, dass der Felsblock plötzlich ins Wanken geraten und alles platt walzen würde.
Viktor benahm sich ebenfalls seltsam. Ich vermutete, dass er allmählich in die Pubertät kam und deswegen so wortkarg war und morgens nicht aufstehen wollte.

Ich war froh, dass ich Tarzan hatte. Er war von allem unberührt. Ich machte lange Spaziergänge mit ihm und tat so, als wäre alles, wie es sein sollte. Nur manchmal spitzte er die Ohren und schaute aufmerksam zur Tür, wenn er ein Geräusch im Treppenhaus hörte, als wartete er auf sie. Ich hätte ihn treten können, wenn er das tat, so aggressiv machte mich das. Kasper blickte dann ebenfalls zur Tür, verwirrt, als wäre er mitten aus dem Schlaf gerissen worden, aber sein Blick verlosch augenblicklich wieder, wenn er hörte, dass die Schritte weiter in den fünften Stock gingen oder der Schlüssel schon im dritten Stock ins Schloss gesteckt wurde.

Ich dachte auch ab und zu an sie, wenn auch nur widerwillig. Ich betrachtete es als eine Art Strafe, die ich mir selbst auferlegte. Ich warf mich aufs Bett und dachte eine viertel oder halbe Stunde lang an sie, bevor ich Portishead aufdrehte und sie lautstark vertrieb, sie zurück in den Felsbrocken verbannte.

Ich stellte fest, wie wenig ich über sie wusste. Ich hatte so gut wie nie mit ihr gesprochen, nur das Notwendigste gesagt und auf Durchzug geschaltet, wenn sie etwas erzählt hatte. Ich konnte noch nicht mal sagen, ob sie jemals versucht hatte, mit mir zu reden. Ich wusste noch nicht einmal, wie alt sie war, obwohl sie in der Zeit bei uns mindestens fünfmal Geburtstag gehabt hatte. Aber ich wusste, wie ihre Hände sich anfühlten, wenn sie meinen Hals und meine Schläfen berührten.

Die Gedenkminuten auf meinem Bett brachen immer an der gleichen Stellc ab: Marie am letzten Morgen in ihrem türkisfarbenen Top an unserem Küchentisch.

Das war typisch. Ich hatte ihr an den Kopf geworfen, sie

sei zu mager für das Top, und als ich sah, dass das nicht stimmte, dass es ihr ganz im Gegenteil richtig gut stand, war ich überhaupt nicht auf die Idee gekommen, ihr das zu sagen. Warum hatte ich nichts gesagt? Ich würde mich jetzt garantiert besser fühlen, wenn ich was gesagt hätte.

Als ob dieses einzige Mal etwas geändert hätte.

Die Begegnung danach schloss ich nie in meine Gedanken ein. Auch nicht die offene Tasche auf dem Bett. An der Stelle wurde plötzlich alles so verschwommen und verworren. Wenn ich an dem Punkt weiter dachte, würde der Felsblock ins Rollen geraten. Man kann nicht gleichzeitig von einem Wirbelsturm mitgerissen werden und versuchen, einen Felsbrocken in Balance zu halten, der auf der Kippe steht. Das ist unmöglich.

Die Proben für Romeo und Julia hatten begonnen. Wir hatten das Stück durchgeackert und die Teile übersetzt, die wir nicht verstanden, verschiedene Interpretationsansätze diskutiert und die Rollen verteilt. Am Anfang erschien uns das altmodische Englisch extrem unverständlich, aber nach einer Weile bekam man irgendwie ein Gefühl dafür. Obwohl wir uns alle einig waren, dass die Leute früher ganz schön viel gelabert haben. Affe ließ sich schließlich breitschlagen, einen Teil der Monologe zu kürzen.

Ich sollte Lady Capulet spielen, Julias Mutter. Das kam mir ziemlich bescheuert vor. Andreas spielte Romeos Freund Mercurio, was hervorragend zu Fridas Plänen passte.

Tove war Julias Amme. Das wiederum fand Frida nicht in Ordnung, sie hätte lieber gehabt, dass ich die Rolle bekomme. Die Amme war nämlich Julias Vertraute.

Die erste Probe war chaotisch. Romeo und Julia lasen ihre

Sätze vom Blatt ab und waren so verlegen, dass wir uns das Lachen und ein paar spöttische Kommentare nicht verkneifen konnten. Adam war das ziemlich peinlich. Ich sah Frida an und dachte, dass sie wahrscheinlich nur verlegen *spielte* und eigentlich rundum zufrieden war und die Probe wie ein persönliches Theaterstück genoss, zu dem sie selbst die Rollen geschrieben hatte und dessen Handlung nur sie kannte.

Ich fühlte mich darin bestätigt, als Affe sie aufforderte, sich endlich zusammenzureißen, und als Frida entgegnete, dass es wohl daran lag, dass sie und Adam so wenig voneinander wussten.

»Das ist mir irgendwie peinlich, ich kenne Adam doch gar nicht«, sagte sie. »Wir könnten natürlich heute Nachmittag bei mir zu Hause proben, um uns besser kennen zu lernen. Dann bekommen wir das alles ... na ja, das Stück, hoffentlich besser in Griff.«

»Sehr löblich«, sagte Affe, »dass ihr einen Teil eurer Freizeit opfern wollt, um an dem Stück zu arbeiten. Wäre das für dich auch okay, Adam?«

Adam nickte. »Klar, das lässt sich einrichten.«

Fridas und meine Blicke begegneten sich für den Bruchteil einer Sekunde, und ich sah, wie sie innerlich jubelte.

Natürlich freute ich mich für sie. Aber da war auch so ein Gefühl der Leere. Ein bisschen Leere und ein bisschen Unruhe. Ich ging davon aus, dass Frida nach der Stunde mit Adam verabreden wollte, wann sie sich treffen wollten und so weiter, deshalb wartete ich nicht auf sie, sondern ging direkt zu den Schränken der Neunten. Ich wollte auf keinen Fall im Weg sein. In meinem Magen rannte eine Ratte hin und her, als ich den Schrank aufschloss und meine Bücher abstellte. Vielleicht liefen Adam und Frida schon morgen eng umschlungen durch die Flure der Schule. Wo würde ich gehen? Zehn Schritte hinter ihnen?

Noch fünf Minuten bis zur nächsten Stunde. Ich beugte mich noch weiter in den Schrank und suchte die Mathebücher. Da sah ich neben mir ein Paar Beine stehen bleiben. Eine militärgrüne Hose. Andreas. Ich richtete mich erstaunt auf, und er warf einen unruhigen Blick über die Schulter, ehe er mich wieder ansah.

»Ich muss wahnsinnig viel Text lernen«, sagte er.

Ich weiß nicht, was für eine Antwort er darauf von mir erwartete, darum sagte ich auch nichts. Er biss sich auf die Unterlippe und atmete durch die Nase ein.

»Vielleicht könntest du … ich meine, wir könnten doch … Na ja, vielleicht könntest du mich ja abhören. Wenn du magst, meine ich.«

Die Ratte dümpelte in meinem Magen hin und her.

»Klar«, sagte ich. »Kann ich machen. Ich kann meinen Text auch noch nicht besonders gut. Aber so viel wie du hab ich natürlich nicht.«

Was für ein schwachsinniges Gesülze. Mein Gesicht fing an zu glühen. Ich war ein hoffnungsloser Fall. Bei jedem Pipifax wurde ich rot wie ein gekochter Krebs. Andreas schien es nicht zu merken.

»Klasse«, sagte er. »Na ja, wenn Romeo und Julia üben, dann …«

Ich nickte.

Er lächelte und setzte sich in Bewegung.

»Wann?!«, rief ich hinter ihm her, dass es durch die ganze Schule hallte. Andreas drehte sich um. Er war kaum drei Meter von mir entfernt.

»Heute Abend hab ich Training«, sagte er. »Aber wie wär's mit morgen?«
»Sehr gut. Was trainierst du?« Blöde Frage. Aber es interessierte mich wirklich.
»Hockey«, antwortete Andreas.
»Mitten im Sommer?«
Bravo. Noch blöder. Wenn er nach dieser Frage noch immer mit mir proben wollte, musste er wirklich verliebt sein.
»In der Eishalle«, sagte er. »Heute ist das erste Hallentraining nach der Sommerpause, das darf ich auf keinen Fall verpassen.«
»Kann man da zugucken?«, fragte ich.
Ich hatte ja wohl echt einen Sockenschuss. Ich konnte noch nicht einmal Schlittschuh laufen und wusste kaum, wo oben und unten war bei einem Hockeyschläger. Aber Frida würde sich mit Adam treffen, und ich hatte keine Lust, den Abend in der tristen Stimmung zu verbringen, die sich nach Maries Auszug bei uns eingenistet hatte.
Andreas sah mich erstaunt, aber glücklich an. Er schien auch nicht alle Sinne beisammenzuhaben.
»Na klar. Wenn du magst. Wir fangen um fünf Uhr an.«
»Mal sehen«, sagte ich. »Vielleicht guck ich ja mal kurz vorbei. Ich hab heute Nachmittag noch nichts vor.«
Den letzten Satz schob ich zur Entschärfung hinterher. Ganz davon abgesehen, stimmte das ja sogar.
Frida kam den Flur entlanggerannt. Sie holte Luft und wollte gerade etwas sagen, als sie Andreas entdeckte und stehen blieb. Sie hatte rote Wangen und einen glasigen Blick und sah aus, als würde sie auf der Stelle platzen, wenn sie nicht sofort mit mir reden konnte. Ein warmes

Gefühl schwappte wie eine Flutwelle durch mein Inneres. Am Ende des Flures, auf halbem Weg zwischen Treppe und Schränken, liefen Ellen und Rakel. Zu denen hätte sie auch gehen können, aber sie war zu mir gekommen.

Andreas warf Frida einen hastigen Blick zu, ehe er sich mit einem Nicken von mir verabschiedete.

»Also dann«, sagte er. »Bis später.«

»Mhmh«, antwortete ich. Damit ging er.

Frida packte mich am Arm. »Wo warst du denn so plötzlich?! Du kannst doch nicht einfach abhauen! Was wollte Andreas von dir? Ist das nicht unglaublich?! Adam kommt um vier Uhr zu mir! Verstehst du? Was soll ich bloß anziehen? Ich glaube, ich sterbe!« Sie legte ihr Gesicht an meinen Hals und ich umarmte sie lachend.

»Beruhig dich erst mal«, sagte ich. »Das kriegst du doch locker auf die Reihe. Außerdem siehst du immer toll aus, auch wenn du den letzten Putzlumpen anziehst.«

Frida machte einen Schritt nach hinten. »Lass uns rausgehen. Ich brauche Luft. Das ist einfach zu viel. Lass uns ins Zentrum gehen.«

»Und was ist mit Mathe?«

Sie breitete die Arme aus. »Wer kann denn jetzt an Mathe denken?«

Und da hatte sie Recht. Wer konnte in so einer Situation schon an Mathe denken? Ich schloss meinen Schrank ab und folgte ihr nach draußen.

Im Schatten war es bereits herbstlich kühl, aber in der Sonne herrschten nach wie vor sommerliche Temperaturen. Frida trug eine braune Stretchhose und darüber eine ockergelbe Tunika. Sie hatte sich einen dünnen weiß-braun gestreiften Schal mehrmals um den Hals geschlungen, der ihr trotzdem noch bis an die Oberschenkel reichte. Ich trug ein hellblaues, enges T-Shirt und eine blaue Hose, die ich gekauft hatte, weil Frida sie so toll fand. Das war sie sicher auch, aber eigentlich mochte ich keine Hosen mit niedriger Taille. Ich hatte immer das Gefühl, als würde sie jeden Augenblick runterrutschen.

Ich fröstelte in meinem dünnen T-Shirt, als wir unter den Bäumen die Lasarettsgatan entlanggingen. Auf der Sonnenseite der Storgatan wurde es dann wieder angenehm warm.

»Na?«, sagte Frida. »Erzähl schon!«

»Was soll ich denn erzählen?«, fragte ich verwirrt. Ich hatte gerade an Adams bevorstehenden Besuch bei Frida gedacht und wusste nicht, was sie meinte.

»Andreas!«, half sie mir ungeduldig auf die Sprünge.

»Ach so, ja … Ich hab gesagt, dass ich ihn abhöre. Er ist zu mir gekommen und hat mich gefragt, ob wir nicht zusammen das Stück proben wollen.«

»Perfekt!«

»Und heute Nachmittag guck ich ihm vielleicht beim Eishockeytraining zu.«

Frida riss die Augen auf. »Hockey? Du? Ich wusste ja gar nicht, dass du *so* verliebt in ihn bist!«

Ich lachte. »Na ja, ich weiß nicht. Das geht alles etwas zu schnell. Ich dachte nur, dass ich genauso gut dahin gehen könnte, wo du ja sowieso … Na ja, du weißt schon.«

Fridas Gesicht nahm schlagartig einen leidenden Ausdruck an. Sie griff mit beiden Händen fest nach meinem Arm.

»Ich sterbe!«, sagte sie. »Was soll ich anziehen?«

»Lass das an, was du grade trägst, damit du nicht zu eifrig wirkst.«

Sie sah besorgt an sich hinunter. »Ist was mit meinen Klamotten?«
Ich schüttelte den Kopf. »Nein! Ich wollte damit nur sagen, dass du vielleicht zu eifrig wirkst, wenn du dich umziehst, bevor er kommt.«
»Du hast Recht«, sagte sie. »Absolut Recht. Ich kann nicht mehr klar denken. Hast du gesehen, wie rot er geworden ist? Total süß! Dabei macht er sonst eigentlich gar keinen schüchternen Eindruck.«
»Nenn mir irgendjemand, der solche Liebesdialoge lesen kann, ohne rot zu werden, wenn Sebbe mit seinen Kommentaren kommt«, sagte ich.
Frida blieb abrupt stehen und zeigte quer über die Straße zum Schaufenster eines Secondhandladens.
»Guck mal! Das geniale Kleid für Julia!«
Die mittlere Schaufensterpuppe trug ein vergilbtes Brautkleid. Jedenfalls sah es aus wie ein Brautkleid. Die Puppe hatte keinen Kopf. Vielleicht war das so, wenn man heiratete.
»Komm!« Frida zog mich hinter sich her über die Straße. Ein Volvo ging unter wildem Gehupe in die Bremsen.
Fünf Minuten später stand Frida in dem vergilbten Spitzenkleid vor der Umkleidekabine. Sie sah aus wie auf einer alten Fotografie. Ich bekam einen richtigen Kloß im Hals.
»Ist das nicht toll?«, flüsterte Frida.
»Wollt ihr auf einen Maskenball?«, fragte die Verkäuferin.
Frida starrte sie zuerst empört, dann mitleidig an.
»Ich spiele die Julia«, sagte sie. »Shakespeares Julia. Romeos Julia.«

Die Verkäuferin nickte. »Ach so. Da passt das Kleid natürlich hervorragend.«
»Schon … aber vierhundert Kronen …!«
»Das ist nicht zu teuer für ein Brautkleid«, sagte die Verkäuferin.
»Aber das ist doch schon uralt und vergilbt«, sagte Frida. »Das würde doch niemand mehr auf einer Hochzeit tragen.«
Die Verkäuferin zog die Schultern hoch. »Ich könnte auf dreihundert runtergehen.«
Frida drehte sich vor dem Standspiegel hin und her. Das blonde Haar umschmeichelte ihre Schultern und ihren Hals. Es versetzte mir einen Stich, als ich sie so sah und dachte, dass Adam nicht gut genug war für sie. Niemand war das.
»Also dreihundert«, sagte Frida. »Ich hole es heute Nachmittag ab.«
Die Verkäuferin nickte, und Frida zwinkerte mir zu, als sie zurück in die Umkleidekabine ging.
Ich konnte nichts sagen, bis wir draußen auf der Straße standen und Frida wieder aussah wie sonst.
»Saubillig!«, sagte sie. »Was für ein Kleid!«
»Das ziehst du doch wohl nicht an, wenn er kommt?«, fragte ich.
»Nein, natürlich nicht! Aber bei der Generalprobe!«
»Willst du ihm einheizen, damit er vor dir dahinschmilzt?«, fragte ich.
Frida lächelte. »Ja«, sagte sie. »Wenn ich kann.«

ICH WAR HALBWEGS im Kleiderschrank abgetaucht auf der Suche nach dem passenden Outfit fürs Hockeytraining, als es an der Tür klopfte und Kasper eintrat.

»Wozu klopfst du an, wenn du doch nicht auf die Antwort wartest?«, fragte ich.

»Ich würde gern mit dir reden«, sagte er. »Über ein geschäftliches Angebot.«

Ich drehte mich um. »Was?«

»Ein geschäftliches Angebot«, wiederholte er. »Du bist jetzt ja fast erwachsen.«

»Papa, komm zur Sache«, sagte ich.

»Entschuldige«, sagte Kasper. »Das ist nicht leicht für einen Vater. Ich kenn mich da nicht so aus.«

»Wovon redest du?«

»Ich weiß nicht, wie ich mich meiner Tochter gegenüber verhalten soll, die inzwischen eine junge Frau ist. Marie wusste das. Aber es ist nun mal, wie es ist.«

Ich kam aus dem Kleiderschrank heraus und zeigte auf meinen Schreibtischstuhl. »Setz dich«, sagte ich. »Was willst du?«

Er sah den Pullover an, den ich in der Hand hielt. »Willst du weg?«

»Ja.«

»Mit Frida?«

»Nein.«

»Ah ja ...«

Kasper sah noch verwirrter aus als sonst. Er setzte sich auf den Stuhl. Ich mochte ihn. Mein kleiner Papa. Mein dummer Papa. Blöde Marie. Sie hatte ihm wirklich wehgetan.

Ich hätte ihm am liebsten gesagt, dass Marie keinen blassen Schimmer hatte, wie sie sich mir gegenüber verhalten sollte, aber ich war nicht sicher, ob ihn das trösten würde. Wahrscheinlich eher das Gegenteil.
»Die Geschäftsidee«, erinnerte ich ihn stattdessen.
Kasper sah mich erleichtert an. »Genau. Also, ich wollte dich fragen, ob du nicht Lust hättest, mir im Atelier zu helfen. Am Wochenende, zum Beispiel, oder einen Nachmittag in der Woche, wenn du früher aus der Schule kommst. Du würdest den gleichen Stundenlohn kriegen wie Marie.«
»Und was muss ich da machen?«
»Mir mit der Ausrüstung behilflich sein, die Dekoration im Studio vorbereiten, Bilder entwickeln und trocknen, das Telefon beantworten … alles Mögliche.«
Das war vielleicht gar keine so schlechte Idee. Als winzige Wiedergutmachung für Kasper. Und außerdem wäre es dann nicht so trostlos, wenn Frida sich mit Adam zusammentat.
»Brauchst du gleich eine Antwort, oder kann ich es mir noch überlegen?«, fragte ich.
»Aber sicher. Nur nicht zu lange. Du kannst anfangs ja auch erst mal probehalber arbeiten, damit du siehst, ob es dir gefällt, und dich dann später entscheiden. Im Augenblick herrscht ziemliches Chaos. Kurz bevor Marie … na ja, bevor das passiert ist, haben wir Einladungen an alle Eltern im Umkreis rausgeschickt, die vor elf Monaten ein Kind bekommen haben, um Einjahresfotos zum Jubiläumspreis machen zu lassen. Seitdem steht das Telefon nicht mehr still.«
Ich nickte.

»Okay, ich verstehe. Reicht es, wenn ich am Wochenende anfange?«
»Absolut. Wunderbar! Dann plane ich für Samstag und Sonntag jeweils zehn Kinder ein. Super!«
Er stand auf, um zu gehen, zögerte aber noch.
»Hast du was Besonderes vor?«, fragte er. »Was Nettes? Manchmal habe ich das Gefühl, dass ich gar nichts von dir weiß, dich gar nicht richtig kenne.«
Ich konnte es mir nicht verkneifen. Die Vorgabe war zu einladend. »Ich gehe zum Hockeytraining«, sagte ich.
Kasper glotzte mich ein paar Sekunden lang an, kratzte sich in seinen von grauen Strähnen durchzogenen Locken, schob die Hand in die Tasche und räusperte sich.
»Was habe ich gesagt«, sagte er. »Was habe ich gesagt. Ich weiß nichts über meine Kinder. Ich wusste ja noch nicht einmal, dass du dich für Sport interessierst. Hockeytraining? Wie lange machst du das schon?«
»Ich guck bloß zu«, sagte ich. »Ein Freund von mir trainiert.«
Kasper sah beruhigt aus. Ein Lächeln huschte über sein Gesicht.
»Da hast du mir aber einen schönen Schrecken eingejagt«, sagte er.
»Das war Absicht.«
Im Nachhinein war mir nicht ganz klar, was ihn erschreckt hatte. Die Einsicht, wie wenig er über mich wusste, oder der Sport. Aber was spielte das für eine Rolle. Ich hielt mir den Pullover vor den Bauch und sah in den Wandspiegel. Das sah doch einigermaßen sportlich aus.
Vielleicht sollte ich das Ganze einfach sausen lassen. Was wollte ich dort? Und dann allein! Wenn Frida wenigstens

dabei wäre. Aber dann hätten wir garantiert etwas anderes unternommen.
Ich warf einen Blick auf die Uhr. Fünf vor vier. Jetzt würde Adam bald an der Haustür im Skördevägen klingeln. Ich sah Frida vor mir, wie sie oben im großen Bad ihr Gesicht im Spiegel musterte, wie sie einen Hauch Lidschatten auftrug und sich auf die Lippen biss, damit sie mehr Farbe bekamen. Jetzt warf sie einen nervösen Blick auf die Uhr. Noch vier Minuten.
Ob er pünktlich war? Vielleicht wartete Adam schon eine Weile an der Ecke zum Rydvägen, um nicht zu früh zu kommen. Welcher Junge würde nicht vor Ungeduld platzen, wenn Frida mit ihm in ihrem Zimmer Liebesszenen proben wollte?
Ich seufzte und ließ mich aufs Bett fallen. Was für ein Unterschied, jemanden zu treffen, um Liebesszenen zu probieren, oder sich in eine Eishalle zu stellen und zuzugucken, wie jemand einen Puck durch die Gegend schoss.
Auf meinem Bett lagen vier große Kissen, ein blaues, ein oranges, ein gelbes und ein grünes. Die hatte Viktor im Handarbeitsunterricht für mich genäht. Die Lehrerin war richtig sauer gewesen, weil er so viel Watte verbraucht hatte. Das waren meine Gedankenkissen.
Ich dachte über nichts Bestimmtes nach. In meinem Kopf lief ein Film ab und dieser Film handelte von Frida und Adam. Sie waren in Fridas Zimmer, ich hörte, was sie sagten, und sah, was sie machten. Plötzlich fuhr ich hoch und schaute auf die Uhr. Viertel vor fünf! Natürlich würde ich zu Andreas' Training gehen! Er hatte so glücklich ausgesehen, als ich ihn danach gefragt hatte. Er würde sich bestimmt freuen, wenn ich kam.

Ich zog den Pullover an, bürstete mir die Haare und lief auf den Flur.
Als ich die Hand auf die Türklinke legte, schaute Viktor aus seinem Zimmer. »Katrin?«
Ich drehte mich um. »Ja.«
»Glaubst du …« Er zögerte. »Glaubst du, dass man zu viel lesen kann? Dass das nur was für Mädchen ist?«
Sein Blick hatte etwas Flehendes. Er wollte es wirklich wissen. Es war schon lange her, dass er mit mir hatte reden wollen, und ich fühlte mich hin und her gerissen zwischen Eishalle und Viktor, während die Uhr unerbittlich auf fünf zu tickte.
»Nein«, sagte ich. »Aber ich denke, dass es nicht sehr viele Jungen gibt, die so viel lesen wie du. Du wirst später cleverer sein als sie alle zusammen.«
Er sah mich zweifelnd an.
»Ist was passiert?«, fragte ich.
Viktor zuckte mit den Schultern.
Ich sah wieder auf die Uhr. Acht vor. »Du, ich muss los. Lass uns später darüber reden.«
Was auch immer es war, was Viktor umtrieb, es musste warten. Bis zur Eishalle war es ein ziemliches Stück und ich hatte kein Fahrrad. Ich musste mich also ranhalten, wenn ich es bis dorthin schaffen wollte, ehe das Training zu Ende war. Wie lange ging so ein Training? Eine Stunde? Zwei?
Ich war froh, dass ich den Pulli dabeihatte; über der Stadt hatten sich ein paar dunkle Wolken zusammenzogen, die Sonne war nicht mehr zu sehen. Als ich im Laufschritt an der Apotheke und der Notfallpraxis vorbeilief, dachte ich, dass eine Jacke auch nicht schlecht gewesen wäre, weil

plötzlich ein Nieselregen einsetzte, der zuerst meine Haare und dann auch noch den Pullover durchweichte. Ich war nicht gerade ein Hauptgewinn, als ich zwanzig vor sechs durchnässt und frierend die Eishalle betrat. Aber immerhin, ich war gekommen.
Ich stand in der Garderobe, schüttelte die nassen Haare aus und versuchte, wenigstens die schlimmste Nässe aus dem Pulli zu wringen. Die Geräusche von der Eisfläche waren ungewohnt: lautes Rufen, Wummern und Schläge, und zwischendurch eine Trillerpfeife.
Ich war drauf und dran, wieder zu gehen. Aber da ich schon mal den Weg durch den Regen hierher gemacht hatte, konnte ich ja wenigstens einen Blick in die Halle werfen. Ich zog den Pullover wieder an und ging durch die Schwingtür hinein.
Die Jungs fuhren mit Helmen und roten Trikots auf der Eisfläche hin und her. Ein Teil trug breite, gelbe Bänder über dem Trikot, wahrscheinlich, um die Mannschaften auseinander halten zu können. Ich konnte nicht erkennen, welcher Spieler Andreas war. Der Trainer trug eine schwarze Windjacke und hatte eine Trillerpfeife im Mund. Mir war kalt.
Ich setzte mich auf eine Bank gleich hinter der Bande und versuchte mich aufzuwärmen, indem ich mir die Arme um den Oberkörper schlang. Der Trainer blies die Trillerpfeife und das Spiel kam zum Stehen.
»Ihr müsst die Offensive zusammenhalten! Denkt an die Mannschaft! An die Mitspieler! Ihr könnt nicht wie aufgescheuchte Hühner durch die Gegend flattern, sobald die Verteidigung die Kette durchbricht!«
Einer der Helme kam auf mich zu, aber erst, als er vor mir

stehen blieb, erkannte ich Andreas' Augen hinter dem Visier. Ihm klebten schweißnasse Strähnen in der Stirn.
»Ich hab nicht damit gerechnet, dass du kommst«, sagte er. »Regnet es?«
Ich nickte. »Dachtest du, ich hätte die Duschen ausprobiert?«
Das sollte witzig sein, klang aber eher vorwurfsvoll.
»Mein grüner Pullover liegt auf der Bank in der Ecke des Umkleideraums«, sagte Andreas. »Den kannst du gerne anziehen. Da dürfte im Moment niemand sein.«
»Andreas!«, rief der Trainer. »Spielst du mit oder willst du lieber flirten?«
Die anderen Jungs lachten.
»Bis später«, sagte Andreas und fuhr wieder aufs Eis.
Er machte nicht den Eindruck, als ob es ihm peinlich wäre. Er wirkte selbstbewusst, fast stolz, als er zwischen die anderen Spieler glitt. Aber vielleicht bildete ich mir das auch nur ein. Ich stand auf und lief die Treppe zur Herrenumkleide runter. Nach einem vorsichtigen Blick in den Raum kämpfte ich mich durch den Geruchsmix aus Schweiß, Seife und Klamotten zu der Bank, auf der der Pullover lag. Ich erkannte ihn sofort. Den hatte er schon öfter in der Schule angehabt. Es war ein kribbeliges Gefühl, ihn anzuziehen, und noch kribbeliger, in dem Pullover in die Halle zurückzugehen und sich wieder hinter die Bande zu stellen. Wer mich so sah, musste doch denken, dass ich Andreas' Freundin war. Falls jemand guckte.
Auf dem Eis ging es heiß her. Ich versuchte rauszufinden, unter welchem Helm Andreas steckte, aber ich konnte es nur raten. Ich wusste nicht mal mehr, ob er ein gelbes Band umgehabt hatte oder nicht. Nach einer Weile schweiften

meine Gedanken ab. Ob Adam wohl noch bei Frida war? Vielleicht war er ja auch schon nach Hause gegangen, und Frida versuchte ständig, mich zu erreichen. Was machte ich eigentlich hier?
Ich warf einen gestressten Blick auf die Uhr. Fünf nach sechs. Wie lange wollten die da unten noch weitermachen?
Wenn alles lief wie geplant, war Adam sicher noch eine Weile bei Frida. Sie rief bestimmt erst später an, redete ich mir gut zu. Und schließlich wusste sie ja, dass ich zum Eishockeytraining wollte.
Ich brauchte dringend ein Handy. Ich glaube, Anton und ich waren die Einzigen aus der Klasse, die noch keins hatten. Vielleicht konnte ich mir ja bald eins leisten, wenn ich erst mal eine Weile im Atelier gearbeitet hatte. Kasper hatte gesagt, er würde mir den gleichen Stundenlohn zahlen wie Marie. Wie viel das wohl war?
Andreas' Pullover war schön warm, aber blöderweise hatte ich ihn übergezogen, ohne vorher meinen feuchten Pulli auszuziehen. Dabei wäre es doch viel prickeliger gewesen, nur das T-Shirt zwischen Andreas' Pullover und meiner Haut zu haben. Und bequemer obendrein. Damit Andreas nicht sah, was ich da veranstaltete, ging ich wieder runter in den Umkleideraum, zog eilig beide Pullover auf einmal über den Kopf, um gleich darauf Andreas' grünen wieder anzuziehen. Ich hatte Glück. Auf dem Weg nach draußen flog die Tür auf und die ganze Hockeymannschaft kam mir unter lautem Gebrabbel, Lachen und Lärm entgegen. Ich wurde natürlich knallrot bis an die Ohrläppchen.
»He, Andreas, deine Freundin ist hier! Wollt ihr zusammen duschen?«

»Ich wollte bloß ...«, setzte ich an, aber keiner hörte mir zu.
Alle johlten und pfiffen, als Andreas zu mir kam.
»Ich hatte meinen Pullover liegen lassen«, log ich unglücklich.
»Macht doch nichts«, sagte Andreas. »Warte draußen auf mich. Ich komme gleich.«
»Nie im Leben warte ich da draußen! Das ist mir echt zu peinlich, wenn die noch mal an mir vorbeikommen und mich auslachen«, sagte ich.
»Die sind doch bloß neidisch«, sagte Andreas. »Pfeif auf sie! Oder lach zurück!«
Ich mochte ihn. In diesem Moment fand ich ihn einfach nur toll. Ich hätte ihm um den Hals fallen können, wie er dastand, verschwitzt und mit rotem Kopf. Aber das hätte die anderen Jungs nur noch mehr gefreut.
»Okay«, sagte ich. »Ich warte.«

Kurz nach halb sieben schlenderten Andreas und ich die Storgatan entlang. Wir waren ungefähr gleich groß. Er hatte die Sporttasche über die rechte Schulter gehängt. Sein hellbraunes Haar war feucht, allerdings vom Duschen und nicht mehr vom Schweiß. Ich trug noch immer seinen Pullover.
»Ich brauch ihn im Moment nicht«, sagte er. »Nach dem Training ist mir immer total warm. Du kannst ihn mir morgen zurückgeben.«
Im China-Kino lief ein neuer Film, eine »romantische Action-Komödie«, wie die Plakate ankündigten.
Andreas zögerte einen Moment, dann zeigte er mit dem Kopf zum Eingang. »Wollen wir reingehen? Ich lad dich

ein. Ich hab den ganzen Sommer in einer Tankstelle gejobbt und bin ziemlich gut bei Kasse.«

Ich war nicht in der Lage, ihm in die Augen zu sehen, und starrte das Plakat an, auf dem ein großer, dunkelhaariger Mann eine blonde Frau vor einer Kulisse brennender Autos küsste.

Das war das erste Mal, dass ein Junge mich ins Kino einlud. Frida und ich waren mal mit Anton und Sebbe im Kino gewesen, aber da hatte jeder für sich selbst bezahlt. Außerdem hatten Frida und ich in der fünften Reihe gesessen und Sebbe und Anton ganz hinten. Das war also nicht direkt vergleichbar.

Ich konnte nicht klar denken. Adam dürfte inzwischen gegangen sein, und womöglich versuchte Frida verzweifelt, mich zu erreichen, um zu erzählen. Ich musste nach Hause.

»Ein andermal«, sagte ich. »Gern. Aber heute geht's nicht.«

Andreas nickte. »In Ordnung.«

»Ich muss nach Hause«, fügte ich erklärend hinzu. »Ich hab noch was zu erledigen.«

Andreas nickte wieder.

Wir liefen eine Weile schweigend weiter. Schließlich fragte er: »Wo wohnst du eigentlich?«

»In der Kärrhöksgatan. Im einem der fünfstöckigen Häuser.«

»Aha.«

»Und du?«

»Was?«

»Wo wohnst du?«

»Im Malmövägen. Aber meine Eltern haben gerade ein

Haus in Ängsbacken gekauft. In ein paar Wochen ziehen wir um.«

»Dann hast du es doch näher zur Schule.«

»Ja, davon hab ich schon immer geträumt.«

Ich lachte. »Aber es ist doch sicher toll, in einem Einfamilienhaus zu wohnen, oder?«, hakte ich nach. »Mit Garten und Treppe …«

»Treppe?«, sagte Andreas amüsiert und mir schoss schon wieder die Röte ins Gesicht.

Aber Andreas war offensichtlich farbenblind, weil er auch diesmal nicht darauf reagierte. Glück für mich.

»Ich mag Treppen«, sagte ich verlegen. »Sie haben so was … Ach Quatsch. Ich mag Treppen einfach. Eigene Treppen, meine ich, nicht solche in Wohnblöcken, die zu allen Wohnungen gehören.«

Andreas lächelte. »Ich lad dich schon jetzt mal ein, auf unserer Treppe rauf- und runterzugehen, so oft du willst«, sagte er.

Wir hatten die Kreuzung an der Kungsgatan erreicht. Wenn er zum Malmövägen wollte, musste er weiter geradeaus gehen. Ich hatte es von hier aus noch höchstens fünf Minuten bis nach Hause.

»Dann bis morgen, also«, sagte ich.

»Mhmh. Apropos Probe. Könnten wir uns vielleicht bei dir treffen? Bei uns ist es ein bisschen lebhaft … ich habe einen Haufen nerviger Geschwister, die …«

»Einen Haufen?«

Er grinste. »Drei. Aber wenn die an meine Tür hämmern, klingen sie wie ein ganzer Haufen.«

Er zögerte und rückte die Tasche zurecht, die ihm von der Schulter gerutscht war.

»Schön, dass du zum Training gekommen bist.«
Ich zog die Schultern hoch. »Ich hab überhaupt keine Ahnung von Hockey.«
»Noch besser.«
»Wieso?«
»Na ja, weil du dann ja wohl meinetwegen gekommen bist, oder ...?«
Das klang unwirklich. Wie ein Satz aus einem Film. Ich wurde noch nicht mal rot. Aber mir fiel auch nicht ein, was ich antworten sollte. Einerseits hatte er ja Recht. Aber irgendwie auch wieder nicht.
Andreas räusperte sich und rückte schon wieder die Tasche zurecht, obwohl sie gut saß.
»Okay«, sagte er. »Bis morgen.«
Ich nickte. Darauf setzte er sich in Bewegung.
Es war Viertel vor sieben und ich ging schnell nach Hause. Ich hatte gerade den Hauseingang erreicht, als es wieder anfing zu regnen. Perfektes Timing!
Die Tür zu Viktors Zimmer war geschlossen, aber ich nahm an, dass er da war. Die Erinnerung an sein trauriges Gesicht blitzte kurz in meinem Gehirn auf, aber ich konnte mich im Augenblick nicht darum kümmern. Frida wartete bestimmt schon.
Kasper saß in der Küche. Vor ihm stapelten sich mehrere Brote auf einem Teller.
»Ich bin eben erst nach Hause gekommen«, sagte er entschuldigend. »Ich hatte heute keine Zeit, Mittag zu essen.«
»Darf ich das Telefon mit aufs Zimmer nehmen?«, fragte ich. »Ich muss mit Frida reden. Privat.«
»Ja klar, mach das. War es nett?«

Ich war schon fast auf dem Flur und blieb ungeduldig auf der Schwelle stehen. »Was?«

»Das Eishockeytraining.«

»Ach so. Ja, doch.«

Früher hab ich das Telefon grundsätzlich mit ins Zimmer genommen, wenn ich mit Frida telefonierte, aber nachdem die Telefonrechnung zu sehr in die Höhe geschossen war, musste ich versprechen, es nur noch gelegentlich zu machen, und nie, ohne vorher zu fragen.

Bevor ich ihre Nummer wählte, ging ich die Anruferliste durch. Fridas Nummer war nicht dabei. War Adam etwa immer noch bei ihr? Ich zögerte mit dem Finger auf der M1-Taste. Wenn es so war, würde Frida mir das schon irgendwie signalisieren und dann würde ich einfach wieder auflegen. Andererseits, wenn er nicht mehr da war, hätte sie doch wohl angerufen, oder?

Ich legte den Hörer auf und dachte nach. Dann nahm ich ihn wieder ab und drückte den M1-Knopf. Irgendwas stimmte nicht, das fühlte ich. Das Gefühl wurde bestätigt, als ich Fridas Stimme hörte.

»Hallo«, sagte ich.

»Hallo.«

»Ist er noch da?«

»Nein.«

»Ist er nicht gekommen?«

»Doch.«

Danach war es ein paar Sekunden lang still in der Leitung. Ich wusste nicht, ob ich nachhaken sollte, aber wenn ich Probleme hätte, würde ich mir wünschen, dass Frida nachfragte.

»Aber?«

Sie seufzte herzzerreißend in den Hörer. »Kann ich kommen?«
Ich sah mich schnell im Zimmer um. Es kam selten vor, dass Frida mich besuchte, wir waren meistens bei ihr, wenn wir nicht in die Stadt gingen.
»Ja … natürlich. Klar kannst du kommen.«
Meine Tapeten waren altmodisch grau gemustert und meine Möbel abgenudelt und langweilig. Viel hatte ich auch nicht grade. Eine Federkernmatratze mit Frotteeüberwurf und einen Bettkasten von IKEA, einen weißen Schreibtisch mit Plastikunterschränken und einer Laminatplatte, einen ungemütlichen Schreibtischstuhl auf Rädern und einen Sitzsack, den ich schon als Kind hatte.
Zu Hause bei Frida sah es ganz anders aus. Ihr Bett war ein Meter zwanzig breit und ließ sich mit einer Fernbedienung auf- und zuklappen. Außerdem hatte sie zwei neue Sessel von irgendeinem bekannten Möbeldesigner, einen hellgrauen Schreibtisch mit integriertem Computerbord, blaue Tapeten mit weißen Wolken und ein paar gerahmte Filmplakate über dem Bett. In der Ecke neben dem Fenster stand ein mehr als meterhoher Ficus, den Frida »Benny« nannte, und ihre Gardinen waren ein Hauch in Orangerot, genau wie die Kissen auf ihren Sesseln. Fridas Zimmer hätte selbst als Schwarzweißbild einen farbigeren Eindruck gemacht als meins, garantiert.
Eine Viertelstunde später, als Frida in ihrer ockerfarbenen Tunika neben mir auf dem Bett saß, hatte mein Zimmer auch einen Farbklecks erhalten. Sie strich sich das Haar aus der Stirn und sah mich geknickt an.
»Ich weiß nicht«, sagte sie. »Es war nichts Bestimmtes. Er kam und wir haben uns unterhalten … Er hat sich übrigens

was anderes angezogen, also war es ihm offenbar wichtig, wie er aussah, aber …«

Ich wartete.

Frida seufzte. »Ich glaube, er wollte tatsächlich nur das Stück mit mir üben, sonst nichts, verstehst du?«

»Wahrscheinlich kann er sich nicht vorstellen, dass ein Mädchen wie du überhaupt auf die Idee kommt, was von ihm zu wollen«, schlug ich vor.

Frida schüttelte mit finsterer Miene den Kopf. »Ich glaube eher, dass er einen Scheißdreck an mehr als einer Freundschaft interessiert ist.«

Die Theorie kam mir völlig aus der Luft gegriffen vor. So einen Jungen gab es nicht in unserem Teil des Universums.

Frida lehnte sich an die Wand und fuhr mit beiden Händen durch ihre Haare. Leichter Apfelduft streifte meine Nase.

»Das Schlimme ist, dass ich mich inzwischen richtig in ihn verliebt habe«, sagte sie.

»Warst du das vorher nicht?«

»Ach, das war doch mehr aus Spaß. Man verliebt sich doch nicht in jemanden, mit dem man noch nicht einmal geredet hat, jedenfalls nicht richtig. Ich fand ihn einfach süß. Er sieht gut aus und so. Aber jetzt … Er hat so eine warme Art. Seine Augen. Und der Hals. Und hast du seinen Nacken gesehen?«

Sie sah mich eindringlich an. »Nein«, sagte ich, obwohl ich seinen Nacken sehr wohl gesehen hatte. Aber es schien mir irgendwie unpassend, das zu sagen. Und was spielte es schon für eine Rolle. Zugleich kam ich mir ziemlich schäbig vor, Frida so anzulügen. Ich wollte es mir gerade anders überlegen und »doch, vielleicht, wo du fragst« sagen, als sie anfing, seinen Nacken zu beschreiben, und da war es zu spät.

»Er scheint einiges auf dem Kasten zu haben«, sagte sie. »Er sagt intelligente Dinge. Und er ist witzig. Ein Junge muss Humor haben, findest du nicht?«

»Ja. Absolut.«

Frida seufzte wieder. »Aber, also … er wirkt nicht interessiert. Er wollte wirklich nur Shakespeare üben.«

»Das kann doch nur heißen, dass er noch nicht kapiert hat, was Sache ist. Wahrscheinlich hat er gedacht, dass das wirklich der einzige Grund ist, wieso du ihn zu dir eingeladen hast.«

Sie sah mich zweifelnd an.

»Und außerdem kennt er dich doch gar nicht. Du musst ihm ein bisschen Zeit lassen. Vielleicht ist er ja schüchtern. Oder einfach vorsichtig. Vielleicht will er erst austesten, ob du es ernst meinst.«

Frida nickte nachdenklich mit dem Kopf.

»Ja, vielleicht«, sagte sie. »Vielleicht hast du Recht. Er war wirklich total nett und hat viel gelacht und so … Ich bin wahrscheinlich zu ungeduldig. Du kennst mich ja.«

Ich nickte lächelnd.

»Glaubst du, dass er mich mag?«, fragte Frida.

»Natürlich mag er dich.«

Danach gingen wir durch, was sich bei Frida abgespielt hatte, bis ins kleinste Detail: was Adam gesagt hatte, wie er es gesagt hatte und was das bedeuten könnte. Es kam nicht sehr viel dabei heraus, aber Frida war bei ihrem Aufbruch auf alle Fälle ruhiger als bei ihrer Ankunft. In der Tür nahm sie mich ganz fest in den Arm.

»Du bist die beste Freundin auf der ganzen Welt«, sagte sie.
Ich wollte sagen, dass das nicht sein konnte, weil der Platz schon von ihr selbst belegt war, aber ich kriegte kein Wort heraus. Sobald es zu emotional wurde, verhakten sich die Worte in meinem Kopf. Das war schon immer so gewesen. Wenn die Gelegenheit besonders günstig war, etwas zu sagen, war ich stumm wie ein Holzklotz.
Exakt zwölf Minuten später, so lange brauchte Frida, um nach Hause zu radeln, die Tür aufzuschließen, in den Flur zu stürzen und meine Nummer zu wählen, klingelte das Telefon. Es stand noch immer in meinem Zimmer und ich nahm nach dem ersten Klingeln ab.
»Oh Mann!«, keuchte Frida atemlos in den Hörer.
»Was ist passiert?«, fragte ich erschrocken.
»Ich bin vielleicht eine Rabenfreundin«, sagte Frida aufgeregt. »Ich hab überhaupt nicht mehr daran gedacht. Warum hast du nichts gesagt?«
»Was meinst du?«
»Andreas! Ich hab gar nicht nach deinem Treffen mit Andreas gefragt! Ich hab die ganze Zeit nur von mir erzählt! Unglaublich!«
Daran hatte ich gar nicht gedacht.
»Das war doch wichtig«, sagte ich. »Außerdem ist nichts Besonders passiert. Mit Andreas, meine ich.«
»Setz dich hin«, sagte Frida, »bequem.«
Ich setzte mich gehorsam auf mein Bett. »Okay. Ich sitze.«
»Gut«, sagte Frida. »Jetzt will ich was hören. Alles.«

ICH FRAGTE MICH, wie er sich die Übergabe des Pullovers gedacht hatte. Sollte ich ihn eher diskret, unauffällig in eine Plastiktüte verpackt auf seinen Platz legen oder sollte ich vor Sebbes, Antons und Adams Augen einfach zu ihm gehen und ihm den Pullover gut sichtbar und mit einem fröhlichen »Danke fürs Leihen« in die Hand drücken?
Frida hätte natürlich die zweite Variante gewählt. Aber ich war nun mal nicht Frida. Andreas war mit einer der Ersten, die ich am Morgen in der Schule sah, aber ich ließ die Tasche trotzdem erst einmal in meinem Schrank liegen. In der ersten Stunde hatten wir Schwedisch bei Affe. Andreas versuchte, meinen Blick einzufangen, und lächelte mir kurz zu. Frida piekste mich in die Seite, als sie es sah, und ich zuckte zusammen. Andreas drehte sich schnell wieder nach vorne.
»Lass das«, flüsterte ich. »Das ist ihm peinlich, siehst du das nicht?«
Sie vergaß Andreas auf der Stelle, weil Adam atemlos mit einem Stapel Bücher und einem Schreibblock unterm Arm in die Klasse stürmte. Er sah nicht in unsere Richtung und ließ sich auf den Platz neben Anton fallen.
»Scheiße«, flüsterte Frida. »Er macht sich nichts aus mir. Hast du gesehen?«
»Quatsch. Er ist zu spät gekommen.«
»Hm.«
»Du warst vielleicht nicht deutlich genug«, flüsterte ich. »Ein bisschen wie bei einem Lottogewinn, das glaubt man auch nicht beim ersten Mal, wenn man's hört.«
Affe sah zu uns rüber. »Wenn euer Gespräch was mit

Grammatik zu tun hat, dann lasst doch bitte den Rest der Klasse daran teilhaben!«, sagte er. »Wenn nicht, bitte ich euch, den Mund zu halten, damit wir anfangen können!«

»Kein Problem«, sagte Frida. »Wir haben nur darauf gewartet.«

Andreas warf mir einen hastigen Blick zu und ein kurzes Lächeln, das ich hastig erwiderte.

Das Problem mit der Pulloverübergabe löste sich schließlich von ganz allein. Als ich in der großen Pause meine Bücher in den Schrank stellte, stand Andreas hinter mir. Frida war auf der Toilette. Ich nahm die Tüte mit dem Pullover.

»Hallo«, sagte er. »Alles in Ordnung?«

»Ja, denke schon«, sagte ich und gab ihm die Plastiktüte. »Danke fürs Leihen.«

»Wann wollen wir uns heute Nachmittag treffen?«

Ich brauchte einen Moment, ehe mir wieder einfiel, dass wir uns zum Üben verabredet hatten. Das war wohl alles etwas zu viel für mich, mein Gehirn hinkte ein Stück hinterher.

»Ich weiß nicht genau«, sagte ich. »Ich muss auf alle Fälle vorher mit Tarzan raus.«

Andreas sah mich verdutzt an. »Tarzan?«

Ich lachte. »Unser Hund«, klärte ich ihn auf. »Und dann muss ich vorher auch noch mit Frida reden.«

Er zuckte mit den Schultern. »Natürlich. Bestimmt sie eigentlich alles?«

»Wieso?«

»Kannst du nicht mal allein entscheiden, wann wir beide uns treffen, ohne sie vorher zu fragen?«

Ich starrte ihn an. Hatte er sie nicht mehr alle?
»Das stimmt doch so gar nicht«, sagte ich. »Frida und ich treffen uns jeden Nachmittag. Da ist es ja wohl selbstverständlich, dass ich erst noch mit ihr sprechen möchte.«
Andreas machte eine abwehrende Geste. »Okay, okay! Dann red erst mit ihr. Bis später.« Und damit ging er.
Frida sagte immer, Jungs wollten einen besitzen. Vielleicht hatte sie ja Recht. Was wäre, wenn Adam sie besitzen, sie ganz für sich allein haben wollte? Ob sie da standhaft bleiben würde?
Ich schüttelte den Kopf. Natürlich würde Frida sich nicht von einem Jungen lenken lassen. Nicht einmal von einem wie Adam.
Frida hatte keine bestimmten Pläne für den Nachmittag, also verabredete ich mich so gegen sechs Uhr mit Andreas. Vorher wollte ich noch in aller Ruhe mit Tarzan spazieren gehen und duschen und mich ein bisschen zurechtmachen. Nicht so, dass es auffiel, nur ein bisschen. Rakel und Ellen wollten um halb sieben ins Kino gehen und Frida beschloss mitzugehen.
»Katrin hat heute Abend schon was Besseres vor!«, sagte Frida und grinste mich an.
Ich grinste zurück, dabei fühlte ich mich ziemlich melancholisch. Ich wäre viel lieber mit ihnen ins Kino gegangen. Alles sollte so sein wie immer. Aber das konnte ich doch nicht sagen.
Zu Hause war es ruhig. Viktor schien auch ausgeflogen zu sein. Es war fünf vor vier und Tarzan begrüßte mich ungeduldig. Ich stellte nur kurz die Schultasche im Flur ab, legte Tarzan die Leine an und ging wieder nach unten. Sonst war Marie in der Mittagspause immer nach Hause

gekommen, um eine kurze Runde mit Tarzan zu drehen; jetzt musste er sich gedulden, bis ich aus der Schule kam.

Es war kälter geworden seit gestern, aber die Luft war herrlich klar. Eigentlich war das mein Lieblingswetter. Das Laub im Videbergspark verfärbte sich ganz allmählich gelb, es lagen bereits die ersten Blätter auf dem nach wie vor grünen Gras.

Ich konnte niemanden sehen, als ich Tarzan von der Leine ließ, damit er über die Rasenfläche toben konnte. Er verschwand in Richtung Flussufer. Ich schlenderte gemütlich hinter ihm her, die Leine in der rechten Hand.

Als ich um die hohe Hecke bei dem alten Pavillon bog, sah ich, dass Tarzan nicht allein war. Vor ihm hockte ein Junge mit dunkler Kapuzenjacke und kraulte ihn. Ich hatte hart mit Tarzan trainiert, nicht zu fremden Leuten zu gehen, und normalerweise tat er das auch nicht.

»Tarzan!«, rief ich streng.

Der Junge stand auf und sah mich an. Es war Adam.

»Hallo!«, sagte er überrascht und schob die Kapuze in den Nacken. »Ist das dein Hund?«

Ich nickte. »Ja. Oder vielmehr … unser Hund. Der Familienhund, sozusagen.«

Tarzan sprang glücklich zwischen mir und Adam hin und her, als hätte er einen alten Bekannten getroffen.

»Er ist sehr schön«, sagte Adam. »Ich hatte auch mal einen Boxer …«

Er machte eine Pause, warf mir einen kurzen Blick zu und nahm innerlich Anlauf, ehe er weitersprach: »Meine Mutter hat plötzlich eine Allergie gegen Hundehaare gekriegt. Behauptete sie jedenfalls.«

Adam sah Tarzan an und blickte dann aufs Wasser, das wenige Meter vor seinen Füßen an uns vorbeifloss.
»Wie lange ist das her?«, fragte ich.
Adam lächelte verlegen. »Schon ein paar Jahre. Aber er fehlt mir immer noch.«
»Was …«
Ich sprach nicht weiter, dachte, dass die Frage, die ich stellen wollte, vielleicht doch etwas zu aufdringlich war. Aber zu meiner Verwunderung antwortete Adam, ohne dass ich sie ausgesprochen hatte.
»Mama hat eine Familie für ihn gefunden, wir mussten ihn also nicht einschläfern lassen. Sie haben versprochen, sich gut um ihn zu kümmern. Dafür musste ich versprechen, sie nicht zu besuchen. Das würde es ihm nur schwerer machen als unbedingt nötig, meinten sie.«
Ich nickte. »Bestimmt hat er ein gutes Zuhause bekommen.«
Adam sah mich an. Ich hatte keine Chance, seinem graublauen Blick zu entkommen.
»Manchmal denke ich, es wäre besser gewesen, ihn einzuschläfern. Ist das nicht schrecklich?«
Ich verstand genau, was er meinte, doch ich wusste nicht, wie ich ihm das sagen sollte. Aber vielleicht sah er es mir auch so an, zumindest lächelte er.
»Wie alt ist Tarzan?«
»Sieben.«
Adam kraulte Tarzan an der Schwanzwurzel, so wie er es am liebsten mochte, und der Hund stemmte sich genüsslich mit den Pfoten in den Boden. Ich blickte auf Adams Hände und hatte mit einem Mal so ein seltsames Gefühl. Als ob mir der Sauerstoff ausginge.

»Sei froh, dass deine Mutter Hunde mag«, sagte Adam.
»Ich habe keine Mutter«, sagte ich. »Oder … Ich hab schon eine Mutter, aber wir haben keinen Kontakt. Sie ist nach Brüssel gezogen, als ich sechs war.«
Warum erzählte ich ihm das? Vielleicht, weil er mir das mit seinem Hund erzählt hatte. Es kam mir wie das Natürlichste und Selbstverständlichste der Welt vor, als würde ich jeden Tag darüber reden.
Adam streckte sich und sah mich fragend an.
»Das ist ja crazy«, sagte er. »Dann kennt sie vielleicht meinen Vater. Mama hat gesagt, er hätte inzwischen einen Job bei der EU in Brüssel.«
»Vielleicht sind sie schon längst verheiratet«, sagte ich. »Und wir sind Geschwister und wissen nichts davon.«
Adam lachte. »Das ist schon komisch, oder?«, sagte er.
»Und ob«, sagte ich. »Stimmt das wirklich? Dass dein Vater in Brüssel lebt, meine ich?«
Er zuckte mit den Schultern.
»Das hat meine Mutter gesagt. Dabei haben sie den Kontakt vollständig abgebrochen. Keine Ahnung, woher sie das weiß. Ich scheiß auf ihn. Er weiß, dass es mich gibt, aber er hat sich nie um mich gekümmert, warum sollte ich da an ihm interessiert sein?«
»Weil er dein Vater ist«, sagte ich.
Adam antwortete nicht, aber sein Schweigen war auch eine Art Antwort.
Wir gingen langsam am Ufer entlang, ganz so, als hätten wir uns zu einem Spaziergang am Fluss verabredet. Tarzan sprang fröhlich um uns herum.
»Da ist mir Pucko tausendmal wichtiger«, sagte Adam nach einer Weile.

»Pucko?«, fragte ich. »Heißt dein Hund *Pucko*?!«
Adam nickte. »Ich war acht, als ich ihn bekam, und hab ihn nach der Sache getauft, die ich am liebsten mochte. Pucko. Du weißt schon, diese Schokomilch in der Flasche.«
Ich konnte mir das Lachen nicht verkneifen, es sprudelte einfach aus mir heraus. Adam lachte auch.
»Damals kam mir der Name genial vor«, sagte er.
»Schon klar«, sagte ich kichernd.
Adam wurde schlagartig ernst. »Jetzt hat er wahrscheinlich einen anderen Namen.«
Ich schüttelte den Kopf. »Nein. Sie nennen ihn höchstens anders. Aber sein richtiger Name ist Pucko. Tarzan könnte auch niemand umtaufen.«
Ich spürte Adams graublauen Blick auf mir, sah ihn aber nicht an, weil ich Angst hatte, mich sonst in seinen Augen zu verlieren und nie wieder herauszufinden.
»Warst du irgendwohin unterwegs?«, fragte ich stattdessen. »Oder bist du öfter im Videbergspark?«
»Wir haben früher in der Nähe vom Hagapark gewohnt, da bin ich immer mit Pucko spazieren gegangen. Als er nicht mehr da war, bin ich alleine los. Manchmal hab ich geflennt wie verrückt. Kannst du verstehen, dass man wegen eines Hundes so traurig sein kann?«
Ich nickte. Daran war doch nichts Ungewöhnliches. Das Ungewöhnliche war, dass er mir davon erzählte. Wir hatten in der Schule bisher kaum ein Wort miteinander gewechselt, und jetzt spazierten wir hier nebeneinander durch den Park wie alte Bekannte und erzählten uns gegenseitig unsere privatesten Geheimnisse. Das war vollkommen unfassbar und zugleich so selbstverständlich.
»Später bin ich immer hingegangen, wenn ich in Ruhe

nachdenken und allein sein wollte«, erzählte Adam weiter. »Es gibt Wege im Hagapark, da geht niemand, ganz schmale Pfade im dichten Gestrüpp, die bis zum Wasser führen. Man ist dort ganz allein, obwohl es gleich daneben auf den größeren Wegen und den Rasenflächen jede Menge Spaziergänger gibt. Es läuft einem höchstens mal ein Hund über den Weg, der auf Entdeckungstour ist. Das Licht unter den Bäumen ist so speziell; bei Sonne ist der Boden ganz fleckig, und wenn es bewölkt ist, kommt man sich vor wie in einem Tunnel. Man hört Stimmen, weit weg oder manchmal auch ganz nah, aber die Leute sehen einen nicht. Und wenn man vorsichtig geht und nicht auf die Zweige am Boden tritt, bewegt man sich fast unsichtbar vorwärts, wie im Märchen …«

Es war, als erzählte er von einer geheimen Welt, einem Ort, den man nur durch einen Spiegel oder eine verborgene Tür in einer Steinmauer betreten konnte. Ich bekam eine unbändige, körperlich spürbare Lust, sofort in den Hagapark zu gehen. Plötzlich lachte er. »Sag mal, du musst doch denken, dass ich völlig gaga bin.«

»Nein.«

»Keine Ahnung, warum ich dir das alles erzähle. Vielleicht, weil ich mich ertappt fühle.«

Ich grinste. »Hast du am Flussufer gerade Märchen gespielt?«

Das war überhaupt nicht böse gemeint und er verstand das.

»Nicht ganz«, sagte er, »aber so in der Art. Ich war gerade auf der Suche nach einem neuen Platz, an dem ich Ruhe zum Nachdenken habe. Und als Tarzan kam, dachte ich im ersten Augenblick, es wäre Pucko.«

Adam bückte sich und Tarzan lief sofort zu ihm und drückte sich an ihn.

»Ich dachte, dass meine Mutter sich nach Brüssel abgesetzt und auf ihre Kinder gepfiffen hat, wäre ein absoluter Einzelfall«, sagte ich. »Ich dachte, nur ich hätte dieses Problem.«

»Obwohl es für dich schlimmer sein muss«, sagte Adam.

»Wieso?«

»Dass Väter sich verdrücken, kennt man ja. Aber Mütter hauen nicht ab.«

So simpel war das. Mir wurde mit brennender Gewissheit klar, dass es genau so war. Mütter verlassen ihre Kinder nicht einfach für einen verlockenden Top-Job im Ausland. Mütter opfern sich, auf Mütter kann man sich verlassen, Mütter *sind da*.

Plötzlich wusste ich, wieso ich so wütend auf Marie war. Ich hatte das Ganze schon einmal erlebt. Ich war wütend auf Marie wegen dieses verflixten Jobs in der Werbeagentur, der ihr wichtiger war als wir. Und deswegen wollte ich auch Kasper verteidigen, als Frida ihn einen Pascha genannt hatte. Dabei ging es eigentlich um Mama und nicht um Marie, um Mamas tolle Arbeit in Brüssel und einen riesengroßen Verrat. Ich konnte es nicht mehr bremsen – der große Felsblock kam ins Rollen und mit ihm kamen die Tränen. Ich wollte wegrennen, weg von Adam, aber er hielt mich fest und nahm mich in den Arm, und da musste ich noch mehr weinen. Ich schluchzte an seinem Hals, als wäre er tatsächlich mein großer Bruder, den ich erst jetzt gefunden hatte.

ADAM SAGTE NICHTS.

Ich weiß nicht, wie lange ich weinte, lange vermutlich, aber Adam blieb ganz ruhig stehen und hielt mich fest.

Als ich mich ausgeschluchzt und ausgeschnieft hatte, gingen wir langsam am Flussufer zurück. Ich befürchtete die ganze Zeit, dass er anfangen könnte zu reden, aber er sagte nichts. Es war, als balancierte ich auf einem schmalen Grat; ein einziges Wort hätte mich in den Abgrund gestoßen. Aber Adam lief schweigend neben mir her. Als wir einem älteren Paar begegneten, nahm er mir wortlos die Leine aus der Hand und koppelte Tarzan an. An der hohen Hecke, die den Pavillon umgab, blieben wir stehen.

Ich versuchte es mit einem Lächeln, was wohl ziemlich schief geriet. »Und du dachtest, ich könnte *dich* für gaga halten …!«

Er lächelte auch, aber nur mit dem Mund. Seine Augen waren ganz ernst.

»Vor kurzem ist was passiert«, versuchte ich zu erklären. »Kasper und Marie … Kasper ist mein Vater und …« Ich verlor den Faden.

Adam nickte in Richtung Pavillon. »Komm, setzen wir uns«, sagte er. »Heißt dein Vater wirklich Kasper?«

Das klang wie meine Frage nach dem Namen seines Hundes. Meine Mundwinkel wanderten nach oben. Diesmal gelang es mir schon besser.

»Nein, er heißt Olof Kaspersson. Aber alle nennen ihn Kasper. Er ist ein Kasper. Oder war einer, bevor Marie weggegangen ist.«

»Und wer ist Marie?«

Mehr war nicht nötig. Nur diese simple Frage. Ich erzählte ihm alles.

Ich erzählte von Anfang an und merkte, dass ich das, was passiert war, plötzlich anders empfand. Es war immer noch traurig und tat weh und ich schämte mich, aber in mir wütete kein unkontrollierbarer Gefühlssturm mehr. Der Wirbelsturm war mit Mama verknüpft, nicht mit Marie, das begriff ich jetzt.

Die grüne Farbe der Bänke in dem Pavillon blätterte ab, zwischen den Latten kam fleckenweise das graue Holz zum Vorschein. Adam saß still da, den Blick auf den Durchgang in der Hecke gerichtet, hinter dem man den Fluss vorbeifließen sah. Obgleich er nichts sagte und mich kein einziges Mal anblickte, wusste ich, dass er mir ganz genau zuhörte. Und zwar auf eine besondere Art, die mich dazu brachte, mir selbst zuzuhören, zu hören, was ich eigentlich sagte, mich zu fragen, warum ich ausgerechnet diese Worte wählte oder neue ausprobierte, die es besser trafen. Ich erzählte von dem türkisfarbenen Top und dass ich ihr nicht gesagt hatte, wie gut sie darin aussah. Und von der späteren Begegnung, von ihren unsicheren Gesten beim Packen, von dem Wirbelsturm in meinem Kopf, der mich daran gehindert hatte, mit ihr zu sprechen, ihr Fragen zu stellen.

Tarzan legte schnaufend den Kopf auf Adams Beine und Adam ließ seine Hand auf Tarzans Kopf ruhen und strich ihm liebevoll mit den Fingern von der Stirn bis zur Schnauze. Die Bewegung lenkte meine Aufmerksamkeit ab und ich verlor den Faden. Aber eigentlich gab es auch nichts mehr zu sagen. Jedenfalls fühlte es sich so an. Alles, was er jetzt über Marie sagen würde, wäre sowieso falsch. Hätte ich doch bloß den Mund gehalten.

Aber Adam sagte nichts zu Marie. Stattdessen fragte er: »Hat sie tatsächlich nichts mehr von sich hören lassen? Hat sie wirklich ihre sechsjährige Tochter verlassen, ohne sich jemals wieder bei ihr zu melden?«

Ich schüttelte den Kopf. »Sie hat Briefe geschrieben. Und ein paar Postkarten an meinen kleinen Bruder. Viktor war erst drei Jahre alt, als sie gegangen ist. Sie hat ihre Wohnung beschrieben und gesagt, dass sie Weihnachten nach Hause käme. Lauter solches Zeug halt.«

»Und, ist sie gekommen?«

»Nein. Kurz vorher schrieb sie, dass sie über die Feiertage arbeiten müsste, aber dass sie uns trotzdem frohe Weihnachten wünschte. Sie hat Geld geschickt. Danach habe ich noch einen Brief zum Geburtstag bekommen und einen in den Sommerferien. Eine Karte von Barbados. Danach … ja, danach hat sie aufgehört zu schreiben.«

»Warum?«

»Woher soll ich das wissen! Sie hat wohl vergessen, dass es uns gibt! Was geht dich das überhaupt an?!«

Adam antwortete nicht, er schaute wieder aufs Wasser. Aber ich war sicher, dass er wusste, dass ich nicht auf ihn wütend war. Ich hätte mich gern bei ihm entschuldigt, aber dazu fehlte mir die Energie. Er wusste es auch so, da hatte ich keinen Zweifel.

Wir saßen lange so da, ohne was zu sagen. Saßen da, Schulter an Schulter auf der abgeblätterten Bank, und teilten etwas miteinander: die Schwere eines großen schwarzen Brockens aus Verrat, Sehnsucht, Wut und Verwirrtheit.

Ich konnte mir vorstellen, dass er mir gern von seinem Vater erzählt hätte, aber ich brachte es nicht fertig, zu fragen,

konnte nichts mehr aufnehmen, hatte genug mit mir selbst zu tun.
Tarzan hatte die ganze Zeit auf dem Steinfußboden gelegen. Als er sich plötzlich aufrichtete und sich schüttelte, kam ich wieder auf die Erde zurück. Ich sah auf die Uhr. Fünf nach sechs!
»Andreas!«, sagte ich bestürzt.
Adam riss den Blick vom Fluss los und sah mich an. »Andreas? Wieso Andreas?«
»Er wartet auf mich! Wir waren um sechs verabredet!«
Ich riss Adam die Leine aus der Hand und rannte los, ohne mich zu verabschieden. Zu Tarzans großer Freude rannte ich quer über die abschüssige Rasenfläche zur Straße und weiter nach Hause. Tarzan fiel es schwer, in meinem für ihn vergleichsweise gemächlichen Tempo zu laufen, und ein paar Mal hätte er mich fast umgerissen, als er mich an der Leine hinter sich herzog. Bis zur Ecke vor unserer Straße hielt ich seinem Zerren noch einigermaßen stand, aber als er hinter der Kurve auf den letzten Metern beschleunigte, klatschte ich der Länge nach auf den Asphalt.
Andreas stand im Hauseingang.
»Ich dachte schon, du hättest mich versetzt«, sagte er, als ich mich mühsam aufrappelte.
»Ich war mit dem Hund draußen«, keuchte ich.
Er verzog den Mund. »Das sehe ich. Hast du dir wehgetan?«
Ich schüttelte den Kopf, obwohl ich mir das linke Knie und die Hüfte ordentlich angeschlagen hatte. Was galoppierte ich auch so kopflos davon? Bei meinem letzten Treffen mit Andreas war ich nass wie eine durchs Wasser gezogene

Katze und diesmal kam ich angekeucht wie eine alte Dampflok und machte eine Bauchlandung vor seinen Füßen. Ich sah, dass seine Mundwinkel zuckten.

»Lach ruhig«, sagte ich. »Fühl dich eingeladen – *be my guest.*«

Das hatte Kasper immer gesagt, wenn ich über seine Schusseligkeit lachen musste. Als Marie noch da war. Die geistesabwesende Schusseligkeit, die sich seitdem bei ihm eingestellt hatte, war nicht zum Lachen.

Andreas räusperte sich.

»Nein, nein«, sagte er. »Aber du hast dir doch wehgetan, du humpelst ja.«

»Ich bin es nicht gewohnt, so schnell zu rennen«, sagte ich. »Ich bin kein so ein sportlicher Typ wie du. Gehen wir hoch?«

Er nickte.

Obwohl ich langsam die sichere Treppe zu unserer Wohnung hinaufging, hatte ich das Gefühl, als schwankte der Boden unter meinen Füßen. Ich befand mich noch immer im Park bei Adam und unserem Gespräch, in seinem Arm. Ich hatte noch immer den Duft seiner warmen Haut in der Nase. Adams Duft. Wie konnte das bloß passieren? So was passierte noch nicht mal im Kino. Jedenfalls nicht so plötzlich. Und auf keinen Fall mit einem ganz anderen als dem, mit dem man gerade im Begriff war zusammenzukommen.

Ich schloss die Tür auf und ließ Andreas in den Flur treten. Mein Knie und der Hüftknochen taten weh, das T-Shirt unter dem Pullover klebte an meinem schweißnassen Rücken und außerdem musste ich mal ganz dringend aufs Klo. Sehr romantisch. Ich stieß die Tür zu meinem Zimmer auf, in der Hoffnung, dass Andreas schon mal vorgehen würde.

»Magst du was trinken?«, fragte ich. »Cola oder so?«

»Was zu trinken wäre nicht verkehrt. Egal was.«

Ich nickte und ging in die Küche. Statt schon mal in mein Zimmer zu gehen, dackelte Andreas hinter mir her.

Viktor saß am Küchentisch und löffelte Cornflakes mit Milch.

»Das ist mein kleiner Bruder Viktor«, sagte ich zu Andreas. »Er weiß alles über das Weltall.«

»Weiß ich gar nicht!«, fuhr Viktor mich ungewohnt patzig an. Normalerweise war er stolz, wenn ich so was sagte.

»Das ist übrigens Andreas«, sagte ich mit einem beschwichtigenden Lächeln.

»Hallo«, sagte Andreas.

»Hi«, sagte Viktor.

Ich schenkte Andreas und mir ein Glas Cola ein. Als ich die Gläser auf den Tisch stellte, entdeckte ich eine verdreckte Schramme an meiner linken Hand. Eine willkommene Entschuldigung.

»Ich geh das nur mal schnell sauber machen«, sagte ich.

Warum ist es eigentlich so peinlich, zu sagen, dass man aufs Klo muss? Das weiß doch jeder, dass man kein urinbefreites Engelswesen ist.

Hinter der verschlossenen Badezimmertür hatte ich Gelegenheit, Luft zu holen und mich ein wenig zu sammeln, während ich pinkelte, mein T-Shirt auszog und eine Katzenwäsche machte. Der Pullover war am Ellenbogen kaputtgegangen. Mein Lieblingspullover! Hoffentlich ließ sich das Loch stopfen! Ich bürstete meine Haare, spülte den Mund aus und ging zurück in die Küche.

Andreas und Viktor saßen sich am Tisch gegenüber. Viktor hob den Blick, als ich eintrat. Er sah so gut gelaunt aus wie schon seit langem nicht mehr.
»Andreas spielt Hockey!«, sagte er. »Das will ich auch!«
»Du?«, sagte ich. »Du kannst doch noch nicht mal Schlittschuh laufen.«
»Das kann Andreas mir beibringen!«
»Dazu hat er keine Zeit, was denkst du denn?«
»Doch«, sagte Andreas. »Kommt doch donnerstags eine halbe Stunde vor meinem Training in die Eishalle, dann gebe ich euch eine Privatstunde. Und wenn Viktor die Grundlagen einigermaßen draufhat, kann er mit den anderen Jungs in seinem Alter trainieren.«
Viktors Gesicht verfinsterte sich. »Ich will aber in die gleiche Mannschaft wie du«, sagte er.
Andreas lachte. »Daraus wird nichts. Aber am Anfang kannst du ja erst mal mit mir und mit Katrin trainieren.«
»Hallo!«, sagte ich. »Ich will doch gar nicht Hockey spielen!«
»Schlittschuhlaufen wäre nicht das Schlechteste für dich«, sagte Andreas. »Das ist gut für die Balance.«
Er grinste und ich streckte ihm die Zunge raus.
»Ich kann auch alleine mit dem Fahrrad zur Halle fahren«, sagte Viktor.
»Man braucht mindestens drei Spieler, wenn es was bringen soll«, sagte Andreas.
Viktor sah mich flehend an. »Biiiiitte!«
Mir lief eine Gänsehaut über den Rücken.
»Darüber reden wir später noch mal«, sagte ich und hörte mich schon an wie Kasper.

Ich sah Andreas an. »Soll ich dich jetzt abhören oder nicht?«

Er nickte und stand hastig auf. »Doch, sicher, klar.«

Ehe wir es bis in mein Zimmer geschafft hatten, ging die Wohnungstür auf und Kasper betrat mit dem üblichen Wirrwarr aus Tüten, Mappen und Taschen den Flur. Er musterte Andreas verdutzt und neugierig, und ich stellte ihn kurz angebunden vor.

»Ah ja, ja, Andreas, na dann, nett, dich kennen zu lernen«, sagte Kasper.

»Wir wollen lernen«, sagte ich.

»Ja, ja, schon in Ordnung«, sagte Kasper.

Viktor kam aus der Küche. »Andreas spielt Eishockey! Das will ich auch!«

Kasper lächelte mir viel sagend zu. »Aha!«, sagte er und zwinkerte Andreas so indiskret zu, dass es noch nicht mal einem Blinden mit Sonnenbrille entgangen wäre.

Meine Wangen glühten.

Andreas fühlte sich ganz offensichtlich geschmeichelt über die Aufmerksamkeit von allen Seiten, jedenfalls grinste er breit, als es mir endlich gelang, ihn in mein Zimmer zu bugsieren und die Tür hinter uns zuzumachen.

»Du hast aber eine nette Familie«, sagte er.

»Willst du sie haben? Ich mache dir einen guten Preis!«

Andreas antwortete nicht. Ich nahm das Textheft von Romeo und Julia aus meiner Schultasche.

Ich stand neben mir. Meine Füße hatten ihren Halt noch nicht wieder gefunden. Ich hatte das Gefühl, als würde ich hin und her geworfen, als wäre das Leben ein Meer, auf das ich mich zu weit hinausgewagt hatte.

Ich hätte im Augenblick eigentlich lieber meine Ruhe gehabt, um nachzudenken, als mich mit der ungewohnten Situation auseinander setzen zu müssen, wie ich mit einem potenziellen Beziehungskandidaten in meinem Zimmer fertig wurde. Aber so hatte ich wenigstens was zu erzählen, wenn ich Frida später am Abend anrief. Sie wartete garantiert auf meinen Anruf, sobald sie aus dem Kino zurück war.

»Mal sehen«, murmelte ich und blätterte in dem Heft herum. »Wo ist dein Einsatz?«

Andreas kam zu mir und schlug die Seite auf. Seine Hand streifte dabei meine Hand, im ersten Augenblick vielleicht noch zufällig, danach aber eindeutig mit Absicht.

»Katrin«, sagte er.

Ich starrte in das Heft, von den Wellen hin und her geworfen. Kein Halt, nirgends. Hallo! Gleich passiert es! Das ist ein wichtiger Moment! Das ist etwas, woran du dich dein Leben lang erinnern wirst, etwas, worüber du in deinem Tagebuch schreibst, eine Sensationsnachricht für Frida heute Abend, eine schöne Erinnerung, wenn du im Bett liegst. Hallo! Aufwachen!

»Ich mag dich«, sagte Andreas. »Schon eine ganze Weile. War nur immer zu feige, es zu sagen. Aber als du gestern beim Training aufgetaucht bist, dachte ich, dass du ja vielleicht auch … du weißt schon, dass du ja vielleicht auch nicht unbedingt was gegen mich hast.«

Ich musste lächeln. Er war richtig süß, wie er so unsicher durch den Wörterwald irrte.

»Hab ich auch nicht«, sagte ich. »Ganz und gar nicht.«

Jetzt lächelte Andreas auch. »Wie schön«, sagte er.

Dann legte er die Hände auf meine Schultern und küsste mich auf den Mund. Das Heft mit dem Stück hing zwi-

schen uns. Ich überlegte gerade, ob ich die Lippen vielleicht etwas öffnen sollte, als der Kuss auch schon vorbei war.
Was sollte ich jetzt machen? Das Heft weglegen und die Arme um seinen Hals werfen, oder anfangen unsere Rollen zu üben, als ob nichts gewesen wäre? Im Grunde meines Herzens wünschte ich mir, dass er jetzt nach Hause ging, damit ich allein und in aller Ruhe ein bisschen Ordnung in das Chaos in meinem Kopf bringen konnte. Lippen öffnen hin und her und vor und zurück und Adam und Andreas und Mama und Marie. Mit mir konnte was nicht stimmen. Ich wollte es doch auch, das war doch genau, was Frida und ich uns gewünscht hatten. Aber ich hätte gern eine Weile den Pausenknopf gedrückt, das ging mir alles zu schnell.
Es ist schon eigenartig. Die Zeit vergeht im Schneckentempo, die eintönigen Tage hinterlassen eine farblose Schleimspur, und man fragt sich, wann wohl das eigentliche Leben beginnt, und wenn es so weit ist, passiert alles gleichzeitig, so dass man erst hinterher begreift, dass es das war.
»Was ist mit dir?«, fragte Andreas unruhig. »Willst du nicht? Ich meine, hab ich was missverstanden, oder wie?«
Ich merkte erst jetzt, dass ich stocksteif vor ihm stand und auf eine Weise in mein Textheft starrte, die nur als Ablehnung interpretiert werden konnte. Ich räusperte mich und legte Romeo und Julia aus der Hand.
»Tut mir Leid«, sagte ich. »Es ist nur … das geht alles so schnell, irgendwie.«
Er verzog den Mund zu einem Lächeln. »Wir können es ja noch mal versuchen, aber langsamer.«
Ich nickte. »Ich war schon immer etwas langsam«, sagte ich.

Andreas kam zu mir, ich legte die Arme über seine Schultern und dann küssten wir uns noch einmal. Das war schon viel besser. Wahrscheinlich genauso, wie es sein sollte. Unsere Zungen begegneten sich und begrüßten sich vorsichtig, er schmeckte fremd und warm.
Doch, so sollte es wohl sein. Aber wirklich sicher war ich nicht, weil ich immer noch nicht hundertprozentig bei der Sache war.
Die Wellen zogen mich mit, streiften kurz das Jetzt und rollten weiter, vorbei an Adam im Park zu Mamas Koffern, die sie für ihre Reise nach Brüssel packte, ich sah sie ganz deutlich vor mir, plötzlich kam die Erinnerung zurück, zwei karierte Stofftaschen, die Kleider ordentlich zusammengefaltet, dann stand plötzlich Marie vor dem Bett und packte, im nächsten Augenblick lag ich wieder mit dem Gesicht an Adams Hals und weinte, bevor ich mich in meinem Zimmer wiederfand, Andreas' Zunge in meinem Mund. Seine Hände waren auf dem Weg unter meinen Pullover.
»Andreas, tut mir Leid, aber … Das ist mir im Moment zu viel. Es sind so viele Sachen passiert. Hier zu Hause, nichts, was …«
Ich blieb stecken, seufzte und nahm einen neuen Anlauf. Ich musste das jetzt durchziehen, alles andere wäre verkehrt. Er musste verstehen.
»Ich mag dich«, sagte ich. »Sehr. Das ist es nicht. Aber wir hatten einige Probleme in der Familie und momentan steht irgendwie alles Kopf. Können wir nicht einfach … ein bisschen warten?«
Andreas sah mich ein paar Sekunden an. Dann nickte er.
»Klar können wir das«, sagte er. »Aber … sind wir … Ich

meine, könntest du dir denn vorstellen, meine Freundin zu werden, oder ist das noch zu früh?«
Ich musste lächeln. Ließ mir das Wort auf der Zunge zergehen. Freundin.
Andreas. Mein Freund.
Jetzt hatte ich Frida in jedem Fall was zu erzählen.
»Doch, kann ich«, sagte ich. »Das wäre ich gern, meine ich.«
Er atmete erleichtert auf und hätte fast losgelacht. Ich glaube, er war richtig glücklich.
»Oh«, sagte er. »Wow. Sie hat ja gesagt!«

NACHDEM ANDREAS GEGANGEN war, lief ich zurück in mein Zimmer und schloss die Tür hinter mir ab. Es war erst kurz nach sieben. Frida wäre frühestens in zwei, drei Stunden aus dem Kino zurück. Ich hatte also eine Weile Ruhe, um über alles nachzudenken. Nicht mal Lust auf Musik hatte ich.

Auf dem Rücken liegend, den Kopf zwischen den Gedankenkissen, ging ich die Ereignisse des Nachmittags noch einmal durch, langsam und gründlich, versuchte, die Bilder zu sortieren und in die richtige Reihenfolge zu bringen.

Am schärfsten trat Adams Profil hervor, als er auf den Fluss guckte und mir zuhörte. So deutlich, dass ich es aus dem Gedächtnis hätte ausschneiden und an die Wand hängen können. Ein Augenblick absoluter Gegenwärtigkeit. Da hatte mich keine Welle irgendwohin gezerrt.

Der Bericht über Marie war schmerzlich, aber verständlich gewesen. Die Worte hatten gut im Mund gelegen, sie kamen in der richtigen Reihenfolge und ließen sich zurücknehmen und austauschen, wenn sie nicht stimmten.

Als Adam die Hand ausstreckte und Tarzan streichelte, hatte sich etwas verändert. Nicht das Gefühl der Gegenwärtigkeit, eher dessen Schwerpunkt, der sich plötzlich vom Gehirn zum Bauch verschob.

Danach war alles Chaos, ich wurde mit Höchstgeschwindigkeit aus der Stille geschossen und landete bäuchlings auf dem Asphalt, hatte den ersten Freund meines Lebens, ohne richtig anwesend zu sein, als es passierte. Wenn ich an die Küsse dachte und an das, was Andreas gesagt hatte, kam es mir so vor, als hätte ich es im Film gesehen und nicht selbst erlebt. Das Treffen mit Adam im Videbergspark war viel wirklicher als die Wirklichkeit, als hätte ich für einen kurzen Augenblick die wirkliche Wirklichkeit erlebt, sozusagen eine Wirklichkeit in der Wirklichkeit, in der ich mich täglich bewegte.

Oje, ich war ja nicht ganz bei Trost. Egal, jetzt musste ich noch ein paar Dingen auf den Grund gehen.

Ich stand von meinem Bett auf und zog den Schreibtischstuhl zum Kleiderschrank. Er wackelte, als ich darauf stieg, aber nachdem ich einigermaßen das Gleichgewicht gefunden hatte, öffnete ich die oberen Schrankfächer und zog den kompletten Inhalt heraus: einen alten Nylonrucksack, der mir in der Sechsten als Schultasche gedient hatte, kaputte Joggingschuhe, ein paar Pullover, aus denen ich rausgewachsen war, meine Lieblingsjeans, die einen neuen Reißverschluss gebraucht hätte, stapelweise Zeichnungen und Notizbücher, ein paar angefangene Tagebücher und eine Stoffpuppe mit blauem Kleid, die ich in der Vierten genäht hatte. Ganz hinten lag das, was ich suchte. Ein graubrauner Schuhkarton mit rotem Deckel, auf dem mit schwarzem Filzer STRENG GEHEIM!!! stand. Ich nahm den Karton und setzte mich wieder aufs Bett.

Mal abgesehen von den Briefen, hätte ich nicht sagen können, was in der Schachtel war, aber als ich den Deckel abnahm und die Sachen Stück für Stück herausholte, fiel mir zu jedem Teil etwas ein. Ganz zuoberst lag ein ordentlich glatt gestrichenes Kaugummipapier. Den Kaugummi hatte Ruben mir auf Öland geschenkt. Ich war damals neun und Ruben zwölf. Meine Freundin Hanna und ich hatten Ruben den ganzen Sommer verfolgt, oder zumindest in den zwei Wochen, die wir auf dem Campingplatz auf Öland verbrachten. Das Papier roch immer noch ganz leicht nach Kaugummi. Während ich daran schnupperte, waren meine Finger weiter auf der Suche zwischen verwackelten Fotos, rosa und hellgrünen Duftradiergummis und anderen Sachen, die irgendwann mal unendlich wichtig und geheim für mich gewesen waren. Ob mir die Dinge, die mir heute ganz wichtig und wesentlich erschienen, in fünf, sechs Jahren wohl genauso kindisch vorkämen wie diese Sachen hier? Verschiedene Punkte auf einer Skala zwischen niedlich und grottenpeinlich.

Die Briefe lagen auf dem Boden des Kartons, wo sie immer gelegen hatten. Ihnen verdankte die Schatzkiste ihre Existenz. Damals hatte ich jeden Abend alle Gegenstände herausgenommen, die Briefe gelesen, sie zurück in den Karton gelegt und anschließend die anderen Sachen wieder obendrauf gepackt. Das war jeden Abend meine letzte Handlung gewesen, bevor ich die Leselampe ausknipste. Bis zu meinem zwölften Geburtstag. Von da an versteckte ich den Karton in dem oberen Schrankfach hinter all dem Krimskrams, der sich im Laufe der Jahre ansammelte. Vielleicht dachte ich, es wäre Zeit, erwachsen zu werden und mich von meinen falschen Hoffnungen zu verabschieden. So gesehen zog Mama zweimal bei uns aus. Das erste Mal, als ich sechs Jahre alt war und sie für eine Weile nach Brüssel gehen wollte, und das zweite Mal, als ich zwölf wurde und sie aus meinem Leben, aus meiner Welt, aus meinem Universum verbannte, nicht nur für eine Weile, sondern für immer.

Ich dachte an Viktor, der bald zwölf wurde. Dachte er an sie? War sie aus seinem Leben auch ausgezogen? Wie viel war ihm überhaupt noch von ihr in Erinnerung? Ich erin-

nerte mich ja kaum mehr an sie und dabei war ich drei Jahre älter als er. Hatten seine Grübeleien möglicherweise etwas mit ihr zu tun? Viktor und ich redeten über alles Mögliche, aber nicht über Mama. Über sie sprachen wir nie.
Ich starrte auf den dünnen Stapel abgegriffener Umschläge am Grund des Kartons und spürte, wie mein Herz immer schneller und heftiger pochte. Zum ersten Mal seit sehr langer Zeit dachte ich, dass sie mit größter Wahrscheinlichkeit noch irgendwo lebte. Vielleicht hatte sie ja auch einen Karton, in dem sie einen Stapel hellblauer Umschläge mit kindlicher Handschrift und Glitzerbildern neben der Briefmarke aufbewahrte.
Der Gedanke tat weh. Hätte ich geahnt, wie weh er tat, hätte ich den Karton nicht aufgemacht. Ich dachte, ich wäre reif genug, die Zeit wäre reif, aber als ich jetzt die Umschläge sah, krampfte sich mein Magen so heftig zusammen, dass ich glaubte, ich müsste mich über den Briefen übergeben.
Das passierte glücklicherweise nicht. Ich rollte mich auf dem Bett zusammen, hätte am liebsten geweint, aber es kamen keine Tränen. Ich lag ganz still da, so lange, bis der Krampf in meinem Magen nachließ und ein dumpfer, anhaltender Schmerz zurückblieb. Erst da streckte ich meine Hand nach den Briefen aus, knipste die Leselampe an und zog das erste, handgeschriebene Blatt aus dem Umschlag.
Die Handschrift war ordentlich, aber nicht steif. Routiniert. Fließend. Und so unendlich vertraut. Die Linienführung der Wörter, jedes Buchstabens. Die Sätze tauchten in meinem Kopf auf, ehe ich sie gelesen hatte. Wie bei einem Film, den man schon hundertmal gesehen hat.

»… hier ist es ganz wunderbar, glaub mir! Statt eines Balkons habe ich einen überdachten Innenhof, fast wie eine private Orangerie mit Palmen und anderen großblättrigen Pflanzen. Die Zimmer in der Wohnung sind hell und luftig und hoch. Der Bus fährt genau vorm Haus ab, so dass ich höchstens zehn Minuten zur Arbeit brauche. Gestern ist mir was Lustiges passiert, auf dem Weg zur Bäckerei – man kauft das Brot hier jeden Morgen frisch …«

Und so weiter.
Kein »Ich vermisse dich« oder »Alles wäre perfekt, wenn ich nur meine Kinder bei mir hätte«. Nichts dergleichen. Am Ende nur ein formelhaftes »Kuss und Umarmung, Mama«.
Verfluchte, verdammte Verräterin!
Natürlich hatte sie die hellblauen Briefe nicht aufbewahrt. Hätten wir ihr was bedeutet, hätte sie uns nicht einfach vergessen.
Acht Briefe und eine Postkarte von Barbados. Die ersten Briefe waren noch mit weniger als einem Monat Abstand datiert. Danach wurden die Abstände immer größer.
Ich nahm den nächsten Brief und las weiter. Es war, als würde ich auf Treibsand laufen. Ich kam nicht vom Fleck. Sehr vertraute Worte von einem unbekannten Wesen. Wer war sie eigentlich? Was für ein Mensch war sie?
»Warum?«, hörte ich Adam fragen.
Ja, warum? Warum hatte sie aufgehört zu schreiben? Kann man seine Kinder einfach vergessen? Wenn man verheiratet ist, kann man sich scheiden lassen, und dann hat man keinen Ehepartner mehr; hat man Freunde, kann man wegziehen, sie vernachlässigen oder sich mit ihnen streiten,

und dann hat man keine Freunde mehr. Aber Kinder hat man. Immer.
Ich las die Briefe noch einmal, suchte nach einer Mitteilung zwischen den Zeilen, einer unbewussten Botschaft, Spuren einer neuen Familie oder wenigstens echter Gefühle, aber da war nichts. Einen der Briefe hatte sie während einer Zugfahrt durch die Schweiz geschrieben. »Du wärst begeistert von der Landschaft, Katrin! Diese hohen Berge!« Aber das ist nun mal nicht das Gleiche wie: »Wärst du doch jetzt bei mir und könntest es mit eigenen Augen sehen«.
Ich versuchte, mir den Klang ihrer Stimme ins Gedächtnis zu rufen, den Tonfall, mit dem sie die Worte in ihren Briefen aussprach. Vielleicht lag ja darin etwas verborgen, das mich weiterbrachte.
Aber ich konnte mich nicht erinnern, sosehr ich mich auch anstrengte. Sie war dunkles Haar, glänzend und frisch gebürstet, sie war ein blauer Rock mit hellen Nähten, sie war Schuhe mit dünnen Riemchen und hohen Absätzen, aber sie war weder Stimme noch Hände noch Augen.
Mir war auf einmal, als hätte jemand den Stecker zu meinem Hirn rausgezogen. Ich war völlig fertig, schaffte es kaum noch, die Briefe und den übrigen Krimskrams wieder in den Karton zu packen und unters Bett zu schieben.
Ich streckte mich auf dem Rücken aus und dachte eine Zeit lang an nichts. Dann schlug ich die Augen auf und sah auf die Uhr. Zehn vor neun. Frida. Andreas. Ich musste sie anrufen.
Als ich am Spiegel vorbeiwankte, sah ich mein Haar. Lang und dunkel, im Moment etwas platt gelegen. Aber frisch gekämmt war es glänzend und gewellt. Plötzlich stand fest, dass ich es abschneiden würde.

»KATRIN! BIST DU wach? Es ist schon spät!«
Kaspers Stimme drang durch die Tür in meine wirren Träume. Ich zwang mich, die Augen zu öffnen. Ich hatte das Gefühl, kaum geschlafen zu haben. War heute nicht Samstag?
»Mh, was … ja …«, murmelte ich und versuchte, meine Gedanken zu ordnen.
»In knapp einer Stunde kommen die ersten Kunden!«
Kunden? Was für Kunden?
Da fiel es mir wieder ein. Das Atelier. Ich sollte ja am Wochenende arbeiten. Darum klang Kasper so nervös.
»Ich komme!«, sagte ich und kämpfte mich aus dem warmen Bett.
Als ich mich anzog und in die Küche ging, hüllte der noch nicht vertriebene Schlaf mein Gehirn ein wie ein dünner Nebelschleier. Ich hatte das unbestimmte Gefühl, dass da etwas war, an das ich mich erinnern sollte, etwas, an das ich beim Aufwachen als Erstes denken sollte, aber es dauerte noch bis zum Frühstückstisch, ehe es mir einfiel. Andreas. Ich hatte einen Freund. Andreas und ich waren zusammen! Was für ein Glück, dass ich heute arbeiten musste, sonst hätte ich mir überlegen müssen, ob ich ihn anrufen oder lieber auf seinen Anruf warten sollte, und dann würden wir uns womöglich verabreden, und so weit war ich noch nicht. Aber man kann seinen Freund ja wohl schlecht dauernd abblitzen lassen, wenn er einen umarmen und küssen will, jedenfalls nicht auf Dauer.
Kasper hatte eine Kerze angezündet, den Aufschnitt auf einem Extrateller angerichtet und das Brot in den Brotkorb

gelegt. Das sah richtig gemütlich aus. Seit Marie ausgezogen war, hatte unser Frühstück meist aus lieblos hingeworfenen Plastikverpackungen bestanden, aus denen sich jeder bediente. Nicht dass es mich gestört hatte, aber so sah es doch gleich appetitlicher und nach einem richtigen Samstagmorgenfrühstück aus.
»Ich bin dir ja so dankbar«, erklärte Kasper, als er meinen erstaunten Blick auf den gedeckten Tisch sah. »Ohne dich wüsste ich nicht, wie ich es schaffen sollte. Ich hab Viktor ein paar Brote geschmiert und in den Kühlschrank gestellt. Er kommt so gegen zwölf ins Atelier, dann können wir eine Pizza essen gehen.«

Obwohl ich im Grunde genommen bloß meinen Vater zu seinem Arbeitsplatz begleitete, fühlte ich mich richtig erwachsen, als Kasper die Tür zum Atelier aufschloss, das Licht anmachte und mich in meine Arbeit einwies. Seine Stimme hatte einen anderen Ton, fand ich, einen Team-Ton, einen Von-Gleich-zu-Gleich-Ton.
Er zeigte mir, was ich tun sollte, aber nicht, als würde er seinem »kleinen Schatz« was erklären, sondern eine neue Mitarbeiterin einweisen. Ich mochte den Duft im Atelier nach Lampen und Kabeln und Kameras und diesen speziellen Geruchsmix aus der Dunkelkammer nach Fotopapier, Entwicklerflüssigkeit und Fixierbad.
Den Kunden stellte er mich nicht als seine Tochter vor, sondern als »Katrin, die in nächster Zeit hier arbeiten wird«, was mir sicher eine Menge gut gemeinter Kommentare wie »Sieh an, Papas tüchtige Tochter« und mehr in der Art ersparte.
Es war spannend, Kasper bei der Arbeit zu sehen. Ich hat-

te ihn natürlich schon erlebt, wenn ich ins Atelier kam, aber eher selten und immer nur ganz kurz. Und ich hatte ihn noch nie mit kleinen Kindern arbeiten sehen. Er brachte sie zum Lachen und schaffte es, dass sie mit ihren knubbeligen Ärmchen winkten und richtig süß aussahen, wenn er auf den Auslöser drückte und sie auf dem Film festhielt.

Beim eigentlichen Fotografieren hatte ich nicht viel zu tun und hatte Zeit, die Mütter zu beobachten, die erstaunlich unterschiedlich waren. Einige sahen aus wie Schülerinnen, andere, als wäre sie schon weit über vierzig. Sie waren allesamt völlig hingerissen von ihren Blagen, selbst wenn diese laut brüllten und nervten oder sogar vor die Kamera spuckten. Eine Mutter tupfte gereizt auch noch den kleinsten Speicheltropfen weg, der auf der fülligen Unterlippe ihres ausstaffierten Lieblings glänzte. So etwa stellte ich mir meine Mutter vor: Wir waren ihre kleinen Püppchen, die sie schnell über hatte. Irgendwann ertappte ich mich dabei, dass ich richtig unfreundlich zu so einer Mutter war, als ich sie nach dem Fototermin nach draußen brachte.

Weil zwischen zehn nach elf und halb zwölf jemand abgesagt hatte, durfte ich Kasper beim Entwickeln der Filme helfen. Es lag wohl an der Kombination, wie erwachsen Kasper mich behandelte und dem Anblick all der Mütter, dass ich plötzlich fragte: »Warum hat sie eigentlich aufgehört zu schreiben?«

»Wer?«

»Mama.«

Kaspers Hände blieben in der Luft hängen, er hob den Kopf und sah mich an. In seinen Augen spiegelten sich so viele widerstreitende Gefühle, dass ich den Blick senkte.

»Mir war schon klar, dass die Sache mit Marie euch zum Grübeln bringen würde«, sagte er.
»Weißt du, warum sie aufgehört hat zu schreiben?«, fragte ich noch einmal, weil ich plötzlich ganz sicher war, dass er es wusste.
Ein paar Sekunden lang war es ganz still.
»Weil ich sie dazu aufgefordert habe«, sagte er schließlich.
Ich hatte mit hundert Antwortalternativen gerechnet, alles Mögliche, eine neue Liebe, neue Kinder, eine neue Arbeit, ein weiterer Umzug irgendwohin, aber auf diese Antwort war ich absolut nicht vorbereitet.
»Was? Was soll das heißen, du hast sie dazu aufgefordert?!«
Kaspers Augen flackerten wütend. »Ich habe sie aufgefordert, nicht mehr zu schreiben, weil sie euch damit quälte. Und dass sie entweder eine richtige Mutter für euch sein oder zur Hölle fahren sollte.«
Mein Herz hämmerte. Laut und deutlich wie gestern Abend. Am liebsten hätte ich nichts mehr gesagt, aber ich musste es. Die Stimme kam tief aus meinem Innern, ich erkannte sie selbst kaum wieder: »Und sie hat sich entschieden …«
»… zur Hölle zu fahren«, beendete Kasper den Satz.
Etwas in mir zerbrach wie eine dünne Eierschale. Scheinbar hatte Kasper das Gefühl, zu hart gewesen zu sein, denn er legte eine Hand auf meine Schulter.
»Aber sie hat sich nur unter einer Bedingung dazu bereit erklärt«, sagte er eilig. »Nicht dass du denkst, ihr wart ihr völlig gleichgültig. So war es nicht. Sie hat sich nur unter der Bedingung darauf eingelassen, dass ich ihr regelmäßig

mitteile, wie es euch geht, wie es in der Schule für euch läuft und ob sonst alles für euch in Ordnung ist.«

Das war sicher besänftigend gemeint, aber ihm war nicht klar, dass er damit alles nur noch schlimmer machte.

»Wie … wie lange hattest du Kontakt zu ihr?«

Ich betete, dass er nicht antworten würde. Dass er so schlau sein würde, den Mund zu halten. Aber so schlau war er nicht.

»Ich schicke ihr alle drei Monate einen Bericht«, sagte er. »Wie vereinbart.«

Präsens.

Ich schicke. Nicht: Ich habe geschickt. Ich schicke bedeutet: jetzt. Etwas, das im Augenblick passiert.

Ganz langsam, wie die pilzförmige Wolke nach dem Einschlag einer Atombombe, stieg die Einsicht in mir auf. Kasper hatte die ganze Zeit über Kontakt zu ihr gehabt. Er wusste, wo sie lebte. Er hatte ihr vier Mal im Jahr geschrieben, und er war es, der den Kontakt zwischen ihr und uns unterbunden hatte, der sie uns endgültig und für immer weggenommen hatte. Genau in diesem Augenblick befand sie sich irgendwo und hatte vor gar nicht allzu langer Zeit einen Brief bekommen. Von Kasper. Über uns.

»Wann …«

Ich musste den Satz abbrechen und mich räuspern, weil mir die Stimme im Hals stecken blieb. Ich hatte den Blick auf einen Karton mit Fotopapier geheftet, einen festen Karton mit weißem Deckel. Ich klammerte mich an dem Karton fest, um nicht ins All gesogen zu werden und in einem von Viktors schwarzen Löchern zu verschwinden.

»Wann hast du ihr das letzte Mal geschrieben?«

»Ein paar Tage bevor die Schule angefangen hat.«

»Und … antwortet sie dir auf deine Briefe?«
»Ja, doch, meistens schreibt sie ein paar Zeilen zurück.«
Wieso hatte ich davon nichts mitbekommen? Meist war ich es doch, die die Post von der Fußmatte aufhob. Bestimmt schickte sie ihre Briefe ins Atelier.
»Hierher?«, fragte ich. »Schreibt sie hierher?«
»Nein. Wir mailen uns. Kann sein, dass ich ihre letzte Mail noch habe. Willst du sie lesen?«
Und das fragte er jetzt!
Mehr als sieben Jahre nachdem er uns unsere Mutter weggenommen hatte, fragte er, ob ich einen der heimlichen Briefe lesen wollte, die er die ganze Zeit über bekommen hatte. Ich riss den Blick von dem Karton mit Fotopapier und bohrte ihn in Kaspers Gesicht. Er wand sich.
»Nein«, sagte ich. »Ich will ihn nicht lesen. Und dich will ich nicht mehr sehen. Nie mehr!«
Ich drehte mich um und verließ die Dunkelkammer, schnappte meine Jacke vom Kleiderhaken und lief mit ausladenden Schritten Richtung Zentrum. Ich weiß nicht, ob er was hinter mir herrief, als ich Hals über Kopf aus der Dunkelkammer stürmte, der Sturm in meinem Inneren wütete und wirbelte alles durcheinander, was mein Leben bisher ausgemacht hatte, alles, was ich dachte zu wissen, alles was sicher und wahr gewesen war, und ich lief, so schnell ich nur konnte, um nicht von dem Wirbelsturm mitgerissen zu werden und nie wieder auf die Füße zu kommen. Die Häuser neigten sich über mich, die ganze Welt war eine Pappkulisse und dann begann es auch noch zu regnen.
Bei Frida zu Hause war alles anders als bei uns. Ihre Mutter stand in der Küche und kochte und es duftete bis hinaus

auf die Auffahrt. Ihr Vater tapezierte den Flur. Der Zeitpunkt war vielleicht nicht der günstigste, aber wo hätte ich sonst hingehen sollen? Frida öffnete die Tür und nahm mich ganz fest in den Arm, als sie mich sah.
»Komm«, flüsterte sie und lotste mich an dem Eimer mit Tapetenkleister und den fragenden Blicken ihrer Eltern vorbei. Sie schob mich in ihr Zimmer und schloss die Tür hinter uns ab.
Ich kuschelte mich in einen ihrer Sessel. Es war warm im Zimmer, aber ich fror trotzdem. Die Kälte kam von innen. Meine Zähne schlugen aufeinander. Frida holte eine Wolldecke aus dem Kleiderschrank und deckte mich damit zu, dann kniete sie sich vor mich hin und umarmte mich, wobei ihre blonden Locken meine Wange berührten.
»Was ist denn passiert?«, fragte sie. »Hat er schon wieder Schluss gemacht oder was ist los?«
Ihre Worte drangen nicht richtig zu mir durch. Ich hörte sie zwar, aber sie wurden von dem Sturm, der in mir tobte, mitgerissen, bevor ich sie begreifen konnte. Der Apfelduft von Fridas Haaren war etwas, woran ich mich festhalten konnte, und ich atmete ihn tief ein, damit er die Wirbel in meinem Innern etwas beruhigte.
»Er hat ihr die ganze Zeit geschrieben«, sagte ich dumpf. »Das Arschloch hat ihr die ganze Zeit Bericht erstattet. Sie wusste über alles Bescheid, und sie hat ihm auch geschrieben, die ganze Zeit hat sie ihm geschrieben …!«
Frida richtete sich auf und sah mich an. »Von wem redest du?«
»Von Mama. Meiner Mutter.«
»Und wer hatte Kontakt mit ihr?«
»Kasper!«

Ich sah, dass sie nicht verstand. Dass sie verstand, ohne zu verstehen, und ich wusste, dass ich es ihr nicht erklären konnte. Wie sollte man jemandem, dessen Mutter in der Küche stand und Sauce béarnaise zubereitete, während der Vater im Flur tapezierte, so etwas erklären, selbst wenn dieser Jemand die beste Freundin war und man sie mehr mochte als alles andere auf der Welt. In diesem speziellen Fall war sie eine Fremde, die nicht meine Sprache sprach. Sie konnte nichts dafür, aber die Erkenntnis war trotzdem schmerzlich.

»Aber das ist doch gut?«, sagte sie. »Dann kannst du ihr ja schreiben, wenn du willst. Oder du könntest sie sogar besuchen. Lebt sie noch in Brüssel?«

»Verstehst du denn nicht? Ich habe ihm vertraut, er war der einzige Mensch auf der Welt, dem ich vertraut habe. Und dann hat er das gemacht!«

»Was hat er gemacht?«

»Er … er hat mich belogen. Ich mag nicht mehr darüber reden, Frida. Frag nicht weiter.«

Sie nickte.

»Du zitterst ja am ganzen Körper. Ich geh runter und mach uns einen Tee. Leg dich solange aufs Bett.«

Sie klang mütterlich. So wie man es von seiner Mutter lernt und später an seine eigenen Kinder weitergibt.

»Ich weiß nicht, wo ich hingehen soll«, sagte ich leise.

»Doch«, sagte Frida. »Du bist doch hier.«

Wie sollte Frida das auch verstehen können?

Aber sie konnte Tee kochen und eine Flasche aus dem Barfach ihrer Eltern stibitzen, in der noch ein kleiner Rest Rum war, den sie in den Tee goss. Die Wärme breitete sich langsam, aber entschieden in meinem Körper aus, und ich hörte endlich auf zu frieren. Frida goss noch mehr Wärme in meine kornblumenblaue Keramiktasse.

»Mama fragt, ob du mit uns essen willst. Willst du?«

Wollte ich?

Ich hatte die Wahl, in Fridas Zimmer zu bleiben und in Selbstmitleid zu zerfließen oder in die Küche zu gehen und mich von der Lundström'schen Familienidylle einlullen zu lassen. Ich entschied mich für Ersteres. Familienidylle in Kombination mit einer schaumigen béarnaise würde bei mir Würgreiz hervorrufen.

»Sag ihr, dass ich schon gegessen habe.« Frida nickte.

Bevor sie das Zimmer verließ, schob sie mir noch das Telefon rüber. »Falls du Andreas anrufen willst.«

Ich sah den dunkelblauen Apparat erstaunt an, während Fridas Schritte auf der Treppe leiser wurden.

Andreas? Wieso um alles in der Welt sollte ich Andreas anrufen wollen? Rief man seinen Freund an, wenn man sich so fühlte wie ich gerade? Dafür kannte ich ihn noch nicht gut genug. Ich kannte ihn eigentlich gar nicht.

Die Memory-Tasten sahen genauso aus wie bei unserem Telefon, es waren nur mehr. Ich hob den Hörer ab, drückte die M1-Taste und wartete mit ängstlicher Spannung, welche Nummer auf dem Display erscheinen würde. Rakels oder Ellens, vielleicht. Aber da erschienen nacheinander die Ziffern meiner eigenen Telefonnummer, begleitet von den digitalen Wahltönen. Ich legte noch vor dem ersten Klingelzeichen auf und dachte, dass auf Frida Verlass war. Auch wenn sie mich nicht verstand.

Ich wusste jemanden, der mich verstehen würde. Einer, dem ich davon erzählen könnte. Natürlich würde mir nicht im Traum einfallen, ihn anzurufen, aber deswegen war ich mir trotzdem sicher, dass er mir zuhören und mich verstehen würde, und die Gewissheit tat gut.

Ich schloss die Augen und war sofort wieder bei unserem Treffen im Park. Das war erst einen Tag her, aber es kam mir viel länger vor. Und zugleich wie eben gerade. Vielleicht lief die Zeit in der wirklichen Wirklichkeit ja anders.

Was er wohl sagen würde, wenn ich ihn anriefe: »Hallo. Es haben sich schon wieder neue Dinge getan, hast du Zeit zu reden?« Obwohl das vielleicht kein guter Einstieg wäre. Vielleicht sollte ich direkt anfangen zu erzählen: »Er hat ihr gesagt, dass sie uns nicht mehr schreiben soll! Das war Kasper!«

Er würde verstehen, was ich meinte. Ohne große Erklärungen. Er hatte mich schließlich schon gefragt, warum sie keine Briefe mehr schrieb. Ich spielte mit der Telefonschnur und fragte mich, was er wohl für eine Telefonnummer hatte. Nicht weil ich vorhatte, ihn jemals anzurufen. Ich fragte mich nur.

Mir fiel ein, dass ich Frida noch gar nicht von meiner Begegnung mit Adam erzählt hatte. Mit keiner Silbe hatte ich es erwähnt, als ich sie gestern anrief, um ihr von Andreas zu berichten. Was einerseits nicht weiter seltsam war, weil es in den Bereich gehörte, den Frida nicht verstehen würde. Andererseits war es doch seltsam, weil Adam schließlich Fridas Auserwählter war und wir eine Menge gemeinsame Anstrengungen darauf verwendeten, sie zusammenzubringen. Sie konnte garantiert nicht nachvollziehen, wieso ich ihr nichts davon erzählt hatte. Und dann fiel mir noch ein, dass ich mich kein bisschen für Frida ins

Zeug gelegt hatte, als ich mich mit ihm unterhalten hatte. Ich hatte noch nicht einmal an sie gedacht.

War ich eine miese Freundin, oder was?

Das Ganze türmte sich zu einem riesigen Problem vor mir auf. Wie könnte ich ihr nun davon erzählen, so dass es ganz natürlich klang?

»Du, gestern hab ich übrigens Adam getroffen.«

»Was?!«, würde Frida sagen. »Wo das denn?«

»Im Park. Als ich mit Tarzan spazieren war.«

»Und was hat er im Park gemacht?«

»Nichts Besonderes, nehme ich an.«

»Hast du mit ihm gesprochen?«

»Ja, doch, kurz.«

»Was hat er gesagt? Hat er was über mich gesagt?«

»Nein, wir haben uns über seinen Hund unterhalten, mehr nicht …«

»Hat er einen Hund?«

Ich würde ihr von Pucko erzählen müssen, aber das wollte ich nicht. Das hatte er mir schließlich im Vertrauen gesagt, so jedenfalls hatte ich es empfunden. Ich würde es auch nicht gut finden, wenn er Sebastian oder Andreas von unserer Unterhaltung erzählen würde, aber ich war hundertprozentig sicher, dass ich in der Richtung nichts zu befürchten hatte. Am besten, ich erwähnte den Hund gar nicht erst. Aber was sollte ich Frida dann sagen, worüber wir uns unterhalten hatten? Hatten wir denn gar nichts einigermaßen Unwichtiges gesagt? Die meisten Unterhaltungen bestehen doch zu fünfundneunzig Prozent aus Gelaber. Aber wie ich die Begegnung von Adam und mir auch drehte und wendete, mir fiel nichts Oberflächliches zum Weitererzählen ein.

Ich war es nicht gewohnt, Frida etwas zu verschweigen, und noch viel weniger, sie anzulügen. Das würde nur Chaos ergeben. Das geringste Übel wäre wohl, gar nichts zu sagen. Das kam mir zwar auch völlig verkehrt vor, aber im Moment sah ich keine Alternative. Ich schwor hoch und heilig, mich nie wieder in eine Situation zu manövrieren, in der ich lügen oder dem einzigen Menschen, auf den ich mich noch verlassen konnte, die Wahrheit vorenthalten musste. Frida. Der Duft nach Apfelshampoo und Pleasure. Frida, die immer da war, wenn ich sie brauchte. Frida und ihr Lächeln, das einen glücklich machte. Nein, nie wieder.

Ich wendete mich vom Telefon ab und streckte mich auf Fridas ein Meter zwanzig breitem Bett aus. Was sollte ich jetzt tun? Ich konnte ja wohl schlecht in die Sauce-béarnaise-Idylle einziehen. Aber wohin sollte ich sonst gehen? Wenn ich wenigstens schon achtzehn wäre!

Vielleicht lag es an dem Schuss Rum auf nüchternen Magen, dass meine Gedanken so sprunghaft waren und Probleme auftauchten und wieder verschwanden, ohne einer Lösung auch nur nahe gekommen zu sein.

An irgendeinem Punkt waren meine Gedanken wohl fließend in einen Traum übergegangen, denn als ich die Augen aufschlug, war ich mit einer Decke zugedeckt und Frida saß in einem ihrer Sessel und las in dem Textheft von Romeo und Julia. Ihre Lippen bewegten sich, als wollte sie die Sätze zwingen, im Gehirn haften zu bleiben, indem sie sie mit dem Mund nachformte.

»So shall you share all the doth possess«, sagte ich vom Bett. Das war der einzige meiner Sätze, den ich auswendig konnte, »by having him, making yourself no less.«

Frida sah mich an.

»Warum willst du mich bloß überreden, diesen widerwärtigen Schwachkopf von Prinzen zu heiraten?«, sagte sie. »Ich hätte es viel besser gefunden, wenn du die Amme wärst. Das entspräche viel mehr der Wirklichkeit.«
Die Amme. Julias Vertraute. Die die heimlichen Botschaften zwischen Julia und ihrem geliebten Romeo hin und her trägt. Ich setzte mich auf.
»Wie spät ist es?«
»Kurz nach vier. Du hast über drei Stunden geschlafen.«
»Das muss an dem Tee liegen.«
Frida grinste. »Dann hat er ja seinen Zweck erfüllt. Soll ich Musik machen?«
Ich nickte. »Meinetwegen. Meinst du, deine Eltern hätten was dagegen, wenn ich heute bei dir übernachte?«
»Ach was. Aber … was willst du morgen machen?«
»Ich weiß es nicht.«
»Willst du darüber reden?«
Ich schüttelte den Kopf. Frida stand auf, suchte eine CD aus und schob sie in den CD-Player. Ich schloss die Augen, hörte zu und dachte an nichts.
Helene bezog das Bett im Gästezimmer für mich. So gegen acht aßen Frida und ich ein paar Brote und tranken heiße Schokolade. Danach gingen wir wieder in ihr Zimmer und ich hörte sie ab. Sie erzählte von Adam und wie es wohl wäre, in seinen Armen zu sterben, und ich starrte ins Textheft, damit meine Augen nicht verrieten, dass ich ihn getroffen hatte. Als wäre im Videbergspark irgendetwas Verbotenes passiert.
Um halb elf sagten Helene und Simon Gute Nacht und erinnerten uns daran, dass morgen auch noch ein Tag wäre, woran ich gar nicht denken mochte.

Eine Viertelstunde später klingelte es an der Tür.
Adam, schoss es mir durch den Kopf, der sich mit Frida treffen will. Und ich sitze hier wie eine Fliege auf der Erdbeertorte.
Frida schien den gleichen Gedanken zu haben, bis auf das mit der Fliege hoffentlich, weil sie wie von der Tarantel gestochen aus dem Sessel sprang und die Treppe runterflitzte. Ich stand auch auf und schlich ins Gästezimmer. Für den Fall, dass.
Kurz darauf schob sich Fridas Kopf durch den Türspalt. »Du hast Besuch«, sagte sie.
»Wenn es Kasper ist, sag ihm, dass er zur Hölle fahren soll«, sagte ich.
»Es ist nicht Kasper.«
Frida schob die Tür ganz auf und machte Viktor Platz. Er blieb auf der Türschwelle stehen und sah sich im Zimmer um, zögernd und staunend wie ein Straßenjunge, der zum ersten Mal in seinem Leben ein Schloss betritt.
»Wenn Kasper dich schickt, sag ihm, dass die Antwort nein ist«, sagte ich.
»Er hat mich nicht geschickt. Er wollte mir sogar verbieten zu gehen. Du brauchst Ruhe, hat er gesagt, aber …« Er brach den Satz ab und sah unsicher zu Frida hinüber. Frida erwiderte seinen Blick, dann begriff sie, hob die Hand und machte die Tür hinter sich zu.
»Was für ein Haus!«, sagte Viktor. Er schlenderte durchs Zimmer, befühlte den Gardinenstoff, tippte vorsichtig an eine gigantisch große, reich verzierte chinesische Vase auf dem Ecktisch und sah bewundernd auf die vielen Buchrücken in dem Buchregal. »Wahnsinn, was manche Leute für Wohnungen haben.«

»Bist du gekommen, um dich über Wohnungseinrichtungen mit mir zu unterhalten?«

Er drehte sich zu mir um. »Nein. Du musst nach Hause kommen.«

»Ich muss gar nichts.«

»Kasper ist megatraurig.«

»Das ist mir absolut scheißegal. Du weißt nicht, was er getan hat!«

»Doch, er hat es mir erzählt.«

Ich glotzte Viktor verdutzt an und wusste nicht, was ich darauf sagen sollte. Er setzte sich auf den Stuhl neben dem Bett und sah mich eindringlich an. Er hatte ziemlich einzigartige Augen, hellblau mit einem dunkelgrauen Ring um die Iris. Ich kannte niemanden sonst mit so einer Augenfarbe.

»Er dachte, er hätte das Richtige getan«, sagte Viktor. »Er dachte, wenn sie weiter ihre Briefe an uns schreibt, würden wir bis in alle Ewigkeit hoffen, dass sie irgendwann zurückkommt, und immer wieder enttäuscht werden, weil sie nicht kommt. Er hat gesehen, wie traurig ihre Briefe uns gemacht haben. Dich besonders. Er war wütend auf sie. Stinksauer. Unseretwegen. Kapierst du das nicht?«

Ich sagte nichts, wollte nicht verstehen.

Viktor sah mich an. Er wartete auf eine Reaktion. Als keine kam, schüttelte er den Kopf.

»Sei nicht so stur«, sagte er. »Kasper ist echt traurig. Er war schon vorher traurig, weil Marie ausgezogen ist, aber jetzt machst du ihn noch trauriger. Er hat doch nur uns. Wir müssen doch zusammenhalten. Du darfst jetzt nicht nur an dich denken!«

Ich konnte nicht verhindern, dass sich bei dieser Moralpredigt meines elfjährigen kleinen Bruders meine Mundwinkel nach oben zogen.

»Ich bin die Ältere«, sagte ich.

»Davon merkt man aber nichts«, sagte Viktor.

»Stimmt«, sagte ich. »Da hast du wohl Recht.«

»Kommst du jetzt mit nach Hause?«

Ich antwortete nicht.

»Eltern«, sagte Viktor, »sind auch nur Menschen. Bloß größer.«

»Ich hab ihm vertraut«, sagte ich.

»Das kannst du doch immer noch«, sagte Viktor. »Du hast ihn gefragt, und er hat dir gesagt, wie es ist. Als ich ihn gefragt habe, hat er mir auch gesagt, wie es ist. Nicht alles zu sagen ist nicht das Gleiche wie lügen, oder?«

»Doch«, sagte ich. »Manchmal schon. Fast jedenfalls. Findest du, dass er sich richtig verhalten hat?«

Viktor sah auf seine Füße. Er hatte graue Strümpfe an, der rechte hatte ein Loch an der Ferse.

»Weiß ich nicht. Aber er *dachte* es auf alle Fälle. Du benimmst dich, als ob *sie* wichtiger für dich ist als er, dabei hat er sich doch die ganze Zeit um uns gekümmert.«

»Das stimmt überhaupt nicht. Aber ich hab ja wohl ein Recht darauf, selbst zu entscheiden, ob ich Kontakt zu meiner Mutter haben will oder nicht. Er hat uns im Glauben gelassen, dass Mama uns verlassen hat. Sieben Jahre lang!«

»Aber das hat sie doch auch! Die Briefe, die sie geschrieben hat, zählen doch nicht. Sie hat nie gefragt, wie es uns geht! Jedes Kind schreibt als Erstes: ›Hallo, wie geht es dir‹, wenn es einen Brief schreibt, aber sie nicht, ihr war das völlig egal!«

Ich hörte die Wut in Viktors Stimme, die ganz dicht neben dem Weinen wohnte, und ich dachte, dass es so viel gab, worüber wir hätten reden sollen. Wir hätten uns über unsere Mutter austauschen sollen, er und ich.
»Denkst du oft an sie?«, fragte ich.
Viktor schüttelte heftig den Kopf. Plötzlich war er wieder mein kleiner Bruder, da war nichts mehr von dem altklugen Professor von eben. Ich war immer stillschweigend davon ausgegangen, dass er sich weniger verraten fühlte als ich. Er war gerade mal drei Jahre alt gewesen, als sie auszog, er würde sich kaum an sie erinnern können. Darum hatte ich wohl geglaubt, dass sie nie richtig für ihn existiert hatte. Aber in diesem Augenblick war mir klar, dass ich damit falsch gelegen hatte. Und wie. Wir waren alle drei verraten und allein gelassen worden.
»Wie spät ist es?«, fragte ich.
Er zuckte mit den Schultern. »Elf vielleicht.«
»Dann ist es wohl das Beste, wenn wir aufbrechen. Ich kann dich an einem Samstagabend um diese Zeit doch nicht alleine nach Hause gehen lassen.«
Viktor deutete ein Lächeln an.
»Wer braucht schon eine Mutter?«, sagte ich. »Ich hab ja dich.«

KASPER KAM UNS im Flur entgegen, als wir die Wohnungstür aufschlossen. Er öffnete den Mund, als wollte er etwas sagen, aber ich ging wortlos an ihm vorbei in mein Zimmer und machte die Tür hinter mir zu. Um sie gleich darauf wieder zu öffnen.

»Wie früh fangen wir morgen an?«, fragte ich.

Die Antwort kam mit ein paar Sekunden Verzögerung. Kaspers grau meliertes Haar war zerzaust, seine Augen rot gerändert und sein Gesicht blass. Ich hatte plötzlich das Gefühl, dass er abgenommen hatte, was im Laufe eines Nachmittags ja wohl eher unwahrscheinlich war. Aber vielleicht war es auch in den letzten Wochen passiert, ohne dass es mir aufgefallen war.

»Das erste Kind ist um halb neun dran«, sagte er unsicher.

Ich nickte und machte die Tür wieder zu.

Eltern sind wahrscheinlich tatsächlich nur ganz normale Menschen, dachte ich, als ich mich auszog und ins Bett kroch. Bloß größer. Ich machte das Licht aus, lag aber noch eine ganze Weile wach und starrte in die Dunkelheit, während ich an Viktor dachte. Noch so klein und schon so groß. Ein kleiner Schisshase und doch so mutig. Hätte ich bloß fünftausend Kronen für ein richtiges Teleskop. Oder für eine richtige Mutter. Was auch immer so eine kosten mochte. Viktor hätte jedenfalls eine verdient. Ich würde sie in Harry-Potter-Papier einschlagen und goldenes Geschenkband darum binden und mich auf sein Gesicht freuen, wenn er sie auspackte.

Nach einer guten Stunde waren keine Geräusche mehr aus

dem Rest der Wohnung zu hören. Ich schlich ins Bad, um aufs Klo zu gehen und mir die Zähne zu putzen. Die Tür von Kaspers Schlafzimmer war geschlossen, aber ich sah durch den Türschlitz, dass noch Licht brannte. Ich war hungrig, aber wenn ich in der Küche rumorte, würde Kasper womöglich aus seinem Zimmer kommen und reden wollen. Ich machte die Kühlschranktür ganz leise auf und trank direkt aus der Milchtüte. Ehe ich wieder in mein Zimmer ging, warf ich noch einen Blick aus dem Küchenfenster. Das Fenster auf der anderen Straßenseite stand offen, und der hagere Mann, den ich in der Nacht vorm Schulanfang gesehen hatte, saß wieder dort und blies Zigarettenrauch in die Dunkelheit. Ob er jede Nacht dort saß? Mein Blick wanderte automatisch zu dem Fenster schräg über seinem, das mit den grünen Vorhängen, aber dort war alles dunkel. Vielleicht war sie trotzdem da. In den Armen eines anderen Mannes.

In dieser Nacht fand ich nicht viel Schlaf. In meinem Kopf arbeitete es auf Hochtouren. Ich bekam keine Ordnung in meine Gedanken, selbst der Versuch war schon zu viel. Sie waren unsortiert und zerfasert, die meisten blieben bereits in den Startblöcken stecken und erreichten nie ihr Ziel.

Um sieben Uhr stand ich auf und deckte den Tisch. Der Kaffee lief gerade durch, als die Schlafzimmertür aufging und Kasper schlaftrunken, unrasiert und mit wirren Haaren herausgetorkelt kam.

»Oh, ich hab wohl vergessen, den Wecker zu stellen! Hast du schon den Tisch gedeckt? Das ist aber lieb von dir. Ich muss nur mal …« Er verschwand im Bad.

Ich machte mir ein Brot mit Schinken und setzte mich auf meinen Platz.
Ich hatte keine Lust zu reden, und offenbar sah Kasper mir das an, aber vielleicht wollte er selbst nicht reden, jedenfalls sagte er während des Frühstücks und der Fahrt zum Atelier nur, dass er einen Filter irgendwo verlegt hätte und dass er froh wäre, dass ich heute arbeiten konnte, weil sich unendlich viele Mütter mit ihren Einjährigen angemeldet hatten. Und tatsächlich gaben sich die Mütter bis zur Mittagspause die Klinke in die Hand. Ein einziger Vater war dabei, und trotz des Stresses dachte ich, dass mein Vater wenigstens immer da gewesen war. Er war da gewesen, wenn ich zur Impfung oder zum Zahnarzt musste, bei jedem Elternsprechtag und wenn Engelkostüme für das Krippenspiel genäht werden mussten. Ich kann mich noch gut erinnern, wie er Viktor vorgemacht hatte, wozu das Töpfchen da war. Und wo war Mama gewesen?
Kasper hatte sich um zwölf mit Viktor in der Pizzeria verabredet. Er protestierte nicht, als ich sagte, dass ich nicht mitkommen würde, und legte stattdessen einen Hundertkronenschein auf den Schneidetisch.
»Falls du Hunger kriegst. Ich bin kurz vor eins wieder da.«
Dann ging er.
Ich lief planlos durch den Laden. Von dem kleinen Vorraum mit dem Schreibtisch, den gerahmten Porträts an den Wänden und ein paar Stühlen für die wartenden Kunden durch das eigentliche Atelier mit den Wandschirmen, Kabeln, Lampen und Stativen, von dem die Dunkelkammer abging, in der sich Chemikalienflaschen und das Fotopapier im Regal hinter dem Vergrößerer türmten. Der letzte Raum in der Reihe war das enge Büro voller halb ausge-

packter Kartons, nachlässig gestapelter Papierhaufen, einem Archivschrank und dem Computer, der mir stumm und mit grauem Bildschirm entgegenstarrte. Er war das eigentliche Ziel meiner Wanderung. Aber es dauerte noch ein paar Runden, bis ich mich tatsächlich auf den Schreibtischstuhl setzte und den Rechner einschaltete. Während er summend hochfuhr, überlegte ich, ob es wohl irgendwo einen Zettel mit dem Passwort gab, was sich als überflüssig erwies, denn es war bereits eingegeben und das Kästchen mit »Passwort speichern« war aktiviert. Kasper konnte es sich bestimmt nicht merken. Ob Marie wohl auch diesen Computer benutzt und Kaspers Mails gelesen hatte. Wusste sie, dass er und Mama sich Briefe schrieben?

Ich wurde nach keinem Passwort gefragt, als ich Outlook Express startete. Zwei neue Mails waren gekommen. Beide aus den USA. In der einen wurde ein Kredit angeboten, in der anderen erfuhr man, an wen man sich wenden konnte, wenn man seinen Penis vergrößern lassen wollte. Ich löschte beide, ehe ich sorgfältig alle Absender im Eingangsordner durchging. Da waren Namen von Firmen und Privatpersonen und haufenweise Spams, die Kasper nicht gelöscht hatte. Und dann plötzlich: Ingrid Kaspersson.

Sie hatte also offensichtlich seinen Namen behalten und nicht ihren Mädchennamen wieder angenommen. Ich fuhr mit dem Pfeil über die Buchstaben. Ingrid Kaspersson.

Der Finger weigerte sich, die Maustaste zu drücken. Aber dann gehorchte er doch.

Hallo, Olof!

Danke für deinen Brief. Schön zu hören, dass alle wohlauf sind. Ich habe gerade den Vertrag für eine neue und grö-

ßere Wohnung unterschrieben. Das war wirklich dringend nötig!
Dir, Marie und den Kindern alles Gute!
Liebe Grüße,
Ingrid

War das alles?
Die Mail war vom 22. August. Da war Marie schon nicht mehr bei uns. Aber das wusste Ingrid nicht. Es freute mich irgendwie, dass sie nichts davon wusste. Dass er ihr nicht gleich davon erzählt hatte.
Ich klickte auf den Ablagenordner mit den versandten Mails. Dreizehn Stück. Eine davon war an Ingrid Kaspersson. Ich öffnete sie.

Hallo Ingrid!
Alles bestens bei uns. Katrin und Viktor haben im Sommer einen richtigen Schub gemacht. Katrin ist jetzt eine junge Frau. Sie sieht dir sehr ähnlich. Bald geht die Schule wieder los. Für Katrin das letzte Jahr. Ich werde nie begreifen, wieso du das alles nicht miterleben willst. Aber was spielt das noch für eine Rolle.
Das Atelier läuft gut. Marie ist mir eine große Hilfe, sowohl als Fotografin als auch als Managerin. Ohne sie würde ich es kaum schaffen.
Liebe Grüße,
Olof

Das war alles. Wobei Kaspers Mail mir sehr viel mehr sagte als Ingrids Antwort. Da war auf der einen Seite ein Hauch von Bitterkeit, aber auch sein Stolz. Meine Tochter ist jetzt

eine Frau. Wie du, aber Gott sei Dank nur, was das Aussehen betrifft. Wie idiotisch von dir, nicht bei uns zu bleiben, du kannst einem Leid tun. Du hast was verpasst. Nicht wir. Das war seine Nachricht an sie. Ich war fast ein bisschen stolz auf ihn, als ich das las.
Aber in einem Punkt hatte er Unrecht. Natürlich spielte es eine Rolle. Und das wusste er sicher auch. Aber sie brauchte es nicht zu wissen.
Plötzlich fiel mir ein, dass Kasper sicher hin und wieder den Eingangsordner leerte, aber wie oft leerte er den Papierkorb? Das musste ich überprüfen. Tatsächlich, da lagerten über sechshundert Mails. Es würde eine Weile dauern, sie alle durchzugehen, aber bis ein Uhr waren es noch gut zwanzig Minuten.
Jede Menge Spams, immer zum selben Thema. Sex, Viagra, Geld und Penisvergrößerungen. Was waren das bloß für Idioten, die ihre Tage damit verbrachten, fremde Adressaten mit diesem Mist zuzumüllen?
Nach neun Minuten wurde meine Geduld endlich belohnt. Eine gelöschte Mail von Ingrid Kaspersson, gesendet am 29. Mai.

Hallo Olof!
Danke für deinen Brief.
Hier läuft auch alles bestens. Ich habe einen neuen Aufgabenbereich in der Organisation übernommen, der entschieden interessanter ist als der vorige. Jetzt bin ich in größerem Umfang an der Ausarbeitung neuer Ideen beteiligt, statt wie vorher nur dafür zu sorgen, die Visionen anderer durch die träge laufenden Mühlen der Bürokratie zu lotsen. Ganz davon abgesehen, ist es natürlich ungeheuer

spannend, mitzubekommen, wie sich das, was man selbst aus der Taufe gehoben hat, weiter entwickelt.
Ich wünsche dir, Marie und den Kindern einen schönen Sommer!
Liebe Grüße,
Ingrid

Ich dachte nicht nach.
Ich war so sauer.
Ich klickte auf »*Antworten*« und schrieb:

Du hast uns auch »aus der Taufe gehoben«. Aber wie wir uns entwickeln, scheint dich ja offensichtlich nicht zu interessieren.
Katrin

Danach klickte ich genauso spontan auf »*Senden*«.
Mir wurde knallheiß. Dann eiskalt. Der Schweiß lief mir aus allen Poren und zugleich fror ich. Was, wenn sie gerade an ihrem Computer saß und die Mail in genau diesem Moment bei ihr ankam? Kein hellblaues Briefpapier. Keine Glitzerbildchen. Kein Süßholzgeraspel.
Ein Hilferuf.
Sieh mich!
Sieh mich, verdammt noch mal, du Miststück!

ALS KASPER INS Atelier zurückkam, hatte ich alle Spuren meiner Nachricht gelöscht und den Computer wieder abgestellt.
Ich bereute, was ich getan hatte, aber soweit ich wusste, gab es keine Möglichkeit, eine einmal abgeschickte Mail aufzuhalten. Mein Magen war ein einziges Schlangennest. Vielleicht hatte Kasper ja Recht, vielleicht war es besser, dass sie komplett aus unserem Leben verschwunden war. Jetzt, da sie plötzlich wieder aufgetaucht war, kam auch die Verzweiflung zurück, all die Wut und all die vergeblichen Hoffnungen. Die Leere war sehr viel ruhiger gewesen.
Obwohl es gar keine vollkommene Leere gewesen war. Eigentlich war sie die ganze Zeit da gewesen. Eben nur nicht bei uns.
So gesehen wäre es wahrscheinlich besser gewesen, sie wäre bei einem Autounfall ums Leben gekommen, anstatt einfach zu verschwinden. Eine tote Mutter ist eine tote Mutter. Mit einer toten Mutter hat man zwar auch keinen Kontakt, aber nicht, weil sie sich nicht für einen interessiert, weil sie sich gegen einen entschieden hat.
Kasper musterte mich besorgt, als er den Hundertkronenschein noch immer auf dem Tisch liegen sah, aber er sagte nichts. Er steckte ihn aber auch nicht wieder ein.
Neun Einjährige kamen und gingen. Das Schlangennest in meinem Bauch machte mich unkonzentriert, und mir unterliefen Patzer, die Kasper dezent korrigierte, ohne sie an die große Glocke zu hängen. Ich hätte ihm gern von der Mail erzählt, die ich geschrieben hatte, aber ich wusste

nicht, wie ich anfangen sollte, und er sagte nichts, was uns in die richtige Richtung gelenkt hätte.
So gegen vier Uhr, mitten in der letzten Fotosession, klingelte die Türglocke. Kasper und ich sahen uns fragend an, dann gab er mir mit einem Nicken ein Zeichen, dass ich nachsehen sollte, und bückte sich wieder hinter seine Kamera.
Es war Andreas.
Ihn hatte ich völlig vergessen.
Er trug den grünen Strickpullover und lächelte mich fragend an. Das helle Haar sah frisch gewaschen aus.
»Hallo«, sagte er. »Viktor hat gesagt, du wärst hier.«
»Hallo«, sagte ich und überlegte, ob ich jetzt zu ihm gehen und ihn umarmen sollte. Machte man das nicht, wenn man zusammen war?
Andreas räusperte sich.
»Musst du noch lange arbeiten?«
»Nein, wir sind bald fertig.«
»Wollen wir danach was zusammen machen? Einen Kaffee trinken … oder so?«
»Ja … gerne. Setz dich doch und warte solange.«
Ich ging zurück ins Atelier. Kasper änderte gerade die Beleuchtung für einen kleinen Jungen in Latzhosen.
»Andreas ist gekommen«, sagte ich.
Kasper sah auf. »Ach so. Wenn du willst, kannst du gehen. Ich mach nur noch die paar Bilder, dann bin ich für heute auch fertig.«
»Wenn das okay ist?«
Er nickte zu dem Tisch neben der Dunkelkammer, wo noch immer der Hunderter lag. »Nimm ihn mit. Falls ihr ins Kino wollt. Oder was man heute so macht.«

»Danke.«
Es löste ein nervöses Kribbeln in mir aus, weil ich genauso wenig wie er wusste, »was man so macht«. Aber Geld zu haben war immer gut, also steckte ich den Schein in die Tasche.
Andreas war gerade dabei, sich die Porträts im Vorraum anzugucken.
»Klasse«, sagte er. »Dein Vater ist echt gut. Bist du schon fertig?«
Ich nickte.
Wir traten ins Freie und gingen langsam nebeneinanderher.
»Viktor hat gefragt, ob wir am Donnerstag Hockey spielen«, sagte Andreas.
»Oh je«, sagte ich. »Wieso hast du ihm bloß diesen Floh ins Ohr gesetzt.«
»Das ist doch witzig. Du wirst deinen Spaß haben.«
Ich schnaufte. »Ich kann noch nicht mal Schlittschuh laufen!«
»Das lernst du schon.« Er grinste mich so überzeugt an, dass ich einfach zurücklächeln musste.
»Ihr habt doch beide einen Triller unterm Pony«, sagte ich.
»Und du bist unglaublich süß, wenn du lächelst«, sagte Andreas. »Da wird einem ganz anders.«
Er schnappte sich meine Hand und hielt sie fest. Es war ein seltsam kribbeliges Gefühl, Hand in Hand mit Andreas durch die Stadt zu spazieren. Wir sagten lange nichts. Ich musterte unauffällig alle Leute, die uns entgegenkamen, ob sie uns irgendwie komisch anguckten.
Kurz vorm »Miranda« wurde Andreas langsamer. Er hatte

rote Wangen und in seinen Augen saß ein kleiner Teufel.
»Traust du dich?«, fragte er mit einem Blick zum Eingang.
»Klar«, sagte ich. »Wenn du dich traust, trau ich mich auch.«
Jeder aus unserer Klasse konnte dort drinnen sitzen. Die halbe Schule.
Andreas und ich gingen Hand in Hand hinein. Im Türrahmen wurde es etwas eng, aber wir ließen uns nicht los. Ich wagte kaum, mich umzusehen.
»Was möchtest du haben?«, fragte Andreas.
Ich merkte plötzlich, dass ich seit dem Frühstück nichts gegessen hatte, und dachte an den Hunderter in meiner Tasche. Wenn er mich einladen wollte, konnte ich ja wohl schlecht ein Baguette oder was anderes Teures nehmen. Die hatten hier leckere Quiches. Nicht so kleine, runde wie aus der Gefriertheke im Supermarkt, sondern richtig große, köstlich duftende Stücke, die wie selbst gemacht schmeckten. Aber wie gesagt, ich war nicht sicher, ob Andreas mich einladen wollte, und hatte mich noch nicht entschieden, ob ich es annehmen sollte oder nicht. Ich konnte ja die nächste Runde bezahlen.
»Einen Tee und … eine Zimtschnecke?«
Das Letzte war wie eine Frage formuliert, was es im Grunde genommen auch war. Andreas ließ meine Hand los, stellte Tassen und Zimtschnecken auf ein Tablett, und als er zahlen wollte, protestierte ich nur ganz leise, ordnungshalber sozusagen.
Er trug das Tablett, und ich folgte ihm durch das minzgrüne Lokal in die Ecke, in der Frida und ich die wenigen Male,

die wir hier waren, auch immer saßen. Mir schoss durch den Kopf, dass Frida hier sein könnte, mit Ellen und Rakel. Ich atmete tief durch und war endlich in der Lage, den Blick zu heben und schweifen zu lassen.

Frida war nicht da, aber Ellen und Rakel sahen verdutzt von einem der Tische zu uns rüber. Sebastian, Anton und ein paar Jungs aus der 9B saßen an dem großen, runden Tisch in der Ecke. Weiter hinten an der Wand sah ich Tove und Linda mit einem Café latte. Andreas stellte das Tablett auf dem Tisch direkt neben dem in der Ecke ab und grinste Anton und Sebastian an.

»Habt ihr euch verschluckt oder warum glotzt ihr so?«, fragte er.

Sebastian gab einen Heulton von sich und die anderen fielen mit Pfiffen und Rufen ein. Mein Kopf glühte. Andreas quittierte das Ganze mit einem stolzen und selbstsicheren Grinsen. Ich wünschte mir, dass ich das auch könnte. Plötzlich begegnete ich Rakels Blick.

»Wo ist Frida?«, fragte sie. Als hätte ich keine Lebensberechtigung ohne Frida an meiner Seite.

»Das weiß ich nicht«, sagte ich.

Gleichzeitig holte mich das schlechte Gewissen ein. Ich hätte sie natürlich anrufen sollen, bevor wir losgingen. Aber es war alles so schnell gegangen.

Die Stühle im Miranda waren aus weiß gestrichenem Gusseisen mit grünen Sitzpolstern. Das Geräusch, wenn man so einen Stuhl über den Fliesenboden zog, war grauenvoll. Aber die Stühle waren so schwer, dass man sie nicht mal eben ganz lässig heranziehen konnte, wenn man sich setzen wollte. Ellen lächelte mich mitfühlend an und ich lächelte zurück.

»Kann ich mal ganz kurz dein Handy leihen?«, fragte ich.
Sie reichte mir, ohne zu fragen, ihr Nokia.
»Ich klingel nur mal kurz Frida an«, erklärte ich Andreas, »und sag ihr, wo wir sind.«
Andreas drehte den anderen den Rücken zu und sah mich an. »Muss das sein?«, fragte er leise.
»Ja«, sagte ich.
Ich wich seinem Blick aus, während ich Fridas Nummer eintippte. Niemand sollte sich zwischen mich und Frida schieben. Niemand durfte an meiner Loyalität ruckeln.
Frida nahm selber ab.
»Hi«, sagte ich. »Wir sitzen im Miranda.«
»Wer sind wir?«
»Ich und Andreas. Ellen, Rakel, Sebastian und Anton sind auch da. Und ein paar andere.«
»Ist Adam da?«
Die Frage schoss wie ein Stromstoß durch meinen ganzen Körper, und ich wusste nicht, warum. Weil ich seinen Namen hörte oder weil ich Frida nichts von unserer Begegnung erzählt hatte? Oder weil mir klar wurde, dass es gut hätte sein können, dass er im Café saß, als Andreas und ich Hand in Hand hereinspaziert kamen? Was auch immer das für eine Rolle spielte.
»Nein«, sagte ich nach einer Pause, die ungefähr eine halbe Sekunde zu lang war.
»Schade.«
»Kommst du?«
»Willst du, dass ich komme? Ich meine, willst du nicht lieber mit Andreas alleine sein? Das wäre völlig in Ordnung.«

Es durchrieselte mich warm. Frida, Frida, Frida. Vielleicht saß in ihrem Magen ja auch eine Ratte. Vielleicht hatte sie auch Angst. Jedenfalls ging sie nicht selbstverständlich davon aus, dass sie willkommen war.

»So ein Quatsch«, sagte ich. »Natürlich will ich, dass du kommst.«

Ich gab Ellen das Handy zurück und sah Andreas an.

Er sah enttäuscht aus. »Musstest du sie auch noch überreden, obwohl sie gar nicht wollte?«

»Das verstehst du nicht«, sagte ich. »Natürlich wollte sie. Was hast du eigentlich gegen Frida?«

Andreas warf einen hastigen Blick in die Runde, um zu gucken, ob die anderen meine Frage mitbekommen hatten. Er jedenfalls hatte offensichtlich mitbekommen, dass es strafbar war, etwas gegen Frida zu haben.

»Nichts«, sagte er schließlich. »Sie ist nett und süß und alles, was du willst. Aber wenn sie dabei ist, dreht sich alles immer nur um sie.«

»Das ist überhaupt nicht wahr!«, protestierte ich hitzig. »Frida sind andere Leute ganz wichtig! Sie …«

Er hob abwehrend die Hände, damit ich mich beruhigte.

»So hab ich das nicht gemeint. Ich wollte nur sagen, dass alle anderen sich in ihrer Gegenwart verändern und nur noch Sachen sagen, von denen sie glauben, dass sie Eindruck auf sie machen könnten. Sebastian wird ganz komisch und Anton genauso. Ganz zu schweigen von Rakel und Ellen! Ist sie eine verdammte *Göttin*, oder was?«

Ich schüttelte den Kopf. »Du bist derjenige, der komisch ist«, sagte ich.

Obwohl ich wusste, was er meinte. Er übertrieb, aber ganz falsch lag er nicht. Doch das lag in der Natur der Sache.

Alle wollten, dass Frida sie mochte, ich wollte auch, dass Frida mich mochte. Was war daran auszusetzen?
Andreas lächelte und rückte seinen Stuhl so nah an meinen heran, dass er seinen Arm auf meiner Rückenlehne ablegen konnte. Er berührte kaum merklich meinen Rücken und meine Schultern, ohne mich direkt zu umarmen.
»Oh nein. Die Blinden seid ihr. Aber ich nehme an, da muss man durch, wenn man in die Oberpriesterin des Fridakultes verliebt ist.«
Es machte mich wütend, dass er so ironisch über Fridas und meine Freundschaft herzog, aber meine Wut verschwand im Schatten jenes Wortes.
Verliebt.
Ein großes Wort. Ein Wort, das den ganzen Caféraum ausfüllte und alle abschirmte, die dort saßen. Ich konnte ihn nicht ansehen, aber als seine Hand von der Stuhllehne auf meine Schulter wanderte, rückte ich ein wenig näher an ihn heran. Ich spürte die Wärme seines Körpers an meinem linken Arm.
»Versprichst du mir was?«, fragte er.
»Was?«
»Wenn ich ein braver Junge bin und Frida und dich eine Stunde in Ruhe flüstern und rumalbern lasse, kommst du dann noch kurz mit zu mir nach Hause? Allein?«
Mein Adrenalinspiegel schoss in die Höhe und meine Hände wurden feucht. Man kann seinen Freund doch nicht ewig hinhalten. Außerdem wollte ich eigentlich auch mit ihm alleine sein. Ein bisschen wenigstens.
»Okay, in Ordnung.«
»Schön.«
»Und was ist mit deinen Geschwistern?«

»Die sind mit meinen Eltern im Ferienhaus.«
»Oh, habt ihr ein Sommerhaus?«
Andreas nickte. »Ein alter Schuppen, mehr nicht. Aber ziemlich gemütlich. Der Bus fährt fast bis dahin. Wir können ja mal zusammen rausfahren und es uns angucken.«
»Cool.«
Das war schon eigenartig. Wir waren zusammen und wussten nichts voneinander. Andreas' Welt öffnete sich mir Stück für Stück. Eishockey. Geschwister. Eltern. Sommerhaus.
Ich sah ihn verstohlen an. Mein Freund.

FRIDA KAM IN brauner Cordhose mit tiefer Taille und einem beigen Top, das den Bauch frei ließ. Über ihrer Schulter hing die weiche, braune Lederjacke, die sie letzten Herbst gekauft hatte. Ich war fast ein bisschen neidisch gewesen. Die Jacke hatte über zweitausend Kronen gekostet. Sie stand auch mir richtig gut, aber für mich war so etwas unerreichbar. Das soll nicht heißen, dass ich Frida die Jacke nicht gönnte, natürlich fand ich toll, dass sie die Jacke hatte. Ich fand es nur so unfair, dass ich mir nicht auch so eine leisten konnte. Frida hat das scheinbar gemerkt, sie hat mir nämlich angeboten, dass ich die Jacke haben könnte, wenn sie sie nicht mehr anzieht. So weit war es aber noch nicht, was ich gut verstehen konnte.

Frida umarmte mich stürmisch und ich schämte mich für meine Gedanken über die Jacke, als ich ihre Umarmung erwiderte. Ihr blondes, duftendes Haar kitzelte meine Wange.

»Na, Andreas, hängt sie dir auch so um den Hals?«, rief Sebbe laut vernehmlich. Anton grinste.

»Klar«, sagte Andreas gelassen. »Katrin ist die reinste Boa.«

Ich war mir nicht ganz sicher, ob ich das als Kompliment oder Beleidigung verstehen sollte, aber so wie Andreas mich anstrahlte, ging ich mal von ersterem Fall aus und lächelte zurück.

Frida holte sich eine Tasse Kaffee und ein halbes Brötchen mit Käse und setzte sich zu uns an den Tisch.

»Seid ihr euch zu fein oder warum kommt ihr nicht an unseren Tisch?«, sagte Anton.

Es gab eine ungeschriebene Rangordnung zwischen den Tischen im Café Miranda. Ungefähr so, wie es in der Klasse bessere und schlechtere Plätze gab. Die besten waren so weit wie möglich hinten am Fenster. Im Miranda war es der große runde Tisch in der Ecke, danach kamen die kleineren Tische in unmittelbarer Nähe, möglichst am Fenster. Frida hatte einen selbstverständlichen Platz am Ecktisch, wenn nicht ein paar Gymnasiasten so dreist waren, den Tisch zu besetzen. In dem Fall gingen wir meist woandershin.

Über die Rangordnung der Tische wurde nicht gesprochen. Es war einfach so.

Wir setzten uns also zu den anderen an den Ecktisch. Und jetzt, da Frida da war, zogen Ellen und Rakel ebenfalls um. Die Ordnung war wiederhergestellt und die Stimmung entspannte sich. Andreas' Arm lag erneut auf meiner Rückenlehne und ich genoss das Gefühl. Ellen und Rakel waren am Abend vorher bei einem Konzert von *The Ark* gewesen, das ihren Berichten zufolge supergut war. Frida erzählte von einer Weinprobe in der Provence, bei der sie so viele Weine probiert hatte, dass sie richtig torkelte, als sie mit ihren Eltern zum Auto zurückging. Alle lachten, als Anton von seiner ersten Übungsfahrt mit dem Auto seines Vaters erzählte, als sie seinen Onkel auf dem Land besucht hatten. Es endete damit, dass er die Ecke der Scheune schrammte und geradewegs in einen Haufen mit Siloballen bretterte.

Nach einer guten Stunde drückte Andreas ganz leicht meine Schulter und stand auf.

»Wir gehen jetzt. Katrin hat mir versprochen, mich noch ein bisschen in Shakespeare abzuhören«, sagte er.

»Ha, ha«, sagte Sebbe. »Sicher! Halt dich ran!«

Alle grinsten und ich wurde schon wieder rot. Ich verfluchte, dass mir das immer zu den unmöglichsten Gelegenheiten passierte.

Frida warf mir einen Blick zu, der fragte, ob ich heute Abend anrufen würde, und ich warf ihr einen Blick zu, der sagte, dass ich genau das tun würde. Dann griff ich nach der Hand, die Andreas mir hinhielt, und folgte ihm nach draußen.

»Mann, haben die Gesichter gemacht, als wir gekommen sind!«, sagte er gut gelaunt.

Ich lachte, etwas verkrampft. Ich war nervös.

»Obwohl Anton es schon wusste.«

»Was wusste er?«, fragte ich. »Dass wir zusammen sind?«

»Nein, das nicht. Aber dass ich dich mag. Damit zieht er mich dauernd auf.«

Ich sah ihn unsicher an. Es gab vieles, was ich von Jungs nicht wusste. Zum Beispiel, worüber sie sich unterhielten, wenn keine Mädchen dabei waren. Andreas und Anton, waren sie wie Frida und ich?

Ich versuchte mir vorzustellen, wie sie nebeneinander auf Antons Bett hockten und sich über mich unterhielten, *was* ich gesagt hatte, *wie* ich es gesagt hatte und was das bedeuten könnte. Der Gedanke war so abwegig, dass ich fast losgeprustet hätte. Wie gesagt, es gab so viel, was ich über Jungs nicht wusste.

Andreas wohnte in einem roten Backsteinhaus mit drei Stockwerken. Die Wohnung war geräumig, aber es stand alles voller Umzugskartons. Stimmt, er hatte ja erzählt, dass sie ein Haus in Ängsbacken gekauft hatten und dem-

nächst umziehen würden, aber das war mir schon wieder entfallen.
Andreas' Zimmer hatte blaue Tapeten. Über dem Bett hing ein Poster von Peter Forsberg in Hockeymontur. Glücklicherweise stand der Name auf dem Poster, das ersparte mir die Peinlichkeit, zuzugeben, dass ich nicht wusste, wer das war. Ich hatte ja noch nicht einmal Andreas unter dem Helm erkannt. Von der einen Wand gähnte uns ein leeres Buchregal an, daneben stand ein Turm aus vier Kartons. Die Stereoanlage auf dem Boden war noch nicht verpackt und unter dem Fenster stand ein Sitzsack mit Leselampe daneben. In der Ecke ein kleiner, tragbarer Fernseher. Es hingen keine Gardinen vor dem Fenster und auf dem Fensterbrett standen jede Menge kleine Tontöpfe mit verschiedenen Kakteen, bestimmt zwanzig Stück. Das sah hübsch aus.
»Sammelst du Kakteen?«, fragte ich.
»Früher mal. Und die Dinger leben ewig, selbst wenn man sie zu gießen vergisst.«
»Die sind schön«, sagte ich, »aber stachelig.«
»Einige haben ganz hinterhältige, dünne Stacheln, die man kaum sieht, aber die direkt unter die Haut gehen und fies wehtun«, sagte Andreas. »Das sind die schlimmsten. Bei den anderen lernt man schnell, wie man sie anfassen kann.«
Er streckte die Hand aus und legte sie um einen runden, tennisballgroßen Kaktus, dessen Stachel höllenspitz aussahen. Andreas hob ihn hoch und hielt ihn mir hin.
»Wow«, sagte ich. »Mein Freund, der Fakir.«
Er stellte den Kaktus wieder zurück und lächelte.
»Ich würde sonst was machen, um dich zu beeindrucken«,

sagte er. Er strich sanft über meinen Hals und die Schulter. »Wie ist die Stimmung inzwischen bei dir zu Hause?«
Im ersten Moment verstand ich nicht, was er meinte, aber dann fiel mir wieder ein, dass ich am Freitag Andeutungen gemacht hatte, wir hätten Schwierigkeiten in der Familie. Interessierte ihn das wirklich, oder wollte er bloß rauskriegen, ob ich mir heute vorstellen könnte, mit ihm rumzumachen? Rummachen – was für ein schreckliches Wort. Ich schob es beiseite.
Da ich keine Lust hatte, über Marie und Mama und den ganzen Mist zu reden, passte es mir gut in den Kram, wenn sein Interesse nur ein Vorwand war. Mir fiel die Mail ein, die ich an Mama geschickt hatte, aber auch den Gedanken schob ich schnell beiseite.
»Ganz gut«, sagte ich, worauf Andreas mich zärtlich an sich zog.
Ich glaube, mit mir stimmte was nicht. Seine Hände waren sanft und forschend, seine Küsse sagten, dass er mich mochte, dass er sich nach diesem Augenblick gesehnt hatte, es alles war, wie es sein sollte. Aber trotzdem.
Ich strengte mich wirklich an. Ich folgte ihm zum Bett, umarmte ihn, küsste ihn auf den Hals, streichelte seinen nackten Rücken unter dem Pullover, ließ ihn mich anfassen, zu meinen Brüsten vortasten, ich half ihm sogar, den BH aufzumachen, damit seine Hand sich ohne eine Schicht Stoff dazwischen um meine Brust legen konnte. Sein Atem ging schneller und hinterließ ein warmes Gefühl auf meiner Haut.
Ich weiß nicht, wie ich es beschreiben soll. Es war nicht unangenehm. Angst hatte ich auch keine. Andreas war vorsichtig, er fragte sich geduldig durch die einzelnen Regio-

nen meines Körpers, obwohl sein Herz heftig hämmerte. Mein Herz pochte auch, aber eher wie im Vergnügungspark in der Schlange vor der Achterbahn.

Ich war mir nicht sicher, was er vorhatte, wie weit er gehen wollte. Er streichelte meinen Bauch, legte seine Hand zwischen meine Beine und presste sie leicht auf meine Muschi. Aber als er meine Hose aufknöpfen wollte, bremste ich ihn, musste ich ihn bremsen. Das wollte ich noch nicht, sagte mir mein Gefühl. Ich hielt seine Hand zurück und zog sie nach oben, wieder zum Bauch, in etwas ungefährlichere Regionen.

»Ich … will nicht«, stammelte ich leise. »Nicht das.«

Andreas presste sich an mich und atmete in mein Haar.

»Schon okay«, murmelte er und legte seine Hand auf meine linke Brust. »Du bist noch … oder?«

Ich nickte. »Und du? Ich meine, hast du es … schon gemacht?«

»Mhmh. Auf einer Fete. Ich möchte eigentlich nicht darüber reden.«

Schade. Ich hätte es gern gewusst. Aber ich konnte ja wohl schlecht darauf bestehen. Ich war mir nicht ganz sicher, ob ich es gut oder schlecht fand, dass er es schon gemacht hatte. Dadurch entstand ein Ungleichgewicht zwischen uns. Gleichzeitig hatte ein erfahrener Junge natürlich auch seine Vorteile, das konnte man doch überall lesen.

Aber war man wirklich »erfahren«, wenn man es einmal auf einer Fete gemacht hatte? Wahrscheinlich angetrunken. Na ja, erfahrener als ich auf jeden Fall. Sozusagen hundert Prozent erfahrener. Ob ich diejenige wohl kannte. Warum dachte ich so viel nach? War das normal? Ich fand es ziemlich störend und ablenkend.

Andreas änderte die Position. Er legte ein Bein über mein Bein und drückte sich an mich. Ich spürte die harte Beule unter dem Jeansstoff an meinem Oberschenkel.
»Fühlst du es?«, flüsterte er.
Ich nickte und fragte mich, wie man das nicht fühlen sollte.
»Das machst du«, murmelte er. »Das kommt, weil du so toll bist und so gut aussiehst. Es tut fast schon weh. Das tut es nach einer Weile.«
Endlich erfuhr man mal was. Das, was er sagte, löste mehr in meinem Körper aus als seine forschenden Hände. Ich wollte mehr hören. Wie es sich für ihn anfühlte.
»Willst du ihn nicht anfassen?«, fragte er leise. »Nur ein bisschen?«
»Doch. Wenn du dich ruhig hinlegst und die Augen zumachst.«
Er drehte sich umgehend auf den Rücken und schloss die Augen.
Ich stemmte mich auf den Ellenbogen und betrachtete ihn. Sein Gesicht. Ausgeliefert und erwartungsvoll zugleich. Sein Pullover war hochgerutscht und gab den Bauchnabel frei. Sein Brustkorb hob und senkte sich, als wäre er gerannt. Oder wie nach einem Hockeyspiel. Seine Jeans beulte sich am Reißverschluss. Ich wollte ihn rausholen. Sehen, wie er aussah.
»Du musst versprechen, still zu liegen und die Augen zuzulassen!«, sagte ich noch einmal.
Andreas nickte. Ich lächelte. Das Ganze hatte jetzt etwas von einem Spiel. Einem spannenden Spiel.
Er atmete tief ein, als ich den Knopf öffnete und den Reißverschluss nach unten zog. Erstaunt sah ich zu, wie sein

Schwanz sich unter dem blauen Unterhosenstoff reckte. So groß war der? Der sollte in einen reinpassen?
Etwas umständlich zog ich seine Jeans und die Unterhose bis zu den Knien hinunter, während ich zwischendurch immer wieder kontrollierte, ob er auch wirklich nicht guckte. Dann streichelte ich ganz leicht mit der Hand über seinen Schwanz, der schräg nach oben zeigte. Er fühlte sich hart und weich zugleich an. Und warm. Fast heiß. Andreas gab ein unterdrücktes Stöhnen von sich und legte die Arme vors Gesicht. Ich schob sie weg und presste sie neben seinem Körper aufs Bett.
»Du hast versprochen still zu liegen«, sagte ich.
»Du weißt nicht, was du von mir verlangst!«, sagte er gequält.
Aber er lächelte dabei.
Als ich meine Hand um Andreas' Schwanz legte, spürte ich meinen Körper auf eine ganz neue, unbekannte Weise, als würde ich schlagartig schwerer. Das Blut pumpte spürbar durch meine Adern. Meiner Hand gefiel, was sie spürte. Ich tastete und untersuchte, glitt an seinem Schwanz auf und ab und sah Andreas an, als seine Lippen sich verzogen und sein ganzer Körper sich anspannte, ehe es aus ihm herausspritzte. Nicht in einer einzigen, langen Kaskade, wie ich es mir immer vorgestellt hatte, sondern stoßweise, über seinen Bauch, ein milchiger Streifen auf dem Pulloverbündchen und ein paar Tropfen auf meiner Hand. Warm und glitschig.
Wie gesagt, endlich erfuhr man mal was.
Andreas lag still und keuchte.
»Jetzt darfst du die Augen aufmachen«, sagte ich mit einem Kichern in der Stimme.

Seine Augen sahen anders aus, als er sie aufschlug. Klarer. Wärmer.
»Siehst du, wie sehr ich dich mag?«, fragte er.
Ich schüttelte den Kopf und legte mich neben ihn. So lagen wir eine Weile.
Als ich eine Stunde später gehen wollte, drehte er mich an den Schultern zu sich um und sah mich an.
»Hängst du dich jetzt gleich ans Telefon und erzählst Frida davon? Bis ins kleinste Detail?«, fragte er.
Ich antwortete nicht, denn plötzlich war das für mich gar nicht mehr so selbstverständlich.
»Fändest du es gut, wenn ich gleich Anton und Sebbe anrufen und ihnen genau erzählen würde, was du gemacht hast und was für ein Gefühl es ist, deine Brüste zu streicheln?«, fragte er.
Das klang so hässlich, wie er das sagte. Ich schüttelte den Kopf.
»Denk darüber nach«, sagte er mit sanfterer Stimme. »Denk einfach daran, bevor du sie anrufst.«
Ich nickte.
Er nahm mich in den Arm. »Bis morgen«, murmelte er. »Ich vermiss dich jetzt schon.«
Ich ging. Es war kälter geworden, und ich beeilte mich, nach Hause zu kommen.

Frida nicht anzurufen wäre undenkbar.
Frida anzurufen wäre unfair Andreas gegenüber.
Ich konnte sie ja wohl schlecht anrufen und sagen, dass ich nichts erzählen wollte. Dann konnte ich es auch gleich bleiben lassen. Ich hockte vorm Hörer wie das Kaninchen vor der Schlange und starrte auf die Schnellwahltaste, bis ich

mich zu einem Kompromiss durchrang. Ich würde ihr eine abgespeckte Version geben, in der ich Andreas so weit wie möglich verschonte.

Während das Freizeichen ertönte, überlegte ich, ob es wirklich besser war, zwei Personen halb zu enttäuschen, als einen von beiden ganz.

War es das, warum die Beziehung zur besten Freundin litt, wenn man mit jemandem zusammenkam? Das hieße ja, dass einem der Freund mehr bedeutete als die beste Freundin? Aber Andreas würde niemals wichtiger für mich sein als Frida. Nie im Leben. Ein Stück weit war ich ja sogar mit ihm zusammengekommen, weil es gut in ihre Pläne gepasst hatte. Keine Frage, er war wirklich nett, aber es hatte damit angefangen, dass Frida meinte, es wäre doch schön, wenn wir zu viert was unternehmen könnten. Sie und Adam und Andreas und ich. Andreas zu verraten, so dass er womöglich Schluss mit mir machte, wäre also auch ein Verrat an Frida.

Mitten in diesem verwickelten Gedankengang nahm Frida den Hörer ab.

»Hi!«, sagte sie atemlos. »Ich hab auf dem Display vom Küchentelefon gesehen, dass du es bist, und musste erst zu Mama ins Arbeitszimmer flitzen, sagen, dass es für mich ist, und dann hoch in mein Zimmer, damit wir in Ruhe reden können!«

Ich hatte mir wirklich vorgenommen, mich an die abgespeckte Version zu halten, aber das klappte nicht. Die Fragen hagelten nur so auf mich ein. »Oh, und was hat er dann gemacht?« »Und was hast du gemacht?« »Was war das für ein Gefühl?« »Aber *wie* hat er das gemacht?« »War es so, wie alle sagen?« Und so weiter.

Das war normal. Das war selbstverständlich. Bis vor ungefähr einer Stunde.
Nun hatte ich das Gefühl, Andreas mit jedem Wort, das ich sagte, auszuliefern, ihn auszuziehen und vorzuzeigen und genau das zu tun, worum er mich gebeten hatte, es nicht zu tun.
Nachdem Frida schließlich bis ins letzte Detail informiert war, erzählte ich ihr auch den Schluss. Was er zum Telefonieren und Erzählen gesagt hatte. Wie ich mich fühlen würde, wenn er Anton und Sebbe anriefe und ihnen alles erzählte.
Frida war mehrere Sekunden lang still.
»So ein Arschloch!«, sagte sie schließlich. »Das ist ja wohl nicht dasselbe!«
»Nicht?«
»Nein, man weiß doch, wie Jungs über solche Dinge reden! Sie prahlen rum und übertreiben und erniedrigen die Mädchen!«
»Ich glaube nicht, dass er das so gemeint hat. Es geht mehr drum, *alles* zu erzählen. Stell dir vor, Sebbe wüsste, wie ich ihn angefasst habe ... ich würde mich zu Tode schämen und mich nicht mehr in die Schule trauen!«
Frida schwieg erneut. Die Stille war direkt hörbar. Ein lautes Dröhnen in der Leitung.
»Willst du damit sagen, dass du dir vor unserem Telefonat überlegt hast, es mir nicht zu erzählen?«, fragte sie nach einer Weile. »Bereust du es? Hab ich dich gezwungen, oder was?«
»Nein ... du hättest mir doch auch von Adam erzählt, oder? Wenn was passiert wäre, oder?«
»Natürlich. Das weißt du doch.«

»Na also. Aber ich meine nur ... Na ja, du brauchst dir ja in der Schule nichts anmerken zu lassen, damit er nicht mitkriegt, dass ich es doch getan habe.«

»Was denkst du eigentlich von mir? Glaubst du, ich geh morgen direkt zu ihm und sag ihm, dass ich weiß, wie sein Schwanz aussieht?«

»Nein, aber ... na ja, du verstehst schon, oder?«

»Natürlich«, sagte Frida frostig. »Ich kann auch gleich so tun, als ob wir uns nicht kennen, wenn es das ist, was du willst!«

Die Stille dröhnte immer lauter in mein Ohr. Ich rechnete fast damit, dass sie auflegte, und hielt den Hörer mit beiden Händen fest, als ob sie das daran hindern könnte. Meine Augen brannten und die Stille in der Leitung wuchs an zum Donnertosen. Ich hätte Andreas klipp und klar sagen sollen, dass er mir nicht vorzuschreiben hatte, was ich Frida erzählte und was nicht, dass er sich nicht zwischen uns schieben konnte, dass sie eine Bedingung war, unter der ich mir vorstellen konnte, mit ihm zusammen zu sein. Plötzlich war alles ganz klar. Warum hatte ich das nicht eher begriffen?

»Tut mir Leid«, hauchte ich in den Hörer.

Die Stille veränderte sich, verwandelte sich in ein Rauschen.

»Mir auch«, hörte ich sie aus dem Rauschen heraus sagen. Ihre Stimme klang mit einem Mal ganz anders. »Aber ich hab solche Angst, Katrin ... Das ist wahrscheinlich völlig albern, aber du bist nun mal meine beste Freundin, und ich fände es ganz schrecklich ... wenn du mich wegen eines Jungen fallen lässt. Verstehst du?«

Ich verstand und ich verstand nicht. Ich verstand sie, weil

ich genau das Gleiche durchgemacht hatte, als Frida ihre Offensive startete, sich Adam zu angeln. Aber ich verstand sie auch wieder nicht, weil Frida so viele Freunde haben konnte, wie sie wollte. Es gab eine lange Warteschlange auf den Platz als ihre beste Freundin. Rakel würde für Frida durchs Feuer gehen, und wenn sie unterwegs Ellen aus dem Feld schlagen müsste, da war ich ganz sicher. Aber Frida hatte sich für mich entschieden. Mich!

»Du bist wichtiger als er«, sagte ich mit belegter Stimme. »Viel wichtiger.«

»Ich hab mich blöd benommen«, sagte Frida. »Bis morgen!«

»Ja. Schlaf gut.«

»Du auch.«

»Tschüs.«

»Tschüs.«

Ich hörte das Klicken, als sie auflegte, presste den Hörer aber weiter gegen das Ohr, als ob ich glaubte, sie würde noch mal zurückkommen.

Und als hätte Frida es geahnt, dass ich darauf wartete, hob sie den Hörer nach ein paar Sekunden noch mal ab und sagte: »Wir haben morgen Probe, vergiss das nicht! Ich werde in seinen Armen sterben, Katrin!«

Danach legte sie auf und ich ebenfalls.

Plötzlich merkte ich, was für einen Bärenhunger ich hatte. Die Zimtschnecke war schon längst verdaut.

Als ich den Kühlschrank nach etwas Essbarem durchsuchte, kam Viktor in seinem geliebten Raumschiffschlafanzug in die Küche. Die Hosenbeine und Ärmel waren viel zu kurz, die Farben ausgewaschen und der Stoff schon ganz dünn.

»Hast du Hunger?«, fragte Viktor.

Ich nickte stumm, weil ich eine Scheibe Schinken und zwei Happen eingelegte Gewürzgurken im Mund hatte.

»Wollen wir Spiegeleier machen?«

Kurz darauf saßen wir mit einer kompletten Mahlzeit zwischen uns am Küchentisch: mehrere Spiegeleier, gebratener Schinken, Butter, Brot, Käse, Gurkenscheiben und Milch.

Ich dachte an die Mail, die ich an Mama geschrieben hatte, und dass ich Viktor eigentlich davon erzählen sollte, aber ich wusste nicht, wie. Womöglich fand er, dass ich damit unsere einzige Chance vertan hatte, jemals wieder Kontakt zu ihr zu kriegen. Vielleicht stimmte das ja auch. Wie auch immer, er hatte ein Recht darauf, zu erfahren, was ich gemacht hatte. Ich grübelte, wie ich es ihm am besten sagen sollte, als die Schlafzimmertür aufging und Kaspers Kopf in der Tür auftauchte.

»Was ist denn hier los?«, sagte er, als er uns entdeckte. »Kam mir doch so vor, als würde es nach Essen riechen! Solltet ihr um diese Zeit nicht schlafen?«

Hinter ihm im Lichtkegel der Nachttischlampe lag ein aufgeschlagenes Buch mit dem Buchrücken nach oben auf dem Kopfkissen. Kasper sah auf den Teller mit einem einsamen Ei, gelben Eigelbresten und einer halben Scheibe Schinken.

»Aha«, sagte er. »Aha. Darf man mitfeiern oder ist das eine geschlossene Gesellschaft?«

Ich stand auf. »Du kannst meinen Platz haben«, sagte ich. »Ich bin satt. Der Letzte spült ab.«

Viktor flog von seinem Stuhl hoch. »Iss ruhig, ich will nichts mehr.«

»Hm, herzlichen Dank.«

Ich war sicher, dass ich nicht schlafen könnte. Die Mail an Mama, das Abenteuer in Andreas' Zimmer und das Gespräch mit Frida. Ziemlich viel für einen Tag. Mein Hirn würde die ganze Nacht auf Hochtouren arbeiten, da war ich sicher. Aber wahrscheinlich lagen zu viele durchwachte Nächte hinter mir, denn kaum lag ich im Bett, war ich auch schon eingeschlafen. Und ich schlief tief und traumlos, bis der Wecker mich am nächsten Morgen um halb sieben weckte.

Frida wollte, dass alles wieder gut zwischen uns war, vergessen und vergeben, und das wollte ich natürlich auch. Wir redeten nicht darüber, aber es hing unausgesprochen in der Luft, als wir nebeneinander die Treppe hinauf zur ersten Stunde liefen.

Dann passierten zwei Dinge.

Das erste war nicht so spektakulär. Andreas holte uns ein, nahm meine Hand und zog mich in einen abzweigenden Flur, wo er mich in den Arm nahm.

»Ich muss dich unbedingt spüren«, flüsterte er mir ins Ohr. »Ich hab die ganze Nacht wachgelegen und an dich gedacht, wäre fast durchgedreht, weil es überhaupt nicht Morgen werden wollte!«

»Oh«, sagte ich mit einem Anflug von schlechtem Gewissen, weil ich selbst so gut geschlafen hatte.

Aber das hinderte mich nicht daran, es ihm zu sagen. Ich wollte es so schnell wie möglich hinter mich bringen. Außerdem irritierte es mich, einfach so weggezerrt zu werden.

»Was ich dir übrigens sagen wollte«, begann ich, »Frida ist meine beste Freundin. Ich käme mir absolut schäbig vor,

sie zu vernachlässigen oder zu enttäuschen. Das muss dir klar sein. Sonst hat das alles keinen Sinn.«
Er ließ mich los und sah mich beleidigt an. »Das weiß ich doch«, sagte er. »Meinetwegen kannst du mit ihr zusammen sein, so viel du willst.«
»Und du hast mir nicht zu sagen, über was sie und ich reden dürfen oder nicht«, fuhr ich hastig fort, solange mein Mut noch vorhielt. »So ist das eben.«
»Ich schreibe dir doch gar nicht vor, was du machen sollst oder nicht«, sagte Andreas. »Ich habe nur gesagt, dass du darüber nachdenken sollst, was du ihr wirklich erzählen *willst*.«
Ich sah ihn stumm an und überdachte, was er gesagt hatte. Dann nickte ich.
»Okay«, sagte ich. »Das Versprechen kann ich dir geben. Vorher nachzudenken.«
»Gut«, sagte Andreas und zog mich wieder an sich. »Mach doch nicht alles kaputt!«
Seine Hände begannen, über meinen Körper zu wandern, wie Tentakel, überall. Ich sah mich nervös um. Wollte zurück zu Frida.
»Nicht hier«, murmelte ich und befreite mich aus seiner Umarmung.
»Okay, okay«, sagte Andreas.
Frida stand noch genau an der Stelle, an der Andreas uns eingeholt hatte und mit mir abgezogen war. Andreas schloss sich uns an, legte den Arm um meine Schulter, als wir uns dem Unterrichtsraum näherten. Frida und ich konnten nicht reden. Ich warf ihr einen entschuldigenden Blick zu, und sie zog zur Antwort die Schultern hoch, als wollte sie sagen, dass man damit wohl rechnen musste.

Was für ein Glück, dass sie mich verstand. Ein Glück, dass sie war, wie sie war.
Das war das erste Ereignis. Das zweite war viel unauffälliger. Aber zugleich so viel gewichtiger.
Wir wollten uns gerade setzen, als Adam die Klasse betrat, verspätet und völlig außer Atem. Er warf seine Mathebücher und einen ziemlich mitgenommenen Kollegblock auf den Tisch hinter Andreas und sah sich um. Mir war klar, was passieren würde, den Bruchteil einer Sekunde bevor es tatsächlich eintraf, und mir war völlig schleierhaft, wieso ich nicht eher daran gedacht hatte. Jetzt war es zu spät, das Gesicht abzuwenden. Ich hatte keine Chance, ich schaltete viel zu spät, als Adams klarblaugraue Augen tief in meine eintauchten, sein Mund sich zu einem Lächeln verzog und ein Hallo formte. Ein tonloses, aber extrem deutliches Hallo. Und Frida sah es auch.
Er glaubte, er wäre diskret.
Er glaubte, das wäre eine Botschaft nur zwischen uns.
Ihm war natürlich nicht bewusst, was er da tat. Er konnte nicht wissen, dass er mir ebenso gut einen Dolch in den Rücken hätte stoßen können.
Fridas Blick flog von ihm zu mir, überrumpelt und fragend. Ich war ihr eine Erklärung schuldig. Auf der Stelle.
»Das hab ich ganz vergessen zu erzählen«, flüsterte ich mit hämmerndem Herzen. »Vor lauter Andreas. Ich hab Adam neulich im Park getroffen. Tarzan ist abgehauen … und Adam hat ihn gefunden.«
Das kam der Wahrheit so nah wie irgend möglich.
»Vergessen!«, flüsterte Frida. »Wie kann man so etwas vergessen?«
»Na ja, es ist ja nichts passiert, ich meine, wir haben uns

über nichts Besonderes unterhalten. Er hat Tarzan gefunden, mehr nicht, und wollte sich auf die Suche nach dem Besitzer machen und da haben wir uns getroffen. Ich hab Tarzan wiedergehabt und … dann kam halt das Ganze mit Andreas, da hab ich nicht mehr dran gedacht.«

Das entsprach nun ganz und gar nicht mehr der Wahrheit. Nichts stimmte mehr.

Frida sah zwar nicht sehr überzeugt aus von meiner holperigen Erklärung, aber immerhin schien sie sie zu akzeptieren.

Mein Herz wollte sich gar nicht wieder beruhigen. Es schlug panisch, vor lauter Erleichterung, grad noch mal davongekommen zu sein. Aber auch aus einem anderen Grund: vor Freude, die dem Schrecken folgte, wie ein kleiner, flatternder Kolibri. Unsere Begegnung bedeutete ihm was. Die wirkliche Wirklichkeit hatte ihn auch gestreift.

Die Formeln hüpften über die Seiten des Mathebuchs. Es half nichts, dass Haggis, unser Mathelehrer, an der Tafel die Aufgaben vorrechnete. Die Ziffern tanzten Walzer, rund, rund, und ließen überhaupt nicht mit sich rechnen.

Ich wollte so gern wissen, ob Adam noch mal in meine Richtung schaute, aber ich traute mich nicht, wegen Frida. Und da es mich ungeheure Kraft kostete, *nicht* zu Adam zu gucken, blieb keine Energie mehr für die Algebraaufgaben übrig.

Frida erklärte es mir geduldig. Sie war gut in Algebra. Normalerweise war ich in Mathe auch nicht schlecht, und als wir letzte Woche mit Algebra angefangen hatten, hatte ich auch noch keine Probleme gehabt. Erst jetzt. Der Kolibri in meinem Kopf wirbelte mit seinen Flügelschlägen alles durcheinander.

»Was ist denn los mit dir?«, flüsterte Frida. »Hast du nur noch Andreas im Kopf, oder was?«
»Überdosis«, flüsterte ich zurück. »Eine Überdosis Leben. Mama und Andreas und alles Mögliche.«
Wie hatte ich ausgesehen, als er mich ansah? Wahrscheinlich total panisch, bevor ich hektisch den Blick abwandte. Bestimmt hatte ich ihn mit einem Ausdruck puren Schreckens in den Augen angesehen. Und nun konnte ich seinen Blick nicht noch mal auf mich ziehen, um es zu korrigieren. Ich war nicht in der Lage, ihn anzusehen, nicht einmal flüchtig. Ich starrte stur auf die Buchseite und die Ziffern, die ich nicht verstand, auf die ich mich nicht konzentrieren konnte.
»Schreib von mir ab, ehe wir Haggis auf der Pelle haben«, flüsterte Frida.
Ich tat, was sie von mir verlangte, kopierte sorgfältig alle Xe und Ypsilone und die sie verbindenden Zeichen. Als Haggis bei einem seiner regelmäßigen Rundgänge an uns vorbeikam, starrte ich konzentriert auf das karierte Blatt Papier, den Stift im Anschlag, als wäre ich einer Lösung des Problems ganz nah und dürfte absolut nicht gestört werden.
Am Ende der Stunde hatte sich mir das große Rätsel Algebra noch immer nicht erschlossen, obwohl alle Lösungen der Aufgaben von Seite 32 auf meinem Kollegblock standen. Aber mein Herzschlag hatte fast zu seinem normalen Rhythmus zurückgefunden.
»Bist du sauer?«, fragte Andreas mich in der Pause.
Ich sah ihn verständnislos an. »Wie kommst du denn darauf? Sauer weswegen?«
»Dass ich dich einfach weggezerrt habe oder wegen der Sa-

che mit Frida oder was weiß ich. Du hast die ganze Stunde auf die Tischplatte gestarrt.«

Mir schoss das Blut ins Gesicht. Wenn es eine Weltmeisterschaft im Rotwerden gäbe, hätte ich schon ein ganzes Regal voller Pokale.

»Ich hatte Schwierigkeiten mit Mathe, das ist alles. Hab nichts gerafft. Wahrscheinlich hab ich an die Noten gedacht, ist ja schließlich das letzte Jahr.«

Andreas nickte. »Ja, klar.«

Frida kam von ihrem Schrank zurück. Auf dem Chemiebuch lag das Textheft.

»Nach der Mittagspause ist Englisch. Glöckchen wird damit leben müssen, dass ich bimse, während sie ihre Moleküle an die Tafel malt.«

»Du hängst dich ja echt voll rein in das Stück«, sagte Andreas.

»Natürlich«, antwortete Frida.

Glöckchen hatte ihren Spitznamen bekommen, weil sie klein und rund war und eine helle, klingelnde Stimme hatte. Ich hatte sehr hohe Erwartungen gehabt, als wir mit Chemie anfingen. Ich hatte mich auf spannende Experimente gefreut, bei denen interessante Flüssigkeiten aus unterschiedlichen Reagenzgläsern miteinander vermischt wurden und überraschende, zischende und brodelnde Ergebnisse hervorbrachten. Zu meinem Bedauern zischte und brodelte es eher selten, und die Ergebnisse waren nie überraschend, weil man erst im Buch nachlas, was bei dem Experiment passieren sollte, und dann nachprüfte, ob es auch wirklich passierte. Der Rest des Unterrichts bestand aus Formeln, periodischen Systemen und dem Abmalen von Molekülen.

In dieser Chemiestunde allerdings zischte und brodelte es mehr, als mir lieb war. Als wir nämlich Gruppen für ein Experiment bilden sollten, sorgte Frida dafür, dass wir mit Andreas und Adam zusammenkamen. Die Gruppenbildung war das eindeutig brandgefährlichste und explosivste Experiment, das wir bis dahin gemacht hatten. Jedenfalls für mich.

Während Frida Adam ihre Ansichten über das Stück und unterschiedliche Betonungsmöglichkeiten aufdrückte, stand Andreas unnötig dicht neben mir und suchte ständig Körperkontakt. Das machte mich so nervös, dass ich alles falsch anpackte. Und Adam sah genervt aus, weil er der Einzige war, der ernsthaft daran interessiert war, die Aufgabe zu lösen. Nur ein Mal begegnete ich seinem Blick, aber ich konnte ihn nicht deuten.

»Er wirkte irgendwie sauer«, sagte Frida beim Mittagessen.

»Vielleicht ist er ja zufälligerweise an Chemie interessiert«, sagte ich. »Und da kann es schon ziemlich nerven, wenn zwei aus der Gruppe sich befummeln und die Dritte nur über Shakespeare redet, findest du nicht?«

Frida nickte. »Okay, das war wohl etwas daneben. Aber ich finde Chemie nun mal tödlich langweilig.«

Ich lächelte sie aufmunternd an. »Da ist der Tod in seinen Armen schon besser, stimmt's? Gleich ist es so weit.«

»Hm.«

Sie wirkte plötzlich gar nicht mehr so enthusiastisch, ein Hauch von Hoffnungslosigkeit zog über ihr Gesicht und daran war ich schuld. So jedenfalls kam es mir vor. Ich suchte nach ein paar passenden Worten, mit denen ich sie aufpäppeln konnte.

»Bestimmt ist er einfach nur schüchtern«, sagte ich schließlich.
»Den Eindruck macht er aber nicht«, erwiderte Frida.
»Das ist vielleicht seine Art, es zu überspielen. Vielleicht ist er nur schüchtern, wenn es um die Liebe geht, und sonst nicht. Vielleicht ist er ja einer von den Typen, der mit allen Mädchen gut befreundet ist, aber sich niemals trauen würde zuzugeben, wenn er jemanden wirklich mag.«
Ich war selbst ganz überzeugt von dem, was ich sagte. Das stimmte mit dem Eindruck überein, den ich von ihm bekommen hatte. Er war bestimmt ein toller Freund. Und das würde ja auch erklären, wieso er nicht längst an dem Haken angebissen hatte, den Frida vor seiner Nase ausgeworfen hatte.
»Bestimmt liegt er die ganze Nacht wach und denkt an dich«, fuhr ich fort und fühlte mich ganz sonderbar bei dem Gedanken an Adam, der vor Sehnsucht wach lag.
Frida sah mich an, Misstrauen und Hoffnung lösten sich in ihrem Blick ab. »Glaubst du?«
Ich zog die Schultern hoch. »Warum nicht? Bei allen anderen Jungs aus der Klasse ist es so, sagt Andreas.«
»Das hat Andreas gesagt?«
»Na ja, nicht gesagt, nur angedeutet.«
»Weißt du, ob er und Adam … ob sie sich unterhalten? Ich meine, würde Adam Andreas erzählen, wenn er … Na, du weißt schon, wenn er jemanden mag?«
»Keine Ahnung. Soll ich ihn fragen?«
Frida zögerte. Dann schüttelte sie den Kopf. »Nein, lieber nicht. Dann weiß er ja, dass ich in Adam verliebt bin. Und wer weiß, wie lange er das für sich behalten kann.«
»Wäre doch nicht das Schlechteste, wenn er ein bisschen

plaudert«, sagte ich. »Dann rafft Adam vielleicht endlich, was für Chancen er hat.«
Frida lächelte. »Ein gutes Hintertürchen, wenn nichts anderes mehr hilft. Aber damit warten wir noch ein bisschen. Zuerst einmal werde ich …«
Weiter kam sie nicht, weil Andreas und Anton mit ihren Tabletts an unseren Tisch kamen und sich zu uns setzten.
»Da seid ihr ja«, sagte Andreas gut gelaunt.
Ich wollte ja nicht gehässig sein, aber ich fragte mich im Stillen, ob das normal war. Würden Frida und ich nie wieder in Ruhe miteinander reden können? War es so, einen Freund zu haben? Musste er immer und überall dabei sein?

»WAS?«, RIEF SEBASTIAN aufgebracht. »Sie ist erst dreizehn?!«

»Hast du das nicht gewusst?«, sagte Affe. »Romeo und Julia sind extrem jung.«

»Und da wollen die sich umbringen und heiraten und lauter so Kram?«

»Ja«, sagte Affe. »Aber in umgekehrter Reihenfolge.«

»So redet doch mit dreizehn Jahren keine Sau!«, protestierte Sebastian und schlug mit der flachen Hand auf das Textheft. »Warum schnappt er sich die Braut nicht und besorgt es ihr ein paar Mal und damit hat es sich!«

Schallendes Gelächter.

Frida, die auf dem Boden kniete und gerade entdeckt hatte, dass ihr geliebter Romeo tot an ihrer Seite lag, sah gereizt in die Runde.

»Du weißt doch nicht mal, wo bei einem Mädchen vorne oder hinten ist«, blaffte sie Sebastian an. »Such dir eine andere Lösung für deine Liebesprobleme!«

Romeo musste lachen und sah nicht mehr sonderlich tot aus.

»Jetzt reißt euch aber mal zusammen«, sagte Affe.

»Ich finde jedenfalls, dass Shakespeare ganz schön einen an der Waffel hatte«, sagte Sebastian.

Romeo drehte den Kopf zur Seite und lächelte mich direkt an. Mir wurde ganz warm, und ich erwiderte sein Lächeln, ehe ich meine Gesichtsmuskeln wieder unter Kontrolle hatte. Wie bei Kaspers alter Schmalfilmkamera, wenn sie bei einem Bild hängen blieb, ehe der Film weiterlief und die Personen sich wieder in Bewegung setzten.

Gott sei Dank war Fridas empörter Blick auf Sebastian gerichtet.
»It takes one to know one!«, sagte sie.
Noch mehr Lacher und Kommentare schallten durch den Raum. Affe seufzte und sagte, dass sie die Szene noch einmal von Anfang an spielen sollten.
Ich war randvoll von Romeos Lächeln. Der Kolibri flatterte aufgeregt herum und kitzelte mich mit seinen Flügelspitzen.
Wenn das Wörtchen wenn nicht wäre, dachte ich.
Wenn das Wörtchen wenn nicht wäre, würde ich mich in Adam verlieben. Und wie. Explosiv. Wie ein Feuerwerk. Zum Platzen.
Aber es gab ein Wenn. Allein der Gedanke, mich in Adam zu verlieben, war total verboten, strafbar, undenkbar, fürchterlich. Trotzdem dachte ich an ihn. Trotzdem flatterte der Kolibri in meinem Innern. Trotz aller Wenns.
»Ich will mehr Gefühl sehen!«, sagte Affe. »Liebe und Leid. Verzweiflung. Los, noch einmal!«
Romeo betrat erneut den Raum, in dem seine Julia bleich und leblos lag. Beim letzten Mal war er nur neben ihr auf die Knie gefallen und hatte sein Giftfläschchen aus der Tasche gezogen. Jetzt beugte er sich über sie, strich ihr übers Haar und drückte, vom Jubel der Klasse begleitet, seine Lippen auf ihre, worauf Julia schlagartig erheblich weniger bleich aussah, sich aber beherrschte, still zu liegen, bis Romeo sich das Leben genommen hatte und sie aufwachte, um ihn zu entdecken. In der Hoffnung, noch ein wenig Leben an seinen Lippen zu finden, küsste sie ihn, unnötig gründlich, muss ich sagen, ehe sie sich einen Dolch in die Brust stieß, sich dicht neben ihn legte und starb.

»Wunderbar«, sagte Affe anerkennend. »Ihr werdet sehen, das Publikum in der Aula ist weniger dickhäutig als dieser raue Haufen. Da bleibt kein Auge trocken!«

Ich stellte mir Frida in dem vergilbten Brautkleid vor. Damit würde selbst Sebastian Romeos Liebe und Verzweiflung nachvollziehen können.

Fridas Blick war wild und glasig, als wir in die Pause gingen. Sie würde platzen, wenn wir nicht sofort miteinander reden könnten, das sah ich. Daher wunderte es mich gar nicht, dass sie Andreas beim Rausgehen abfing und ihm mitteilte, dass sie unbedingt mit mir reden müsste.

»Unter vier Augen!«, sagte sie streng, worauf Andreas sich zu den Schränken zurückzog.

Frida packte mich so fest am Arm, dass es wehtat. »Ich sterbe«, flüsterte sie. »Ich sterbe, Katrin!«

»Au!«, sagte ich. »Wenn du mich fragst, wirkst du lebendiger als je zuvor.«

»Schwänzt du Deutsch mit mir? Bitte? Ich muss raus hier, ich brauche Luft, ich kann jetzt beim besten Willen keine Verben beugen!«

Wir schlossen die Bücher in den Schrank ein und gingen in die Septembersonne hinaus. Es sprudelte nur so aus Frida heraus. Als hätte jemand den Stöpsel gezogen. Ich hatte nicht gewusst, dass jemand so viel in so kurzer Zeit sagen konnte. Und wenn ich nicht schnell genug mit meinen Mhs und Ohs kam, packte sie mich am Arm und schüttelte mich, als glaubte sie, ich wäre eingeschlafen.

»Zieh dir das mal rein: Er hat mich *geküsst*! Vor der ganzen Klasse!«

»Das war aber nicht Adam, der dich geküsst hat, das war

Romeo, der Julia geküsst hat. Und Julia hat sich ja auch nicht grade lumpen lassen …!«

»Und ob er mich geküsst hat! Und im Gegensatz zu mir hätte er das nicht tun müssen! Julias Kuss steht im Manuskript, das ist ja wohl was ganz anderes! Oh, seine Lippen fühlen sich absolut unglaublich an, ich dachte, ich sterbe, ich verglühe, und zurück bleibt nur ein Aschehaufen! Weißt du, wie er duftet? Das macht einen ganz kirre und berauscht. Verstehst du, was ich sage? Mein Gott, ich hätte nie gedacht, dass es so sein kann! Geht dir das auch so?«

Frida verdeutlichte eilig, was sie meinte, als sie mein erschrockenes Gesicht sah. »Ich meine natürlich, ob das bei dir und Andreas auch so ist?«

»Nein«, sagte ich, hysterisch erleichtert darüber, dass sie nicht wissen wollte, wie ich auf Adams Duft reagierte.

»Nicht?«

Ich schüttelte den Kopf. »Wahrscheinlich, weil ich nicht so verliebt in Andreas bin wie du in Adam«, sagte ich.

Sie sah mich einen Moment mitfühlend an, ehe der Wortfluss wieder lossprudelte.

Sie erzählte alles noch einmal vorwärts und rückwärts und von links nach rechts, obwohl ich es doch mit eigenen Augen gesehen hatte. Sie erzählte, dass sie seine Wange mit der Nasenspitze und den Lippen berührt hätte, als sie sich neben ihn legte, welche Wärme sein Körper durch die Kleider ausgeströmt hatte und wie sie seine Hand festgehalten hatte, obwohl er den Händedruck nicht erwidern konnte, weil er ja tot war, aber trotzdem. Ob sie ihn heute Abend vielleicht anrufen sollte?

»16 32 51«, sagte sie.

»Was?«

»Seine Telefonnummer! 16 32 51. Soll ich?«
»Klar, warum nicht. Jetzt sieht es ja wenigstens so aus, als würde er … Na ja, wie du schon sagst, er hätte dich ja nicht zu küssen brauchen und so.«
Alles, was ich sagte, klang spitzer als beabsichtigt. Ich wollte nicht sauer sein, ganz im Gegenteil, ich freute mich doch für Frida. Adam war für sie bestimmt, das hatte ich die ganze Zeit gewusst, ich hatte schließlich selbst dazu beigetragen, sie zu verkuppeln. Und wenn jetzt endlich was daraus werden würde, würde ich ihn auch öfter sehen. Und Frida hatte schließlich gesagt, dass wir zu viert was unternehmen wollten. Trotzdem fiel es mir schwer, ihr zuzuhören, meine Beine waren wie Blei und gehorchten mir nicht richtig, und ich musste mich zusammenreißen, um mir nichts anmerken zu lassen und ihre übersprudelnde Freude nicht zu trüben.
Das Lächeln war schuld. Das Lächeln und der Gedanke, der dem Lächeln folgte. Wenn das Wörtchen wenn nicht wäre. Was für ein idiotischer Ausdruck! Das Wörtchen wenn darf nicht sein. Es ist wie es ist.
Frida zog mich am Arm. »Katrin? Hörst du mir zu?«
»Ja, doch, natürlich, klar!«
»Du bist so … du bist irgendwie so abwesend. Ist was mit Andreas? Hast du das Gefühl, dich zwischen ihm und mir zerreißen zu müssen? Findest du mich egoistisch, weil ich dich zum Schwänzen überredet habe?«
»Nein, ach was, er ist mir ziemlich egal.«
Sie glotzte mich an. »Wie bitte?«
Ich versuchte, mich zu konzentrieren. »Nein, so meine ich das nicht. Ich wollte nur sagen, dass du in jedem Fall wichtiger bist!«

»Ich musste einfach mit dir reden. Das ist unglaublich! Wie ein Traum!«
»Ja, schon klar.«
Danach erzählte sie die ganze Story noch einmal von vorn, und ich dachte, wenn sie tatsächlich zusammenkommen, erfahre ich wenigstens eine ganze Menge über Adam, wie er sie berührt, wie es sich anfühlt, in seiner Nähe zu sein, was er sagt, *wie* er es sagt und wann. Vielleicht schliefen sie ja sogar miteinander. Ich hatte Frida noch nie so erlebt.
Ich sah sie von der Seite an. Ihre Lippen bewegten sich und wechselten ständig den Ausdruck, ihre blauen Augen waren aufgerissen und glänzten und ab und zu wehte ihr eine Haarsträhne ins Gesicht. Während ich sie betrachtete, drehte sie plötzlich den Kopf und begegnete meinem Blick. Sie hielt inne und legte ihre Hände auf meine Schultern.
»Was ist los mit dir, Katrin?«, fragte sie beunruhigt. »Irgendwas ist passiert, das sehe ich doch.«
Trotz aller Euphorie sah sie mich. Mir stiegen Tränen in die Augen, obwohl ich versuchte, sie zurückzuhalten. Was sollte aus unserer Freundschaft werden, wenn ich ständig Dinge dachte, die ich vor ihr geheim halten musste?
»Ich … bin wohl ein bisschen neidisch«, murmelte ich leise.
»Auf mich?«
»Du hast alles. Und bist alles. Deine Mutter hält dich für ein Wunderkind, du bist die Hübscheste in der Klasse, du bist nett zu allen, und nun bist du auch noch bis über beide Ohren in einen wahnsinnig gut aussehenden Jungen verliebt, der dich auch zu mögen scheint …« Ich lächelte und zupfte an ihrem Jackenärmel im Versuch, dem Ganzen die

Spitze zu nehmen. »Und außerdem hast du die geilste Lederjacke überhaupt!«, sagte ich.
Frida blinzelte ein paar Mal, als ob sie auch jeden Moment losheulen wollte, dann nahm sie mich fest in den Arm. Ich erwiderte die Umarmung fast krampfartig.
Als wir uns losließen, zog sie ihre Jacke aus und reichte sie mir. »Du kannst sie haben«, sagte sie. »Ich brauche sie eigentlich nicht mehr.«
»Bist du verrückt, das geht doch nicht«, sagte ich hastig. »So hab ich das nicht gemeint, das weißt du ja wohl hoffentlich. Du siehst einfach klasse damit aus, und du magst sie, das weiß ich doch!«
»Ich will aber, dass du sie nimmst. Ich hab sie so viel getragen, dass ich sie fast schon ein bisschen über habe!«
»Jetzt lügst du!«
Sie lachte. »Trotzdem, nimm sie. Bitte! Ich will das. Meine Mutter kann ich dir schließlich schlecht schenken!«
Die Jacke war weich und voll von Fridas Düften. Ein ganz persönliches Geschenk, wie der Kristall, der immer um meinen Hals hing. Frida war der wichtigste Mensch in meinem Leben. Und so sollte es auch bleiben.
»Aber wie wär's, kommst du heute Nachmittag mit zur Lederkompagnie? Dann suche ich mir eine neue supergeile Lederjacke aus, auf die du neidisch sein kannst. Eine schwarze wäre nicht schlecht.«
Ich nickte. »Ich rufe dich an, wenn ich mit Tarzan draußen war, dann können wir uns ja im Miranda treffen.« Ich blieb stehen und sah sie an. »Wenn ich geahnt hätte, dass du mir die Jacke schenkst, hätte ich den Mund gehalten«, sagte ich.
»Ich weiß«, sagte Frida.

DIE ZEITUNG LAG aufgeschlagen auf dem Küchentisch. Eine Verkaufsannonce für eine gebrauchte Eishockeyausrüstung war dick mit Kugelschreiber eingekringelt. Daneben lag ein Zettel aus Viktors Schreibblock. »Hallo Katrin! Wie viel Geld hast du?«, stand mit Viktors krakeliger Handschrift. »Die Ausrüstung kostet fünfhundert Kronen.«
Ich nahm den Kugelschreiber, der noch neben der Zeitung lag. »Hundert Kronen, vielleicht«, schrieb ich. »Unter der Bedingung, dass ich nicht mitspielen muss.« Ich würde so ziemlich alles für Viktor tun, aber bei Eishockey verlief die Grenze.
Tarzan tänzelte ungeduldig um mich herum. Ich legte den Stift weg, trank ein Glas Milch und stieg wieder in meine Stiefel. Manchmal fand ich es schon lästig, jeden Tag nach der Schule mit Tarzan rauszumüssen, besonders wenn es regnete oder mittwochs direkt nach dem Sport. Aber im Großen und Ganzen genoss ich die Spaziergänge. Da musste ich nicht denken, nicht reden, konnte einfach nur gehen und meine Lungen mit Luft füllen.
Sobald wir im Park waren, ließ ich Tarzan von der Leine und ging in gemächlichem Tempo weiter. Der Kies knirschte unter meinen Füßen, das Laub war inzwischen ganz gelb, und die Luft war so klar und leicht, wie sie es nur im September ist. Immer drehte sich alles um den Sommer oder den Frühling, aber mein Monat war der September. Selbst im größten Chaos ließ er einem noch genügend Luft zum Atmen.
Ich fragte mich, ob Mama inzwischen wohl meine Mail gelesen hatte. Und ob sie antworten würde. Oder ob sie sauer

war. Vielleicht hatte sie ja längst geantwortet! Würde Kasper mir davon erzählen? Es wäre sicherlich möglich, in sein Büro zu schleichen und die E-Mails zu kontrollieren, während er in der Dunkelkammer beschäftigt war. Ich musste es riskieren. Morgen vielleicht. War ihre Antwort vorwurfsvoll, würde sie den gemeinsten und fiesesten Brief von mir kriegen, den ich jemals geschrieben hatte, und ich würde mich im Leben nicht dafür entschuldigen.

Tarzan lief zum Fluss runter und verschwand aus meinem Blickfeld. Ich rief hinter ihm her. Als er nicht reagierte, durchschoss es mich heiß und kalt. Bestimmt hatte er nur was Spannendes entdeckt, eine Kaninchenfährte oder eine tote Wühlmaus. Ich redete mir ein, dass es genau so war und auf keinen Fall anders. Zugleich spürte ich, wie sich meine Schritte beschleunigten und ich am Ende fast rannte. Ich bog um die hohe Hecke, die den alten Pavillon umgab. Dort standen sie, nur wenige Meter von mir entfernt.

Adam war vornübergebeugt und spielte mit Tarzan, dessen Hinterteil hin und her schwang, als würde es nicht reichen, nur mit dem Schwanz zu wedeln. Ich wurde langsamer und versuchte ruhig zu atmen, während der verrückte Kolibri mein pochendes Herz wie ein Insekt umschwirrte. Adam sah mich und lächelte.

»Ich hab gehofft, dass du nach der Schule hierher kommen würdest«, sagte er.

Wie immer ich es auch drehte und wendete, das konnte nur eins bedeuten: Er war meinetwegen hier. Um mich zu treffen. Glücksgefühle und Panik stolperten übereinander, und ich fragte mich, wie ich jemals wieder etwas Verständliches von mir geben sollte. Buchstaben zu Wörtern zusammensetzen und Wörter zu Sätzen.

»Es ist vielleicht albern«, sagte er, »aber ich würde dir gern was zeigen.«
Ich nickte, dankbar, dass in diesem Fall eine einfache Kopfbewegung als Antwort reichte.
»Wir müssten allerdings ein Stückchen gehen«, fügte er hinzu. »Hast du Zeit?«
»Mh.« Fantastisch. Ein Laut! Zwei Buchstaben. So eine schlagfertige Antwort ist doch Gold wert.
Ich ging neben ihm her. Er sagte eine ganze Weile nichts. Wir folgten dem Flussufer und bogen hinter dem alten Krankenhaus ab. Mit fummeligen Händen legte ich Tarzan an die Leine und versuchte, mit Adam Schritt zu halten, als wir die gelben Backsteingebäude passierten, ein Baugrundstück überquerten und in ein älteres Villenviertel kamen, um das irgendwann in den achtziger Jahren ein Ring aus Wohnblöcken hochgezogen worden war. An einer Straßenecke blieb er plötzlich stehen und hielt mich am Arm fest, um mich zurückzuhalten. Die Berührung fuhr wie ein Stromstoß durch meinen Körper.
»Mist, sie sind im Garten!«, flüsterte er und zog mich hinter eine Hecke mit weißen Blüten. Von da aus zeigte er zu einem hellgrauen Haus auf der anderen Straßenseite.
Das Haus war von einem niedrigen, dunkelbraunen Jägerzaun umgeben, hinter dem ein Mann um die fünfzig das Blumenbeet mit einer Hacke bearbeitete. Außer ihm war kein Mensch zu sehen, aber auf dem Rasen hinter ihm lag ein dunkelbrauner Boxer.
»Pucko«, sagte Adam leise.
Ich sah von Adam zu dem Hund und wieder zu Adam und vergaß völlig, dass ich einen zugeschnürten Hals hatte und nicht reden konnte.

»Was macht der denn hier? Ich denk, du hast in Solna gewohnt, als ihr ihn weggegeben habt?«

»Ja, ist das nicht seltsam? Nachdem ich dir letzten Freitag von ihm erzählt hatte, hat mich interessiert, wo er hingekommen ist. Ich hab Mama nach dem Namen der Leute gefragt, die ihn genommen haben, und sie hat ihn mir ohne weiteres gesagt. Wohl weil sie dachte, es wäre mir nicht mehr so wichtig. Sie haben einen ungewöhnlichen Namen: Shauspieler. Ernst und Belinda Shauspieler. Davon kann es ja wohl nicht übermäßig viele in Schweden geben, also hab ich die Telefonauskunft angerufen und erfahren, dass sie von allen Orten in Schweden ausgerechnet hierher gezogen sind! Ist das nicht ein Zufall! Danach konnte ich es mir nicht verkneifen, am Samstag hierher zu kommen und selbst nachzuschauen. Ich stand im Garten und hab durchs Fenster geguckt und hätte fast losgeheult, als ich ihn da drinnen gesehen habe.«

»Ein schöner Hund. Er hat tatsächlich Ähnlichkeit mit Tarzan.«

»Was meinst du, ob er mich wiedererkennen würde?«

»Ganz bestimmt!«

Wir beobachteten schweigend den Hund, der sich auf dem Rasen räkelte. Adam kniff die Augen zusammen, und ich konnte mir vorstellen, wie es ihn juckte, den Hund zu rufen. Zu sehen, ob er noch auf seinen alten Namen hörte. Der Einzige, der von diesem Augenblick nicht sonderlich ergriffen war, war Tarzan, der konzentriert an ein paar Blättern schnupperte und die Hecke mit einem Spritzer Urin markierte. Nach einer Weile drehte Adam sich um und machte sich auf den Rückweg. Ich folgte ihm. Ging neben ihm her, ohne etwas zu sagen.

»Shauspieler passt doch. Das sind nicht seine richtigen Besitzer, sie spielen nur die Rolle. Eigentlich gehört Pucko dir.«

Das war ein naiver Versuch, ihn zu trösten, aber Adam lächelte trotzdem. Als wir im Park zurück waren, ließ ich Tarzan von der Leine, aber er düste nicht los wie sonst, sondern begnügte sich, um unsere Füße zu tollen.

»Ich habe über das nachgedacht, was du mir erzählt hast«, sagte Adam unvermittelt. »Warum besuchst du sie nicht?«

»Mama?!«

»Nein, nicht deine Mutter! Marie natürlich!«

Ich sah ihn verdutzt an. Der Gedanke war mir überhaupt noch nicht gekommen.

»Ich weiß gar nicht, wo sie wohnt«, stammelte ich überrumpelt.

»Aber du weißt doch, wo sie anfangen wollte zu arbeiten?«

»Ja, aber … Was soll ich ihr denn sagen?«

»Alles, was du mir erzählt hast. Das wäre zumindest ein Anfang.«

Ich sagte nichts, während der Gedanke langsam zu mir durchdrang und Wurzeln schlug. Wieso war ich nicht selbst auf die Idee gekommen? Es war eine Sache, dass ich feige war und nicht wusste, was ich ihr sagen sollte, aber es war schon seltsam, dass ich nicht einmal an die Möglichkeit gedacht hatte. Ich lebte offensichtlich in der Vorstellung, dass alle, die uns verließen, im Nichts verschwanden und für alle Zeiten unerreichbar waren.

»Es klingt vielleicht bescheuert«, sagte ich, »aber daran hab ich überhaupt noch nicht gedacht.«

»Dann denk jetzt drüber nach«, sagte Adam.
»Mach ich«, sagte ich. Obgleich das nicht stimmte. Für den Moment jedenfalls noch nicht. Aber ich wusste, dass ich es tun würde. Wenn ich den Mumm dazu hatte.
Dann erzählte ich Adam, dass ich meine Briefe von Mama noch mal gelesen hätte, nachdem ich Freitag nach Hause gekommen war, und dass ich am nächsten Tag erfahren hätte, dass Kasper die ganze Zeit über mit ihr Kontakt gehabt hatte. Ich erzählte ihm auch von der Mail, die ich gelesen hatte, und von meiner Antwort.
Die Worte kamen ganz leicht, als hätten sie bereits fertig formuliert in meinem Kopf gelegen und nur auf Adam gewartet. Während ich das dachte, wurde mir klar, dass es genauso war, dass ich ihm das Ganze in Gedanken schon mehrmals erzählt und die Worte hin und her gedreht hatte, bis sie richtig klangen.
»Hat sie geantwortet?«
Ich zuckte mit den Schultern. »Soweit ich weiß, nicht. Aber ich hab ihr ja erst gestern geschrieben, wahrscheinlich ist sie noch nicht dazu gekommen. Und dann bin ich mir auch nicht sicher, ob Kasper mir die Antwort zeigen würde.«
»Papa Kasper«, sagte Adam und lachte.
»Hund Pucko«, sagte ich und fiel in sein Lachen ein.
»Keine weiteren Vergleiche«, sagte Adam.
Wir hatten den Pavillon erreicht, und wie beim letzten Mal gingen wir durch die Öffnung in der Hecke die vier Treppenstufen nach oben und setzten uns auf die abblätternde Bank. Es war wie eine stille Übereinkunft. Tarzan machte es sich vor unseren Füßen bequem. Ich schielte unauffällig zu Adam hinüber, der mich ansah.
»Ist das nicht Fridas Jacke?«, fragte er.

DAS MUSSTE JA passieren. Ich konnte schließlich nicht ewig in meiner Luftblase schweben. Ich wurde brutal in die Wirklichkeit zurückgeschleudert, die schimmernde Seifenblase zerplatzte, die Farben um uns herum verblassten und der Fluss floss aufwärts.

Fridas Jacke.

Der Kuss auf dem Klassenzimmerfußboden.

Glückseligkeit und glänzende Augen.

Ich würde das größte Opfer bringen müssen, das je auf dem Altar der Freundschaft gebracht worden war. Die Bank unter mir begann zu schwanken.

Adam.

Warum hatte ich nicht aufgepasst? Warum hatte ich es so weit kommen lassen? Hatte ich denn überhaupt kein Gefühl für mich selbst?

Ich war wahnsinnig und bis über beide Ohren in den einzigen Menschen verliebt, in den ich mich nicht verlieben durfte. Jeder andere, egal wer, wäre besser gewesen. Haggis, Rakel, Fidel Castro oder der nächtliche Raucher auf der anderen Straßenseite. Egal wer, absolut egal, nur nicht Fridas Adam.

Ich zog die Jacke fester um mich. Sie war so weich und duftete so gut nach Apfelshampoo und Pleasure. Sie war ein Freundschaftsbeweis. Ein Treuebeweis. Ein Loyalitätsbeweis. Ich musste es tun. Jetzt.

»Nein«, sagte ich. »Das *war* Fridas Jacke. Jetzt ist es meine.«

»Schweineteuer.«

»Mhmh.«

Ich musste es tun. Jetzt. Jetzt. Jetzt.

»Sie … sie mag dich. Hast du das noch nicht bemerkt?«

Ich hatte es gesagt. Ich hob den Blick und sah ihn an. Zu meinem Erstaunen seufzte er. Weder überrascht noch glücklich. Anders.

»Ja, ich hab's gemerkt«, sagte er.

Ich wusste nicht, was ich sagen sollte, sah ihn fragend an.

Er streifte mich mit einem hastigen Blick. »Sie hält ja nicht gerade damit hinterm Berg. Heute die Probe war echt peinlich.«

»Aber … *du* hast sie doch geküsst«, sagte ich. Es klang wie ein Vorwurf.

»Ja, schon, aber damit wollte ich nur Sebbe und den anderen eins auswischen. Die sind derart kindisch. Pfeifen und johlen wegen jeder Kleinigkeit. Aber dann hat sie sich an mich geklammert, dass ich kaum noch wusste, wie ich jemals wieder loskommen sollte.«

Was Frida anging, war ich wirklich empört, aber gleichzeitig blubberte ein Lachen in mir hoch.

»Wo hättest du denn hinsollen?«, sagte ich. »Du warst doch tot.«

»Mein Glück«, sagte er. »Wer tot ist, braucht nicht zu reagieren.«

In mir herrschte Aufruhr, Krieg. Die eine Armee brüllte, das sei Verrat, und zog gegen die gegnerische Armee in die Schlacht, die darüber jubelte, dass Fridas Leidenschaft ihn so kalt ließ.

»Die meisten Jungs würden Purzelbäume schlagen vor Glück. Frida ist das hübscheste Mädchen der ganzen Schule. Alle sind verrückt nach ihr.«

Adam sah mich an. »Aha«, sagte er. »Ich nicht. Jedenfalls nicht so. Sie hat entschieden, dass sie mich haben will. Die anderen Jungs sind deswegen sauer auf mich, aber was kann ich denn dafür! Der Einzige, der nicht eingeschnappt zu sein scheint, ist Andreas, aber der hat schließlich dich, das ist also nicht weiter verwunderlich. Ich will deine Freundin wirklich nicht vor den Kopf stoßen, das kannst du mir glauben, aber ich habe nicht vor … mit ihr zusammenzukommen oder so.«

Unsere Blicke begegneten sich, und ich sah, dass er die Wahrheit sagte. Er wollte wirklich nichts von Frida. Unbegreiflich, aber wahr.

»Du kennst sie eben noch nicht gut genug«, sagte ich, überzeugt, dass dort der Hund begraben lag. »Du wirst sie mögen, wenn du sie erst richtig kennen gelernt hast.«

Adam antwortete nicht. Er beugte sich vor und kraulte Tarzan, der sich genießerisch auf den Rücken rollte. Adams Art, sich zu bewegen, strömte direkt auf mich über und ich fühlte meinen ganzen Körper. Ich war hundertprozentig anwesend.

Wenn ich noch einen winzigen Moment hier sitzen bleiben durfte, nur ein klein wenig länger, einfach neben ihm sitzen durfte, würde ich mit allem fertig werden. Es war schließlich nichts Verwerfliches daran, hier neben ihm zu sitzen und mit ihm zu reden, nicht einmal Frida könnte das finden. Ich hatte nicht vor, ihn weiter heimlich zu treffen, und dass er heute hierher gekommen war, dafür konnte ich doch nichts. Diesmal könnte ich Frida vielleicht sogar von unserer Begegnung erzählen, ich hatte mir schließlich nichts vorzuwerfen. Aber dann müsste ich ihr auch sagen, dass er nichts von ihr wollte.

Meine Gedanken überschlugen sich, als mir eine Erklärung für Adams Desinteresse durch den Kopf schoss und mir aus dem Mund fiel, ehe ich es verhindern konnte: »Du bist doch nicht … ich meine, magst du überhaupt Mädchen?«

Adam sah mich verdutzt an, dann blitzten seine gewitterwolkenfarbenen Augen kurz auf und er gluckste leise.

»Ist es so unfassbar, dass ich nichts von Frida will, dass du deswegen glaubst, ich müsste schwul sein?«, fragte er.

Ich nickte stumm.

»Wenn es dich interessiert: Ich mag Mädchen.«

Er sah plötzlich verlegen aus und ich kriegte schon wieder Atemnot. Das war eindeutig zu nah. Meine Hände wollten sich nach ihm ausstrecken, ihn berühren, seinen Nacken umfassen. Mir war bisher nicht klar gewesen, dass meine Hände einen eigenen Willen hatten und sehnsüchtig sein konnten. Ein Gesprächsthema. Los. Schnell. Irgendwas anderes.

»Erzähl mir von deinem Vater«, sagte ich.

Es klang wie ein Hilfeschrei. Dabei interessierte es mich durchaus. Ich wollte wissen, was Adam dachte und fühlte und glaubte und wusste. Nicht nur in Bezug auf seinen Vater, sondern überhaupt. Ich wollte seine Stimme hören, wenn er es mir erzählte.

Sein Blick schweifte über den Fluss. Ein Ast trieb gemächlich vorbei, blieb am Ufer hängen, drehte sich einmal um die eigene Achse und setzte seine schwerfällige Fahrt durch das braungrüne Wasser fort.

»Da gibt es nicht viel zu erzählen«, sagte er. »Ich habe ihn nie gekannt. Als Mama schwanger wurde, hat er gesagt, er wäre noch nicht reif für eine feste Beziehung, und hat sich vom Acker gemacht. Er war jung. Aber Mama war noch jünger. Siebzehn.«

Siebzehn.

Zwei Jahre älter als ich.

Ich versuchte mir vorzustellen, wie das wäre. Mit siebzehn Jahren zu erfahren, dass man schwanger war. Und dann auch noch von dem Jungen, der der Vater war, im Stich gelassen zu werden. Sollte man da nicht lieber abtreiben lassen?

Ich blickte Adam erschrocken an, als könnte er sich allein bei dem Gedanken in Luft auflösen. Aber er saß weiter neben mir und schaute unverändert aufs Wasser.

»Mama hat ihm später ein Foto von mir geschickt«, fuhr er fort und lächelte mich an. »Als ich noch klein und süß war. Vielleicht hat sie geglaubt, so ein kleines, knubbeliges Baby könnte ihn umstimmen. Aber er schickte nur eine Postkarte als Antwort und bedankte sich für das Bild. Mehr nicht. Obwohl ich glaube, dass sie ihn nie ganz aus den Augen verloren hat. Woher wusste sie sonst von seinem Job in Brüssel?«

Brüssel. Vielleicht landeten dort ja über kurz oder lang alle verschwundenen Eltern, so wie alle Strümpfe, die aus den Waschmaschinen verschwanden, irgendwann in Sigges Lagune wieder auftauchten. Das hatte ich in einem von Viktors Comics gelesen.

»In unserem Haus wohnte ein alter Mann, der hat behauptet, dass Gott in Haparanda lebt«, sagte ich.

Adam sah mich fragend an. Dann lachte er. »In Haparanda?«

»Ja«, sagte ich und zuckte mit den Schultern. »Ich weiß auch nicht, was er damit gemeint hat.«

»Glaubst du an Gott?«, fragte ich nach einer Weile.

Er schüttelte den Kopf. Sein Gesicht war wieder ernst. »Du?«

»Nein.«

Wir schwiegen. Vor uns auf dem Wasser landeten ein paar Stockenten. Tarzan setzte sich auf und beobachtete sie aufmerksam.

»Ich denke, ich werde es versuchen«, sagte ich.

»An Gott zu glauben?«

»Nein. Marie zu finden.«

Er nickte.

Dann stand ich auf, obgleich jede Zelle meines Körpers dagegen protestierte. Alles an mir wollte neben ihm sitzen bleiben. Aber mein Hundespaziergang hatte sich schon viel länger ausgedehnt als geplant.

»Ich muss los«, sagte ich. »Frida wartet.«

»Du bist doch ihre beste Freundin. Könntest du ihr nicht sagen, dass ich nicht sonderlich interessiert bin?«

Ich schüttelte den Kopf. »Nein. Ich wüsste nicht, wie ich ihr das sagen sollte. Und noch weniger, wie ich ihr erklären sollte, warum du mir das gesagt hast. Ganz davon abgesehen, wirst du es bereuen.«

»Glaubst du?«

»Bestimmt. Noch ein paar Proben von der Selbstmordszene und …«

»Oh nein. Sprich nicht davon. Manchmal wünsche ich mir fast, wir hätten uns für ›Romeo und George‹ entschieden, obwohl ich Mädchen bevorzuge!«

IM DRITTEN STOCKWERK hörte ich in unserer Wohnung das Telefon klingeln. Drei Klingeltöne, vier, fünf. Das war bestimmt Frida, die sich wunderte, wo ich abblieb. Nach dem sechsten Klingelton hatte ich die Wohnungstür aufgeschlossen, und mitten im siebten riss ich den Hörer hoch und stellte fest, dass ich die Nummer auf dem Display nicht kannte.

»Kaspersson!«, keuchte ich.

»Hallo, Andreas hier«, sagte Andreas.

Die folgende Pause war eindeutig zu lang, ehe ich endlich eine Antwort stammelte: »Hallo … Ich bin grade zur Tür reingekommen.«

»Warst du unterwegs?«

Intelligente Frage.

»Ja, mit dem Hund.«

»Aha. Kann ich kurz bei dir vorbeikommen? Bei uns sind alle zu Hause, darum …«

»Frida wartet. Ich habe ihr versprochen, mit ihr in die Stadt zu gehen.«

Jetzt war Andreas an der Reihe, eine viel zu lange Pause folgen zu lassen.

»Ach so.«

In der Leitung klopfte jemand an. Das war jetzt aber garantiert Frida, die versuchte, mich zu erreichen. Ich bat Andreas, einen Augenblick zu warten, und drückte den R2-Knopf. Aber auch diesmal war es nicht Frida.

»Hallo«, sagte Kasper. »Bist du zu Hause?«

Das war offensichtlich der Tag der intelligenten Fragen.

»Ja«, sagte ich. »Aber ich telefoniere grade.«

»Oh, tut mir Leid«, sagte Kasper. »Aber ich musste dich einfach anrufen. Kannst du kommen?«
»Jetzt? Ich wollte mit Frida in die Stadt.«
»Ach so, aha, ja, aber … na ja, kein Grund zur Panik. Du solltest nur wissen, dass eine Mail für dich gekommen ist. Von Ingrid.«
Der Flur um mich herum verschwamm, die Luft in meinen Lungen wurde knapp. Das war einfach zu viel.
»Hast du … hast du sie gelesen?«, fragte ich mit einer Stimme, die ich kaum als meine eigene wiedererkannte.
Wider Erwarten hoffte ich, dass er meine Frage mit einem Ja beantworten würde. Ich brauchte eine Firewall, einen Puffer.
»Ich hatte Angst, sie könnte etwas schreiben, das dich traurig macht«, sagte er. »Ich will mich wirklich nicht einmischen oder in deiner Post schnüffeln, aber … Katrin, du und Viktor, ihr seid das Wichtigste auf der Welt für mich. Und solange ich es irgendwie verhindern kann, werde ich nicht zulassen, dass euch jemand wehtut.«
»Heißt das … dass die Mail mich nicht traurig machen wird? Sonst hättest du mir ja wohl nicht davon erzählt, oder?«
»Ich finde den Brief ganz okay. Auch für mich, obgleich das sicher nicht beabsichtigt war. Möchtest du, dass ich ihn ausdrucke und nachher mitbringe, wenn ich nach Hause komme?«
Nein. Das wollte ich nicht. Ich wollte den Brief sicher verwahrt hinter dem viereckigen Bildschirm im Büro lesen. Nicht auf einem lebendigen Blatt Papier zu Hause.
»Ich komme zu dir«, sagte ich. »So schnell wie möglich.«
»Lass dir Zeit, so viel, wie du brauchst.«

Ich legte den Hörer auf und starrte auf die grau gesprenkelte Hauswand gegenüber, ohne einen einzigen klaren Gedanken fassen zu können. Mein Gehirn brauchte ein Timeout. Dann fiel mir plötzlich ein, dass ich ja Andreas aus der Leitung geschmissen hatte. Ich blätterte das Display nach seiner Nummer durch, tippte sie ein, bekam aber nur das Besetztzeichen. Wahrscheinlich wartete er immer noch mit dem Hörer am Ohr. Seine Handynummer hatte ich nicht.

Stattdessen rief ich Frida an.

»Endlich!«, sagte sie. »Ich dachte schon, du hättest dich verirrt!« Das war keine schlechte Beschreibung meines Zustands.

»Ich … kann nicht mitkommen«, sagte ich. »Ich muss ins Atelier.«

»Musst du arbeiten?«

Es wäre so simpel gewesen, einfach mit Ja zu antworten. Aber ich hatte mir geschworen, Frida nie wieder anzulügen, also erzählte ich ihr von der Mail von Mama.

»Ich weiß nicht, ob du dir vorstellen kannst, wie wichtig das für mich ist«, sagte ich entschuldigend. »Ich kann jetzt nicht in die Stadt gehen und so tun, als ob nichts wäre, und mir den Brief später angucken, wenn ich Zeit habe. Aber ich kann auch nicht dorthin gehen, den Brief lesen und dann shoppen gehen, als ob nichts gewesen wäre. Ist das okay?«

»Natürlich«, sagte Frida. »No problem. Das mit der Lederkompagnie verschieben wir eben auf ein andermal.«

Auch was man nicht versteht, kann man respektieren. So gut hätte ich Frida kennen sollen. Ich schämte mich, überhaupt in Erwägung gezogen zu haben, ihr eine Lüge aufzutischen. Vielleicht könnte ich ihr ja auch von meiner Begegnung mit Adam erzählen. Aber nicht jetzt.

Nachdem wir aufgelegt hatten, machte ich einen neuen Versuch, Andreas zu erreichen. Es war nicht mehr besetzt. Nach zwei Klingelzeichen nahm er ab.

»Tut mir Leid«, sagte ich. »Ich hab aus Versehen auf die falsche Taste gedrückt.«

»Ich dachte schon, du hättest mich vergessen.«

»Nein, aber hinterher bin ich nicht mehr bei dir durchgekommen.«

»Können wir uns sehen? Wenn du zurück bist?«

»Ich … glaube, ich brüte was aus. Ich fühle mich irgendwie so fiebrig und schlapp.« Das Letzte entsprach zumindest der Wahrheit.

»Aber mit Frida in die Stadt gehen kannst du, oder was?«, fragte er gekränkt.

»Nein, das hab ich auch gerade abgesagt.«

Stille.

»Tut mir Leid«, sagte er schließlich. »Ich bin wohl eifersüchtig auf sie.«

Du hast keinen Grund, auf *sie* eifersüchtig zu sein, dachte ich, sagte aber nichts. Stattdessen sagte ich, dass ich mich jetzt hinlegen würde, was wenigstens keine Lüge war. Nachdem wir aufgelegt hatten, ging ich in mein Zimmer und rollte mich auf dem Bett zusammen.

Der Brief sei ganz in Ordnung, hatte Kasper gesagt. Was hieß das? War es ein Brief, der einen glücklich machte, oder einfach nur ein Brief, der nicht direkt verletzend war? Ein Brief in der Art, wie ich sie in dem Schuhkarton aufbewahrte, eine glatte Oberfläche ohne Kerben? Oder war es ein Brief, der tatsächlich etwas mitteilte? Konnte sie

überhaupt etwas erzählen, das mir nicht wehtun würde? Und warum hatte sie das dann nicht schon eher getan? War es ein langer Brief oder waren es nur ein paar Zeilen? Wollte ich ihn wirklich lesen? Was wäre danach? Würde ich mir wünschen, ihn nie gelesen zu haben?
16 32 51.
Die Telefonnummer, die Frida mir gesagt hatte, war wie eingebrannt in mein Gehirn.
Was wäre denn dabei, wenn ich ihn wegen etwas anriefe, worüber wir gerade eben gesprochen hatten? Er hatte doch gefragt, ob sie schon geantwortet hatte.
Ich war mit einem Satz aus dem Bett und lief in den Flur.
Der Finger, der die Nummer wählte, zitterte, und als ich das Freizeichen hörte, brach mir der kalte Schweiß aus und ich begann zu frieren. Genau in dem Augenblick, als ich mich entschloss aufzulegen, wurde der Hörer am anderen Ende der Leitung abgenommen.
»Axelsson«, sagte eine Frauenstimme.
Adams Mutter. In meiner Vorstellung war sie siebzehn Jahre alt, hochschwanger und gerade verlassen worden, so dass ich fast verdutzt war, die Stimme einer erwachsenen Frau zu hören.
»Ist … Adam zu Hause?«, stammelte ich.
»Nein, er macht einen Spaziergang. Soll er zurückrufen?«
Ich war aber auch zu blöd. Er konnte unmöglich schon wieder zu Hause sein. Vielleicht saß er sogar noch auf der Bank in dem Pavillon. Es konnte nicht viel länger als eine Viertelstunde her sein, dass wir uns verabschiedet hatten.

»Bist du Frida?«, fragte Adams Mutter unvermittelt. »Die die Julia spielt?«
Es dauerte ein paar Sekunden, ehe ich eine Antwort hervorquetschte. Er hatte zu Hause von ihr erzählt. Also dachte er doch an sie.
»Nein«, sagte ich.
»Ach so, ich dachte nur. Soll ich ihm ausrichten, dass er dich zurückrufen soll?«
»Nicht nötig.«
Ich legte den Hörer auf und fragte mich, wie ich so infernalisch blöd sein konnte. Wie kam ich überhaupt darauf, dass es ihn die Bohne interessierte, ob ich eine Mail von meiner Mutter bekommen hatte oder nicht? Ich wusste ja noch nicht einmal, was sie geschrieben hatte. Er war nicht in den Park gekommen, um sich meine lächerlichen Familienprobleme anzuhören, sondern weil er mir seinen Hund zeigen wollte! Gott sei Dank war ich dämlich genug gewesen, ihn anzurufen, bevor er eine Chance gehabt hatte, nach Hause zu kommen.
Ich rollte mich wieder auf meinem Bett zusammen. Unter meinen Augenlidern brannte es, aber ansonsten fror ich. Was machte ich bloß falsch? Wie konnte es so weit kommen? Ich log meinen Freund an, verriet meine beste Freundin und sehnte mich nach dem einzigen Jungen, den ich niemals kriegen würde. Außerdem hatte ich Marie sechs Jahre lang ohne besonderen Anlass gequält. Mamas Brief konnte die Situation kaum schlimmer machen. Weniger Mütter als gar keine konnte man nicht haben.
Nach einer Weile richtete ich mich wie eine gichtgeplagte Greisin in meinem Bett auf.
Viktor kam mir im Treppenhaus entgegen. Mit hängendem

Kopf. Er zuckte zusammen und wollte sich an mir vorbeidrücken, aber ich bekam ihn am Jackenärmel zu fassen. Er hatte einen Bluterguss und eine verdreckte Schürfwunde an der Stirn. Über seine Schläfe sickerte ein dünner Streifen Blut.

»Was hast du denn gemacht?«

»Bin hingefallen.«

»Wo?«

»Auf … auf dem Gehweg. Bin über so eine Wasserrinne gestolpert.«

»Hältst du nach schwarzen Löchern Ausschau?«

Er antwortete nicht. Ich strich ihm die Ponyfransen aus der Stirn. Es war lange her, dass ich ihn gestreichelt hatte. Als er noch klein war, konnte man so viel mit ihm knuddeln, wie man wollte, aber das ging nicht mehr.

»Soll ich dir helfen, das sauber zu machen?«

»Nee. Das kann ich auch allein.«

Ich nickte und setzte mich wieder in Bewegung. Draußen war immer noch die gleiche klare Luft, die ich gerade mit Adam zusammen geatmet hatte. Es beruhigte mich ein klein wenig, meine Lungen damit zu füllen. Er hatte mir Pucko gezeigt. Frida wusste nichts von Pucko und den geheimen Pfaden im Hagapark oder von seinem Vater in Brüssel. Es sei denn, sie hatte genauso viele Geheimnisse vor mir wie ich vor ihr.

Ich blieb stehen und verharrte eine ganze Weile reglos in meiner neuen, Schwindel erregenden Welt, in der nichts mehr sicher und in der auf nichts mehr Verlass war. Die Welt, die sich mir letzten Samstag eröffnete, als sich herausstellte, dass Kasper die ganzen Jahre über mit Mama in Kontakt gestanden und dafür gesorgt hatte, dass sie nichts mehr von sich hören ließ. Aber nein, das stimmte nicht. Die Welt hatte sich nicht erst am letzten Samstag geöffnet, sie war schon immer da gewesen. Ich bin nur mit Scheuklappen in ihr herumgelaufen.

Trotzdem. Ich strich zärtlich mit der Hand über die Wildlederjacke. Klappte den Kragen hoch und sog den Duft ein. Nein, nicht Frida. Nicht sie. Sie war nicht so klein und schwach wie ich. Sie würde mich nicht verraten. Es war nur ein weiterer Verrat meinerseits, so etwas überhaupt zu denken.

»Man misst alle anderen mit der eigenen Messlatte«, hatte Tante Birgitta immer gesagt, ehe sie eine Hirnblutung bekam und keine weisen Sprüche mehr von sich geben konnte. Als wir sie und ihren Mann das letzte Mal besucht hatten, ging der größte Teil ihrer Kraft dafür drauf, ihrer Umgebung die wichtigsten Grundbedürfnisse mitzuteilen: Essen, Schlafen, Pinkeln.

Es war mindestens vier Jahre her, seit wir dort waren. Warum hatte Kasper so gut wie keinen Kontakt zu seiner einzigen Schwester? War unsere ganze Familie im Kern verrottet? Wie viele schwarze Geheimnisse gab es eigentlich noch? Unsere Familie war sehr klein. Mamas Eltern sind schon vor meiner Geburt gestorben. Kaspers Mutter starb, als ich zwei Jahre alt war, und ihr Mann ein Jahr später. Ich hatte keine Cousinen und Cousins, und soweit ich wusste, gab es auch keine weiteren Tanten oder Onkel. Nur Tante Birgitta, die ich höchstens fünf oder sechs Mal in meinem Leben gesehen hatte.

Es war ruhig im Atelier. Kasper kam aus der Dunkelkammer, als er die Türglocke läuten hörte.

»Hallo«, sagte er. »Schon da?«
Ich zog die Schultern hoch. »Wozu es auf die lange Bank schieben.«
»Der Computer ist angeschaltet, du brauchst die Mail nur aufzurufen. Willst du sie allein lesen oder soll ich mitkommen?«
»Ich will sie lieber allein lesen. Aber du brauchst dich ja nicht unbedingt in der Dunkelkammer zu verbarrikadieren, oder? Ich meine, du bist doch da, wenn ich … fertig gelesen habe?«
Er nickte. »Natürlich. Darf ich dich was fragen?«
»Kommt drauf an.«
»Was hast du ihr eigentlich geschrieben?«
»Das erzähl ich dir später.«
»Okay.«
Ich ging in das Büro und setzte mich auf den Drehstuhl vor dem Computer. Die letzte eingetroffene Mail war von Ingrid Kaspersson, in der Betreffzeile stand: »An Katrin«.
Ich fuhr mit dem Pfeil auf die Zeile und zögerte eine Weile, ehe ich die Maustaste anklickte.

Liebe Katrin!
(Ich hoffe, dieser Brief erreicht dich!)
Das hier ist nicht leicht für mich. Für dich sicher auch nicht. Vielleicht wäre es besser, noch ein wenig nachzudenken über das, was ich dir schreiben will, aber ich finde, du hast ein Recht auf eine zügige Antwort. Ich will, dass du weißt, dass mich deine Nachricht nicht unberührt gelassen hat.
Wir wissen nichts voneinander, du und ich. Du bist jetzt fünfzehn Jahre alt. Fast erwachsen. Wenn ich an dich den-

ke, sehe ich ein kleines Mädchen von fünf, sechs Jahren vor mir. Wie dein Bild von mir ist, weiß ich nicht. Ich habe mich zwischendurch gefragt, an wie viel du dich eigentlich erinnerst.

Ich will versuchen, dir zu erklären, wie es damals für mich war. Es ist nicht mehr als recht, dass du auch meine Version erfährst.

Ich war zweiundzwanzig, als ich Olof kennen lernte.

Natürlich mochte ich ihn, wir hatten eine Menge Spaß zusammen, aber ich hatte nicht vor, für immer mit ihm zusammenzubleiben. Darum war es ein echter Schock für mich, als sich rausstellte, dass ich schwanger war. Als ich ihm davon erzählte, hatte ich mich bereits entschieden, eine Abtreibung vornehmen zu lassen. Das klingt sicher grausam in deinen Ohren, aber vergiss nicht, dass es nie um die Ablehnung deiner Person ging. Du warst zu dem Zeitpunkt noch ein winziger Zellklumpen in meinem Bauch.

Olof geriet vor Freude völlig aus dem Häuschen, als ich ihm von der Schwangerschaft erzählte. Er war so glücklich, dass ich nicht in der Lage war, ihm zu sagen, dass ich das Kind nicht wollte und dass ich mir keine Zukunft mit ihm vorstellen konnte. Ich schob es vor mir her, bis es zu spät war.

Ich war fast fertig mit meinem Studium und träumte davon, im Ausland zu arbeiten. Das rückte plötzlich in unerreichbare Ferne. Du magst mich für egoistisch und rücksichtslos halten, aber damals wurden meine sehnlichsten Träume zerschlagen.

Natürlich war es feige von mir, Olof gegenüber nicht ehrlich zu sein, aber der Druck von seiner Seite und von der

ganzen Umgebung war enorm. Eine Frau hat sich über ihren wachsenden Bauch zu freuen, alles andere ist unnormal. Ich hab mir wirklich Mühe gegeben, Katrin. Du wirst es vielleicht nicht glauben, aber so ist es. Ich habe dich geboren und ich habe mich um dich gekümmert. Und weil Olof es sich so sehr wünschte und das Leben sich für mich doch nicht so entwickelt hatte, wie ich es mir vorgestellt hatte, ließ ich mich schließlich zu einem zweiten Kind überreden und bekam Viktor. Es tut unbeschreiblich weh, ein Kind zu gebären, Katrin! Lass dir nichts anderes einreden! Im Geburtsvorbereitungskurs sagen sie dir, dass das ganz natürlich ist, dass der Schmerz positiv ist, dass unsere Körper dafür geschaffen sind. Alles Lüge! Die einzigen Male, wo ich mir wirklich gewünscht habe zu sterben, war bei eurer Geburt.
Später habe ich gelernt: Wenn man wirklich Kinder haben will, ist es alle Schmerzen wert. Aber lass dir nichts vormachen, Katrin! Schütze dich sorgfältig, bis du ganz sicher bist, dass du bereit bist, das alles auf dich zu nehmen!
Wie auch immer, Olof war ein wunderbarer Vater. Viel besser als ich eine Mutter. Was ich aus Pflichtbewusstsein tat, tat er mit großer Begeisterung. Er freute sich sogar über eine voll gemachte Windel, weil sie zeigte, dass deine Verdauung funktionierte, wie sie sollte. Ich verstand ihn nicht. Ich dachte, er liebte dich und Viktor mehr als mich, obgleich ich alles für ihn geopfert hatte.
Kinder sind fordernd. Das ist normal. Kinder fordern dich die ganze Zeit; sie wollen Aufmerksamkeit, Essen, saubere Kleider, Liebe, Liebe und nochmals Liebe. Kinder können nicht verstehen, dass man zwischendurch zur Ruhe kommen muss oder dass man einfach nur ein Buch lesen will,

allein. Ich war damals noch nicht reif für diese Anforderungen. Darauf bin ich wahrlich nicht stolz. Im Gegenteil. Aber es ist die Wahrheit.
Jetzt weißt du, wie es für mich war.
Ungefähr sechs Jahre nach deiner Geburt wurde mir eine sehr interessante Stelle in Brüssel angeboten. Ich hatte nicht das Gefühl, dass ihr mich brauchtet. Ihr hattet ja Kasper. Zwischen euch gab es ein Zusammengehörigkeitsgefühl, an dem ich nicht teilhatte.
Wenn ich ehrlich sein soll, ich fühlte mich euch näher, nachdem ich ausgezogen war. Ich fand es wunderbar, Briefe und Karten von dir und Viktor zu bekommen, obgleich sie mir natürlich auch ein schlechtes Gewissen machten. Ich versuchte, fröhliche und sorglose Briefe zurückzuschreiben. Briefe, die euch einen Einblick in eine andere Welt geben sollten, nach der ich mich selbst so lange gesehnt hatte. Ich achtete sorgfältig darauf, nicht zu sentimental zu werden, weil ich euch auf keinen Fall traurig machen wollte.
Ich habe euch niemals wehtun wollen. Das musst du mir glauben.
Als Frau und Mutter habe ich versagt, aber im Beruf war ich erfolgreich. Ich habe hart gearbeitet und Karriere gemacht und dafür schäme ich mich nicht. Dass ich meine Kinder vernachlässigt habe, das erfüllt mich mit Scham, aber mir fehlte die Fähigkeit und die Neigung, eine gute Mutter zu sein.
Die wenigen Worte, die du gestern an mich geschickt hast, taten weh, aber das war sicher auch deine Absicht. Ich nehme an, dass ich dir größeres Leid zugefügt habe, als mir bewusst ist. Aber, Katrin, nicht ich bin es, die du in

deinem Leben vermisst! Du vermisst eine gute Mutter, also nicht mich.
Ich habe mir eingebildet, Marie hätte diese Rolle übernommen, was mein Gewissen während all der Jahre ziemlich beruhigt hat. Aber damit lag ich offensichtlich falsch. Ich weiß, dass sie jung ist. Vielleicht ist sie in Bezug auf Kinder genauso unreif, wie ich es damals war. Das ist Pech für euch. Und unbesonnen von Olof.
Ich glaube, ich habe jetzt alles gesagt, was ich sagen wollte. Dich um Verzeihung zu bitten scheint mir sinnlos, Katrin. Was ich getan habe, lässt sich nicht entschuldigen, und vermutlich steht es auch nicht in deiner Macht, mir zu verzeihen. Bleibt mir nur, auf ein kleines bisschen Verständnis zu hoffen.
Das, was ich dir heute geschrieben habe, ist keine Entschuldigung, nur ein Erklärungsversuch.
Vielleicht kannst du dir ja irgendwann einmal vorstellen, mich zu besuchen? Wenn ja, beteilige ich mich gern an den Fahrtkosten. Lass von dir hören, wenn dir danach ist. Du bist inzwischen alt genug, um über dein eigenes Leben zu bestimmen, erwachsen genug, um zu verstehen und abzuwägen. Vielleicht haben wir ja noch eine Chance, einander kennen zu lernen und ein wenig von dem nachzuholen, was wir verloren haben.
Herzliche Grüße,
Ingrid

MIR LIEFEN DIE Tränen herunter, sie wollten gar nicht mehr aufhören zu laufen. Ich weinte nicht laut, weder schniefend noch schluchzend, die Tränen liefen still über meine Wangen, während ich den Brief noch einmal las.
Sie hatte überhaupt nichts kapiert, sie missverstand, was man nur missverstehen konnte. Ich hasste sie. Aber zugleich sah ich sie zum ersten Mal als Mensch. Einen gefühllosen und egozentrischen Menschen zwar, aber zumindest jemand, der existierte, dachte und fühlte, und es war eine schmerzhafte Erkenntnis, dass es sie tatsächlich gab und dass sie irgendwo vor einem Computer saß und einen Brief an mich schrieb. Andererseits war es gut so, so war sie plötzlich viel *kleiner*. Eine junge Frau, die zufällig schwanger wurde und zu feige war, die Wahrheit zu sagen.
Ich ging zu Kasper ins Atelier. Er stellte gerade ein paar Scheinwerfer ein und versuchte, sich den Anschein zu geben, als würde er nicht auf mich warten, aber ich wusste, dass er genau das tat. Er streckte den Rücken und sah mich an und ich erwiderte seinen Blick. Sein dunkles, lockiges, inzwischen von grauen Strähnen durchzogenes Haar, die hellen, etwas müden Augen, der blauschwarze Pullover, der über seinen knochigen Schultern hing, die langen Arme und die Hände, die mich hochgehoben, mich getröstet, mir Essen zubereitet hatten. Viktor hatte seine Nase geerbt, schmal und leicht gebogen. Mir fiel zum ersten Mal die Ähnlichkeit mit meinem eigenen Mund auf, scharf geschnittener Amorbogen und füllige Unterlippe. Aber das war nicht das Entscheidende. Ich sah vor allen Dingen den Mann, dem ich mein Leben zu verdanken hatte. Den

Mann, der mich so sehr wollte, dass selbst die Frau, die mich nicht wollte, nicht anders konnte, als nachzugeben. Und dann dachte ich an Adam.
Ich hatte uns bedauert, weil ich dachte, wir hätten gemein, dass wir beide verlassen worden waren. Aber im Grunde genommen, bestand unsere Gemeinsamkeit darin, dass wir lebten und atmeten, weil wir beide einen Elternteil hatten, der uns absolut wollte, allen Widrigkeiten zum Trotz. Der wollte, dass es uns gab, dass wir uns entwickelten.
Wie viele Kinder es wohl gab, die so erwünscht waren wie wir? Er von seiner Mutter und ich von meinem Vater.
»Und?«, fragte Kasper vorsichtig. »Hast du die Mail gelesen?«
Ich nickte. »Und ich werde ihr auch antworten«, sagte ich. »Willst du dabei sein?«
»Wenn ich darf.«
Ich ging zurück ins Büro und Kasper folgte mir. Es gab eine Menge, wozu ich etwas hätte schreiben können, aber das konnte warten. Nur eine Sache wollte ich so schnell wie möglich erledigen. Ich klickte auf »Antworten« und schrieb:

Hallo Ingrid!
Ich habe deinen Brief gelesen.
Mit Marie hast du Unrecht. Marie ist in Ordnung. Wir waren nur innerlich zu zerrissen und nicht in der Lage anzunehmen, was sie uns geben wollte.
Ich glaube nicht, dass es mich nach Brüssel zieht.
Katrin

Ich sah Kasper an. Er machte den Mund auf, aber ehe er et-

was sagen konnte, klickte ich auf »Senden« und er schloss ihn wieder. Er drückte den rechten Daumen und Zeigefinger ein paar Sekunden gegen die Nasenwurzel.
»Wenn du es nicht ertragen kannst, deinen Vater weinen zu sehen, solltest du jetzt lieber rausgehen«, sagte er mit belegter Stimme.
»Ich gehe nirgendwohin«, sagte ich.
»*Ich* sollte der Starke sein und *dich* trösten«, sagte er.
»Manchmal muss man sich vielleicht gegenseitig trösten«, erwiderte ich.
Er zog mich vom Schreibtischstuhl hoch und nahm mich ganz fest in den Arm und ich klammerte mich wie ein kleines Kind an ihn. Kann sein, dass wir beide weinten. Ich weiß es nicht genau.
Als die Türglocke läutete, ließ Kasper mich los, zog ein zerknittertes Taschentuch aus der Tasche und schnäuzte sich.
»Ach Gott, ich muss ja noch ein Kind ablichten.«
»Brauchst du Hilfe?«
»Nein, es wird schon gehen. Aber wenn du am Mittwochnachmittag arbeiten könntest, wäre ich dir sehr dankbar.«
»Das lässt sich bestimmt einrichten.«
»Danke.« Er lächelte schwach und strich mir mit dem Zeigefinger über die Wange, ehe er nach vorn ging und sich um seine Kundschaft kümmerte.
Ich blieb noch einen Moment vor dem Computer stehen und überlegte, ob ich den Brief ausdrucken sollte, damit Viktor ihn auch lesen konnte, aber am Ende schaltete ich den Rechner aus und ging, ohne es getan zu haben.
Einen Häuserblock vom Atelier entfernt lag die Schnippothek. Die Mädchen, die dort arbeiteten, machten gerade

sauber und räumten auf. Von meinem ersten Lohn bei Kasper würde ich dorthin gehen und mir die Haare schneiden lassen.
Noch einmal sog ich die kühle Septemberluft tief ein und bildete mir ein, dass sie nach Freiheit roch. Komisch. Was hatte Herbst mit Freiheit zu tun? War es eine Befreiung, wenn die Blätter von den Bäumen fielen? Immerhin flogen sie eine Weile durch die Luft und wirbelten über Gehwege und Rasenflächen, ehe sie zu Boden rieselten und in einer windgeschützten Ecke vermoderten. Im Grunde genommen war Freiheit ein überschätztes Phänomen. Ich fühlte mich mitten im Schuljahr, wenn das Leben reglementiert und vorhersagbar war, viel freier als in den Sommerferien, in denen ich durch die Stadt irrte und mir vorkam wie ein Tier im Käfig. Über solche Gedanken konnte ich mit niemandem reden. Nicht einmal mit Frida.
Ich tippte mit der Schuhspitze gegen ein kleines, gelbes Herbstblatt, das auf der Gehwegkante lag. Ich grübelte zu viel. Und über zu merkwürdige Dinge.

Als ich nach Hause kam, hockte Viktor vor dem Fernseher und sah sich einen Actionfilm an. Ich blieb in der Tür zwischen Flur und Wohnzimmer stehen und überlegte, ob es ein Fehler gewesen war, den Brief nicht mitzubringen. Er hatte genau das gleiche Recht auf Ingrid Kaspersson wie ich. Das gleiche Recht auf Wahrheit. Aber das, was sie geschrieben hatte, würde ihn schrecklich traurig machen. Als ich seinen schmalen Hals betrachtete und das Haar, das sich im Nacken kräuselte, war mir klar, dass ich ihm den Brief wahrscheinlich nie zeigen würde. Jedenfalls nicht in absehbarer Zeit.

Er drehte sich unvermittelt um. »Da hat vorhin jemand angerufen«, sagte er.
»Für mich?«
Viktor wandte sich wieder dem Film zu. »Ja. Ich glaube, er hieß Adam.«
Mein Herz machte einen Doppelsalto. Er hatte angerufen! Seine Stimme war aus dem Hörer in unseren Flur geströmt. Er hatte nach mir gefragt. Wegen dieses idiotischen Briefes hatte ich das Jahrhundertereignis verpasst.
»Wann ... wie ... wie lange ist das her?«, fragte ich.
Ich gab mir wirklich Mühe, unberührt zu klingen, was offensichtlich nicht sehr gut gelang, da Viktor den Blick von seinem Film losriss und mich neugierig ansah.
»Vor einer halben Stunde vielleicht. Magst du ihn? Ich denke, du bist mit Andreas zusammen?«
»Nein, doch, also ... Wie soll ich denn alle Fragen auf einmal beantworten? Und überhaupt geht dich das einen Scheißdreck an!«
Viktor grinste. »Du bist in ihn verknallt!«, sagte er überzeugt, ehe er sich wieder seinem Film widmete.
»Klappe!«, fauchte ich.
Danach ging ich auf den Flur und starrte das Telefon an.
16 32 51.
Ich drückte eine Taste und die Nummer erschien auf dem Display. Es war also wahr. Er hatte angerufen. Sollte ich ihn zurückrufen? Oder wäre es lächerlich, das zweite Mal bei ihm anzuklingeln? Was, wenn seine Mutter ranging? Was sollte ich dann sagen? Ich konnte doch nicht schon wieder mit demselben Sermon kommen. Außerdem hatte ich gesagt, dass er nicht zurückzurufen brauchte. Nein, unmöglich. Das konnte nur peinlich werden. Ich hätte auch

nicht gewusst, was ich sagen sollte, wenn er selbst ranging. Von dem Brief konnte ich nicht erzählen, jetzt, da Viktor zu Hause war. Mein kleiner Bruder hatte die längsten Ohren der Welt.
Ich drückte die Nummer weg. Wieso hatte ich nein gesagt, als Kasper mir angeboten hatte, den Brief mit nach Hause zu bringen? Die paar Stunden hätte ich mich ja wohl noch gedulden können! Dann wäre ich wenigstens hier gewesen, als Adam anrief. Ich würde mich nie wieder außer Reichweite des Telefons begeben!
Als wären meine Gedanken eine Beschwörungsformel gewesen, erschienen die Zahlen plötzlich wie von Geisterhand auf dem Display. Ich starrte den Hörer an. Als im nächsten Augenblick das Klingelzeichen ertönte, begann das Hirn wieder zu arbeiten. Er rief an. Jetzt. Genau in diesem Moment, in dem ich den Hörer anstarrte, rief er an. Mich.
Ich legte die Hand um den Hörer und wartete das nächste Klingeln ab, während ich versuchte, meinen Atem unter Kontrolle zu bringen und mich zu erinnern, wie ich mit Nachnamen hieß. Dann nahm ich ab.
»Kaspersson.« Krächzend, aber voll verständlich.
»Hallo, hier ist Adam«, sagte Adam. Er klang so nah, als stände er direkt neben mir.
»Hallo …«, antwortete ich.
»Du hast mich angerufen?«, sagte er.
»Ja«, sagte ich. »Ich hab aber gar nicht gesagt, wer ich war.«
»Nein, aber ich hab deine Nummer im Speicher gesehen.«
Er kannte meine Nummer! *Er kannte meine Telefonnum-*

mer! Ich biss mir fest auf die Lippe und versuchte, mich zu beherrschen. Es bestand ja immer noch die Möglichkeit, dass er die Auskunft angerufen hatte, nachdem er die Nummer nicht erkannt hatte.

»Ich wollte bloß … was erzählen«, presste ich hervor. »Aber jetzt passt es grade nicht so gut.«

»Hast du Marie gefunden?«

»Nein. Das wollte ich morgen angehen.«

Und dann fragte ich ihn. Ohne nachzudenken. Es rutschte mir einfach so raus: »Magst du mitkommen?«

Er schwieg eine Weile, und ich hatte das Gefühl, sein Herz schlagen zu hören, während ich wartete. Ich traute mich kaum zu atmen. Hoffentlich sagte er nein. Aber noch mehr hoffte ich, dass er ja sagte.

»Ich könnte schon«, sagte er schließlich »Wenn du es möchtest.«

Meine Hand, die den Telefonhörer hielt, begann wehzutun. Ich hielt ihn so fest umklammert, dass meine Fingerknöchel ganz weiß waren.

»Dann treffen wir uns unten am Fluss«, sagte ich. »Nach der Schule.«

»Okay.«

Als ich auflegte, hatte ich das Gefühl, in tausend Stücke zu zerspringen. Ich wäre am liebsten laut schreiend durch die Wohnung gerannt, aber so etwas tat man nicht. Jedenfalls nicht vor seinem kleinen Bruder. Stattdessen nahm ich Tarzan an die Leine, der mich verdutzt anglotzte.

»Ich geh noch mal kurz mit dem Hund raus!«, rief ich ins Wohnzimmer, von wo wildes Geballere auf den Flur schallte.

»Gut«, antwortete Viktor uninteressiert.

Ich flog die Treppe runter und zur Tür raus. Tarzan sprang begeistert neben mir her, als ich den Gehweg entlangtrabte. Die Sonne stand inzwischen ziemlich tief und tauchte alles in ein sattes Gelbrot. Ich lief im Zickzack zwischen den Bäumen hindurch, die die Järnvägsgatan säumten, bog in die Köpmansgatan ein und überquerte den großen Parkplatz hinterm ICA Maxi. Danach konnte ich mich nicht mehr halten und stieß einen lauten Schrei aus. Tarzan sprang um mich herum, und ich drehte mich laut lachend im Kreis, was ihn noch wilder machte. Als ich mich auf dem Weg zurück zur Köpmansgatan zwischen zwei Autos auf den Gehweg quetschte, entdeckte ich eine ältere Frau, die erschrocken die Handtasche gegen die Brust presste und mich angstvoll anstarrte. Ich grinste wie ein Honigkuchenpferd und winkte ihr zu, bevor ich weiterrannte.

Meine Füße trampelten seinen Namen in den Asphalt, ein gleichmäßiges Muster auf dem Gehweg. Adam, Adam, Adam.

NACHT. DAS BETTZEUG schlang sich wie Pythonschlangen meines Gewissens um meinen Körper. Ich schwitzte und fror abwechselnd, als hätte ich Fieber. Wie hatte ich so etwas Wahnsinniges tun können? Hatte ich mir nicht hoch und heilig geschworen, Frida nie wieder zu hintergehen? Diesmal konnte ich mich nicht mehr damit rausreden, dass der Zufall mich in eine Situation gebracht hatte, von der ich ihr nichts erzählen konnte. Diesmal hatte ich voller Absicht eine Verabredung mit ihm getroffen, ihn gebeten, mich zu begleiten, und mich darüber hinaus noch wie eine Irre gefreut, dass er zugesagt hatte.
Wie konnte ich bloß so falsch sein? Waren das Ingrids Gene, die jetzt durchkamen? Krochen sie jetzt aus der Dunkelheit heran und machten mich zu einem anderen Menschen, als ich sein wollte? Sobald ich eindämmerte, mischten sich die Worte aus ihrem Brief mit Bildern von Adam und Frida, und ich wurde mit einem Ruck wach.
Viertel nach drei stand ich auf und ging ins Badezimmer. Mein Gesicht stierte mich im Schein der Neonröhre bläulich blass aus dem Spiegel an. Meine langen, dunkelbraunen Haare fielen zerwühlt auf meine Schultern.
Ingrids Haare.
Ich nahm die Schere von der Ablage und wog sie in der Hand. Ich würde nicht bis zu meinem ersten Lohn warten, wollte sie jetzt loswerden. Die Haare klebten an mir wie ein Alptraum, aus dem man nicht erwacht.
Ich bürstete sie zu einem Pferdeschwanz auf dem Kopf zusammen und band ein Haargummi darum. Dann setzte ich die Schere ein paar Zentimeter über dem Gummiband an

und drückte kräftig zu. Es klappte nicht mit einem einzigen, dramatischen Schnitt, wie ich es mir vorgestellt hatte, ich musste mich stückchenweise durch das dicke Haar arbeiten. Halbmeterlange Strähnen fielen ins Waschbecken und auf den Boden um meine nackten Füße.

Du hast mich aus deinem Leben geschnitten, Ingrid Kaspersson, dachte ich. Jetzt schneide ich dich aus meinem. Du hast mich damals fallen lassen. Ich habe erst heute die Chance bekommen, dich fallen zu lassen. Hast du geglaubt, ich würde vor Freude Luftsprünge machen, weil ich dich endlich besuchen darf? Da hast du dich getäuscht, Ingrid Kaspersson! Gewaltig getäuscht.

Als ich fertig war, begegnete ich meinem großäugigen Blick im Spiegel. Ein blasses Gesicht mit leicht geöffneten Lippen und einem kleinen Knubbel auf dem Kopf. Ich traute mich nicht, das Gummiband abzumachen. Noch nicht.

Ich ging in die Küche, schenkte mir ein Glas Milch ein und setzte mich im Dunkeln an den Küchentisch.

Draußen war es ganz still. Kein Auto fuhr vorbei. Das Licht der Straßenlaternen fiel auf den leeren Gehweg. Mitten auf der Straße lag eine Plastiktüte. Das hätte eine Fotografie sein können. Da ging schräg gegenüber ein Licht an. Ich hob den Blick und sah, wie der hagere Raucher das Fenster öffnete und einen Aschenbecher auf die Fensterbank stellte, ehe er sich eine Zigarette anzündete.

Automatisch wanderte mein Blick zu dem Fenster mit den grünen Vorhängen. Es war mir vorher nicht aufgefallen, aber dahinter leuchtete es schwach. Vielleicht waren die beiden in dem Bett mit den Goldknöpfen noch wach? Oder vielleicht waren sie Arm in Arm eingeschlafen und hatten versäumt, die kleine Nachttischlampe auszuknipsen? Vielleicht war der Mann hinter den grünen Vorhängen ja der beste Freund des Rauchers, und vielleicht saß der Raucher nachts am Fenster, weil er die Frau seines besten Freundes liebte?

Würde er widerstehen können, sich mit ihr zu verabreden? Würde er es schaffen, sich nicht mit ihr zu treffen und über Dinge mit ihr zu reden, von denen sein bester Freund nichts wusste? Vielleicht hielt ihn die Sehnsucht nach den verbotenen Dingen nächtelang wach. Oder er wurde von seinem schlechten Gewissen geplagt, weil er Dinge tat, die er nicht tun sollte.

Was hatte ich mir eigentlich vorzuwerfen?

Ich hatte Adam im Park getroffen, das erste Mal zufällig, das zweite Mal, weil er auf mich gewartet hatte, ohne dass ich es gewusst hatte. Er hatte mich einmal in den Arm genommen, und ich hatte seine Umarmung erwidert, aber das war, weil ich geweint hatte und er mich trösten wollte, rein freundschaftlich, mehr nicht. Wir hatten uns unterhalten, weil wir eine Menge gemeinsam hatten, weil wir uns verstanden. Und jetzt hatte ich ihn gebeten, mich bei meiner Suche nach Marie zu begleiten, weil ich wusste, dass er verstand, warum es zwischen Marie und mir so war, wie es war, weil er mir keine Vorwürfe machte, auch wenn er wusste, dass ich mich nicht korrekt verhalten hatte.

Nichts von alledem musste zwischen ihn und Frida kommen.

Mir war schon klar, dass ich mir selbst was vormachte. Es ging nicht um das, was ich *getan* hatte, sondern um das, was ich *unterlassen* hatte.

Der Verrat bestand darin, dass ich nichts erzählt hatte. Wäre ich nach unserer ersten Begegnung im Videbergspark sofort nach Hause geflitzt und hätte Frida angerufen, wäre es nicht so verwickelt geworden. Mit ein wenig Glück hätte sie Verständnis gehabt. Aber ich machte es genau wie Ingrid, ich schob es vor mir her, bis es zu spät war.

Meine Finger fuhren zögernd über den Knubbel auf meinem Kopf. Ich hatte sie abgeschnitten. Ich wollte nicht werden wie sie. Morgen würde ich Adam treffen, mich mit ihm zusammen auf die Suche nach Marie machen, und damit Schluss.

Ich wusste genau, dass ich das Ganze eigentlich abblasen müsste. Ich sollte versuchen, Adam morgen früh abzufangen und ihm zu sagen, dass ich es mir anders überlegt hätte, dass aus unserem Treffen nichts würde. Aber das konnte ich nicht. Nur der Gedanke daran verursachte mir körperliche Schmerzen. Ich brauchte dieses letzte Treffen. Dieses eine Mal noch. Nur einmal noch neben ihm hergehen und über Gott und die Welt reden. Ihm von dem Brief erzählen und meiner Antwort darauf. Ihm Marie zeigen. Mehr nicht. Frida würde von alldem nichts erfahren, und wenn der morgige Tag zu Ende war, würde es auch nichts mehr zu erfahren geben.

Ich trank die Milch aus und erhob mich vom Tisch.

Was nützte es, dass ich hier saß und mir den Kopf zerbrach? Ich hatte keine andere Wahl. Es war, wie es war. Ich ging zurück ins Badezimmer, sammelte die Haare in einer Plastiktüte und stopfte die Tüte in den Papierkorb unter meinem Schreibtisch. Danach legte ich mich voller guter Vorsätze ins Bett.

Wenig später hatte mich das Chaos wieder eingeholt. Ich schlief ein, träumte und wurde wach, schlief ein und wachte wieder auf. Das Gummiband löste sich und das Haar klebte mir auf der schweißnassen Stirn und an den Wangen. Was hatte ich bloß gemacht? Wie sah ich aus? Würde ich in die Schule gehen können?

Nach einer nicht enden wollenden Nacht klingelte mich der Wecker schließlich mitten aus einem erschöpften Schlummer. Ich fuhr auf, als wäre ich bei etwas Verbotenem ertappt worden. Alles klebte an mir.

Ich huschte ins Bad unter die Dusche, ehe mir Kasper oder Viktor zuvorkommen konnten. Das heiße Wasser war besänftigend. Ich massierte Shampoo in die ungewohnte Frisur auf meinem Kopf, erstaunt, wie abrupt das Haar aufhörte, wenn ich mit den Fingern hindurchfuhr. Ich seifte meinen Körper ein, als müsste ich mich bis in die letzte Pore reinigen, und spülte alles zusammen unter dem heißen Wasserstrahl ab.

Als ich mich mit dem Badetuch abrubbelte, klopfte es an der Tür. »Katrin, Schatz, bist du bald fertig? Ich muss mal!«, rief Kasper ungeduldig.

So viel hatte ich im Laufe meines Zusammenlebens mit Kasper und Viktor gelernt: Wenn Männer müssen, dann müssen sie. Das ließ sich nicht aufschieben wie bei uns Frauen. Bei ihnen gab es kein vorbeugendes Pinkeln, oh nein. Sie konnten nur pinkeln, wenn die Blase zum Bersten voll war, und dann duldete es keinen Aufschub. Am allerwenigsten morgens.

Ich legte mir das Badetuch um, wickelte mir ein Handtuch um die Haare und trat in einer Dampfwolke auf den Flur.

»Du meine Güte! Hast du grad ein Schwein abgebrüht, oder was?«, fragte Kasper, ehe die Tür hinter ihm zuschlug.

Ich ging in mein Zimmer, rubbelte mir ausgiebig die Haare und stellte mich vor den Spiegel. Holte tief Luft und hob den Blick.
Ein fremder Mensch blickte mir entgegen. Ein ganz anderer Mensch als der, den ich zu sehen gewohnt war. Alles schien sich verändert zu haben, die Schulterpartie, der Hals, das Gesicht. Die Person musterte mich erstaunt, als wäre ich genauso unbekannt für sie wie sie für mich.
Ich ging näher heran und sah mir die neue Frisur genauer an. Zu meiner Überraschung stand nicht alles struppig in sämtliche Himmelrichtungen ab, sondern bog sich schwungvoll an den Spitzen. Meine Haare waren lockig! Nicht sehr, aber gut erkennbar. Das waren Kaspers Locken.
Ich stand eine ganze Weile da und betrachtete mein Spiegelbild. Die Augen waren rot umrändert und sahen müde aus, aber was spielte das für eine Rolle? Ingrids Gene hatten kapituliert und sich wieder ins Dunkle zurückgezogen. Fürs Erste, jedenfalls. Ich würde in Zukunft auf der Hut sein müssen, aber das war mir im Moment egal.
Die Kleider, die ich mir anzog, wirkten auch anders. Das gestreifte Top, momentan mein Favorit, stand mir plötzlich nicht mehr so gut, während das langärmelige schwarze Shirt, das ich nie besonders an mir gemocht hatte, richtig gut aussah.
Kurz vor halb acht ging ich in die Küche. Kasper und Viktor waren schon mit dem Frühstück fertig, saßen aber noch am Tisch. Kasper schaute von der Morgenzeitung auf.
»Ich wollte grade nachschauen, ob du …«, sagte er. Dann kam er aus dem Konzept und starrte mich an. »Was hast du denn gemacht?!«
Viktor hörte auf, die letzte Cornflakesflocke auf dem Teller

hin und her zu schieben, und sah neugierig hoch. Der überraschte Ausdruck in seinem Gesicht wurde schnell zu einem anerkennenden Nicken.

»Gut«, sagte er. »Echt gut. War das Adam?«

»Quatsch!«, sagte ich und setzte mich auf meinen Platz.

»Wer ist Adam?«, fragte Kasper. »Schneidet er anderen Leuten nachts die Haare?«

»Katrin ist verknallt!«, sagte Viktor.

»Blödmann. Iss deinen Pamps und halt die Klappe!«

Viktor grinste und schob die einsame Flocke auf seinen Löffel.

»Du siehst ganz verändert aus«, sagte Kasper. »Aber süß. Sehr süß. Nur anders eben. Hast du das wirklich selbst gemacht? Gestern Abend hattest du doch noch lange Haare, oder?«

»Klar«, sagte ich. »Ist das Brot alle?«

Kasper sah sich verwirrt um. »Was? Im Brotkorb ist noch was … Katrin, du sagst mir doch hoffentlich, wenn du Geld brauchst, oder? Ich meine, es wäre natürlich Verschwendung, teures Geld für den Friseur auszugeben, wo du es selbst so toll hingekriegt hast, aber …«

»Hast du Geld?«

»Nein, na ja, nicht viel, aber im Fall einer Krise …«

»Die haben wir«, mischte Viktor sich ein. »Ich brauche fünfhundert Kronen!«

Kasper sah ihn verdutzt an. »Wofür das denn?«

»Für eine Hockeyausrüstung! Gestern stand eine Anzeige in der Zeitung …« Viktor brach mitten im Satz ab und sah mich besorgt an. »Wenn Andreas überhaupt noch mit mir trainieren will, wenn du mit ihm Schluss machst!«

Das Blut schoss mir in die Wangen, ich stand eilig auf. Mit

dem Rücken zum Tisch nahm ich das Brot aus dem Brotkorb.

»Ich habe nicht vor, mit Andreas Schluss zu machen!«

»Aber du kannst ja wohl nicht mit ihm zusammen sein, wenn du in einen anderen verknallt bist?«

»Jetzt halt schon endlich die Klappe!«, fauchte ich ihn an. »Ich bin in niemand anderen verknallt! Dieser Adam, mit dem du die ganze Zeit nervst, ist zufällig Fridas Freund, wenn du's genau wissen willst, du kleine Pissratte!«

»Jetzt aber!«, sagte Kasper streng. »Was ist denn das für eine Ausdrucksweise!«

»Das war ein Volltreffer! Guck mal, wie rot sie wird!«, sagte Viktor.

Kasper fasste sich an den Kopf. »Würdest du bitte aufhören, deine Schwester zu triezen, und zur Schule gehen? Fängt die nicht in zwanzig Minuten an oder irre ich mich?«

Der provozierende Ausdruck verschwand schlagartig aus Viktors Gesicht und er starrte auf seinen Teller.

»Ich … ess noch ein paar Cornflakes. Und außerdem hab ich Halsschmerzen«, murmelte er.

»Dafür, dass du Halsschmerzen hast, sabbelst du aber erstaunlich viel«, brummelte ich, während ich mir ein Butterbrot mit Margarine und Käse machte.

»War nur Spaß«, sagte Viktor.

»Ha, ha«, sagte ich.

Kasper musterte Viktor besorgt. »Hast du schon wieder Halsschmerzen? Hattest du nicht erst letzte Woche welche?«

»Wieso?«

»Ich hab deine Lehrerin beim Einkaufen getroffen, und sie

meinte, du wärst in der letzten Woche zweimal früher nach Hause gegangen, weil du dich nicht wohl gefühlt hast. Warum hast du mir nichts davon gesagt?«

»Hab ich vergessen. Das war schnell vorbei.«

»Aber nun hast du wieder Halsschmerzen?«

»Ja.«

Ich sah Viktor erstaunt an. Das Allerletzte, was ich mir bei ihm vorstellen konnte, war, dass er schwänzte. Er doch nicht. Viktor brauchte sich ein Kapitel höchstens einmal durchzulesen, um sich an jedes einzelne Wort zu erinnern.

Kasper klopfte ihm auf die Schulter. »Pass auf, wir machen Folgendes. Du gehst jetzt erst einmal zur Schule. Und wenn du dich schlechter fühlst, gehst du wieder nach Hause und rufst mich an, dann fahren wir zusammen zum Arzt. Okay?«

Viktor nickte, ohne den Blick zu heben. Er schüttete ein paar Cornflakes und Milch in seinen Teller, rührte dann aber hektisch darin herum, statt zu essen.

Ich hatte auch Schwierigkeiten, das Brot runterzukriegen, das ich mir geschmiert hatte. Ich hatte zwar keine Halsschmerzen, aber ich hatte das Gefühl, mir stände eine Wanderung über sehr dünnes Eis bevor. Eis, das unter meinen Füßen knackte und klirrte. Trotzdem konnte ich es kaum erwarten, zur Schule zu gehen.

Nur heute noch, redete ich mir ein. Nur heute noch, nur heute. Danach ist Schluss. Ich habe keine andere Wahl.

»DU HATTEST SO schöne Haare«, sagte Andreas bedauernd.

»Sie sieht doch super aus!«, protestierte Frida. »Megageil! Warum hast du das bloß nicht schon viel früher gemacht?«

»Ich wusste ja nicht, wie es werden würde«, sagte ich.

Wir saßen im Effies, noch zehn Minuten bis zum Ende der Mittagspause.

»Dass du dich getraut hast, sie selbst zu schneiden«, sagte Rakel. »Das hätte ich nie gemacht.«

Elin fuhr mit der Hand durch ihr schwarzes Haar. »Wie ich wohl aussähe … Hast du wirklich einfach nur den Pferdeschwanz abgeschnitten? Zack und ab?«

Ich nickte.

Adam war nicht da. Er ging selten ins Effies. Aber er hatte mich im Laufe des Vormittags angesehen. Mehrmals.

Ich hatte befürchtet, dass er mich auf gestern ansprechen würde. Oder schlimmer noch, auf heute Nachmittag. Aber das tat er nicht. Vielleicht hatte er verstanden, dass Frida nichts wusste. Dass ich sie hinterging. Dass ich eine Verräterin war.

Ich schob mich vorsichtig über das dünne Eis, war aber nur einmal kurz davor, einzubrechen, und zwar auf dem Weg zur letzten Stunde, als Frida mich fragte, ob wir nachmittags zur Lederkompagnie gehen wollten. Da musste ich das tun, von dem ich gehofft hatte, dass es mir erspart bliebe. Ich musste mein Versprechen brechen und Frida mitten ins Gesicht lügen.

»Nein, das geht nicht … Ich hab Kasper versprochen, ihm

zu helfen ... Er hat im Augenblick so schrecklich viel zu tun. Morgen Nachmittag soll ich auch arbeiten. Aber wie wär's am Donnerstag?«

»Klar.«

Ich strich über die Jacke, die über meinen Schultern hing. Ich wollte sie auf keinen Fall im Schrank lassen, obwohl die Lehrer es nicht gerne sahen, wenn man seine Jacke mit in die Klasse brachte.

»Die ist wirklich wunderschön«, sagte ich.

»Sie steht dir. Mit der neuen Frisur noch besser.«

»Danke.«

Ich hätte mir gewünscht, nicht lügen zu müssen. Lügen heften sich an einen und lassen einen nie mehr los. Sie verschwinden nicht irgendwann in der großen Zeitmühle, wie eine verschwiegene Wahrheit. In der Zeitmühle wird nur das, was wirklich geschehen ist, zu feinem Staub zermahlen.

Die letzte Stunde verging viel zu langsam. Und viel zu schnell. Zehn nach drei war sie endlich und unerbittlich zu Ende. Meine Beine waren verräterisch weich und zittrig, als ich zu den Schränken runterging, meine Hausaufgabenbücher einpackte, mich von Frida verabschiedete und mich sputete, nach Hause zu kommen. Ich versuchte, nicht nach Adam Ausschau zu halten, aber er war auch nirgends zu sehen. Vielleicht war er schon weg. Ich wusste nicht einmal, wo er wohnte.

Ich kam nervös und verschwitzt zu Hause an, aber ich mochte nicht unter die Dusche gehen und mich umziehen, weil Adam möglicherweise nicht so lange warten würde und nach Hause ging, ehe ich kam. Ich zog mir den Pulli über den Kopf und machte Katzenwäsche am Waschbecken.

Tarzan trippelte ungeduldig auf der Türschwelle hin und her.
Bei jedem Blick in den Spiegel war ich gleichermaßen erstaunt. Was für einen Unterschied so eine neue Frisur machte! Ich war mir nicht sicher, ob ich mich hübscher fand. Absolut verändert auf alle Fälle. Noch war ich nicht ganz eins mit diesem neuen Menschen da im Spiegel. Sie war die Starke und Ehrliche, die ich gerne wäre. Nicht die Kopie von Ingrid, die ihre beste Freundin betrog.
Betrog?
Das stimmte nicht ganz. Nicht in dem Sinne, wie man sonst von Betrügen sprach. Ein seltsames Kribbeln überlief meinen Körper, als ich das dachte, als würde mich jemand mit einer Feder streicheln.
Adam.
»Nur heute noch«, flüsterte ich meinem Spiegelbild zu. »Nur heute. Versprochen. Und wir werden nur … Ich will nur mit ihm zusammen sein und mich mit ihm unterhalten. Er soll dabei sein, wenn ich Marie treffe.«
Ich zog ein paar dünne Linien mit dem Kajalstift und legte ein winziges bisschen Mascara auf. Nur so viel, dass die Augen größer und klarer wirkten und nicht mehr so müde aussahen.
Ich beugte mich zum Spiegel und betrachtete kritisch meine Nase und die Wangen. Am linken Nasenflügel entdeckte ich einen kleinen, entzündeten Fleck, wahrscheinlich ein wachsender Pickel. Hauptsache, er hielt sich die nächsten paar Stunden zurück.
Tarzan seufzte demonstrativ hinter mir, und ich unterbrach meine Inspektion, zog meine Stiefel und die Lederjacke an, legte Tarzan an die Leine und ging ins Treppen-

haus. Ich blieb stehen, drehte mich um und ging wieder hinein. Ich konnte das nicht in Fridas Jacke tun. Adam heimlich hinter ihrem Rücken treffen. Sie in ihrer Lederjacke verraten. Ich hängte sie auf einen Bügel und zog stattdessen meine alte Jeansjacke an. Dann nahm ich die Silberkette mit dem Kristallanhänger ab und legte sie in die Tasche der weichen, braunen Jacke. Ich fasste mit der Hand an die leere Stelle am Hals und zögerte einen Moment, ehe ich mit Tarzan die Treppe runterlief.

Nur heute, dachte ich. Nur dieses eine Mal. Dann nie, nie mehr.

Meine Beine liefen schnell in Richtung Videbergspark. Ich glaube, ich hätte sie nicht einmal davon abhalten können, wenn ich es gewollt hätte. Sie wollten zu Marie und sie würden mit langen, federnden Schritten neben Adam dorthin laufen.

Ich sah ihn nirgends, als ich den Kiesweg hinunter zum Fluss lief. Bestimmt wartete er in dem Pavillon hinter der hohen Hecke. Das war schließlich unser Platz. Als ich an Adam dachte, sah ich ihn sofort vor mir auf der Bank sitzen, den Blick auf den Fluss gerichtet. Tarzan sollte die Ehre haben, ihn als Ersten zu begrüßen. Ich ließ ihn von der Leine. Aber er raste nicht los, um Adam zu suchen. Er lief im Kreis herum und schnupperte hier und da. Vielleicht war seine Nase doch nicht so gut, wie ich immer geglaubt hatte.

Ich bog um die grüne Mauer, ging durch die Öffnung und blieb wie angewurzelt stehen. Im Pavillon war Adam auch nicht. Eine leichte Brise fuhr raschelnd durch das Herbstlaub auf der Erde, ansonsten war alles still. Er war nicht hier.

Keinen Moment lang war mir in den Sinn gekommen, dass er nicht da sein könnte.
Was natürlich idiotisch war. Es konnte ihm etwas dazwischengekommen sein oder aber er hatte es sich einfach anders überlegt. Er hatte schließlich nichts mit meinen Familienproblemen zu tun, was sollte er sich da reinziehen lassen?
Aber der Gedanke war mir nicht gekommen. Ich war ganz selbstverständlich davon ausgegangen, dass er dort war und bereits auf mich wartete. Im ersten Moment war ich eher überrumpelt als traurig. Dann kam die Enttäuschung, so gewaltig und dunkel und niederschmetternd, dass ich sie nicht an mich heranlassen wollte, noch nicht in der Lage war, ihr gegenüberzutreten. Die Stufen zum Pavillon hoch und wieder runter, hoch und wieder runter, Tarzan tätscheln, über den Fluss gucken, die Dunkelheit auf Abstand halten, ich würde es auch allein schaffen, musste nur den ersten Schritt tun und sie aufsuchen, und eigentlich war es doch besser, da brauchte ich Frida gegenüber wenigstens kein schlechtes Gewissen zu haben und mich wie eine Verräterin zu fühlen, musste nichts geheim halten, weil es nichts geheim zu halten gab. Ich hatte mir das alles bloß eingebildet, da war nichts.
Meine Augen juckten, als ich dem Pavillon den Rücken kehrte und durch die Öffnung in der Hecke ging. Scharfe, heiße Tränen brannten hinter meinen Augenlidern, und ich biss mir kräftig auf die Innenseite der Wange, um die Welt zum Stillstand zu zwingen, das Unwetter nicht ausbrechen zu lassen.
Da reckte Tarzan plötzlich den Hals und hielt die Schnauze in den Wind. Im nächsten Augenblick raste er mit Riesen-

sprüngen über die Rasenfläche und bog auf den Kiesweg ab, der zu dem kleinen Spielplatz führte. Als ich den Blick hob, sah ich Adam angerannt kommen.

Ich sah ihn leicht verschwommen, aber es bestand kein Zweifel, er war es. Seine Schritte knirschten im Kies. Der leise Wind trug das Geräusch zu mir rüber und holte mich in die Wirklichkeit zurück. Als er mich entdeckte, wurde er langsamer und winkte. Mit ausladenden Schritten kam er auf mich zu, Tarzan sprang aufgeregt an ihm hoch und Adam lachte. Ich schnappte nach Luft. Der Autopilot schaltete auf manuelles Atmen um.

»Hallo!«, sagte er, als er nur noch wenige Meter von mir entfernt war. »Ich hatte schon befürchtet, du wärst weg!«

Er befürchtete, *ich* könnte weg sein. Ich ließ die Worte in mir sacken, sie füllten mich bis in den letzten Winkel und legten sich wie eine wärmende Decke über meine Enttäuschung. Ich war ihm nicht egal. Er hatte Angst, dass ich nicht gewartet haben könnte und ohne ihn gegangen wäre. Er wollte mich begleiten.

Ich konnte nicht antworten, war nach wie vor hauptsächlich damit beschäftigt, Luft zu kriegen. Ich fragte mich, ob ich wohl lächelte. Hatte keine Kontrolle über meine Gesichtszüge.

»Mama ist auf der Treppe gestolpert und hat sich den Fuß verstaucht. Ich musste ihr erst mal helfen, bevor ich kommen konnte.«

Er blieb vor mir stehen. Sah mich an. »Bist du traurig? Ist was passiert?«

Erst da merkte ich, dass mir eine Träne über die Wange lief. Nichts hatte ich unter Kontrolle! Ich hob hastig die

Hand und wischte sie weg, immer noch auf der Suche nach meiner Stimme. Reiß dich zusammen!

»Ach was«, sagte ich. »Ich bin bloß nervös wegen Marie.«

Adam lächelte. »Wird schon werden. Du willst es doch? Oder?«

»Ja. Doch. Unbedingt.«

Sein Blick hielt mich einen Augenblick lang fest, wanderte dann über meine Schultern, den Hals, das Gesicht und den Kopf. Es war, als würde er mich berühren. Sein Blick war wie ein sanftes, Wärme verströmendes Streicheln, das meinen Körper angenehm schwer machte.

»Du siehst verändert aus«, sagte er.

»Besser oder schlechter?«, fragte ich.

Er zögerte. »Verändert«, sagte er dann. »Nicht mehr so … wie eine Heilige. Hübscher auf alle Fälle. Nicht mehr so märchenhaft schön, aber … sexiyer denn je … wenn es dich interessiert.«

Er wurde leicht rot, als er das sagte, nur einen Hauch, aber ich sah es, und ich musste mir einen inneren Tritt geben weiterzuatmen. Wie hatte ich mir nur einbilden können, jemals verliebt gewesen zu sein. Ich hatte ja keine Ahnung gehabt, nicht den geringsten Schimmer.

Adam machte einen Schritt nach hinten. Brachte ein wenig mehr Luft zwischen uns beide. Tätschelte Tarzan.

»Gehen wir?«, fragte er.

Ich nickte. Aber dann fiel mir auf, dass er das nicht sehen konnte, weil er sich gerade zu Tarzan runterbeugte. Ich nickte wieder. Mein Gehirn hatte ganz offensichtlich Urlaub genommen, lag auf Mauritius im Sonnenstuhl und trank Tequila oder was immer man auf Mauritius trank.

Adam reckte sich, ehe ich mich sammeln und etwas sagen konnte.
»Weißt du, wo die Werbeagentur ist?«, fragte er.
Natürlich, darum hätte ich mich kümmern sollen! Ich hätte einfach Sörgrens im Telefonbuch nachschlagen müssen. Aber das hatte ich nicht getan.
»Nein«, sagte ich verlegen. »Ich bin noch nicht mal sicher, wie sie heißt. Marie hat nur ›Sörgrens‹ gesagt. Der Chef heißt wahrscheinlich Sörgren, vielleicht …«
»Ich glaube, ich weiß, wo wir fragen können«, sagte Adam. »Komm!«
Ich leinte Tarzan an und folgte Adam aus dem Park.
Zehn Minuten später standen wir in der Anzeigenabteilung der Lokalzeitung und sprachen mit einem großen, dürren Mann um die vierzig.
»Oh ja«, sagte er. »Sörgrens Werbeagentur gibt es schon lange. Aber inzwischen nennen sie sich ›Sorgrens.com‹. Die Agentur ist in der Storgatan, über Intersport. Der Eingang ist rechts davon.«
Wir bedankten uns und gingen nach draußen. Tarzan freute sich, endlich vom Fahrradständer losgebunden zu werden.
»Du solltest Privatdetektiv werden«, sagte ich.
»Ich bin Privatdetektiv«, sagte Adam. »Elementar, lieber Watson.«

Am Hauseingang neben Intersport hing ein unaufwändiges Messingschild, auf dem »sorgrens.com« stand. Nicht gerade die Sorte Schild, die man bei einer Werbeagentur erwartete. Aber was wusste ich schon? Eine Werbeagentur, die keine Werbung für sich zu machen brauchte, musste ja wohl gut sein. Kein Wunder, dass Marie glücklich gewesen war, dort einen Job zu bekommen.

Ich band Tarzan wieder draußen an, bevor ich mit Adam in den Hauseingang trat. Der Treppenaufgang war hellblau gestrichen und roch nach Putzmittel. Sorgrens.com lag hinter einer Doppeltür mit geschliffenen Milchglasscheiben. Das Schild mit dem Firmennamen und einem bunten Logo machte hier schon etwas mehr her.

In meinem Kopf wirbelten alle möglichen Bilder durcheinander. Marie im Schlafzimmer. Ihr trauriger und zugleich wütender Blick. Die ausgebeulte Tasche mit den nachlässig zusammengeknüllten Kleidern.

»Bist du jetzt zufrieden?«, hörte ich sie fragen. »Ich ziehe aus, verdammt noch mal, reicht dir das immer noch nicht?!«

Ich stand wie angewurzelt vor der Doppeltür. Hinter dem Glas lief eine rot gekleidete Gestalt von links nach rechts. Adam sah mich an.

»Alles in Ordnung?«, fragte er.

»Ich weiß nicht«, sagte ich. »Vielleicht sollten wir das Ganze doch lieber abblasen?«

Er schüttelte energisch den Kopf. »Nein. Hast du etwa Schiss?«

Ich nickte.

»Manchmal muss man Dinge tun, auch wenn man Angst hat«, sagte Adam lächelnd.

»Sonst ist man kein Mensch, sondern nur ein kleines Stückchen Dreck.«

Ich lächelte zurück.

»Brüder Löwenherz, das war früher mein absolutes Lieblingsbuch.«

»Meins auch«, sagte Adam. »Ich hab mir immer einen mutigen großen Bruder gewünscht. Na, wie sieht's aus, gehen wir rein?«

Ich nickte.

Adam schob die Tür zu einem breiten Flur mit glänzenden Bodenfliesen und Lithographien an den Wänden auf. Links und rechts sah ich mehrere halb offen stehende Türen. Am hinteren Ende war eine weitere, geschlossene Doppeltür. Aus dem ersten Raum auf der linken Seite trat eine blonde Frau mit roter Strickjacke, wahrscheinlich die, die ich durch die Milchglasscheibe gesehen hatte. Sie sah uns fragend an. Bestimmt sahen wir nicht wie die üblichen sorgrens.com-Kunden aus.

»Kann ich euch helfen?«

»Ja«, antwortete ich. »Wir suchen Marie Dahl.«

Die Frau schüttelte den Kopf. Eine blonde Haarsträhne fiel ihr in die Stirn. »Kenne ich nicht. Hat sie uns schon häufiger in Anspruch genommen?«

Zum zweiten Mal an diesem Tag geriet ich völlig aus dem Konzept. Ich war nicht auf Abweichungen von meinem Plan eingestellt.

»Sie arbeitet hier«, sagte ich unsicher. »Oder … zumindest hat sie gesagt, dass sie hier anfangen wollte. Mitte August, so ungefähr.«

Zwischen den Augenbrauen der Frau bildete sich eine Falte. »Bist du sicher? Ich hab noch nie von ihr gehört. Falls nicht … Habt ihr einen Augenblick Zeit?«

Ich nickte. Die Frau ging zu der letzten Tür rechts, klopfte an und trat ein. Adam sah mich fragend an. Ich zuckte mit den Schultern.

Einige Minuten später kam die Frau in Begleitung eines

Mannes mittleren Alters zurück. Er fuhr sich hastig mit der Hand übers Haar, ehe er sie uns reichte.
»Anders Sörgren«, stellte er sich vor. »Ihr sucht also Marie? Seid ihr Freunde von ihr?«
Ich nickte, auch wenn das nicht ganz der Wahrheit entsprach. Aber vielleicht würde es ja irgendwann wahr werden.
Anders Sörgren musterte uns nachdenklich.
»Aha«, sagte er schließlich. »Dann bestellt ihr doch bitte einen schönen Gruß von mir, wenn ihr sie seht, und sagt ihr, dass die Stelle noch nicht besetzt ist. Ich habe bisher niemanden gefunden, der besser für die Stelle geeignet wäre als sie.«
»Heißt das«, stammelte ich, »dass sie gar nicht hier angefangen hat?«
»Nein. Sie war noch einmal da, um mir mitzuteilen, dass sie es sich anders überlegt hat und die Stelle nicht will. Sehr bedauerlich, wie ich finde. Die Stelle ist gut dotiert und Marie ist wirklich begabt. Das könnt ihr Marie gern ausrichten.«
»Wenn wir sie finden«, sagte Adam.
Anders Sörgren tippte sich mit dem Zeigefinger an die Stirn, als wollte er dort einen Gedanken losklopfen.
»Wenn ich mich recht entsinne, habe ich ihre Adresse«, sagte er. »Augenblick!« Er verschwand wieder in seinem Büro.
Ich sah Adam an. Dann würden wir Marie also doch noch finden!
Aber als Anders Sörgren zurückkam und mir freundlich lächelnd den Zettel mit der Adresse in die Hand drückte, löste sich der Hoffnungsschimmer augenblicklich in Luft auf.

Die Adresse, die dort stand, war mir nur zu bekannt. Es war Kaspers, Viktors und meine.

»Danke«, sagte ich. »Aber da wohnt sie nicht mehr.«

»Ah ja?«, sagte Anders Sörgren. »Was du nicht sagst. Na, dann weiß ich's auch nicht.«

Wir verabschiedeten uns und traten auf die Storgatan. Als ich Tarzan losband, schnüffelte er neugierig an meinem Bein, als wollte er herausfinden, wo wir gewesen waren.

»Sie ist bestimmt aus der Stadt weggezogen«, sagte ich.

»Hat sie irgendwelche Verwandten, bei denen wir nachfragen könnten?«, fragte Adam. »Bei ihren Eltern, zum Beispiel?«

Ich zuckte mit den Schultern. »Es ist mir echt peinlich, aber ich weiß es nicht.«

»Denk mal nach. Irgendwas wirst du doch wohl wissen? Etwas von dem Leben, das sie geführt hat, bevor sie zu euch gekommen ist.«

»Nein. Doch. Sie hat eine Ausbildung als Friseurin gemacht. Aber was soll das nützen?«

»Mein lieber Watson!«, sagte Adam enthusiastisch. »Du hast das Wissen, ich den Geist!«

Ich musste grinsen.

»Was brütest du jetzt schon wieder aus?«

»Überleg doch mal! Eine Friseurausbildung! Von irgendwas muss sie schließlich leben! Warum nicht von einem Job in einem Friseursalon?«

»Warum sollte sie als Friseurin arbeiten, nachdem sie uns wegen eines klasse Jobs bei Sörgrens verlassen hat?«, fragte ich zweifelnd.

»Das ist bisher die einzige Spur, die wir haben«, sagte Adam. »Außerdem hat sie euch nicht wegen des Jobs verlassen, sondern weil dein Vater nicht wollte, dass sie das Angebot annimmt. War es nicht so?«

»Kommt das nicht aufs Gleiche raus?«

Adam schüttelte den Kopf. »Nein. Das ist doch gerade der Unterschied zwischen Maries Auszug und dem deiner Mutter. Deine Mutter ist wegen ihrer Arbeit ausgezogen. Marie ist ausgezogen, weil sie sich ausgenutzt oder missverstanden fühlte, oder beides. So hab ich es jedenfalls verstanden. Ist das falsch?«

»Nein«, sagte ich. »Wahrscheinlich nicht. Und was sollen wir deiner Meinung nach jetzt tun? Alle Friseursalons der Stadt abklappern und nach ihr fragen?«

»Wäre es nicht einfacher, sich ein Telefonbuch zu schnappen und das telefonisch zu erledigen?«

»Clever, mein lieber Holmes!«, sagte ich.

»Wir können gern zu mir gehen«, sagte Adam. »Für den Fall, dass du den Rest deiner Familie da nicht mit reinziehen willst, meine ich.«

Ich nickte und merkte, wie mein Herz schneller schlug. Ich würde zu ihm nach Hause gehen, sehen, wie er wohnte. Das war doch was, woran ich mich erinnern konnte, morgen, wenn alles vorbei war. Und vielleicht fanden wir Marie ja tatsächlich. Das wäre in dem Fall eindeutig Adams Verdienst. Ich hätte wahrscheinlich schon längst aufgegeben.

Ich betrachtete ihn heimlich, als wir nebeneinanderher gingen. Sein Profil. Die leicht gebogene Nase und der lange Hals, das unbezähmbare Haar und der Nacken, der so zum Berühren einlud. Meine Hände erwachten, als ich ihn ansah. Wollten sich nach ihm ausstrecken und ihn fühlen. Die Schultern und den Hals streicheln. In seine Haare krie-

chen, in seine Wärme. Ich griff fester nach Tarzans Leine und beherrschte mich. Zwang meinen Blick nach vorn.
Ich liebe ihn, dachte ich. Ich liebe diesen Kerl, der da neben mir geht. Ich liebe ihn. Und ich kann nichts dagegen tun. Es ist, wie es ist. Jetzt hilft nur noch Selbstbeherrschung. Kontrolle.
Adam blieb vor einem Hauseingang stehen und tippte den Türcode ein. Gegen meinen Willen sah ich, welche Zahlen er drückte. 2821. Sie brannten sich in mein Gedächtnis ein, genau wie seine Telefonnummer.
Er wohnte nur wenige Häuserblocks von der Schule entfernt. Das fünfgeschossige Haus war hellgelb gestrichen. Ich hielt nach einem Straßenschild Ausschau, konnte aber keins entdecken.
Ich sah mich nach etwas um, wo ich Tarzan anbinden konnte, konnte aber nichts Passendes finden.
»Nimm ihn einfach mit hoch«, sagte Adam.
»Ich denke, deine Mutter ist allergisch.«
»Er kann ja im Flur bleiben. Daran stirbt sie schon nicht.«
Wir fuhren mit dem Fahrstuhl in die fünfte Etage. Tarzan war sehr erstaunt, an einer anderen Stelle aus dem engen Kabuff zu kommen, als er hineingegangen war. Ich glaube nicht, dass er jemals Fahrstuhl gefahren war, obwohl er ein Stadthund war.
Auf der Briefklappe klebte ein handgeschriebener Zettel mit dem Namen »Axelsson«. Adam schloss auf und hielt mir die Tür auf. Ich trat verlegen über die Schwelle.
»Adam?«, rief jemand aus dem hinteren Teil der Wohnung. »Bist du das?«
Mit der Stimme hatte ich schon am Telefon gesprochen.

»Ja«, antwortete Adam. »Wie geht's dir inzwischen?«
»Es tut weh! Langsam glaube ich, dass der Knöchel gebrochen ist.«
Nachdem wir die Schuhe ausgezogen hatten, gab ich Tarzan Anweisungen, sich vor die Tür zu legen. Adam durchquerte den Flur.
»Komm«, sagte er.
Ich folgte ihm in ein großes Wohnzimmer mit hellen Möbeln. Adams Mutter saß in einem naturfarbenen Sessel mit Fußhocker. Die Ähnlichkeit mit Adam war unübersehbar. Ich fand sie sehr schön.
»Hallo!«, begrüßte sie mich und sah mich neugierig an.
»Das ist Katrin«, sagte Adam. »Wir spielen Privatdetektiv. Können wir das Telefonbuch und das Telefon eine Weile entführen?«
Adams Mutter lächelte. Sie hatte weiße, ebenmäßige Zähne wie in der Colgate-Werbung.
»Seid ihr nicht zu alt für Detektivspiele?«, fragte sie. »Ich in eurem Alter war da eher an Doktorspielen interessiert.«
Ich wurde rot. Aber Adam grinste nur.
»Ja, und guck dir an, was dabei rausgekommen ist!«, sagte er.
Seine Mutter lachte. Sogar ihr Lachen war gleich.
»Ach, entschuldige bitte«, sagte sie zu mir. »Ich heiße Camilla. Milla, wenn du möchtest. Ich wollte dich nicht in Verlegenheit bringen. Habt ihr vielleicht Hunger? Ich kann euch leider nichts machen.«
Sie schaute auf ihren Fuß, der mit einer Fleecedecke zugedeckt war. Adam ging zu ihr und hob die Decke hoch.
»Verdammt, der ist aber geschwollen!«, sagte er.

Camilla nickte. »Und es tut höllisch weh. Glaubst du, dass was gebrochen ist?«

»Du solltest vielleicht doch zum Arzt. Soll ich dir ein Taxi rufen?«

»Wäre wohl besser. Hilfst du mir runter, wenn es kommt? Und sei so gut und bring mir eine Schmerztablette, bevor du anrufst.«

»Klar. Wir haben noch Brausetabletten, reicht das?«

»Egal, was.«

»Okay.«

Adam lächelte mich an, als er an mir vorbeiging. Berührte leicht meinen Arm. »Du kannst schon mal in mein Zimmer gehen, wenn du willst. Oder hier warten. Ich kümmere mich nur schnell um eine Tablette und ein Taxi.«

»Leiste mir doch solange Gesellschaft!«, sagte Camilla. »Um diese Tageszeit ist sicher großer Andrang bei der Taxizentrale!«

Das Erwähnen der Tageszeit veranlasste mich, einen Blick auf die Uhr zu werfen. Zehn nach fünf. Die Zeit jagte nur so davon. Wie viele Friseursalons wir vor Ladenschluss wohl noch schaffen würden?

Ich setzte mich vorsichtig auf das naturweiße Sofa. Wie man so was wohl fleckenfrei hielt? Die Leinenvorhänge links und rechts von dem großen Fenster waren ebenfalls naturweiß. An den Wänden standen weiße Regale mit Massen von Büchern. Zwischendurch waren ein paar Freiräume zwischen den Büchern gelassen, wie Kunstpausen, für einzelne Schmuckgegenstände, eine Keramikvase oder ein Bronzepferd. Der kleine Fernseher stand unauffällig in einer Ecke. Auf dem Fensterbrett wucherten grüne Pflanzen, davor heller Holzfußboden und ein weiß-beige gewürfelter Knüpfteppich unter einem ovalen Couchtisch mit Glasplatte und Beinen aus hellem Holz.

»Tolle Wohnung«, sagte ich.

»Hast du gestern hier angerufen?«, fragte Camilla.

Ich nickte.

»Dachte ich mir doch, dass ich deine Stimme kenne«, sagte sie zufrieden. »Tut mir Leid, dass ich eure Detektivzeit in Anspruch nehme, aber ich bin heute Nachmittag auf der Treppe gestolpert, kurz bevor Adam aus der Schule kam. Ich dachte, der Fuß wäre nur verstaucht, aber er tut so verflixt weh, dass ich ihn wohl doch besser untersuchen lassen sollte.«

Ich nickte noch einmal. Wusste nicht, was ich sagen sollte. Camilla musterte mich freundlich.

»Adam bringt normalerweise keine Mädchen mit nach Hause«, sagte sie.

»Ah ja. Er … er will mir bloß bei einer Sache helfen. Jemanden zu finden.«

»Jemand, der verschwunden ist?«

»Sozusagen.«

Sie wollte die Stellung ändern, verzog das Gesicht vor Schmerz und lehnte sich mit einem Seufzer zurück.

»Er mag dich«, sagte sie. »Das sehe ich ganz deutlich.«

Und schon wieder wurde ich rot. Adam kam ins Zimmer und stellte ein Glas Wasser vor Camilla, in dem zwei sprudelnde Brausetabletten an die Oberfläche stiegen.

»Lass dich nicht von Mama verunsichern«, sagte er. »Sie redet zu viel. Ohne nachzudenken. Typisch für sie, auf der Treppe zu stolpern, obwohl sie genauso gut den Fahrstuhl hätte nehmen können.«

»Ich bin eben figurbewusst«, sagte Camilla. »Ich versuche

mich in Form zu halten. Wer weiß? Vielleicht begegne ich ja auch mal jemandem, mit dem ich Detektiv spielen kann.«

»Jetzt spielst du erst einmal Doktor«, sagte Adam. »Oder besser Patient.«

Er ging in den Flur, nahm das Telefonbuch aus einer Schublade vom Telefontisch und verschwand aus meinem Blickfeld. Wahrscheinlich stand dort ein Hocker. Ich hörte ihn blättern. Das leise, knisternde Geräusch von dünnen Telefonbuchseiten, die umgeschlagen werden.

»Verdammtes Pech«, murmelte Camilla.

»Was machen Sie eigentlich beruflich?«, fragte ich. Hauptsächlich, um irgendwas zu sagen. Aber auch, weil ich neugierig war. Ich wollte alles über Adam und seine Familie und sein Leben wissen und dafür blieb mir nur noch der heutige Tag.

»Sieht man das nicht?«, sagte Camilla. »Ich bin Innenarchitektin.«

»Ach so«, sagte ich. »Doch, das sieht man.«

Da hatte ich aber voll danebengelegen. Aus welchem Grund auch immer war ich davon ausgegangen, dass Adams Mutter eine einfache Ausbildung hatte, in der mobilen Altenpflege oder an der Kasse bei ICA Maxi arbeitete. Wahrscheinlich lag es an meinem Bild von der sitzen gelassenen schwangeren Siebzehnjährigen. Das Klischee der allein erziehenden Mutter. Dabei hätte mir bei Adams Art zu reden und zu denken eigentlich aufgehen müssen, dass das nicht stimmen konnte. Die Jungs in meinem Alter waren normalerweise nicht gerade die verbalsten Wesen auf diesem Erdenrund.

»Sie richtet ein und stellt in einer Tour um, nicht mal ein

Butterbrot kann man in Ruhe vor der Glotze essen«, sagte Adam aus dem Flur.
»Entspannende Atmosphäre«, sagte Camilla. »Man soll sich entspannen können, wenn man nach Hause kommt. Da passen keine Krümel und Fettflecken oder grell gemusterten Polster!«
»Ich dachte, Muster wären in«, sagte ich. »Grün, Braun, Orange und so weiter. Retro, so was in der Art.«
»Absolut richtig«, sagte Camilla mit einem anerkennenden Blick in meine Richtung. »Aber mein Wohnzimmer soll keinem Trend folgen. Ich brauche einen Ort, an dem ich mich entspannen kann, wenn ich bei der Arbeit die ganze Zeit mit Großgemustertem zu tun habe.«
Adam kam ziemlich schnell bei der Taxizentrale durch. Zehn Minuten später gingen wir mit Camilla zwischen uns langsam zum Fahrstuhl. Sie schien wirklich Schmerzen zu haben. Kleine Schweißperlen glänzten auf ihrer Stirn, als wir unten bei dem wartenden Wagen ankamen.
»Okay«, sagte Adam, als das Taxi außer Sicht war. »Zurück zum Telefonbuch. Die Zeit läuft!«

ADAM HATTE DIE Zeit in der Warteschleife der Taxizentrale genutzt, um in den Gelben Seiten unter Friseursalons nachzuschlagen. Es gab eine Menge davon in der Stadt. Sehr viele. Und es war bereits halb sechs.

»Es ist doch gar nicht sicher, dass sie tatsächlich in einem von denen arbeitet«, sagte ich.

»Hast du einen besseren Vorschlag?«

Ich schüttelte den Kopf.

»Also gut. Wir rufen abwechselnd an. Ich fange an.«

Es ging schneller, als ich dachte. Eine kurze Frage, danke und tschüs, und die nächste Nummer. Wir hatten ungefähr zehn Nummern angerufen, als ich plötzlich Erfolg hatte.

»Marie Dahl?«, sagte die Stimme. »Nein, die arbeitet ein Stück weiter die Straße runter, bei X. Sie hat sich vorher hier beworben, aber wir hatten keinen Platz frei.«

Ich bedankte mich und legte auf. Sie arbeitete also tatsächlich als Friseurin. Wenn es nicht eine andere Marie Dahl war.

»X?«, fragte Adam. »Wir hätten von hinten anfangen sollen, das wäre schneller gegangen.«

Ich schaute im Telefonbuch nach. »Kvarngränd. Weißt du, wo das ist?«

»Frag mich nicht. Ich bin erst vor kurzem hierher gezogen.«

Es war jetzt Viertel vor sechs. Ich schlug den Kartenteil auf und suchte die Kvarngränd. Das war eine kleine Verbindungsstraße zwischen Storgatan und Lilla Torg, am westlichen Rand der Innenstadt. Nicht allzu weit von Adams Wohnung entfernt. Aber wahrscheinlich zu weit, um es in einer Viertelstunde dorthin zu schaffen.

»Ich hab ein Fahrrad«, sagte Adam. »Kann Tarzan mithalten, wenn wir fahren?«
»Ich bin früher viel mit ihm Rad gefahren. Bevor sie mir meins geklaut haben.«
»Also dann, auf geht's!«
Mit mir auf dem Gepäckträger und Tarzan an der Leine sauste Adam das Gefälle ins Zentrum runter. Im ersten Moment wusste ich nicht, wohin mit meinen Händen, aber als er um eine Ecke bog, blieb mir gar keine andere Wahl, als meine Arme um seine Taille zu legen und mich festzuhalten. Ich war Adam ganz nah, spürte die Bewegung seines Atems. Hätte am liebsten meine Wange an seinen Rücken gelegt, aber das traute ich mich nicht. Ich war ganz voll von seinem Duft, der so vertraut und neu zugleich war. Ich wollte für immer und ewig so sitzen bleiben, und die acht Minuten, ehe Adam an der Ecke von Storgatan und Kvarngränd bremste, vergingen viel zu schnell. Aber ich würde sie für immer im Gedächtnis behalten, dieser winzige Ausschnitt aus der Geschichte des Lebens hatte sich in mir eingenistet und würde nie mehr verschwinden.
Auf dem Schaufenster prangte ein großes rotes X. Ein Mädchen fegte die Haare zwischen den Stühlen zusammen. Ich band Tarzan außen an und ging mit Adam hinein.
»Wir schließen gleich«, sagte das Mädchen.
»Wir suchen Marie«, sagte ich. »Marie Dahl.«
»Die hat schon Feierabend.«
Ich merkte, wie mir die Luft ausging. So nah dran! Fast hätten wir sie erwischt. Das nächste Mal würde ich allein gehen müssen.
Aber Adam gab nicht so schnell auf.
»Wir sind Freunde von ihr«, sagte er. »Sie hat vergessen,

uns ihre neue Adresse zu schicken, nachdem sie umgezogen ist. Wissen Sie, wo sie jetzt wohnt?«

Das Mädchen seufzte, stellte dann aber doch den Besen weg und ging in einen Raum hinter dem Salon.

»Du bist ein Genie, Sherlock!«, flüsterte ich.

»Elementar, lieber Watson!«, sagte Adam zufrieden.

Kurz darauf kam das Mädchen mit einem Adressbuch zurück. Sie schlug es auf und fuhr mit dem Zeigefinger über die Seite, bis sie gefunden hatte, was sie suchte.

»Vedgatan 5«, sagte sie.

»Wissen Sie, wo das ist?«, fragte ich.

»Keinen Schimmer.«

»Haben Sie ein Telefonbuch da?«, fragte Adam.

»Wir schließen aber jetzt«, sagte das Mädchen.

»Kein Problem. Sie können ja schon mal in Ruhe fertig fegen, während wir uns die Karte angucken«, sagte ich.

Das Mädchen seufzte wieder, diesmal lauter, holte dann aber doch das Telefonbuch und reichte es Adam.

»Aber ihr beeilt euch, ja?«, sagte sie.

Er schlug den Kartenteil auf, ohne zu antworten. Dann sah er mich an. »Das ist nur ein paar Straßen von hier entfernt.«

Mein Herz pochte. Wir hatten sie gefunden. Jetzt musste sie nur noch zu Hause sein.

Adam schob das Rad. Das letzte Stück zur Vedgatan gingen wir zu Fuß.

»Ich habe über etwas nachgedacht«, sagte ich, als wir vor dem Hauseingang standen. »Gestern. Etwas, das mir vorher so nicht klar war.«

Er sah mich an. Abwartend.

Ich lächelte. »Eigentlich geht es uns doch gut. Die, die bei

uns geblieben sind, wollten uns wirklich. Deine Mutter und mein Vater. Sie haben sich für uns entschieden.«
In seinen Augen bewegte sich etwas. Mir wurde schwindelig, es fehlte nicht mehr viel und ich wäre in den schwarzen Pupillen der gewitterwolkenblauen Augenseen ertrunken.
»Ich hab gestern eine Mail von meiner Mutter bekommen«, sagte ich eilig, weil mir plötzlich klar wurde, dass die Zeit fast abgelaufen war und ich längst nicht alles gesagt hatte, was ich sagen wollte.
»Und das erzählst du erst jetzt!«, sagte Adam.
»Ich hab's vergessen … Aber jetzt, da wir Marie gefunden haben und wissen, wo sie wohnt – wollen wir uns nicht noch kurz irgendwohin setzen, bevor wir reingehen?«
Adam nickte und zeigte zu einer kleinen Pizzeria auf der anderen Straßenseite. »Da«, sagte er. »Ich habe einen Bärenhunger.«
»Ich hab aber kein Geld dabei«, sagte ich.
»Wir können uns eine Pizza teilen«, sagte er und zog einen Fünfzigkronenschein und einen zerknitterten Zwanziger aus der Hosentasche.
Ich hätte mir auf der ganzen Welt nichts Wunderbareres vorstellen können, als mit Adam in diesem hässlichen Pizza-Imbiss zu sitzen und mir eine Pizza mit ihm zu teilen.
Es gab drei kleine Tische mit je zwei Stühlen, Neonröhren an der Decke und fünfundachtzig Sorten Pizza zur Auswahl.
»Was magst du für eine?«, fragte Adam.
»Egal«, sagte ich.
»Okay«, sagte Adam. »Sag mir eine Zutat, die du besonders gerne magst.«

»Ananas.«
»Mit Curry oder Schinken?«
»Lieber Schinken.«
Jetzt hatte er mich doch dazu gebracht, zu wählen. Adam bestellte eine Hawaii, und während der Pizzaduft in dem kleinen Lokal immer intensiver wurde, erzählte ich ihm von der Mail. Ich stellte erstaunt fest, dass ich sie fast auswendig konnte. Als hätten sich die Worte gegen meinen Willen in mein Hirn eingebrannt.
Adam hörte still zu, bis ich zu Ende erzählt hatte. Dann hob er den Blick und sah mich an.
»Es hat bestimmt verdammt wehgetan, die Mail zu lesen«, sagte er. »Aber ein bisschen neidisch bin ich trotzdem. Mein Vater hat mir nie geschrieben. Nicht mal eine Postkarte.«
»Aber er hat dich ja auch nie kennen gelernt. Er weiß nicht, wer du bist. Er hat nie die Chance gehabt, dich lieb zu gewinnen. Na ja, er hat die Chance nie ergriffen. Mama hat sechs Jahre mit mir zusammengelebt und ist trotzdem gegangen. Sie hat sich gegen mich entschieden. Verstehst du? Nicht gegen eine unbekannte, werdende Person, sondern gegen jemanden, den sie bereits kannte. Das ist der gleiche Unterschied wie zwischen einer Abtreibung und jemanden abzuschieben, der bereits da ist.«
Adam nickte nachdenklich.
»So habe ich noch nie darüber nachgedacht, aber es stimmt schon. Möchtest du sie besuchen?«
Ich schüttelte den Kopf. »Im Augenblick nicht. Ich könnte mir eher vorstellen, dorthin zu fahren und sie heimlich zu beobachten. Sehen, wie sie aussieht und was sie so macht.«

Adam lächelte. »Wir könnten doch eine Interrail-Tour nach Brüssel machen?«
Ich sah ihn an. Er meinte es ernst. Mein Herz fing so heftig an zu pochen, dass ich kaum noch Luft bekam. Nicht bei dem Gedanken, Ingrid heimlich in Augenschein zu nehmen, sondern bei der Vorstellung, mit Adam zusammen zu verreisen. Nur er und ich. Ich wusste zwar, dass das unmöglich war, aber in meinem Körper wurden zehn Brausepulvertüten gleichzeitig geöffnet. Nur, weil er den Vorschlag machte. Nur, weil das bedeutete, dass er mit mir zusammen sein wollte, etwas Besonderes mit mir unternehmen wollte.
Aber vielleicht war es ja gar nicht so unmöglich. Wenn er mit Frida zusammenkam und ich mit Andreas zusammenblieb, könnten wir zu viert fahren. Natürlich wusste ich, dass der Plan in dieser Konstellation längst nicht so rauschhaft sein würde. Es würde nur wehtun. Schon jetzt, wenn ich mir Frida und Adam eng umschlungen vorstellte, tat es weh, obwohl es noch gar nicht der Fall war. Meine Angst galoppierte wie ein Wildpferd durch meine Gedanken, als ich sie zu ordnen versuchte. Wieso hatte ich es so weit kommen lassen? Wie sollte ich jemals damit fertig werden?
Adam sah mich schweigend an, er wartete auf eine Reaktion. Das Lächeln war aus seinem Gesicht verschwunden. Vielleicht sah er, wie die Gefühle in mir Achterbahn fuhren.
»Das geht doch nicht«, brachte ich schließlich heraus.
»Warum denn nicht? Lässt dein Vater dich nicht fahren?«
Ihm war ganz offensichtlich nicht klar, warum es nicht

ging. Ich sah ihn lange an, um festzustellen, ob er mich auf den Arm nahm, aber das schien nicht der Fall zu sein. Glücklicherweise landete in diesem Moment die dampfende Pizza zwischen uns, was mir eine Erklärung ersparte.

Adam teilte die Pizza in zwei Hälften und dann aßen wir. Vom gleichen Teller. Obgleich ich eben noch einen Mordshunger hatte, fiel es mir plötzlich schwer, zu schlucken. Die Wirklichkeit hatte uns eingeholt. Frida. Für ein paar Stunden hatte ich das alles gut wegschieben können, aber jetzt türmte es sich wieder vor mir auf. Ich spürte einen kalten Lufthauch an der Stelle, wo der Kristall nicht hing.

Adam durfte von meiner Hälfte mitessen. Das letzte Stück rollte er auf und brachte es Tarzan mit, der es gierig hinunterschlang.

Ich sah an der Hausfassade auf der anderen Straßenseite hoch. Es war inzwischen fast dunkel, hinter etlichen Fenstern brannte Licht. Welches oder welche wohl zu Maries Wohnung gehörten?

»Bist du bereit?«, fragte Adam.

»Mh«, sagte ich. »Ich glaube schon.«

Wir nahmen Tarzan mit rein. Auf einer Tafel hinter der Eingangstür klebte ein Papierstreifen mit ihrem Namen über dem ersten Teil eines längeren Namens, der auf »nsson« endete. Zweiter Stock. Wir nahmen die Treppe, obwohl es einen Fahrstuhl gab. Das brauchten wir nicht abzusprechen, wir taten es einfach.

Auf der Klappe des Briefschlitzes stand Annabell Torstensson, aber kurz darüber klebten zwei computergedruckte Papierschnipsel. Auf dem einen stand »Keine Reklame einwerfen«, auf dem anderen »Marie Dahl«. Der Name kam mir richtig fremd vor. Als hätte ich Marie seit Ewigkeiten nicht mehr gesehen. Wenn ich sie überhaupt je wirklich gesehen hatte.

Adam legte den Zeigefinger auf den weißen Knopf neben der Tür und sah mich fragend an. Ich nickte und er klingelte. Ein dumpfes Läuten ertönte.

Ich hoffte fast schon, dass niemand aufmachen würde, wollte gerade in einer Mischung aus Erleichterung und Enttäuschung aufatmen, als das Schloss knackte und die Tür sich einen Spaltbreit öffnete.

Marie hatte einen blauen Frotteebademantel an. Ihr Haar war nass. Zuerst sah sie Adam an. Dann mich. Verdutzt.

»Katrin?«, sagte sie, wie um sich zu versichern, dass ich es wirklich war.

»Hallo«, antwortete ich. »Das ist Adam.«

»Hallo«, sagte Adam. »Sie dürfen mich gerne Sherlock nennen. Wir haben die ganze Stadt nach Ihnen durchkämmt.«

Maries Mund verzog sich zu einem Lächeln. Dann wurde sie plötzlich wieder ernst. »Ist was passiert?«

Ich wusste im ersten Moment nicht, was ich darauf antworten sollte. Es war eine Menge passiert. Das ganze Leben hatte sich verändert. Aber das war es wohl kaum, was sie meinte. Sie machte sich wahrscheinlich eher Sorgen, dass Kasper überfahren worden war oder so was in der Art.

»Nein«, sagte ich, »ich wollte dich einfach nur sehen. Du bist so … ganz und gar verschwunden.«

»Ich dachte, du wärest froh darüber«, sagte sie.

Aber dann trat sie einen Schritt beiseite und machte die Tür ganz auf. »Kommt rein. Entschuldigt meine Aufmachung. Ich war grad unter der Dusche.«

Tarzan hatte damit keine Probleme. Er flitzte in den Flur

und begrüßte Marie wild und glücklich winselnd. Nach einer Weile befahl ich ihm, sich hinzulegen, und er gehorchte brav.

Die Wohnung hatte zwei Zimmer und eine Küche. Es gab jede Menge Teppiche und niedrige Möbel. Erdfarben. Es roch schwach nach Räucherstäbchen.

»Wer ist Annabell?«, fragte ich.

»Eine alte Freundin von mir«, sagte Marie. »Ich kann ein halbes Jahr hier wohnen, solange sie in Indien ist. Sie arbeitet als Entwicklungshelferin. Darf ich euch was anbieten?«

»Wir haben gerade eine Pizza gegessen«, sagte Adam.

»Tee?«

»Ja, gerne«, sagte ich. »Das wäre nett.«

Marie ging in die Küche und ließ uns allein vor der Schwelle zum Wohnzimmer stehen. Adam sah sich um.

»Nett«, sagte er. »Gemütlich.«

Ich war unsäglich froh, dass er bei mir war. Am liebsten hätte ich ihm das auch gesagt, aber ich wusste nicht richtig, wie. Ohne darüber nachzudenken, streckte ich die Hand aus und berührte seine Wange. Die Berührung seiner warmen Haut schickte einen Stromstoß durch meinen ganzen Körper. Alles in mir schrie nach mehr.

»Ist es sehr anstrengend?«, fragte er flüsternd.

Ich nickte. Dabei antwortete ich auf eine andere Frage als die, die er gestellt hatte. Möglicherweise war das mit Marie auch anstrengend. Aber darauf konnte ich mich in diesem Augenblick nicht so recht konzentrieren. Ich war ganz erfüllt von Adam. Er verdrängte alles andere.

MARIE STELLTE EIN paar ziegelrote Keramiktassen auf den niedrigen Couchtisch. Die Teekanne war eine große Glaskugel mit Tülle, die in einem geflochtenen Haltekorb mit Handgriff lag. Er knirschte leise, als sie eingoss. Nachdem Marie eingeschenkt hatte, trudelten die Teeblätter gemächlich zu Boden, wie die Flocken in einer Schneekugel.

»Schöne Teekanne«, sagte ich.

»Annabell hat lauter so tolle und merkwürdige Dinge aus allen Ecken der Welt«, sagte Marie.

Sie strich das feuchte Haar nach hinten und machte es sich in dem Sessel uns gegenüber gemütlich. Abwartend. Ich hatte nicht darüber nachgedacht, was ich eigentlich sagen wollte. Wie ich es formulieren sollte. Es gab so viel zu erzählen. Viel mehr, als sich in Worten ausdrücken ließ, fand ich. Ich hoffte, dass sie mich trotzdem verstehen würde. Dass die Tatsache, dass ich jetzt hier bei ihr war, ausreichen würde. Aber das war natürlich ein Wunschtraum. Wahrscheinlich sollte ich dankbar sein, dass sie mich überhaupt in die Wohnung gelassen hatte.

»Ich bin gekommen … um mich bei dir zu entschuldigen«, sagte ich schließlich.

Ein Anflug von Überraschung huschte über ihr Gesicht. Damit hatte sie nicht gerechnet. Vielleicht hatte sie gedacht, dass ich mit ihr über Kasper reden wollte. Aber sie sagte nichts. Half mir nicht. Seltsamerweise war es Mama, die mir indirekt zu Hilfe kam mit dem, was sie in ihrer Mail über Marie geschrieben hatte. Dass Marie wahrscheinlich genauso unreif war wie sie damals.

»Wir … Viktor und ich sind ein bisschen zerrissen. Kasper

wahrscheinlich auch, auf seine Art. Wir sind innerlich kaputtgegangen, als Ingrid uns im Stich gelassen hat. Sie hat uns einfach fallen lassen, und nach so etwas ist es nicht mehr so leicht, jemandem zu vertrauen. Sich auf einen neuen Menschen einzulassen. Damit meine ich dich. Ich glaube, ich habe es nicht gewagt, dich zu mögen. Du kannst nichts dafür. Das ist Ingrids Schuld. Aber das habe ich nicht begriffen. Erst hinterher. Erst, als du weg warst und nachdem ich mit Adam über alles gesprochen habe …«

Ich warf Adam einen kurzen Blick zu, und er lächelte mich an, fast ein bisschen stolz. Das gab mir Kraft. Ich streckte den Rücken und sah Marie an. Begegnete ihrem Blick und sah, dass ihre Augen weit aufgerissen waren und glänzten. Eine Träne rollte über ihre Wange. Sie hob hastig die Hand und wischte sie weg, räusperte sich.

»Ich wusste davon«, sagte sie. »Ich wusste von der Sache mit Ingrid, sonst hätte ich es gar nicht so lange ausgehalten. Aber selbst mit diesem Wissen war es manchmal sehr schwer, sich ständig … unerwünscht zu fühlen. Nie wirklich Teil der Familie sein zu können, obwohl die Jahre vergehen und man sich mittendrin befindet.«

Ich nickte. »Aber Kasper hat dich immer in Schutz genommen …«

»Vor euch vielleicht. Manchmal. Wenn es zu offensichtlich war. Aber sobald wir allein waren, hat er grundsätzlich für euch Partei ergriffen. Wie eine Löwenmutter, die ihre Jungen um jeden Preis verteidigt.«

»Vielleicht war es genau das, was wir brauchten. Vielleicht brauchen wir jemanden, der uns um jeden Preis verteidigt. Wir haben nur ihn.«

»Ihr hättet mich auch haben können«, sagte Marie. »Ich

wäre gern für euch da gewesen. Auch wenn es seine Zeit brauchte.«

»Ich hab doch gerade versucht, dir zu erklären, dass es nicht deine Schuld war«, setzte ich gereizt an, »sondern dass wir …«

Marie legte die Hände vors Gesicht. »Ich weiß! Tut mir Leid! Ich rechne es dir sehr hoch an, dass du gekommen bist und mir gesagt hast, was du auf dem Herzen hattest! Das bedeutet mir sehr viel. Mehr, als du dir vielleicht vorstellen kannst.«

Außer dem leisen Rauschen des Verkehrs war es still im Zimmer. Marie griff nach ihrer Teetasse, legte die Hände darum, als wollte sie sich nur wärmen. Sie lächelte uns an.

»Seid ihr … zusammen?«

Ich konnte nicht antworten. Meine Lippen weigerten sich, »Nein, wir sind nur Freunde« zu sagen, obwohl ich mich zu zwingen versuchte. Ich wurde rot.

»Katrin war so dreist, sich für einen anderen zu entscheiden«, sagte Adam. »Aber ich hoffe, dass sie bald zur Vernunft kommt.«

Machte er Spaß oder war das sein Ernst? Ich brachte es nicht fertig, ihn anzusehen. Das Blut rauschte durch meine Adern, pochte in der Halsschlagader und an den Schläfen.

»Oh ja«, sagte Marie. »Man braucht jemanden, mit dem man reden kann. Ich konnte immer und über alles mit Kasper reden. Außer wenn es um seine Kinder ging.«

Ich ergriff den Strohhalm, um so schnell wie möglich von Adam abzulenken.

»Er liebt dich«, sagte ich. »Kasper liebt dich wirklich über alles. Er ist mindestens um dreißig Jahre gealtert, seit du nicht mehr da bist.«

Im gleichen Moment, als ich das sagte, sah ich ein, dass ihn das in ihren Augen vielleicht nicht unbedingt attraktiver machte. Er war ja so schon eine ganze Ecke älter als sie. Marie senkte den Blick.

»Er hat ehrlich bereut, wie er sich benommen hat«, fuhr ich fort. »Das mit deiner Stelle. Ihm ist klar geworden, dass er im Unrecht war, egoistisch und …«

Ich stockte und fragte mich, ob ich Recht damit hatte. Doch, bestimmt. Da war ich ganz sicher.

»Warum arbeitest du eigentlich nicht bei Sörgrens?«, fragte ich.

»Wart ihr da und habt nach mir gefragt?«

»Das war die einzige Spur, die wir hatten.«

»Aber sie wussten auch nichts, oder?«

»Nein, aber dann ist mir eingefallen, dass du eine Ausbildung als Friseurin gemacht hast und …«

»Daran hast du dich erinnert?«

Ich nickte. Dachte an ihre Hände an meinem Hals und den Schläfen. Aber das konnte ich nicht sagen.

»Wieso hast du die Stelle nicht genommen?«, fragte ich hartnäckig weiter.

Sie zögerte. Ließ den Blick zwischen mir und Adam hin und her wandern.

»Aus unterschiedlichen Gründen«, sagte sie schließlich. »Zum einen, weil die Stelle alles kaputtgemacht hat. Ich hätte keinen Tag dort arbeiten können, ohne daran zu denken, was es mich gekostet hat.«

»Einen alten Knacker und zwei biestige Gören?«

Marie lächelte. »Genau. Für manche ist das ein ganz schön hoher Preis.«

»Du hättest ihm ein bisschen Zeit geben sollen«, sagte ich.

»Ihm den Kopf waschen und bleiben sollen, damit er noch mal darüber nachdenkt. Ihr hättet miteinander reden können. Du hättest nicht … einfach so abhauen dürfen!«

»Damit du weiter heimlich meine Klamotten klaust und sie mir an den Kopf wirfst, wenn ich sie anziehen will?«

Sie sagte das nicht böse. Eher provozierend. Fast freundlich. Dann wurde sie wieder ernst. »Aber es gibt noch einen anderen Grund«, sagte sie.

Ich sah sie fragend an. Ihre schmalen Finger fuhren nervös über den Becher. Dann schien sie einen Entschluss zu fassen. Sie stellte den Becher auf den Tisch, stand auf, stellte sich im Profil vor uns und wickelte sich enger in den Bademantel ein. Ihr sonst flacher Bauch wölbte sich ganz deutlich. Nicht viel, aber ganz eindeutig.

Die Einsicht sackte langsam immer tiefer hinab und landete wie ein schwerer Sack in meinem Bewusstsein: Sie war schwanger. Marie bekam ein Kind.

Sie setzte sich wieder hin und nahm den Becher zwischen die Hände.

»Das war der andere Grund, weshalb ich die Stelle nicht genommen habe«, sagte sie. »Hätte ich erzählt, wie es um mich steht, hätte ich sie sicher nicht bekommen, hätte ich es aber nicht gesagt, wäre ich mir wie eine Betrügerin vorgekommen, also …«

»Weiß … weiß Kasper, dass …?«, stammelte ich.

Marie schüttelte den Kopf. »Ich bin nicht mehr dazu gekommen. Ich wollte es ihm eigentlich zusammen mit der Nachricht über die Stelle bei Sörgrens erzählen, aber …«

Sie nippte an ihrem Tee. Ganz vorsichtig, als wäre er immer noch heiß. Strich mit dem Finger über den Becherrand.

»Danach war es mir auch egal. Nach seiner Reaktion ... Es wäre so oder so nicht einfach geworden. Ich hatte schon eine ganze Weile darüber nachgedacht. Mich nicht getraut, etwas zu sagen. Weil ich mir sicher war, dass ihr das neue Familienmitglied nicht akzeptieren würdet. Ich hatte Angst, ihr würdet ihn ignorieren. Oder sie.«

Erst jetzt wurde mir klar, dass das Kind in ihrem Bauch mit mir verwandt war! Ein kleines Baby, mein Bruder oder meine Schwester! Das war eindeutig zu viel für mein Spatzenhirn.

»Wie lange ... Ich meine, wann ist es soweit?«, fragte ich unsicher.

»Ich habe bald vier Monate hinter mir«, sagte sie, »wenn es das ist, was du meinst.«

Ich rechnete mit den Fingern nach. »Dann krieg ich also Ende Februar eine kleine Schwester! Oder noch einen Bruder!«

Marie sah mich mit zugekniffenen Augen an, als versuchte sie, in mein Inneres zu schauen.

»Freust du dich darüber?«, fragte sie.

»Das ist irre«, sagte ich. »Du musst unbedingt wieder nach Hause kommen!«

Das kam mir plötzlich ganz selbstverständlich vor. Kasper würde mindestens eine Viertelstunde vor Freude in die Luft springen, wenn er das hörte. Aber Marie schüttelte den Kopf.

»Es ist besser so, wie es ist. Ich habe mich darauf eingestellt, allein über die Runden zu kommen. Wenn es Kasper nur um eine Hilfe im Atelier geht, muss er sich nach jemand anderem umsehen. Nicht mehr lange, und ich falle mehr zur Last, als dass ich eine Hilfe bin. Im Übrigen hat er bisher noch nichts von sich hören lassen; ich gehe also davon aus, dass er mit der Situation einverstanden ist. Auch wenn du anderer Meinung bist.«

»Er weiß doch nicht, wo du bist!«

»Das wusstest du auch nicht. Und trotzdem sitzt du jetzt hier. Obwohl wir uns … nicht einmal besonders nahe gestanden haben.«

Ich versuchte nachzudenken. In gewisser Weise hatte sie Recht. Er hätte sie finden können, wenn er es gewollt hätte. Aber in anderer Hinsicht lag sie völlig falsch.

»Wenn Kasper von dem Kind hört, wird er …«, fing ich an, aber Marie unterbrach mich.

»Kein Wort wirst du ihm davon sagen!«, fuhr sie mich an. »Ich habe dir im Vertrauen davon erzählt! Weil du hierher gekommen bist. Ich will nicht, dass er mich aus Pflichtgefühl zurücknimmt oder als notwendige, aber unerwünschte Hülle dessen, was er eigentlich haben will. Wenn er es überhaupt will. Wenn er sein Kind wirklich sehen will, werden wir uns schon einigen. Später. Aber ich will auf keinen Fall, dass er mich wegen des Kindes bittet, wieder bei euch einzuziehen. Verstehst du, was ich meine, Katrin?«

Ich schnappte nach Luft, um etwas zu sagen, aber mir fiel nichts ein. Ich hätte sie am liebsten aus ihrem Sessel gezerrt und die sture Entschlossenheit aus ihr herausgeschüttelt, aber mir war auch klar, dass das nichts bringen würde. Sie hatte sich ihre Gedanken darüber gemacht. Und parallel zu der Ohnmacht, die ich verspürte, konnte ich sie auch irgendwie verstehen. Doch, ich verstand sie. Obwohl ich fand, dass sie Unrecht hatte.

Wir saßen uns eine Weile schweigend gegenüber.

Dann lachte sie und wechselte das Thema: »Deine neue Frisur steht dir wirklich gut. Ich hätte dich fast nicht wiedererkannt. Ganz anders. Wann hast du sie geschnitten?«
»Heute Nacht.«
Sie nickte und schien gar nicht überrascht zu sein, dass meine neue Frisur in Eigenarbeit entstanden war.
»Das ist richtig gut geworden«, sagte sie. »Viel ... wärmer.«
Ich musste daran denken, was Adam zu meiner neuen Frisur gesagt hatte, und warf ihm einen kurzen Blick zu. Vielleicht dachte er das Gleiche, weil er meinem Blick verlegen auswich.
Wir blieben noch eine gute Stunde bei Marie. Ich erzählte ihr von Ingrid, woran ich mich noch erinnerte, von den Briefen im Schuhkarton und von der Mail, die ich am Tag zuvor bekommen hatte.
Marie erzählte, dass ihre Eltern in Värmland wohnten, ein Stück von Sunne entfernt. Ihre Mutter saß im Rollstuhl, seit einem Unfall, den sie gehabt hatte, als Marie noch klein war. Sie reisten nicht viel.
»Sie haben mir jahrelang in den Ohren gelegen, dass sie endlich meine neue Familie kennen lernen wollten, aber ich habe mir immer wieder neue Ausreden ausgedacht. Sie hätten sich sicher über Enkelkinder gefreut. Aber ich hielt das für keine gute Idee. Ich wollte warten, bis sich die Lage etwas beruhigt hatte. Bis ich euer Vertrauen gewonnen hatte.« Sie lächelte etwas bitter. »Aber dafür ist es jetzt wohl zu spät.«
Ich wollte ihr sagen, dass es nicht zu spät war, dass wir noch mal von vorne anfangen konnten, dass sie nur ihre alte, braune Reisetasche packen und zu uns nach Hause kom-

men brauchte, aber ich schluckte die Worte hinunter. Es war unmöglich, alles ungeschehen zu machen.

Marie begleitete uns an die Tür. Ihr Haar war inzwischen trocken und gleich sah sie nicht mehr so zerbrechlich aus. Wer weiß, vielleicht hatte sie ja schon ein paar Kilo zugelegt.

»Wie alt bist du eigentlich?«, fragte ich, nachdem ich meine Schuhe zugeschnürt hatte.

Die Antwort kam mit ein paar Sekunden Verzögerung. Wahrscheinlich wunderte sie sich, dass ich das nicht wusste. »Achtundzwanzig.«

»Dann warst du ja erst zweiundzwanzig, als Kasper und du …?«

Sie nickte. »Ich hab mich auf den ersten Blick in ihn verliebt. Und ich liebe ihn immer noch, obwohl er manchmal ein echter Idiot ist. So was vergeht nicht von einem Tag auf den anderen.«

Ich musste mich beherrschen, Adam nicht anzusehen, der neben mir seine Turnschuhe zuschnürte, aber die Unruhe bewegte sich wie eine Schlange durch meinen Körper.

Marie legte eine Hand auf meinen Arm, etwas unbeholfen. »Ich bin sehr froh, dass ihr gekommen seid«, sagte sie. »Sehr froh.«

»Ich auch«, sagte ich. »Und … unabhängig davon, wie es sich zwischen dir und Kasper entwickelt, melde ich mich schon mal zum Babysitten an. Ist das okay?«

Sie nickte.

»Danke«, sagte ich und nahm sie in den Arm.

Sie drückte mich an sich. Adam bekam auch eine Umarmung. Dann legten wir Tarzan an die Leine und machten uns auf den Weg.

ADAM SCHOB DAS Rad und ich hielt Tarzan an der Leine. So gingen wir gemächlich durchs Zentrum. Ich hatte Angst, dass er jeden Moment in Richtung seiner Wohnung abbiegen könnte, aber das tat er nicht. Er ging einfach weiter neben mir her. Am Rand des Videbergsparks schloss er das Fahrrad ab, während ich Tarzan von der Leine ließ, damit er sich austoben konnte. Den breiten Kiesweg entlang, der den Park der Länge nach durchschnitt, standen Laternen, deren kugelige Aufsätze in der Dunkelheit wie Lichtbälle aussahen. Es roch nach Herbst und vom Fluss zog ein kalter Lufthauch herüber. Wir hatten nicht darüber gesprochen, hierher zurückzukommen, es ergab sich ganz von allein. Das passierte mir häufig mit Adam, dass wir Dinge taten, ohne vorher darüber reden zu müssen. Als hätten unsere Gedanken die gleiche Richtung, das gleiche Ziel.

Wir sprachen über Marie, während wir von einem Lichtball zum nächsten gingen.

»Ich weiß nicht genau, wie ich es erklären soll«, sagte ich, »aber es kommt mir fast wie eine Spur vor … Deine Mutter und meine Mutter und Marie – sie sind alle drei ungeplant schwanger geworden.«

»Das scheint ja nicht so schrecklich ungewöhnlich zu sein«, sagte Adam.

»Nein, aber … ich meine das hier. Dass ich das alles ausgerechnet jetzt erfahren habe. Weißt du noch, in den Malbüchern gab's früher immer solche Rätselbilder, die nur aus schwarzen Punkten bestanden. Wenn man die Punkte in einer bestimmten Reihenfolge miteinander verband, konnte man erkennen, was sich dahinter verbarg.«

Adam nickte.
»So kommt mir das vor. Als ob deine Mutter und Ingrid und Marie solche Punkte wären.«
Ich warf ihm einen unsicheren Blick zu und sah, dass er lachte.
»Hältst du mich jetzt für übergeschnappt?«, fragte ich grinsend.
»Nein, nicht direkt. Ich frage mich nur gerade, was für ein Bild wohl dabei herauskommt.«
Ich zuckte mit den Schultern. »Ich glaube, ich bin etwas überspannt.«
Er schüttelte den Kopf und wurde noch langsamer, obgleich wir ohnehin schon so langsam gingen, als wollten wir nie ans Ziel kommen.
»Bist du in Andreas verliebt?«, fragte er.
Ich zögerte. Mir blieb nur heute. Nur dieser Abend, der bald zu Ende war. Danach würde ich nie mehr so mit ihm zusammen spazieren gehen.
»Nein«, sagte ich. »Und das weißt du auch.«
»Ich weiß gar nichts«, sagte Adam. »Immerhin bist du mit ihm zusammen.«
»Ja«, sagte ich. »Und weißt du, warum?«
Und dann erzählte ich es. Vielleicht hätte ich besser den Mund halten sollen, aber das tat ich nicht. Ich erzählte von Fridas und meinem Plan, zu viert etwas zu unternehmen, und wie gut ich die Idee anfangs fand, weil ich Frida so nicht an Adam verlieren würde. Und später fand ich die Idee gut, weil ich so Adam nicht an Frida verlieren würde. Jedenfalls nicht ganz.
Adam sah mich erstaunt an.
»Mädchen sind wirklich sonderbare Wesen«, sagte er.

Ich lachte. »Kann schon sein. Das muss in deinen Ohren echt bescheuert klingen, aber ich konnte ja nicht ahnen … dass es sich so entwickeln würde.«
Adam blieb stehen. »Wie ›so‹?«
»Du weißt schon«, sagte ich. »Ich weiß, dass du es weißt.«
»Aber ich will es aus deinem Mund hören.«
Ich schaute Hilfe suchend zum nächsten Baum, ließ meinen Blick den Stamm hinaufklettern, zwischen den Ästen hinauf in das ausgedünnte Laubdach. Ich sollte das nicht tun. Ich sollte mich so schnell wie möglich verabschieden und auf direktem Weg nach Hause gehen. Aber genau das war das Problem. Das konnte ich nicht. Unmöglich. Ich riss den Blick los und sah Adam an, holte tief Luft.
»Ich bin in dich verliebt«, sagte ich. »Ganz schrecklich und unerträglich.«
Ein Lächeln huschte über Adams Gesicht. Er schaute zur Seite. Auf den Boden. Sah mich an.
»Warst du schon mal so glücklich, dass du am liebsten laut schreiend durch die Gegend laufen würdest?«, fragte er schließlich.
»Ja. Als du gesagt hast, dass du mir bei der Suche nach Marie helfen wolltest. Da bin ich jubelnd durch die Straßen gerannt und habe alte Frauen erschreckt.«
Adam lachte. Dann wurde er wieder ernst. Schlagartig, als hätte jemand einen Schalter umgelegt.
»Ich liebe dich so heftig, dass ich sterben könnte«, sagte er. »Ich kann an nichts anderes mehr denken als an dich. Wenn das so weitergeht, werde ich noch verrückt.«
Mein Blut schoss wie ein warmer Sturzbach durch meine Adern, ich konnte mich kaum noch auf den Beinen halten.

Ich weiß nicht mehr, wer sich nach wem ausstreckte, aber eine Sekunde später klammerte ich mich an ihn wie eine Ertrinkende, und er hielt mich fest, suchte meinen Mund, und dann küssten wir uns, unsere Zungen wollten mehr, und ich wollte ihn mit jeder Fiber meines Körpers, ich brannte, sehnte mich, lechzte nach ihm, meine Hände um seinen Nacken. Erst jetzt wusste ich, wie sehr ich ihn mit meinen Augen verschlungen hatte, erst jetzt, als meine Finger ihn spürten und streichelten und in sein Haar und über die Schultern wanderten. Ich wollte noch näher sein, drückte mich noch fester an ihn, mein Unterleib an seinem, Schenkel an Schenkel, meine Hände tasteten sich unter seine Jacke und den Pullover vor und fanden warme, nackte Haut, die feurige Stöße durch meinen Körper jagte und sich mit seinem Geschmack und Duft zu einer pochenden, unkontrollierbaren Lust vermischte. Sein Atem traf heiß auf meinen Hals und mein Haar, seine Lippen an meinem Ohr. Plötzlich hielt er mich fest, hielt mich ganz still in der Wärme und der Lust, mein ganzer Körper pochte, mein Körper lehnte schwer an seinem, nah, näher.

»Warte«, flüsterte er. »Warte ein bisschen. Sonst werf ich dich gleich ins Gras und mach dich zu einem Punkt in dem Bilderrätsel!«

Ich lachte atemlos gegen seine Schulter. Dass es so etwas gab. Was für ein Gefühl! Dass es ihn gab! Ich musste es sagen, obwohl meine Zunge mir kaum gehorchte.

»Dass es dich gibt …!«

Ich fühlte an meiner Wange, wie er lächelte.

»Dass es *dich* gibt.«

»Ich glaube, ich habe mich in meinem ganzen Leben noch nie so echt gefühlt«, sagte er leise. »Ich will mit dir zusammen sein. Für immer. Rund um die Uhr bis in alle Ewigkeit.«

Die Wirklichkeit holte mich wieder ein und ergoss sich wie eine Eisdusche über alles Warme und Schöne. »Das geht nicht. Das geht doch nicht!«

Er hielt mich an den Schultern fest, versuchte, meinen Blick einzufangen. »Was geht nicht?«

»Frida«, murmelte ich mit erstickter Stimme.

»Frida? Ich will nichts von Frida, wann kapierst du das endlich?«

»Das spielt keine Rolle, verstehst du denn nicht?! Frida ist meine beste Freundin, sie vertraut mir, ich könnte ihr das niemals antun ... Zwischen dir und mir, das kann nie was werden! Das ist absolut unmöglich!«

Er ließ mich los. »Da *ist* aber schon was«, sagte er. »Du kannst mich doch nicht einfach wegstoßen ... es wegwerfen. Wegen *Frida*?«

»So etwas tut man seiner besten Freundin nicht an«, verteidigte ich mich. »Frida würde mir so etwas niemals antun. Das verstehst du doch?«

Adam machte ein paar Schritte nach hinten. Seine Augen sahen in der Dunkelheit fast schwarz aus.

»Nein«, sagte er. »Aber ich verstehe, dass es nicht so ist, wie ich einen Moment lang geglaubt habe. Ich ... geh jetzt nach Hause. Wir sehen uns.« Er drehte sich um und ging los. Weg von mir.

»Adam!« Meine Stimme klang fast schrill. Spröde.

Er blieb stehen und sah mich abwartend an, aber ich wusste nicht, was ich sagen sollte, und so setzte er sich ein paar Sekunden später wieder in Bewegung, in die Richtung, aus der wir gekommen waren. Schneller jetzt. Er rannte fast.

Ich fror. Zitterte am ganzen Körper. Vielleicht weinte ich auch. Innerlich, ein Weinen, das zu gewaltig war, als dass es eine Öffnung fand, durch die es nach draußen dringen konnte. Ich versuchte zu atmen, die Kontrolle über meinen bebenden Körper zurückzugewinnen.

Es musste ja so kommen, ich hatte es doch die ganze Zeit gewusst, trotzdem hatte ich es so weit kommen lassen, dass es mich innerlich zerriss. Ich wusste nicht, wie ich es überleben sollte. Nichts würde mehr sein wie vorher. Aber ich hatte keine Wahl. Ich hatte doch keine Wahl!

Auf steifen Beinen, die nicht mir zu gehören schienen, ging ich durch den Park, quer über den Rasen Richtung Bredagatan, in großem Bogen um die Hecke und den Pavillon herum, wollte nur noch nach Hause, in die Wohnung, in mein Zimmer, unter meine Bettdecke. Wäre Tarzan nicht plötzlich aus der Dunkelheit hinter mir hergestürmt und hätte auffordernd mit der Schnauze gegen die Leine gestupst, hätte ich ihn einfach vergessen.

Ich hatte gehofft, mich unter der Bettdecke verstecken und vor der Wirklichkeit in den Schlaf und die Träume fliehen zu können, aber da hatte ich mich geirrt. Heftig geirrt. In der Dunkelheit und Einsamkeit war Adam, wenn möglich, noch präsenter, als würde er vor meinem Bett stehen. Seine Augen, die Stimme, sein Körper und die Art, sich zu bewegen, zu atmen, zu sein. Das Lächeln, seine Ernsthaftigkeit, wie er die Augen zukniff, wenn er nachdachte, all das war bei mir und in krampfartiger Sehnsucht wälzte ich mich in den Betttüchern hin und her.

Um 3 Uhr 15 saß ich in meine Decke eingewickelt am Kopfende des Bettes, die Hände vorm Gesicht, und schaukelte vor und zurück wie eine Geisteskranke. Ich würde nie

mehr schlafen können, so würde es von nun an immer sein. Es heißt, Liebeskummer geht vorüber, aber das stimmte nicht, dieser Zustand würde niemals vorübergehen. Ich war von einer chronischen Krankheit befallen, einem Fieber, das nie mehr nachlassen würde, ein Virus, der sich blitzschnell vermehrte, in jeder Körperzelle. Es gab keinen einzigen Fleck mehr an mir, der sich nicht nach Adam sehnte.
Ich hatte schon ein paar Mal geglaubt, verliebt zu sein. Mich nach jemandem zu sehnen. Aber ich hatte ja keine Ahnung gehabt. Wenn ich das gewusst hätte, hätte ich Adam niemals so nah an mich herankommen lassen, hätte ich sofort die Klasse gewechselt, die Schule, die Stadt! Aber jetzt war es zu spät, ich war mitten in die Falle hineingetappt, und selbst wenn ich den Planeten wechseln würde, würde der Gedanke an Adam mich bis in die letzte Faser erfüllen.
Er liebte mich. Er hatte gesagt, dass er mich *liebt*!
Wieso lagen hemmungslose Freude und unendliche Trauer so dicht beieinander? Kann man gleichzeitig vor Freude platzen und vor Verzweiflung schrumpfen?
3 Uhr 16 – diese Nacht würde niemals enden. Und wenn doch, würde Kasper am Morgen eine weißhaarige, runzelige Frau in meinem Bett finden; eine Frau mit tränenden, halb blinden Augen, die ihr Gedächtnis verloren hatte; eine Frau, an der das Leben vorbeigegangen war; eine, die das Leben verpasst hatte.
Ich würde noch wahnsinnig werden. Völlig verrückt.
Ein Blick auf die Uhr. Noch immer 3 Uhr 16.
Ich sagte mir seine Telefonnummer mehrmals hintereinander vor, wie ein Mantra, eine geheime Formel, die alles

wieder gutmachen konnte. Ich stand auf, ging in den Flur und tippte seine Nummer, ohne den Hörer abzunehmen. Tippte sie immer wieder ein. Führte im Kopf lange Gespräche mit ihm. Adam, ich habe es mir anders überlegt. Frida ist mir egal, ich will nicht mehr ohne dich sein, ich kann nicht ohne dich leben, es ist zu spät, viel zu spät. Adam, hörst du, ich will dich, verschwinde nicht, lauf nicht weg! Frida ist mir egal …«

Dann sah ich die Lederjacke. Ich nahm sie vom Bügel und trug sie in mein Zimmer. Zurück ins Bett, zurück unter die Decke. Ich umarmte die Jacke, das weiche Leder an meinem Hals und an der Wange. Suchte den Kristall in der Tasche und hängte ihn um. Den hatte ich mir jetzt wirklich verdient. Oder, Frida? Hatte ich ihn mir nicht verdient?

Ich weinte. Weinte, bis die teure Jacke ganz fleckig war.

Die Ziffern vom Radiowecker verschwammen, meine Augen brannten.

3 Uhr 53.

Ob der Raucher wohl an seinem Fenster auf der anderen Straßenseite saß? Ich hatte keine Energie, in die Küche zu gehen und nachzusehen. Entschied, dass er dort saß. Damit ich nicht so verdammt einsam war. Ich streckte mich aus, die Jacke fest an den Körper gedrückt. Diesen unbändigen, widerspenstigen Körper, der nur noch aus Sehnsucht bestand.

TROTZ ALLEM WURDE es Morgen.

Wahrscheinlich schlief ich sogar ein bisschen, schlummerte, wie Schaum auf einer Welle, die kurz auf den Strand rollte, ehe sie wieder ins tosende Meer zurückkehrte. Und mein Haar war nicht weiß geworden. Aber mein Gesicht sah schaurig aus, aufgedunsen und mit rot umränderten Augen. So hätte ich wenigstens keine Probleme, Kasper davon zu überzeugen, dass ich nicht in die Schule konnte. Wenn Viktor Halsschmerzen hatte, konnte ich genauso gut eine Erkältung haben. Mindestens.

Ich musste noch nicht mal lügen.

»Aber, Schatz!«, sagte Kasper, als er mich sah. »Geht's dir nicht gut?«

»Nein«, sagte ich.

»Leg dich wieder hin. Ich ruf gleich in der Schule an. Klingel mich im Atelier an, wenn es schlimmer wird.«

Ich nickte und verzog mich wieder in mein Zimmer. Gut. Zu Hause bleiben. Nicht in die Schule, nicht Frida und Andreas und Adam begegnen müssen, nicht heute, noch nicht.

Ich wickelte mich in die Decke ein wie eine Larve, die sich verpuppte, und lag reglos da. Vielleicht wurde ja etwas anderes aus mir. Ein Schmetterling. Schön und unberührt, würde ich das Larvenstadium hinter mir lassen.

Ich fiel in eine Art Dämmerzustand. Schlaf konnte man das nicht nennen, es war eher eine Art Lähmung im Nervensystem nach den nächtlichen Kurzschlüssen.

Etwas nach elf klingelte das Telefon.

Adam, war mein erster Gedanke, automatisch, ohne jeden

Bezug zur Wirklichkeit. Aber ich stand nicht auf. Ich blieb ganz still liegen und ließ es klingeln. Wälzte die Worte in meinem Kopf hin und her, auf der Suche nach einer Erklärung. Sehnte mich. Seine Stimme war in mir. Alles, was er gestern Abend gesagt hatte, hatte sich in meinem Körper eingenistet.

Als das Telefon endlich verstummte, schlug ich langsam die Decke zurück und stieg aus dem Bett. Ich wollte wenigstens nachsehen. Musste. Als ich die Hand ausstreckte, um nachzuschauen, wer angerufen hatte, klingelte es erneut. Ich zuckte zusammen, heftig, wie auf frischer Tat ertappt.

Die Nummer, die auf dem Display erschien, war nicht Adams, es war die Nummer vom Atelier. Ich atmete ein paar Mal tief durch und nahm den Hörer ab.

»Katrin!«, sagte Kasper. »Ich hab mir solche Sorgen gemacht, weil du nicht abgenommen hast. Hab ich dich geweckt?«

»Nein, ja, doch, vielleicht.«

»Wie geht es dir?«

»Besser, glaube ich. Ein bisschen.«

»Gut. Du sahst ja heute Morgen richtig elend aus.«

»Und wie ist es bei dir?«, fragte ich.

»Hier. Na ja, viel zu tun. Ich hätte dich heute Nachmittag wirklich gut brauchen können, aber das lässt sich nicht ändern.«

»Ich kann ja kurz vorbeikommen«, sagte ich und merkte, dass das jetzt genau das Richtige für mich wäre.

Ich musste was tun, um aus dem schwarzen Loch rauszukommen. Und ich hatte schließlich eine Aufgabe. Marie und ihr Kind. Ich musste Kasper irgendwie dazu bringen, den ersten Schritt zu tun, damit sie wusste, wie wichtig sie ihm war. Im Atelier ergab sich bestimmt eine Gelegenheit, mit ihm zu reden. Vielleicht könnte ich ja ausnahmsweise mal etwas Positives ausrichten. Wenn ich was brauchte, dann das, endlich mal etwas richtig zu machen.

»Nein, nein, du bist krank. Du brauchst Ruhe und …«

»Es geht mir schon viel besser. Ich muss nur noch was essen, dann komme ich!«

Ich legte mitten in Kaspers Protest auf und hatte es plötzlich eilig, unter die Dusche zu kommen und mich anzuziehen. Als hinge mein Leben davon ab, so schnell wie möglich aus der Wohnung zu kommen. Essen konnte ich sowieso nichts. Beim Öffnen der Kühlschranktür verkrampfte sich mein Magen zu einem harten Ball.

Tarzan sah mich hoffnungsvoll an, als ich die braune Lederjacke anzog, aber ich streichelte ihn und erklärte ihm, dass er zu Hause bleiben müsste. Es fühlte sich an, als hätten Adams Hände Spuren in seinem Fell hinterlassen.

Draußen blies ein kalter Wind. Ich ging schnell, um nicht zu frieren. Das tat gut, nahm meine Aufmerksamkeit in Anspruch, zwang mich, mich zu konzentrieren, lenkte die Gedanken auf die Bewegungen des Körpers. Schnell gehen. Die Stiefelsohlen auf dem Asphalt. Abbiegen. Einen Fuß vor den anderen. Mit diesen gradlinigen Gedanken hielt ich mich zusammen, statt in tausend Teile zu zerfallen und mit dem Herbstlaub weggeblasen zu werden, das in wirren Haufen über die schmalen Rasenstreifen vor den Hochhausreihen wirbelte. Über die Hälfte der Blätter war in weniger als einer Woche gelb geworden und von den Bäumen gefallen. Sie sahen überhaupt nicht frei aus.

Im Atelier herrschte, gelinde gesagt, Chaos. Kasper versuchte, gleichzeitig Filme zu entwickeln, Bilder zuzuschneiden, das Telefon zu beantworten und zu fotografieren, was nicht besonders gut lief. Er warf mir einen dankbaren Blick zu, als ich ihm die Dinge abnahm, die ich erledigen konnte.

»Bist du sicher, dass dir das nicht zu viel wird?«, fragte er.

»Es ist genau das, was ich brauche«, sagte ich. »Die reinste Medizin.«

»Ja, und es ist haargenau das, was *ich* brauche«, sagte Kasper. »Ich frage mich nur, was die in der Schule dazu sagen würden.«

Ich zuckte zusammen. Die Schule. Ich wollte nicht an die Schule erinnert werden. Morgen würde ich wieder daran denken müssen. Aber nicht jetzt. Noch nicht. Das Telefon riss mich aus meinen Gedanken, und ich lief dankbar ins Wartezimmer, um zu antworten.

»Machen Sie auch Unterwasseraufnahmen?«, fragte eine Frauenstimme.

»Wie bitte?«, sagte ich.

»Unterwasseraufnahmen! Fotografieren Sie auch unter Wasser?«

»Ich … glaube nicht.«

»Glauben?«

»Ich wollte sagen, das haben wir bisher noch nicht gemacht. Warum …? Ich meine … wofür?«

»Wir wollen in Taucheranzügen heiraten. Wir könnten die Bilder natürlich auch von jemandem aus dem Tauchclub machen lassen, aber ich hätte halt lieber einen professionellen Fotografen.«

Ich sah ein schnorchelndes Brautpaar vor mir mit Taucher-

brille und Algenstrauß in der Hand, und ihnen gegenüber einen gurgelnden Pastor im Talar. Ich musste kräftig schlucken, ehe ich etwas sagen konnte.
»Einen Augenblick, bitte!«, presste ich hervor, legte den Hörer weg und lief hysterisch glucksend zu Kasper ins Atelier.
»Willst du ein Brautpaar unter Wasser fotografieren?«, kicherte ich. »Sie wollen sich im Taucheranzug trauen lassen!«
Kasper sah mich fragend an. »Sag ihnen, ich hätte Tollwut«, sagte er dann. »Was?«
»Oder besser noch, ich bin wasserscheu. Und meine Kameras ebenfalls.«
Das Lachen sprudelte nur so aus mir heraus. Ich wedelte mit der Hand. »Du musst selbst mit ihr sprechen!«, wimmerte ich.
Kasper ging in den Vorraum, während ich hinter vorgehaltener Hand versuchte, so leise wie möglich zu lachen. Plötzlich kippte der Lachanfall um und die Tränen schossen mir wie Sturzbäche aus den Augen. Das Weinen kam aus den tiefsten Tiefen meines Körpers, fast krampfartig. Jetzt drehte ich durch, mein Gefühlsregister war völlig im Eimer. Ich war ein Wrack. Unzurechnungsfähig.
Als Kasper zurückkam, hatte ich die Schluchzer noch nicht ganz wieder unter Kontrolle.
Er fasste mich erschrocken an den Schultern. »Katrin, mein Schatz, was ist denn mit dir los? Geht es dir schlechter? Tut dir was weh?«
Ich schüttelte den Kopf und versuchte, mich zusammenzureißen. Aber da tauchte Maries Bild in meinem Kopf auf, ihr runder Bauch unter dem Bademantel.

»Du musst dich bei Marie melden«, schluchzte ich.
»Was? Wovon sprichst du?«
»Marie!«, sagte ich und merkte, wie ich wütend wurde. »Die Frau, mit der du sechs Jahre zusammen warst. Sie hat bei uns gewohnt, erinnerst du dich? Klein, schlank, braunes Haar!«
»Natürlich erinnere ich mich, du Dummkopf! Jetzt hör mal zu, Katrin: Hier herrscht zwar das absolute Chaos, aber ich werde schon irgendwie damit fertig. Das lässt sich alles regeln. Im Notfall muss ich eben eine halbe Stelle ausschreiben oder so.«
»Das mein ich nicht, dass du wegen der Arbeit im Atelier mit ihr reden sollst!«, fuhr ich ihn an. »Oder war das der einzige Grund, weswegen du mit ihr zusammen warst? Hatte sie also doch Recht? War sie für dich nur eine billige Arbeitskraft?«
Die Türglocke schellte. Eine dunkelhaarige Frau mit einem propperen, in Rosa gekleideten Baby steckte den Kopf zur Tür herein. Das Kleid des Mädchens sah aus wie ein rosa Bonbon und ihre Haare waren mit schweinchenrosa Seidenbändern zusammengebunden.
»Wir sind ein bisschen zu früh dran«, sagte die Frau, »aber falls Sie gerade niemand anderen …«
»Wir haben zu tun!«, sagte ich. »Setzen Sie sich ins Wartezimmer. Und machen Sie die Tür zu.«
Die Frau zog erschrocken die Tür hinter sich zu.
»Du musst freundlich zu den Kunden sein!«, sagte Kasper empört.
»Ich will jetzt wissen, was los ist«, sagte ich. »Auf der Stelle.«
»Was meinst du?«

»Hast du Hirnerweichung, oder was? Ich spreche von Marie!«
Kasper wand sich. »Katrin, bitte, lass uns heute Abend darüber reden, wenn ich nach Hause komme.«
»Wir reden jetzt darüber«, sagte ich. »Sonst gehe ich zu der Tussi mit ihrem rosa Lutschbonbon und sage, dass du Tollwut hast und heute niemanden empfangen kannst.«
Er verzog den Mund. Gab auf. »Also gut, wenn das so ist. Was willst du wissen?«
»Liebst du sie?«, fragte ich. »Liebst du Marie?«
Kasper sah mich an und begriff, dass es mir ernst war.
»Ja«, sagte er. »Ich liebe sie. Sehr.«
»Ist dir klar, dass du dich wie ein Idiot benommen hast, als sie dir von ihrem Stellenangebot erzählt hat?«
Er seufzte. »Ja, ich habe mich wie ein Idiot benommen. Ich hatte keine Zeit zum Nachdenken. Das hat mich überrumpelt. Ich dachte, es ginge uns gut, unsere Zusammenarbeit würde gut funktionieren. Das kam alles so unerwartet. Sie hätte mir ja wenigstens sagen können, dass sie sich woanders beworben hat.«
»Woher willst du wissen, ob es so war? Vielleicht hat sie den Job ja angeboten bekommen. Oder sie hat dir nichts gesagt, weil sie wusste, wie du reagieren würdest. Aber vielleicht war sie auch unsicher, ob sie den Job kriegen würde, und wollte nichts davon sagen, bis sicher war, dass sie den Job hatte.«
»Schon möglich«, sagte Kasper.
»Warum hast du dich nicht bei ihr gemeldet?«, fragte ich.
»Ich weiß doch gar nicht, wo sie steckt.«
»Hast du versucht, es rauszukriegen?«

»Nein.«
»Warum nicht?«
»Ist das ein Verhör?«
»Ja.«
Kasper sah aus, als hätte ich ihn aus der Fassung gebracht.
»Ach so, aha«, sagte er verwirrt. »Ich wollte es ja nur wissen. Er schaute auf die Uhr. »Es ist Zeit. Für den Lutschbonbon.«
»Warum hast du dich nicht bei Marie gemeldet?« So leicht kam er mir nicht davon.
Kasper legte die Hände auf meine Schultern und sah mich mit väterlichem Blick an. »Katrin, du meinst es sicher gut, aber du bist noch zu jung, um das zu verstehen ... Wenn Marie Kontakt mit mir aufnehmen will, braucht sie sich nur bei mir zu melden. Sie weiß, wo sie mich findet. Da sie nichts von sich hören lässt, gehe ich davon aus, dass sie in Ruhe gelassen werden will. Vielleicht muss sie eine Weile allein sein. Das ist verständlich.«
Ich schüttelte seine Hände ab. Er war derjenige, der nichts begriff!
»Sie glaubt, dass sie dir egal ist, kapierst du?«
»Sie weiß ganz genau, dass das nicht stimmt. Sie weiß, dass ich sie liebe. Das hab ich ihr mehr als einmal gesagt. Und jetzt muss ich mich wirklich um das Lutschbonbon kümmern!«
Er stand auf und ging in Richtung Vorraum.
»Papa!«, rief ich hinter ihm her.
Kasper blieb stehen und drehte sich erstaunt um. Ich hatte ihn seit Jahren nicht mehr Papa genannt. Das Wort blieb sozusagen zwischen uns in der Luft hängen. Für einen kurzen Augenblick war Kaspers Gesicht merkwürdig nackt.

»Ja?«, sagte er schließlich.

»Du bist der verbockteste Sturkopf auf dieser Erdkugel«, sagte ich.

»Tausend Dank«, sagte er. »Das wärmt das Herz.«

»Denk wenigstens darüber nach«, bat ich ihn. »Über das mit Marie.«

»Ich habe darüber nachgedacht«, sagte er. »Mehr, als du ahnst.«

Er öffnete die Tür und bat Mutter und Tochter, einzutreten.

»WO WARST DU denn?«, fragte Viktor sauer, als ich abends gegen sieben Uhr mit Kasper nach Hause kam.
»Katrin hat sich vormittags nicht ganz wohl gefühlt, aber nachmittags war es schon wieder besser, so dass sie mir im Atelier helfen konnte«, rasselte Kasper herunter. Die Antwort klang gründlich einstudiert.
»Er hat jedenfalls ein paar Mal angerufen und nach dir gefragt«, sagte Viktor.
Das war wie ein Schlag in die Magengrube, das Blut schoss mir in die Wangen. Meine Ohren glühten. Er hatte angerufen! Was wollte er? Mich überreden? Oder nur ein bisschen plaudern? Vielleicht könnten wir ja Freunde bleiben, damit wir uns nicht ganz verloren gingen. Reden war schließlich keine Sünde. Miteinander reden musste doch erlaubt sein.
Beim Gedanken an seine Stimme am Telefon kriegte ich ganz weiche Beine.
»Aha«, sagte ich heiser. »Ist es … Soll ich zurückrufen?«
»Er wollte wissen, ob wir morgen zum Hockeytraining kommen. Ich hab zugesagt. Wir gehen doch, oder?«
Viktor sah mich flehend an, während mein Herz sich beruhigte und mein Magen sich vor Enttäuschung zusammenzog. Dieser Er war also gemeint.
Im Fahrwasser der Enttäuschung kam das schlechte Gewissen. Dieser Er war zufällig mein Freund. Und ich war eine miese Schlampe, weil ich am vorigen Abend im Park mit einem anderen rumgemacht hatte! Dabei hatte ich mir so fest vorgenommen, ein neuer, starker, selbstbewusster und zuverlässiger Mensch zu werden.

»Wir gehen doch?«, drängelte Viktor. »Du hast es mir versprochen!«
»Nein«, sagte ich, »ich hab überhaupt nichts versprochen. Aber ich komme trotzdem mit. Dieses eine Mal.«
Viktor jubelte und fiel dann sofort über Kasper her: »Ich hab keine Hockeyausrüstung. Ohne Hockeyausrüstung kann man nicht richtig trainieren! Das ist gefährlich, man kann sich verletzen!«
Kasper zeigte auf Viktors verkrustete Schürfwunde und den blauen Fleck, der noch größer geworden war und langsam ins Gelbe wechselte.
»Du scheinst ja schon einen Schutzhelm zu brauchen, wenn du nur das Haus verlässt«, sagte er.
Viktors Blick flackerte unruhig auf, und mich beschlich das dumpfe Gefühl, dass das mit dem Sturz auf dem Bürgersteig gelogen war. Aber warum sollte er sich so etwas ausdenken? Vielleicht war es irgendwo passiert, wo er nicht sein durfte. Auf dem Schrottplatz. Oder auf dem Recyclinghof. Das waren tolle Spielplätze. Aber es war Kaspers Sache, nachzuhaken. Ich war gestern auch irgendwo gewesen, wo ich nicht sein durfte. In Adams Armen.
»Ich mache dir einen Vorschlag«, sagte Kasper. »Man kann doch bestimmt Sachen in der Sporthalle leihen. Du spielst ein paar Mal mit Andreas und probierst aus, ob du wirklich Eishockey spielen willst. Wenn es dir gefällt und du in der Jungenmannschaft anfangen willst, besorgen wir dir eine gebrauchte Ausrüstung. Okay?«
Viktor nickte mürrisch. »Okay.«
Ich überprüfte sicherheitshalber noch mal den Nummernspeicher. Andreas hatte dreimal angerufen und Frida zweimal. Anzahl der Anrufe von Adam: null.

Wie konnte ich so dumm sein und glauben, er riefe an? Er war richtig sauer gewesen, als er gestern gegangen war. Verletzt und wütend. Er verstand mich nicht und ich konnte es ihm nicht erklären. Ich musste mich damit abfinden. Dreimal tippte ich seine Nummer ein, ohne den Hörer abzunehmen. Wollte die Zahlen unter meinen Fingerkuppen spüren. Morgen würden wir wieder im gleichen Raum sitzen, sein Nacken schräg vor mir. Die Schultern und der Rücken, der so merkwürdig schutzlos aussah. Das, was ich gestern noch berührt und gestreichelt hatte, würde von nun an mindestens drei oder vier unüberwindliche Meter von mir entfernt sein.

Ich müsste Frida anrufen. Ich müsste Frida wirklich anrufen. Andreas müsste ich auch anrufen. Aber ich rief keinen von beiden an.

Ohne richtig zu wissen, warum, nahm ich mir noch einmal Ingrids Briefe vor. Vielleicht in der Hoffnung, den einen Schmerz mit dem anderen auszutreiben. Ich setzte mich aufs Bett und las sie durch, aber sie ließen mich seltsam unberührt. Ingrid spielte nicht mehr die große Rolle. Sie war weit weg und unwirklich und außerdem war sie mir nicht besonders sympathisch. Adam dagegen war ganz nah und wirklich, und ich liebte ihn so heftig, dass es mich innerlich fast zerriss.

Als ich den dünnen Stapel Briefe durchgelesen hatte, legte ich ein Gummiband darum, ging ins Treppenhaus, öffnete die Luke zum Müllschlucker und steckte die Hand mit dem Bündel in das Loch. Ich konnte sie fallen lassen, wenn ich wollte. Ich musste nur den Daumen und den Zeigefinger spreizen, um sie fallen zu lassen, wie sie mich damals hatte fallen lassen. Aber ich tat es nicht. Ich nahm die Briefe mit zurück in mein Zimmer, packte sie in den Karton und verstaute diesen im Oberschrank. Aber ich hatte nicht das Gefühl einer Niederlage. Eher, als hätte ich eine Wahl getroffen.

Ab morgen würde die Ordnung wiederhergestellt sein. Ich würde Frida zuhören, wenn sie von Adam erzählte, und ich würde Andreas' Freundin sein. Das war vorher gegangen, also würde es auch weiterhin gehen. Wie lange es wohl dauerte, bis Adam sich in Frida verlieben würde? Sie war hübscher, reicher, zuverlässiger und selbstbewusster als ich. Sicher nicht lange. Dass er behauptet hatte, mich ihr vorzuziehen, konnte nur ein Anfall vorübergehender Verwirrung gewesen sein.

Um drei Uhr saß ich am Küchentisch und sah zu dem Haus auf der anderen Straßenseite hinüber. Alle Fenster waren dunkel. Nicht einmal der rauchende Mann leistete mir in dieser Nacht Gesellschaft.

Die Kreuzworträtselbeilage der Abendzeitung lag auf der Küchenbank. Ich schlug eine Seite auf, die noch nicht ausgefüllt war, und nahm Kaspers Bleistift in die Hand. Viertel nach drei hatte ich drei Wörter eingetragen, ohne Garantie auf Richtigkeit. Ich war nicht in der Lage zu denken. Mir fielen nur Worte mit vier Buchstaben ein. A-D-A-M.

Als ich zurück in mein Zimmer schlich, sah ich, dass im Schlafzimmer noch Licht brannte. Ich guckte vorsichtig durch den Spalt der angelehnten Tür. Kasper saß in seinem karierten Bademantel in dem Sessel neben dem Bett. Auf seinen Knien lag ein aufgeschlagenes Buch, aber er las nicht. Sein Blick hing irgendwo oberhalb der Buchseiten. Vielleicht dachte er ja doch über das nach, was ich ihm gesagt hatte. Vielleicht meldete er sich ja doch bei ihr. Wenn ich ihm das mit dem Kind doch bloß erzählen könnte! Das würde ihm schon Feuer unterm Hintern machen. Wahrscheinlich würde er sie auf der Stelle anrufen, mitten in der Nacht.

Mich überkam eine unbändige Lust, zu ihm zu gehen und es ihm zu erzählen, und ich musste mir richtig fest auf die Zunge beißen und meine Füße zwingen, mich in mein Zimmer zu tragen, um Maries Vertrauen nicht zu enttäuschen.

Ich legte mich aufs Bett und fuhr mir mit der Hand über den Bauch. Wie es sich wohl anfühlte, wenn da drinnen ein kleiner Mensch war, der wachsen und irgendwann herauskommen und seinen Platz einfordern würde? Ein anderer Mensch als man selbst?

Die Zeit wollte und wollte nicht vergehen. Halb fünf. Ob Adam auch wach war? War er immer noch ein Opfer der vorübergehenden Sinnesverwirrung? War seine Sehnsucht wie meine oder konnte er sie einfach von der Tagesordnung streichen?

Durchstreichen und weitergehen.

Frida.

Ich krümmte mich unter der Decke zusammen, kniff die Augen zu. Nicht nachdenken. Schlafen.

Wenn ich es kaum noch aushielt vor Müdigkeit, merkte ich, wie der Schlaf angeschlichen kam, um mich zu entführen, aber ich wurde jedes Mal wieder wach.

Um halb sieben weckte mich das aggressive Piepsen des Weckers. Mein Körper war bleischwer und mein Kopf mit Zement gefüllt. Es war mir egal. Im Grunde genommen hatte es sogar einen Vorteil, so hundemüde zu sein. Damit ging die meiste Energie fürs Anziehen, Frühstücken und Aufbrechen drauf. Ich hatte keine Kraft zu denken.

Erst mit dem Betreten des Schulgeländes stellte sich auch die innere Unruhe wieder ein. Eine seltsame Mischung aus Panik und Angst, Sehnsucht und Erwartung. Hinter der Glastür kamen mir Frida und Andreas entgegen. Mein erster Impuls war, mich umzudrehen und wegzulaufen. Aber ich beherrschte mich. Versuchte, auf ihre Fragen zu antworten. Ja, ich war krank, hatte mich nachmittags aber schon wieder besser gefühlt und war ins Atelier gegangen, was wohl nicht so schlau war, weil ich völlig fertig war, als ich nach Hause kam, und nichts mehr auf die Reihe gekriegt habe. Nein, nicht mal einen Anruf.

Während ich mit Frida und Andreas redete, wanderte mein Blick immer wieder zu den Schränken und dem sichtbaren Teil der Treppe. Er war in der Nähe. Er konnte jeden Augenblick auftauchen. Irgendwo war er und gleich würden wir im selben Raum sitzen. Mein Herz pochte immer lauter. Ich sah Frida an und fragte mich, ob sie genauso verliebt war wie ich. Lag sie auch nachts wach? Tippte sie auch ständig seine Nummer ein, ohne den Hörer abzunehmen? Hatte seine Stimme sich in ihr eingenistet? Sein Blick. Jedes Wort, das er gesagt hatte?

Was, wenn es so war?

Was, wenn es tatsächlich so war?

Aber sie sah weder übernächtigt noch leichenblass aus. Sie war hübsch und rosig wie immer und ihr Haar sah weich und lebendig aus. Aber es gab ja auch einen entscheidenden Unterschied. Sie hatte noch Hoffnung. Ich nicht. Nicht, wenn Frida Recht hatte. Nicht, wenn sie wirklich verliebt war.

Ich sah Andreas an. Er lächelte unsicher. Wollte wissen, wie es zwischen uns stand. Ich zwang mich, sein Lächeln zu erwidern.
»Und, was ist, trainieren wir heute Abend?«, fragte ich.
Sein unsicheres Lächeln wurde breiter. »Klar, wenn du Lust hast.«
»Nicht wirklich, aber Viktor will unbedingt kommen. Und vielleicht lerne ich es ja, Lust zu haben, meine ich. Kann Viktor sich Schläger und Helm in der Sporthalle leihen und was er sonst noch so braucht?«
»Klar. Hat er Schlittschuhe?«
»Ich glaube schon.«
»Und du?«
»Was ist mit mir?«
»Hast du Schlittschuhe?«
Ich dachte an meine abgenudelten Eiskunstlaufschlittschuhe, die irgendwo in meinem Kleiderschrank vergraben waren. Ich hatte sie letztes Jahr gebraucht gekauft, hockeygeeignet waren die wohl kaum. Aber ich konnte mich wenigstens einigermaßen auf ihnen vorwärts bewegen, was wollte ich mehr.
»Ja«, sagte ich.
»Ich hab immer davon geträumt, eine Freundin zu haben, die Hockey spielt«, sagte Andreas.
»Da wirst du wohl weiter träumen müssen«, antwortete ich.

ADAM KAM ZU spät. Ich dachte schon, er würde gar nicht kommen, als die Tür aufging und er mit dem üblichen Stapel aus Papier, Block und Büchern eintrat. Freudewellen und Panikwellen lösten sich in mir ab.

»Der Traumprinz hat mal wieder verschlafen«, flüsterte Rakel Frida zu, während Adam Glöckchen eine Entschuldigung vornuschelte und sich auf seinen Platz setzte, ohne zu uns rüberzusehen.

»Bestimmt liegt er nachts wach und lernt Shakespeare!«, flüsterte Ellen kichernd.

»Ach, mein Romeo!«, hauchte Rakel.

»Hört auf«, sagte Frida. »Ihr seid echt albern.«

»Wenn Rakel und Ellen die Güte hätten, sich umzudrehen, könnten wir anfangen!«, sagte Glöckchen.

Wir mussten mal wieder Moleküle zeichnen. Kohlenstoffverbindungen. Weder Frida noch ich waren in der richtigen Verfassung dafür.

»Er guckt nicht mal her«, flüsterte Frida. »Er guckt mich sowieso nie an, außer wenn es sich nicht vermeiden lässt, weil ich mit ihm rede! Oder wenn wir Romeo und Julia spielen. Aber warum hat er mich dann neulich so geküsst? Das steht schließlich nicht im Textbuch! Er hätte das nicht tun müssen!«

Ich wusste nicht, was ich sagen sollte. Adam sah keinen von uns an. Nicht ein einziges Mal. Unsere Blicke begegneten sich erst in der Nachmittagspause, als Frida und ich ins Effies gingen und Frida an einem der Tische Anton, Sebastian und Adam entdeckte.

Natürlich steuerte sie prompt mit dem Kaffeebecher in der

Hand auf sie zu. Ich wollte das nicht, aber ich hatte keine andere Wahl, als ihr zu folgen. Ich versuchte, ihn nicht anzusehen, als ich mich setzte, aber meine Augen wurden immer wieder angezogen wie Magnete, und einmal trafen sich unsere Blicke, und ich musste mich richtig losreißen, um nicht in dem Gewitterwolkenblau zu versinken.

Das war wie eine Krankheit. Ein unkontrollierbarer, hyperresistenter Virus. Mein gesamter Organismus reagierte auf seine Nähe und ein Sekundenbruchteilblick in seine Augen brachte mein Herz zum Rasen und den Autopiloten zum Streiken. Atmen. Guck auf die Trinkflasche auf deinem Tisch. Lies das Etikett. Das Atmen nicht vergessen.

Ein paar Sekunden später wäre ich fast religiös geworden. Langsam fing ich an zu glauben, dass irgendwo im Hintergrund ein Regisseur saß, der sich die Hände rieb und dachte: »Na, aufgewühlt ist sie, unsere Kleine, richtig mürbe, eindeutig aus der Balance geraten, so so, wie wäre es da mit dem nächsten Schachzug, hehe …« Ich hatte mich nämlich gerade wieder so weit unter Kontrolle, dass ich es schaffte, dem Körper mit jedem Atemzug so viel Sauerstoff zuzuführen, dass ich nicht ohnmächtig wurde, als die Tür sich öffnete und Andreas auf der Bildfläche erschien.

Er strahlte, als er uns sah, kaufte sich eine Cola und eine Zimtschnecke und ließ sich auf den freien Stuhl neben mir fallen, legte seinen Arm auf meine Rückenlehne.

»Ich hab mich schon gewundert, wo ihr abgeblieben seid!«

Frida lächelte die anderen an. »Andreas erträgt es nicht, wenn ich ihm Katrin entführe«, sagte sie. »Er ist schrecklich eifersüchtig.«

»Quatsch«, schnaufte Andreas. »Außerdem habe ich jetzt

endlich eine Möglichkeit gefunden, mit ihr allein zu sein. Sie fängt mit Hockey an!«

Sebastian gab einen seiner albernen Heuler von sich und Anton prustete los.

»Pass bloß auf«, sagte Frida zu Andreas. »Katrin ist garantiert besser als du. Wahrscheinlich schafft sie es bis in die Landesliga.«

Jetzt wäre eine schlagfertige Antwort von mir angebracht gewesen, aber ich kriegte keinen Ton heraus. Wusste nicht, wo ich hingucken sollte. Andreas' Arm legte sich auf meine Schultern und zog mich leicht an sich.

»In dem Fall fahr ich mit ihr um die Welt und feuere sie an«, sagte er. »Und dann zeig ich aufs Spielfeld und rufe: ›Seht ihr die Nummer zehn? Das ist meine Freundin!‹«

Ich hätte sterben können. Bloß raus hier. Ich stand auf, murmelte ein paar unzusammenhängende Satzfetzen von wegen Toilette und so weiter, ehe ich, am ganzen Leib zitternd, aus dem Café rannte. Ich spürte die fragenden Blicke der anderen im Rücken.

Zuerst wollte ich ganz nach Hause gehen, mich davonschleichen, in mein Bett verkriechen, aber dann dachte ich, was mich das wieder an Erklärungen kosten würde, wenn ich es tat. Mit den Lehrern würde ich zur Not noch fertig werden, aber mit Frida und Andreas? Wie sollte es weitergehen? Ich konnte doch nicht den Rest meines Lebens schwänzen. Ich musste lernen, damit zu leben. Es war vorher gegangen, also würde es auch jetzt gehen. Ich floh auf die Toilette und schloss die Tür hinter mir ab. Jetzt bloß nicht weinen. Das wäre zu sehen und verlangte Erklärungen. Einfach nur ganz still dasitzen. Atmen.

Als ich aufschloss, stand Frida vor der Tür.

»Wie geht's dir? Ist dir schon wieder schlecht? Sollen wir mit Affe reden?«

Ich schüttelte den Kopf. »Ist schon gut.«

»Du sahst leichenblass aus, als du aufgestanden bist. Willst du wirklich zum Training gehen?«

»Ich habe es Viktor versprochen.«

Frida grinste. »Ja, klar, wenn der kleine Bruder einen so lieb bittet ...«

»Es geht mir auf den Senkel, dass alle denken, ich würde plötzlich anfangen, Eishockey zu spielen, bloß weil Andreas auch spielt. Das ist doch völlig bescheuert. Ich hab nur versprochen, das erste Mal mitzugehen, danach muss Viktor alleine sehen, wie er zum Training kommt.«

Frida sah mich augenzwinkernd an. »Das finde ich gut«, sagte sie. »Man soll sich von den Jungs nicht das Ruder aus der Hand nehmen lassen.«

Leichter gesagt als getan, dachte ich. Aber was war, wenn sie rein physisch genau das taten? Was, wenn man sich kaum noch auf den Beinen halten konnte und augenblicklich an den Herzschrittmacher und das Atemgerät angeschlossen werden musste, sobald er sich zeigte? Wenn man nicht mehr schlafen und nicht mehr essen konnte und die Hirnwindungen sich verknoteten, sobald man den Denkapparat einschaltete? Wenn man sich in einem Augenblick die Augen aus dem Kopf heulte und sich im nächsten am liebsten übergeben würde?

Konnte denn niemand an die Chefredakteure der Teenagermagazine schreiben, wie es tatsächlich war, sich zu verlieben, damit die Leser und Leserinnen eine Chance hatten, sich darauf vorzubereiten, ehe es sie erwischte? Mit ehrlicher Information. Immerhin wird ein beträchtlicher Teil der Menschheit von dieser Volkskrankheit befallen. Warum verteilt das Sozialamt eigentlich keine Broschüren darüber? Und warum gibt es keine Medizin dagegen? Und was ist mit Forschungsmitteln? Den Krebsfond kennt jeder, aber wird auch Geld für die Erforschung von Verliebtheit gesammelt? Zahlen Sie Ihre Spende unter dem Stichwort »Helfen Sie mir« auf das Konto 90 10 50 ein!

»Worüber grinst du?«, fragte Frida.

Grinste ich? Null Kontrolle. Absolut nada. Niente. Rien.

Ich schüttelte mich. »Über nichts. Ich bin einfach nur hundemüde, meine Gesichtsmuskeln machen, was sie wollen.«

Frida lachte. »Pass bloß auf, dass du Andreas keine fiesen Grimassen schneidest!«

Sie wusste nicht, wie nahe sie der Wahrheit damit kam.

Ich sah auf die Uhr. Noch eine Minute bis zur vorletzten Stunde. Gemeinschaftskunde. Wir nahmen die Bücher aus dem Schrank und gingen die Treppe hoch. Vor der Tür stellte ich fest, dass ich aus Versehen das Geographiebuch mitgenommen hatte. Im Moment kriegte ich nicht mal mehr die einfachsten Dinge auf die Reihe.

»Bin gleich wieder da«, sagte ich zu Frida. »Falsches Buch.«

»Beeil dich!«, sagte Frida. »Grantel kann jeden Augenblick da sein.«

Ich rannte die Treppe nach unten. Granlund gehörte zu den verbissen pünktlichen Lehrern und duldete keine Verspätung, nicht einmal ein paar Sekunden. Er wurde dann gemein und sarkastisch. Einmal, als Rakel zwei Minuten zu spät kam, sagte er, dass Frauen entweder sehr intelligent oder besonders hübsch sein müssten, wenn sie es im Leben zu etwas bringen wollten, und dass es natürlich ziemlich tragisch sei, wenn jemand weder das eine noch das andere sei. Hätte er das zu Frida gesagt, wäre es nur lächerlich gewesen. Aber er hatte es zu Rakel gesagt. Was er sich für mich für eine Gemeinheit einfallen lassen würde, wollte ich gar nicht wissen.

Der Hauptflur im Erdgeschoss war bereits menschenleer. Atemlos bog ich um die Ecke zu den Schränken der Neunten und steckte den Schlüssel ins Schloss.

»Katrin?«

Im ersten Augenblick glaubte ich an eine Sinnestäuschung. Ich hatte Adams Stimme so oft in meinem Kopf gehört, dass ich mir nun einbildete, sie in Wirklichkeit zu hören. Aber dann bemerkte ich im Augenwinkel eine Bewegung und drehte den Kopf.

Er stand zwei Meter von mir entfernt. Zwei Meter zu weit weg. Aber viel zu nah für meinen Autopiloten. Adam zögerte. Sah von den Büchern in meinem Arm zu mir.

»Ich wollte … mich nur entschuldigen«, sagte er. »Als ich gesehen habe, dass du allein bist, dachte ich … na ja … dass ich es dir sagen könnte. Entschuldigung.«

»Wofür?« Meine Stimme war dünn und heiser, wie von einem tuberkulösen Zaunkönig. Ich konnte nicht so schnell schalten, die Funktionen ankurbeln, die es brauchte, um ein Gespräch zu führen. Plötzlich war er da und sprach mit mir und wir waren ganz allein.

»Wegen gestern«, sagte Adam. »Weil ich einfach so abgehauen bin und … Natürlich hast du das Recht, zu sagen, was du denkst. Ich respektiere das, klar. Ich war nur so … ich dachte … aber damit lag ich eben falsch … Ach Mist, ich wollte dich eigentlich nur um Entschuldigung bitten.«

Sämtliche Worte der letzten Nacht wirbelten in meinem Kopf herum, wie sehr ich ihn liebte und mich nach ihm sehnte und mit ihm zusammen sein wollte, wie unerträglich schwer es war, auf all das zu verzichten, weil ich Frida gegenüber loyal sein wollte. Die Worte kamen in einem wilden Durcheinander und verklumpten sich so fest in meinem Hals, dass es wehtat. Nicht ein einziges Wort kam über meine Lippen. Der Zaunkönig hatte sich in eine Flunder verwandelt. Wie ein stummer, nach Luft schnappender Fisch stand ich mit der Hand um den Schrankschlüssel zweitausend Millimeter von Adam entfernt. Vielleicht sah ich auch aus wie ein Fisch, glotzend und kalt, jedenfalls wechselte Adam abrupt das Thema.

»Willst du wirklich mit Eishockey anfangen?«, fragte er.

Ich schüttelte den Kopf. Suchte nach meiner Stimme. Versuchte, ihr Leben einzubläuen. Hallo! Konzentration!

»Nein!«, krächzte ich. »Oder doch, oder, ich meine, ›anfangen‹ trifft es nicht richtig, nur mal ausprobieren, ich hab's meinem Bruder versprochen. Jedenfalls nicht ... wegen Andreas, oder so.«

Das klang bescheuert. Bestätigte hundertprozentig jeden schlimmen Verdacht, den ich gegen mich hegte. Falsch und völlig bekloppt. Falsch Andreas gegenüber und dann so bekloppt, Adam davon zu erzählen. Aber ich wollte, dass er das mit dem Hockey wusste.

»Ich mache keinen Sport«, sagte Adam. »Aber ich bin ein Meister in Käsekästchen.«

Mein Versuch zu lächeln war wohl eher kläglich.

Adam warf einen Blick zur Wanduhr. »Die Stunde hat angefangen«, sagte er. »Geh du vor. Ich komm etwas später nach, damit du keine Probleme mit Frida kriegst.«

Ich sah ihn an. Wie hatte ich nur glauben können, dass er mich nicht verstehen würde? *Er* hatte ganz genau verstanden. *Ich* hatte nichts verstanden. Ich hatte behauptet, keine Wahl zu haben. Aber die hatte ich. Ich hatte mich gegen ihn und für Frida entschieden. Weil sie ihn haben wollte. Weil sie ihn als Erste für sich in Anspruch genommen hatte, als er das Klassenzimmer betrat. Waren wir nicht zu alt für solche Spielchen? Hatte sie wirklich ein größeres Anrecht auf ihn als ich?

Einen Schwindel erregenden Augenblick lang sah ich mich meine Bücher in die Ecke schleudern, nach seiner Hand greifen und ihn hinter mir her in die Freiheit ziehen. Ich sah uns nebeneinander von allem wegrennen und uns lachend in die Arme fallen.

Das Dumme war nur, dass alles noch da wäre, wenn wir zurückkämen. Würde ich Frida jemals wieder in die Augen sehen und ihr sagen können, dass ich ihr Adam weggenommen hatte? Der Gedanke war undenkbar.

Zittrig tauschte ich das Geographiebuch gegen das Gemeinschaftskundebuch aus. Meine Augen brannten, und alle unausgesprochenen Worte kratzten in meinem Hals und nahmen den Platz ein, wo eigentlich meine Lunge war.

»Du«, sagte Adam. »Das hätte gut werden können. Mit dir und mir, meine ich.«

Ich nickte.

Dann drehte ich mich um und ging die Treppe hoch zum Klassenzimmer. Wegen Granlund machte ich mir keine Sorgen. Nichts, was er sagte, konnte mehr wehtun, als es bereits tat.

PUNKT HALB FÜNF standen Viktor und ich, die Füße in erdrückenden Verpackungen eingeschnürt und mit Schlägern ausgerüstet, auf der harten, glatten Eisfläche. Andreas stand mit riesigen Handschuhen an den Händen, einem Visier vor den Augen, Mund und Nase mit einem Gitter geschützt, vornübergebeugt vor dem Tor. Er hatte sich die Torwartausrüstung aus dem Lager geliehen. Zwischen uns und Andreas lag der Puck wie eine schwarze, liegen gebliebene Kautabakdose auf dem Eis.

»Jetzt schießt, damit ich sehe, was ihr könnt!«, rief er.

Viktor eierte auf den Puck zu und versetzte ihm einen Schlag. Die meiste Kraft des Schlags landete im Eis, aber immerhin schlitterte der Puck ein ganzes Stück auf den Käfig zu, ehe Andreas ihn mit seinem Schläger abfing.

»Du sollst mir nicht zuspielen!«, sagte Andreas. »Du sollst versuchen, ein Tor zu schießen!« Er schoss den Puck zu uns zurück.

»Katrin ist dran!«

Meine Schlittschuhtechnik bestand darin, auf der einen Kufe zu stehen und mich mit den Zacken der anderen abzustoßen. Auf diese Weise arbeitete ich mich zu der schwarzen Tabakdose vor. Ich war ziemlich geladen. Andreas' Kommentar zu Viktors Schuss war unnötig hart gewesen. Viktor hatte schließlich noch nie in seinem Leben Hockey gespielt.

»Zeig, was du kannst!«, rief Andreas in durch und durch coachartiger Manier. »Antäuschen! Hau ihn mir um die Ohren! Ins Tor damit!«

Was sollte dieses alberne Gelaber?

Ich visierte den linken Pfosten an, holte mit dem Schläger aus und schlug mit aller Kraft zu. Der Puck pfiff übers Eis und ging direkt neben Andreas' Knie ins Tor, als er sich zur Seite warf, um ihn mit dem Beinschutz aufzuhalten. Er drehte sich erstaunt um.
»Wahnsinn!«, sagte er.
Viktor hüpfte auf seinen Schlittschuhen auf und ab und jubelte: »Yeeeeeeah! Meine Superschwester!!!«
»Na ja, ich bin ja kein Torwart«, sagte Andreas.
Natürlich war es kindisch, stolz über solches Anfängerglück zu sein. Aber genauso kindisch wäre es gewesen, nicht zuzugeben, dass ich stolz war. Das war ich nämlich. So stolz, dass meine Gedanken sogar für ein paar Sekunden auf der Eisfläche blieben.
»Du hast so auffällig in die linke Ecke geguckt, dass ich ganz sicher war, du würdest ihn rechts platzieren«, sagte Andreas. »Echt clever!«
Klar, dachte ich.
Dass ich überhaupt nicht in der Lage war, in eine andere Richtung zu schießen als in die, in die ich guckte, musste ich ihm ja nicht unbedingt auf die Nase binden.
Andreas kam aus dem Tor und zeigte Viktor, wie er den Schläger halten musste, um den Puck möglichst breitflächig zu treffen. Viktor wirkte verbissen und wild entschlossen. Was war eigentlich in ihn gefahren? Er hatte sich doch noch nie sonderlich für Sport interessiert. Am Sportunterricht hatte er nur teilgenommen, weil es Pflicht war, und er hatte sich immer lieber vor den Computer oder ein Buch gehockt, als mit seinen Freunden Brennball zu spielen. War er dabei, sich zu verändern, oder versuchte er jemand zu sein, der er nicht war?

»Kannst du mir zeigen, wie man Bälle abjagt?«, fragte Viktor ungeduldig.

Andreas lachte.

»Dafür musst du erst mal deine Fahrtechnik verbessern, sonst legst du dich nur auf die Fresse!«

Mein genialer Schuss verschonte mich nicht vor Andreas' Instruktionen. Er zog die Fanghandschuhe aus, stellte sich hinter mir in Positur und legte beide Arme um mich, um mir zu zeigen, wie ich den Schläger führen sollte. Wie ein verführerischer Golftrainer im Film.

»Der Schlag muss aus dem Handgelenk kommen«, sagte Andreas. »Nicht einfach zuschlagen, so hart man kann.«

Sein Körper strahlte Wärme aus und er umarmte mich mehr als notwendig. Ich verkrampfte mich innerlich.

»Kommst du hinterher mit zu mir nach Hause?«, flüsterte er mir ins Ohr.

Ich suchte nach einer Ausrede, während ich gleichzeitig dachte, dass ich eine Entscheidung treffen musste. Entweder machte ich Schluss mit ihm, oder ich gewöhnte mir an, gern mit ihm zusammen zu sein. Vielleicht konnte er mir ja helfen. Vielleicht würden seine liebe Art, seine netten Augen und seine suchenden Hände mir meine Sehnsucht nach Adam austreiben. Lindern und heilen.

»Meinetwegen«, sagte ich. Sehr enthusiastisch klang das nicht. Eher wie ein Opfer.

»Spielen wir, oder was?«, rief Viktor genervt.

»Klar!«, sagte Andreas und ließ mich los. »Jetzt üben wir Pässe! Denk an das, was ich über die Handgelenke gesagt habe! Viktor, wir beide spielen zusammen, und Katrin versucht, uns den Ball abzujagen. Auf geht's!«

Ich versuchte, den Puck zu ergattern, der kreuz und quer

übers Eis sauste. Wenn Viktor daneben schlug, war Andreas sofort zur Stelle, um ihn selbst zu schlagen. Ich schaute auf die Uhr. Noch dreizehn lange Minuten, ehe das tatsächliche Training begann und ich vom Feld gehen konnte. Das mit der Landesliga war nicht mein Ding, so viel war sicher.

Zehn vor fünf stemmte ich aus Versehen einen der Zacken ins Eis und legte mich der Länge nach hin. Ich schaffte es im letzten Augenblick, die Arme nach vorn zu reißen, so dass ich nicht aufs Gesicht schlug, aber danach erklärte ich Viktor und Andreas, dass sie die restliche Zeit alleine weiterbolzen mussten. Meine Karriere im Damenhockey war an dieser Stelle beendet.

»Und das bei dem Bombenschuss!«, versuchte Andreas mich zu überreden.

Aber ich stakste vom Feld und befreite mich von meinen Schnürschuhen. Acht Minuten später saß Viktor neben mir auf der Bank. Andreas war mit seinen Kumpels in der Umkleidekabine.

»Wir gucken uns doch das Training an, oder?«, sagte Viktor. »Beim Zugucken kann man auch eine ganze Menge lernen!«

Ich nickte abwesend. Meine Gedanken hatten die Hockeytribüne längst verlassen, ich war nur noch physisch anwesend. Ich hatte Andreas versprochen, nach dem Training mit ihm zu kommen, und es würde sich nicht lohnen, zwischendurch nach Hause zu gehen.

Wäre ich auch nur ansatzweise normal gewesen, hätte es sich natürlich gelohnt. Zum Duschen, Umziehen und vielleicht für ein wenig Schminke, um mich hübsch für ihn zu machen, bevor wir allein in seinem Zimmer waren. Aber

das war mir nicht wichtig. Es war eher so, dass ich den vor mir liegenden Abend so schnell wie möglich hinter mich bringen wollte.
Was erwartete Andreas? War es jetzt Zeit für das Ganze? Warum nicht. Irgendwann würde es ja doch passieren und Andreas war wenigstens lieb und würde bestimmt vorsichtig sein. Und er war mein Freund.
Ein Schmerz in den Oberschenkelmuskeln lenkte mich von meinen Grübeleien ab. Ich hatte unbewusst meine Beine zusammengepresst, als ob bereits jemand versuchte, in mich einzudringen. Nein, Andreas würde sich noch eine Weile gedulden und vorerst mit ein bisschen Rumgeknutsche begnügen müssen. Unzufrieden hatte er das letzte Mal ja nicht unbedingt gewirkt. Und wenn ich ehrlich sein sollte, ich auch nicht. Es war nicht unangenehm gewesen oder so.
Das Schlimme war nur, dass ich wusste, wie es sich anfühlen *konnte,* wenn man mit dem richtigen Menschen zusammen war. Beim bloßen Gedanken daran spürte ich schon wieder diese pochende Schwere in mir. Ein dumpfes, mahlendes Sehnen.
»Zeig's ihnen, Andreas!«, schrie Viktor mit einem Mal neben mir. Ich schreckte hoch und starrte wie ertappt über das Tribünengeländer.
Unten auf dem Eis wurde offenbar der Angriff geübt. Ich versuchte auszumachen, unter welchem Helm Andreas steckte, war mir aber nicht sicher.
Adam könnte sich unter keinem Helm der Welt vor mir verstecken. Ich würde ihn jederzeit an seinen Bewegungen erkennen, selbst wenn er wie das Michelinmännchen ausgepolstert wäre.

Ich bohrte die Fingernägel in die Handfläche und biss mir kräftig auf die Unterlippe. Konnte ich nicht mal eine halbe Minute nicht von Adam träumen?! Ich war mit Andreas zusammen! Er vertraute mir. Er mochte mich. Und er hatte nichts mit Frida zu tun!

Ich riss mich zusammen und gab mir Mühe. Ich zwang mich, mir das restliche Training anzusehen, umarmte Andreas, als er frisch geduscht, die Tasche am Gurt über der Schulter, nach draußen kam. An der Kreuzung zur Kunsgatan verabschiedeten wir uns von Viktor. Ich ging mit Andreas zu ihm nach Hause.

Die Kartons und Regale waren nicht mehr da, aber ansonsten sah das Zimmer noch genauso aus wie beim letzten Mal. Die Kakteen drängten sich auf der Fensterbank und Peter Forsberg stand immer noch zum Spiel bereit auf dem Poster. Es war noch nicht mal eine Woche her, dass ich hier gewesen war. Unbegreiflich. Wie konnte in so wenigen Tagen so viel passieren?

Andreas schlang sofort die Arme um mich und sagte, dass er die ganze Zeit an mich gedacht hätte, und als er mich küsste, strengte ich mich an, ihn auch zu küssen und meine Gedanken nicht auf Abwege kommen zu lassen. Ich versuchte, im Zimmer zu bleiben, zu fühlen, was ich fühlen sollte.

Seine Hände waren überall, diesmal drängender als beim letzten Mal. Ich ließ ihn machen. Am Anfang versuchte ich noch, seine Zärtlichkeiten zu erwidern, aber es war halbherzig und schien auch nicht so wichtig zu sein. Er war sozusagen ein Selbstläufer. Es wurde immer verschwitzter und fast ein bisschen unangenehm, und als er meine Hand nahm und sie auf seinen hartnäckig steifen Schwanz legte, streichelte ich ihn, um das Ganze schnell zu einem Ende zu bringen. Und es klappte.

Wenig später ging ich durch den kühlen Herbstabend Richtung Kärrhöksgatan. Zu Hause angekommen, zog ich meine Sachen aus und stellte mich unter die Dusche. Ich ließ das heiße Wasser an mir herunterrieseln, bis meine Haut brannte wie Feuer.

»WIESO DENN?«, wollte Frida wissen. »Hat er was mit einer anderen?«
»Nein. Er hat nichts gemacht. Ich will einfach nicht. Ich bin nicht in ihn verliebt. Das ist ein beschissenes Gefühl.«
Frida legte ihren Arm um meinen Rücken. »Dann ist natürlich klar, dass du mit ihm Schluss machen musst. Ich dachte, du magst ihn. Ob er traurig sein wird, was meinst du?«
»Das nehme ich an. Jedenfalls ein bisschen. Aber ich ertrage es nicht, ständig seine Hände überall zu haben.«
»Ist er so?«
Ich zuckte mit den Schultern. Fühlte mich mies. Das Problem lag schließlich bei mir, nicht bei Andreas.
»Nein, nicht direkt. Ganz normal wahrscheinlich. Aber wenn man keine Lust hat …«
»… dann macht es keinen Spaß«, fiel Frida ein. »Wann willst du es ihm sagen? Heute?«
Ich nickte. Jede weitere Stunde, die ich verstreichen ließ, würde es nur schlimmer machen. Ich würde es ihm bei der nächstbesten Gelegenheit sagen.
»Ich dachte, dass du es vielleicht … nicht gut findest«, sagte ich. »Weil du doch gesagt hast, dass wir zu viert was zusammen unternehmen wollen.«
Frida lächelte. »Das war doch nur so eine Idee. Außerdem hat Adam noch nicht begriffen, was für ihn das Beste wäre. Aber wart's ab, ich starte bald einen neuen Versuch!«
Sie wedelte mit dem Textheft. Nach der großen Pause hatten wir Englisch, und ich hatte gerade die Szenen abgehört, die wir heute probieren wollten. Ihr Text saß perfekt. Alle

anderen, Romeo eingeschlossen, lasen noch immer vom Blatt ab.

Während des Unterrichts würde ich natürlich keine Gelegenheit haben, mit Andreas zu reden. Aber vielleicht in der Mittagspause.

Mein Entschluss stand fest. Nicht dass ich die ganze Nacht wach gelegen und mir den Kopf zerbrochen hätte, dazu war ich nach all den schlaflosen Nächten viel zu erschöpft. Ich war fast bewusstlos gewesen, als ich unter meine Bettdecke gekrochen war. Ich hatte mich trotz der ausgiebigen Dusche schmutzig gefühlt, als hätten Andreas' Hände unauslöschliche Spuren auf meinem Körper hinterlassen, und traf die einzig richtige Entscheidung: Ich musste Schluss machen. Danach versank ich in einem Morast aus Träumen und Erinnerungsfetzen, die sich verknäulten und mich an die Oberfläche drückten, ausreichend lange, damit ich mich im Bett umdrehen, auf die Uhr schauen und feststellen konnte, wie schwer mein Kopf war, ehe es mich wieder in die Tiefe zog. Das war kein erholsamer Schlaf. Wahrscheinlich würde ich nie wieder normal schlafen können.

Adam trug einen dunkelgrauen Strickpulli und schwarze Jeans. Jedes Mal wenn er sich vorbeugte, um in sein Textbuch zu schauen, fiel ihm das Haar in die Stirn und er wischte es mit einer irritierten Handbewegung weg. Ich war eifersüchtig auf sein Haar, das seine Hand spüren durfte, und eifersüchtig auf die Hand, die durch sein Haar fahren durfte. Es war die reinste Tortur, ihn anzusehen, aber ich konnte es nicht sein lassen. Während der Proben konnte ich ihn wenigstens angucken, so viel ich wollte, ohne die Aufmerksamkeit der anderen zu wecken. Es wäre wohl

eher aufgefallen, wenn ich ihn *nicht* angesehen hätte, während er den Romeo spielte.
Diejenigen, die keine Rolle im Stück hatten, sollten sich in der Bibliothek über die Kleidung und Einrichtung im 17. Jahrhundert schlau machen, damit wir uns demnächst um eine authentische Ausstattung kümmern konnten. Diejenigen, die wie ich nur ein paar Sätze sagen mussten, hatten nicht allzu viel zu tun. Es war zwar vorgesehen, dass wir an der Regie mitwirken sollten und unsere Meinung zur Interpretation des Textes kundtun sollten, aber wir guckten mehr oder weniger nur zu. Affe führte die Regie sowieso nach seinem Kopf.
Andreas, der den Mercutio spielte, und Anton als Benvolio hatten nicht viel Zeit zum Verschnaufen. Sie waren fast genauso oft wie Romeo und Julia dran. Andreas war ziemlich gut. Er hängte sich richtig rein. Anton hatte bei den ersten Proben noch extrem viel rumgekaspert, riss sich aber einigermaßen zusammen, seit Frida ihn einmal zusammengestaucht hatte. Jetzt übertrieb er es fast ein bisschen, aber er gab sich Mühe, immerhin. Sebastian sollte den Mönch spielen. Er hatte sich eine alberne Perücke mit Glatze und synthetischem Haarkranz besorgt, die er jedes Mal, wenn er dran war, über seine Locken zog. Er sah eher wie ein Clown aus als wie ein Mönch, fehlte nur noch die rote Nase.
Adam war unkonzentriert und gereizt. Er leierte seine Sätze ungeduldig herunter und schaute immer wieder zur Uhr, als könnte er das Ende der Stunde gar nicht erwarten. Als Mercutio nach seinem Satz vor Romeo stehen blieb, statt von der Bühne zu gehen, wie es im Text stand, schlug Romeo ihm mit dem Textheft vor die Brust.

»An dieser Stelle gehst du ab«, sagte er. »Aber das läuft deiner Natur offenbar zuwider, was?«
Möglicherweise wollte er komisch sein, aber bei dem Tonfall in seiner Stimme klang es einfach nur höhnisch. Affe gab ein missbilligendes Räuspern von sich.
»Wir proben, damit wir was lernen«, sagte er. »Niemand erwartet von euch, dass zu diesem Zeitpunkt schon alles perfekt sitzt.«
Andreas sah Adam eher verwundert als sauer an und ging wortlos von der Bühne. Mit leicht hängenden Ohren ließ er sich auf einen Stuhl fallen und blätterte in seinen Unterlagen.
Ich sah Adam an, und er sah mich an, ein kurzer Blick voll wirrer Gefühle, ehe er wieder in sein Textheft abtauchte.
Nach der Stunde ging ich mit Frida und Andreas zur Kantine. Zwischen uns herrschte Schweigen, als wäre jeder von uns in einem Vakuum gefangen. Frida dachte vermutlich an Adam, wollte aber nicht darüber reden, solange Andreas dabei war. Keine Ahnung, was Andreas durch den Kopf ging, gesprächig war er jedenfalls auch nicht. Und mir würde nichts mehr einfallen, bis ich nicht gesagt hatte, was ich sagen musste.
Ich konnte es kaum erwarten, es hinter mich zu bringen, aber irgendwie war es auch traurig. Einer von Romeos Sätzen hatte sich mir besonders eingeprägt, und ich hatte das Gefühl, er handelte von uns. Nicht nur von ihm und mir, sondern von uns allen: *Is love a tender thing? It is too rough, too rude, too boisterous, and it pricks like thorn.*
Brutal, unverschämt, stürmisch und voller Dornen, genauso war die Liebe. Überhaupt nicht sanft, zärtlich und rosarot. Sie tat allen weh. Frida war traurig, ich war trau-

rig, Adam war traurig und bald würde Andreas auch traurig sein. Die Liebe müsste mit einem schwarz umrandeten Warnhinweis versehen werden wie Zigarettenschachteln: *Achtung: Extrem Sucht erzeugend. Berücksichtigen Sie, dass bei Anwendung des Produktes Ihre Mitmenschen in Mitleidenschaft gezogen werden können.*

Es gab Lasagne. Frida und Andreas aßen mit gutem Appetit, während ich mich damit begnügte, die Lasagneblätter in der angedickten Soße auf meinem Teller hin und her zu schieben. Ich wälzte in meinem Kopf, wie ich es ihm am besten sagen sollte. Wie ich es ihm begreiflich machen könnte.

Frida stand als Erste auf. »Ich muss mal schnell nach Hause fahren«, sagte sie. »Hab meine Mathebücher vergessen.«

Sie warf mir einen kurzen Blick zu, der mir viel Glück wünschte, dann war sie weg.

Mir brach der Schweiß aus. Mir wurde fast schlecht. Einen Augenblick lang war ich drauf und dran zu kneifen, aber dann ballte ich die Hände unterm Tisch und nahm Anlauf. Andreas hatte gerade den letzten Ketchuprest mit der Gabel aufgekratzt.

»Kommst du mit raus?«, sagte ich. »Ich muss mit dir reden.«

Er nickte lächelnd. »Klar. Das muss man doch nutzen, dass wir ausnahmsweise mal allein sind.«

Diese Worte machten es nicht gerade einfacher. Mein Gehirn war mir auch keine große Hilfe, als wir über den Schulhof gingen und weiter auf die Straße, weil es mich dauernd an all die netten Dinge erinnerte, die Andreas zu mir gesagt hatte: wie sehr er mich mochte, wie süß er mich fand, wenn ich lächelte, und wie sehr er sich nach mir sehnte. Er hatte schon ein paar Mal gesagt, dass er in mich verliebt war, obwohl ich ihm nie vorgemacht hatte, in ihn verliebt zu sein. Wie wunderbar es wäre, wenn ich das Gefühlspaket einfach von Adam auf Andreas übertragen könnte. Damit wären alle Probleme auf einen Schlag gelöst. Adam könnte sein Paket auf Frida übertragen und im Sommer könnten wir dann zusammen eine Interrailtour nach Brüssel machen.

So gesehen war Liebe schlimmer als Alkohol. Ich meine, für einen Alkoholiker spielte es keine Rolle, ob er Branntwein oder Whisky trank. War das eine nicht zur Hand, tat es das andere genauso gut.

»Woran denkst du?«, fragte Andreas.

»An Schnaps«, sagte ich.

»Was?«

»Du«, sagte ich. »Ich mag dich wirklich sehr, du bist lieb und siehst gut aus und alles, aber …«

Er sah mich abwartend an. Beunruhigt. Ich wollte ihm nicht wehtun. Er hatte das wirklich nicht verdient. Wo ich mich auch hinwendete, hinterließ ich ein Feld der Verwüstung. Jeder meiner Schritte war ätzendes und tödliches Gift auf meinem Weg.

»… ich bin nicht verliebt in dich«, fuhr ich fort. »Ich möchte … dass wir Schluss machen.«

Ich glaubte sehen zu können, wie die Worte in ihm einschlugen und alles in Schutt und Asche legten.

»Das weiß ich doch, dass du nicht direkt in mich verliebt bist, aber … das macht doch nichts. Ich meine, können wir nicht trotzdem zusammen sein? Wir können uns auch Zeit lassen … na ja, mit dem Sex und so, wenn du willst. Ich will nur mit dir zusammen sein. Das andere kommt ja viel-

leicht später. Vielleicht änderst du ja deine Meinung. Oder? Ich wollte sagen … du hast doch gesagt, dass du mich magst?«
Das tat so weh, dass ich zu zweifeln begann, ob ich die richtige Entscheidung getroffen hatte.
Er sah den Zweifel in meinen Augen und schöpfte Hoffnung. »Lass es uns doch wenigstens noch eine Weile probieren!«
Ich zwang mich zu einem Kopfschütteln. »Ich will nicht«, sagte ich. »Versuch nicht, mich zu überreden. Es wird sich nichts ändern.«
Er blieb stehen. Ich blieb auch stehen. Seine Augen sahen plötzlich so anders aus. Fast schwarz. Ich dachte, er würde mich schlagen. Wünschte mir fast, dass er es täte. Das wäre besser, als wenn er bettelte. Aber er rührte mich nicht an. Er drehte sich um und ging einfach weg. Nicht zurück zur Schule, sondern in Richtung Stadt.

In der nächsten Stunde war Andreas nicht da.
Ich wollte nur noch nach Hause und heulen. Frida nahm mich in den Arm. Ich hatte so jemanden wie sie überhaupt nicht verdient. Wenn ihr doch bloß jemand erzählte, was für eine miese Verräterin ich in Wirklichkeit war. Wie ich sie hintergangen hatte, noch schlimmer als Andreas.
Besäße ich auch nur einen Funken Verantwortung, hätte ich die Welt von Katrin Kaspersson erlöst. Eine Kugel in den Schädel, hundert Schlaftabletten oder ein paar reelle Schnitte in die Pulsadern. Das Problem war, dass man wirklich sterben wollen musste, um den Mut aufzubringen, sich selbst das Leben zu nehmen. Keine Frage, ich war tieftraurig und von schlechtem Gewissen geplagt, aber mich

trieb ein Brennstoff an, der Adam hieß. Er hatte gesagt, dass er mich liebte, und auch wenn ich ihn nicht haben konnte, so wollte ich ihn zumindest sehen und seine Stimme hören und dort sein, wo er war.

Und Adam lebte.

ES GAB JEDE Menge alte Romane über Frauen, die zwanzig, dreißig Jahre lang einen Mann liebten, ohne jede Hoffnung, ihn jemals zu kriegen. Jane Eyre, Scarlett O'Hara und so weiter. Sie alle hatten still und beharrlich gelitten, und ich beschloss, auch so eine Frau zu werden. Ich würde lernen, mit meiner Sehnsucht zu leben, und so blass, stark und schön werden wie sie. In zehn Jahren hätten Frida und Adam zwei süße kleine Kinder, mit denen sie in einem hübschen Einfamilienhaus lebten. Ich säße Tee trinkend auf ihrer Veranda und würde mich anbieten, auf ihre Kinder aufzupassen und ihre Wäsche zu waschen, nur um hier und da heimlich mit der Hand über seine getragenen Hemden streichen zu dürfen. Erst auf seinem Sterbebett würde Adam begreifen, dass ich ihn mein ganzes Leben geliebt hatte, dass die grau gewordene Frau, die im flackernden Schein der Kerze bei ihm wachte, die Chance auf ein eigenes Familienleben aus Liebe zu ihm geopfert hatte.

Mir kamen schier die Tränen, als ich mir das ausmalte. Ich musste mir allerdings bald eingestehen, dass ich offensichtlich eine komplett andere Genzusammensetzung hatte als diese still leidenden und sich aufopfernden Frauen. Meine Sehnsucht war nicht mit ihrer zu vergleichen. Ich könnte niemals gleichzeitig sticken und mich sehnen. Ich konnte überhaupt nicht still sitzen, wenn ich mich sehnte, ich wanderte umher wie ein ruheloser Geist. Meine Sehnsucht war laut. Sie machte solch einen Krach in meinem Innern, dass ich nicht mehr hörte, was die Leute um mich herum sagten, worüber die Lehrer sprachen oder was die Wörter in den Schulbüchern bedeuteten.

Das Einzige, wozu ich noch in der Lage war, war gehen, gehen, gehen, durch die ganze Stadt. Mit Tarzan. Ich mied alle Parks, besonders den Videbergspark. In den Parks lauerten an jeder Ecke die Tränen. Parks taten weh.
Ich glaube, es hatte einen Grund, warum jene Sorte Frauen ausschließlich in alten Romanen vorkam. Wir Frauen von heute sind anders konstruiert, völlig ungeeignet für stilles und ästhetisches Leiden. Vielleicht hatten die Frauen früher weniger Hormone oder dünneres Blut. Ihre Qual schien aus einem leichten, aber stetigen Schmerz zu bestehen, der sich einzig und allein auf die Herzgegend beschränkte, nicht aus bohrenden Höllenqualen, die den ganzen Körper befielen. Jedenfalls war ihre Sehnsucht nicht zu vergleichen mit meiner Sehnsucht nach Adam.
Meine Tage waren reine Folter. Meine Nächte noch mehr.
Mit das Schwerste war, nicht mit Frida darüber reden zu können. Wir sprachen ständig davon, was er zu ihr gesagt oder nicht gesagt hatte, wie er sie angesehen hatte und was sie fühlte, aber ich fühlte nur das, was er zu mir gesagt hatte, seinen Mund und seine Hände und seine Nähe, wie sich unsere Gedanken ständig getroffen und vorangetrieben hatten, aber all das konnte ich mit niemandem teilen, am allerwenigsten mit Frida. Es war ungefähr so, als versuchte man, eine Feuersbrunst geheim zu halten, indem man die Vorhänge zuzog. Natürlich merkte sie, dass etwas nicht stimmte. Hin und wieder fragte sie, was ich hätte. Ob ich einen Durchhänger hätte oder sauer auf sie wäre. Panisch schob ich die Schuld auf alles, was mir einfiel: Kasper, Mama, Marie, Müdigkeit, Erkältung, Hausaufgaben oder den Job im Atelier. Über den Job im Atelier war ich heilfroh.

Ich half Kasper inzwischen fast jeden Tag, und Frida wusste nie genau, wie lange ich arbeitete, da ich keine festen Zeiten hatte. So konnte ich meine langen Spaziergänge machen, ohne erklären zu müssen, warum ich nichts mit ihr unternahm. Ich brauchte diese Spaziergänge, das schnelle und einsame Gehen. Es war wie ein Ventil. Ich wäre geplatzt, wenn ich nicht hätte laufen können.

An einem Freitag befand ich mich ziemlich weit im westlichen Teil der Stadt. Wie schon so viele Abende vorher war ich an Adams Haus vorbeigegangen und hatte zu den Fenstern mit den naturweißen Leinenvorhängen hochgesehen. Welches Fenster wohl zu seinem Zimmer gehörte, das ich während meines einzigen Besuches bei ihm leider nicht zu sehen bekommen hatte? Ob es das mit der Holzjalousie war oder das mit den dunkelblauen Gardinen? Ich traute mich nie, lange stehen zu bleiben. Es konnte ja sein, dass er zufällig aus dem Fenster guckte oder aus dem Haus kam. Trotzdem setzten meine Beine sich nur langsam wieder in Bewegung, als wollte ich ihm eine Chance geben, mit mir zusammenzustoßen.

An diesem Freitagabend hatte ich Camilla gesehen, wie sie die Pflanzen auf der Fensterbank goss, und hatte es plötzlich sehr eilig, außer Sichtweite zu kommen. Ich wollte auf keinen Fall, dass sie Adam erzählte, ich triebe mich vor dem Haus herum. Wie peinlich!

Anstatt zurück zur Storgatan zu gehen, lief ich weiter in die andere Richtung zum Lilla Torg und fand mich zu meiner eigenen Überraschung in der Vedgatan vor Annabell Torstenssons Wohnung wieder. Es gab eigentlich keinen Grund, nicht zu Marie hinaufzugehen und mich zu erkundigen, wie sich ihr Bauch anfühlte. Es war fast vier Wochen

her, seit ich sie das letzte Mal gesehen hatte, in der Zwischenzeit dürfte er doch bestimmt gewachsen sein?
Marie freute sich. Sie umarmte mich, kochte einen Tee, und ich setzte mich zu ihr aufs Sofa und blieb bis nach Mitternacht. Ihr Bauch war tatsächlich gewachsen. Marie hatte sich eine Latzhose gekauft mit Platz für Zuwachs, und sie strich sich beim Reden manchmal mit der Hand darüber, als wollte sie dem Baby signalisieren, dass sie es nicht vergessen hatte, bloß weil Besuch da war. Das Baby war sozusagen die ganze Zeit in unserer Unterhaltung anwesend, selbst wenn sie von völlig anderen Dingen sprach. Ich musste an Ingrid denken und fragte mich, ob sie ihren dicken Bauch wohl auch so gestreichelt hatte oder ob er ihr nur im Weg gewesen war und sie gestört hatte.
Ich war eigentlich nicht gekommen, um über Adam zu reden. Das glaubte ich jedenfalls. Aber es ergab sich so. So wie Adam mit seiner Frage »Wer ist Marie?« die Lawine in mir losgetreten hatte, trat Marie die nächste Lawine los, als sie irgendwann fragte: »Und wie geht es Adam?«
Es war kurz nach neun, als sie das fragte, und als ich mich ausgesprochen und ausgeheult hatte, war es kurz nach zwölf. Marie hatte mir geduldig zugehört und mich nur unterbrochen, wenn sie eine Frage hatte, weil sie meiner chaotischen Erzählung nicht mehr folgen konnte.
»Du hast das Gefühl, dass du alle enttäuschst, egal was du tust«, sagte Marie.
Ich nickte. Meine Augen fühlten sich nach der Heulerei an wie mit Sandpapier bearbeitet.
»Aber das stimmt nicht ganz«, fuhr sie fort. »Wenn du mit Adam zusammen wärst, dann wärt zumindest ihr beide glücklich. Die einzige Unglückliche wäre Frida. Jetzt seid ihr

alle drei unglücklich, obwohl Frida sicher nicht so unglücklich ist, wie sie wäre, wenn ihr beide glücklich wärt. Das, was du betreibst, ist eine Art Shared-poverty-Politik.«
»Eine was?«, fragte ich verwirrt.
»*Shared poverty*«, wiederholte Marie. »Das wird in einigen überbevölkerten Ländern in Asien angewandt. Annabell hat davon erzählt. Ein Unternehmen stellt viel mehr Leute ein, als es eigentlich braucht, und zahlt dementsprechend niedrige Löhne, um alle Angestellten halten zu können. Diese Politik geht davon aus, dass es besser ist, wenn viele mäßig arm sind, als dass ein kleiner Teil auf dem Geld hockt und der wesentlich größere Teil hungert.«
Da hatte ich was zum Nachdenken. Mein Gehirn war nach mehreren Wochen mit der eingesperrten Feuersbrunst völlig ausgebrannt.
Aber schließlich nickte ich. »Das ist gut. Man teilt sowohl die guten wie die schlechten Dinge.«
Marie zog die Schultern hoch. »Vielleicht. Aber ich frage mich, ob das in Bezug auf Liebe und Freundschaft auch so gut funktioniert. Das lässt sich schlechter messen und verteilen als Geld. Wenn Frida wirklich die Freundin ist, die du beschreibst, wird eure Freundschaft überleben, auch wenn du mit Adam zusammenkommst. Wenn du den Schritt wagst. Und wenn ihr wirklich so viel an dir liegt wie dir an ihr. Wenn sie dich respektiert.«
Ich schüttelte den Kopf. »So verhält man sich nicht gegenüber einer Freundin«, sagte ich. »Schon gar nicht einer Freundin wie Frida. Das, was du sagst, das … sagt man eben so. Das hat nichts mit der Wirklichkeit zu tun.«
Ich sah auf die Uhr. Kasper würde wahrscheinlich bald die Polizei alarmieren.

»Ich muss gehen«, sagte ich und stemmte mich aus dem Sofa hoch. »Danke für den Tee.«

Marie stand ebenfalls auf und folgte mir in den Flur.

»Du, Katrin«, sagte sie. »Was ist eigentlich so besonders an Frida?«

Ich lächelte. »Sie ist lieb, rücksichtsvoll, süß, hübsch und loyal. Sie ist witzig, klug und gut in der Schule, sie hat die beste Familie, jede Menge Freunde, massenweise Geld und ein perfektes Leben.«

Marie lächelte zurück und strich leicht über meine Schulter. »Wenn das so ist, finde ich wirklich, dass Adam dir zusteht.«

Ich sah sie ein paar Sekunden an, ehe ich meine Schuhe anzog und Tarzan an die Leine legte. Ihre Worte rieselten wie kitzelnde Daunen durch mein Inneres.

Marie schrieb etwas auf einen Block neben dem Telefon. Dann riss sie den Zettel ab und reichte ihn mir.

»Ruf mich an, wenn was ist«, sagte sie. »Und komm her, wenn du reden willst. Ich vermisse euch. Alle drei.«

»Bist du genauso verliebt in Kasper wie ich in Adam?«

Marie lächelte. »Ich weiß nicht, ob man die eine Liebe mit der anderen vergleichen kann«, sagte sie. »Aber ich liebe Kasper sehr.«

Sie sah so toll aus mit ihrem runden Bauch. Ihre Augen hatten sich auch verändert. Da war ein neuer Glanz. Oder etwas, das mir vorher nie aufgefallen war.

»Ich würde gern wiederkommen«, sagte ich. »Wenn ich darf.«

»Das hab ich doch gesagt«, sagte Marie.

Ich ging in die Dunkelheit hinaus. Es roch nach Winter.

AM DIENSTAG STAND ein Geschichtstest an. Ich hatte die halbe Nacht über dem aufgeklappten Buch gesessen, ohne dass nennenswert etwas hängen geblieben wäre. So ging es mir inzwischen in fast allen Fächern. Meine Noten würden noch total in den Keller sinken wegen Adams graublauer Augen. Und seiner Stimme. Und seiner Hände. Und seines Nackens.

Ich zog mich in der großen Pause auf den Flur der oberen Etage zurück, um noch einen Blick ins Buch zu werfen. Es gab dort tiefe Fensternischen, in denen man sitzen konnte, und in den Pausen war es dort angenehm ruhig. Wenn man sich beherrschen konnte, nicht ständig aus dem Fenster zu gucken, war das ein richtig guter Platz zum Lernen.

Meine Konzentration hielt ein paar Minuten an, aber dann schweifte mein Blick nach draußen. Man hatte einen tollen Ausblick von hier oben, über den Schulhof der 4. bis 6. Klassen, die Flachdächer der Kantine und der Hausmeisterwohnung, und über den kompletten Schulhof der 7. bis 9. Klassen.

Auf dem Schulhof der 4. bis 6. Klassen war irgendwas im Gange. Ein paar Schüler drängten sich auf einem Fleck. Zuerst dachte ich, sie spielten etwas, aber dann sah ich, dass sie jemanden verprügelten. Die einen hielten den Jemand fest, die anderen traten zu und prügelten drauflos. Ich fragte mich, wo die Pausenaufsicht steckte, als ich plötzlich den blauen Pullover erkannte. Dann sah ich für den Bruchteil einer Sekunde Viktors blasses Gesicht zwischen all den Beinen und Schuhen und ich erstarrte innerlich zu Eis.

Ich hatte das Gefühl, über flüssigen Teer oder Treibsand zu laufen, als ich den Flur entlang und die Treppe runterrannte. Es war so weit, so ewig weit durch das riesige Gebäude, vorbei an den Schrankreihen bis zur Eingangstür. Davor standen ein paar bekannte Gesichter. Ich konnte Frida erkennen, Sebastian, Adam und Andreas.
»Sie verprügeln Viktor! Die schlagen ihn tot!«, schrie ich, als ich an ihnen vorbeirannte.
Mein Hals war wie zugeschnürt. Ich sah mich nicht um, aber ich hörte laufende Schritte hinter mir, als ich weiterrannte, über den Schulhof, durch den Verbindungsgang vor der Kantine, die Stufen hinunter zum Hof der 4. bis 6. Klassen, und als ich endlich den Pulk von Kindern erreichte, hatten Andreas und Adam mich eingeholt, Frida kam als Nächste. Ich zerrte an Jacken und Kapuzen, und einem Jungen, der mich anpöbelte, verpasste ich einen harten Schlag in Gesicht. Wenige Sekunden später lag Viktor einsam auf dem Boden, seine Peiniger stoben in alle Himmelsrichtungen davon. Eine Frau in rotem Mantel kam eilig und mit finsterer Miene auf uns zugelaufen.
»Was ist hier los?«
»Das sollten Sie ja wohl wissen, Sie blöde Kuh!«, schrie ich sie völlig aufgewühlt an. Ich konnte die Tränen nicht mehr zurückhalten.
»Das ist ihr Bruder!«, erklärte Frida atemlos. »Ein ganzer Haufen Kinder hat ihn verprügelt! Gibt es hier denn keine Aufsicht, oder was?«
Viktor hatte sich aufgerichtet. In seinem Mundwinkel hing ein Blutfaden und der Ausdruck in seinen Augen machte mir Angst. Das waren nicht Viktors Augen.
»Wir bringen ihn zur Schulschwester«, sagte die Frau.

»Das passiert immer mal wieder. Man kann schließlich nicht überall gleichzeitig sein.«

»Das tut weh«, flüsterte Viktor.

Ich kniete mich neben ihn. »Wo? Wo tut es am meisten weh?«

Er bewegte seine Hand unbestimmt über den Brustkorb und den Bauch.

»Da drinnen«, sagte er.

Ich stand auf. »Er muss ins Krankenhaus!«, sagte ich.

»Zuerst gehen wir zur Schulschwester«, sagte die Frau in dem roten Mantel. »Sie wird entscheiden, was weiter geschieht.«

Ich atmete tief ein und musste mich beherrschen, ihr keine zu knallen. »Er muss in die Notaufnahme! Sind Sie schwer von Begriff, oder was!«

Da hörte ich Adams Stimme neben mir. Ich drehte den Kopf und sah, dass er mit Fridas Handy telefonierte und ein Taxi bestellte. So einfach ging das. Danke. Ich funkelte die Frau trotzig an.

»Das werde ich mir merken!«, sagte sie zu mir.

»Ja, tun Sie das«, antwortete ich. »Tun Sie das!«

Wenige Minuten später standen wir mit Viktors neuer Klassenlehrerin Veronika auf dem Bürgersteig vor dem Schulgelände und warteten auf das Taxi. Viktor sagte nichts, aber wenigstens schien er nicht mehr solche Schmerzen zu haben. Ich wollte ihn in den Arm nehmen, aber er machte sich frei.

»Ich fahre mit ihm«, sagte Veronika. »Ihr könnt wieder zurück in den Unterricht.«

»Ich will auch mitfahren«, sagte ich. »Ich kann Viktor doch nicht allein lassen!«

»Es scheint nichts Ernstes zu sein«, sagte Veronika. »Du kannst beruhigt hier bleiben.«

Ich drehte Viktor zu mir herum und versuchte, seinen Blick einzufangen.

»Die dürfen dir nicht wehtun«, sagte ich. »Wenn die dich noch mal schlagen, bringe ich sie um, hörst du?«

Viktor hob den Kopf und sah mir in die Augen.

»Klar«, sagte er ungerührt. »Das macht es bestimmt besser, wenn die *Schwester* einem zu Hilfe kommt!«

Ich glotzte ihn fragend an, verstand nicht gleich, was er damit sagen wollte. Veronika legte ihre Hand auf meine Schulter.

»Ich kümmere mich um ihn«, sagte sie. »Er hat einen leichten Schock. Mach dir keine Sorgen.«

Am Ende der Straße tauchte ein dunkelblaues Taxi auf und hielt vor uns. Wie betäubt sah ich Veronika und Viktor hinten einsteigen und das Auto mit ihnen davonfahren. In mir herrschte Leere. Totale Stille. Frida schob ihren Arm unter meinen und zog mich mit sich.

Kurz darauf saßen wir mit vier zusammengehefteten Papierbögen vor uns auf dem Tisch im Raum A32. Der Geschichtstest. Tausend Fragen zu Dingen, von denen ich noch nie etwas gehört hatte, so jedenfalls kam es mir vor.

Erst dort, in der raschelnden Stille, die bei einem Test herrscht, ließ das lähmende Gefühl nach und ein Puzzleteil nach dem anderen fiel an seinen Platz.

Viktors Stimmungsschwankungen.

Seine Frage, ob er ein Weichei sei, weil er so viel las.

Die Schrammen und blauen Flecken in seinem Gesicht.

Die Halsschmerzen.

Das plötzliche Interesse für Hockey.

»Kannst du mir zeigen, wie man anderen den Ball abjagt?«, hörte ich ihn Andreas fragen.
Lauter Signale, die sich vor meinen Augen häuften, ohne dass ich sie bemerkt hatte. Ich hatte mir nicht die Mühe gemacht, sie zusammenzulegen und zu deuten.
Mir wurde schlagartig so schlecht, dass ich auf die Toilette stürzen musste. Ich schaffte es kaum bis zur Kloschüssel, als mein Magen sich nach außen stülpte. Ich kniete vor der Porzellanschüssel, während mein Körper sich in Krämpfen zusammenzog und widerlich gelben Schleim von sich gab, der klatschend in den Abfluss tropfte. Ich hing eine Ewigkeit über der Kloschüssel, so schien es mir, ehe meine Magenmuskeln sich beruhigten und ich mit zittrigen Beinen aufstehen konnte, um meinen Mund auszuspülen und das Gesicht zu waschen.
Ich trat auf den Flur und überlegte, ob ich zurück in die Klasse gehen sollte, als die Tür von Raum A32 aufging und Adam heraustrat. Er machte die Tür hinter sich zu, drehte sich um und entdeckte mich.
»Hallo«, sagte er leise. »Ich dachte, du wärst nach Hause gegangen.«
Ich schüttelte den Kopf. »Mir war plötzlich so schlecht. Bist du schon fertig?«
Er zuckte mit den Schultern. »Ich konnte mich nicht konzentrieren. Da konnte ich genauso gut abgeben und gehen. Wie fühlst du dich? Du siehst verdammt blass aus. Soll ich dich nach Hause begleiten?«
Das war zu viel. Ich war nicht mehr in der Lage zu denken, Rücksicht zu nehmen, klug und vernünftig zu sein. Ich hatte mich so sehr gesehnt. Mein Vorrat an Selbstbeherrschung war aufgebraucht. Als Adam mich mit seinen grau-

blauen Gewitterwolkenaugen ansah, lief ich einfach auf ihn zu. Ich konnte an nichts anderes mehr denken, als ihm ganz nah zu sein, seinen Duft einzuatmen, ihm ganz, ganz nah zu sein. Er hielt mich fest, seine Arme hüllten mich warm ein, und ihm entfuhr ein Laut, ein Seufzer oder Schluchzer, der mir klar machte, dass er sich auch nach mir gesehnt hatte, seine Lippen an meinem Hals, meinem Ohr und meiner Wange spüren wollte, seinen warmen Atem in meinem Haar. Nichts anderes bedeutete mehr etwas. Ich hörte, wie die Tür zum Klassenzimmer geöffnet wurde und sich wieder schloss, aber auch das bedeutete nichts. Bis ich das blonde Haar hinter Adams Schulter sah und das Wissen in mir einschlug und explodierte und ich begriff, dass es Frida war.

Frida.

Natürlich war sie die Nächste, die nach draußen kam, das hätte sich jeder Idiot an zwei Fingern abzählen können. Sie war gut in Geschichte, hatte garantiert alle Fragen schnell beantwortet, und als Adam verschwand, hatte sie sich bestimmt gedacht, dass sie es riskieren konnte, nicht alles noch mal durchzulesen, um sich die Gelegenheit nicht entgehen zu lassen, Adam vielleicht unten bei den Schränken einzuholen. Vielleicht könnte sie ein Stück mit ihm gehen, nur sie zwei, damit sie endlich die Chance bekam, die Sache voranzutreiben. Natürlich hätte ich mir das ausrechnen können, wenn ich eine Sekunde mein Gehirn eingeschaltet hätte. Aber das hatte ich nicht. Mein Hirn war absolut leer, alle Sicherungen durchgebrannt, außer Funktion.

Panisch machte ich mich aus Adams Umarmung los. Ich hatte Fridas Augen noch nie so nackt gesehen, so verletzt und gleich darauf so schwarz.

»Das erklärt natürlich einiges!«, sagte sie und wollte an mir vorbeigehen.
»Frida«, sagte ich. »Es ist nicht so, wie du glaubst. Ich war traurig und er hat mich getröstet, er ist zufällig draußen gewesen und … Frida!«
Sie schob mich zur Seite und rannte los. Plötzlich blieb sie stehen, drehte sich um und schrie: »Du musst dich entscheiden! Hörst du, Katrin! Er oder ich!«
Frida bog zur Treppe ab und war nicht mehr zu sehen. Ich rannte hinter ihr her. Mein Herz hämmerte so heftig, dass es wehtat. Vor lauter Tränen erkannte ich kaum die Stufen. Fridas blonder Haarschopf verschwand um die Ecke. Ich rannte schneller, wäre fast gestürzt, fand das Gleichgewicht wieder und holte sie auf dem Flur ein, der zu den Schränken führte. Ich packte sie am Arm und hielt sie fest.
»Ich hab mich doch längst entschieden!«, schrie ich. »Ich hab mich, verdammt noch mal, entschieden!«
»Das seh ich!«, schrie Frida mich an und versuchte sich loszureißen.
»Hör zu! Hör mir wenigstens zu, ehe du dein Urteil fällst!«
Da fing sie an zu weinen. Nicht verschämt und in sich gekehrt, sondern mit aufgerissenen Augen und in den Nacken gelegtem Kopf. Tränen rollten ihr über die Wangen.
»Glaubst du, ich bin blöd?«, schluchzte sie. »Glaubst du, mir wäre nicht aufgefallen, dass du abends plötzlich keine Zeit mehr für mich hast? Du und dein Job im Atelier! Glaubst du, ich kapiere nicht, was los ist? Hältst du mich wirklich für so bescheuert?«
»Es ist nicht, wie du denkst!«, wimmerte ich. »Ich bin nicht

so! Ich mag ihn, sehr, aber das würde ich dir niemals antun, das weißt du ganz genau, das würde ich niemals machen! Ich bin verliebt in ihn, ich kann nichts dagegen tun! Aber ich habe mich entschieden, Frida! Für dich! Frag Adam! Frag ihn doch!«

Sie sah sich um, aber da war kein Adam, dem sie die Frage stellen konnte. Der Korridor war in beide Richtungen wie ausgestorben.

»Du hast gelogen«, sagte sie. »Du hast mich angelogen!«

Ich nickte. »Ich hab mich nicht getraut, die Wahrheit zu sagen … Ich hab mich nicht getraut, weil ich dich nicht verlieren wollte. Aber jetzt lüge ich nicht!«

»Wie soll ich das wissen? Wie, zum Teufel, soll ich das wissen? Sag es mir!«

Sie riss ihren Arm los und ging an der langen Schrankreihe vorbei auf die Tür zu. Ich heftete mich an ihre Fersen, bettelte und flehte sie an, wollte ihr erklären, erzählen, wie alles war, aber es kam nur ein unzusammenhängender, verzweifelter Wortstrom aus mir heraus.

Wir waren schon fast bei ihr zu Hause angelangt, als sie abrupt stehen blieb und mich mit rot umränderten Augen ansah.

»Das verzeihe ich dir niemals«, sagte sie langsam. »Niemals! Hast du verstanden?«

»Ich kann doch nichts dafür, dass ich mich in ihn verliebt habe!«, schluchzte ich. »Das hab ich nicht mit Absicht gemacht!«

»Du blöde Kuh!«, fauchte sie mich an. »Ich verzeih dir nicht, dass du nichts gesagt hast! Dass du mir weiter Hoffnung gemacht hast, obwohl du längst wusstest, dass er in dich verknallt ist! Um dich selbst zu schützen, machst du mich zum Spott der ganzen Schule! Wer weiß noch davon?! Hast du mit irgendjemand darüber gesprochen?«

»Nein. Doch. Mit Marie. Aber mit keinem aus der Schule.«

»Dein Glück«, sagte Frida. »Dein verdammtes Glück!« Dann ging sie weiter.

Ich blieb stehen und sah hinter ihr her. Ehe sie die nächste Straßenecke erreichte, rief ich: »Kannst du dir eigentlich vorstellen, wie ich mich fühle? Was glaubst du, wie es mir geht? Kannst du auch mal an jemand anders denken als immer nur an dich?«

Meine Stimme hallte zwischen den Hauswänden wider. Frida blieb nicht stehen. Sie drehte sich nicht um. Ging einfach weiter. Ich sah hinter ihr her, bis sie in die Straße bog, die in das Villenviertel führte, in dem sie wohnte, dann sackte ich mit dem Rücken an einer grauen, rauen Mauer auf den Boden. Mein Weinen war abgehackt wie Schüttelfrost.

Nach einer Viertelstunde oder Stunde – ich hatte jedes Zeitgefühl verloren – ging ich hinter ihr her. Meine Oberschenkelmuskeln taten weh und meine Gelenke waren steif und kalt.

Das weiße Einfamilienhaus kam mir größer vor als sonst. Ich sah keine Bewegung hinter den Fenstern, aber Fridas handbemaltes Skeppshultfahrrad stand am Rand der Kiesauffahrt. Ich zog die Wildlederjacke aus und nahm den Bergkristall ab, steckte die Kette in die linke Tasche und hängte die Jacke über den teuren Ledersattel.

Dann drehte ich mich um und ging.

ICH IRRTE DURCH die Stadt, als hätte ich vergessen, wo ich wohnte. Der Herbstwind war eisig, ich fror, aber es geschah mir recht, dass ich fror; das war die Strafe. Erst am späten Nachmittag machte ich mich auf den Heimweg.

Viktors Klassenlehrerin und Papa saßen auf dem Sofa. Kasper sah blass aus, erschöpft und alt. Ich schüttelte die Stiefel von den Füßen und sah mich um. Kein Viktor. Mein Herz, das ich in der Kälte draußen fast nicht mehr gespürt hatte, begann wieder zu schlagen.

Vor Angst.

»Ist er noch im Krankenhaus?! Wie geht es ihm?«

»Keine Gefahr«, sagte Veronika. »Er ist richtig durchgeprügelt worden, sein Schlüsselbein tut weh und er hat eine Platzwunde an der Unterlippe. Aber sonst ist nichts. Er brauchte nicht zu bleiben.«

Ich sah Kasper an. »Wo ist er?«

»In seinem Zimmer«, sagte Kasper. »Er braucht ein bisschen Ruhe. Komm, setz dich zu uns. Magst du auch einen Tee? Wir haben schon welchen getrunken.«

»Ruhe?«, sagte ich. »Sag mal, begreifst du denn nicht, dass man keine Ruhe braucht, wenn man verzweifelt ist? Man braucht Gesellschaft, wenn man traurig ist! So wie ich dich brauchte, als ich erfahren habe, dass du die ganze Zeit Kontakt zu Mama hattest. Aber du hast mich in Ruhe gelassen! Marie braucht dich, aber du lässt sie in Ruhe! Viktor braucht dich! Die Leute in Ruhe zu lassen ist feige, Kasper! Nichts als feige. Wir haben doch nur dich, verdammt!«

Ich ging auf den Flur und öffnete die Tür zu Viktors Zim-

mer. Es war dunkel. Die Jalousie war heruntergezogen und es roch nach feuchten Kleidern und nach Viktor.
Er lag zusammengerollt auf dem Bett, das Kissen über dem Kopf.
»Hau ab«, kam seine dumpfe Stimme darunter hervor. »Geh raus.«
»Nein«, sagte ich. »Das werde ich nicht tun!«
Ich schloss die Tür hinter mir. Meine Augen suchten automatisch nach Orientierungspunkten in der Dunkelheit.
»Du hast es nur noch schlimmer gemacht!«, sagte Viktor.
»Kann es denn noch schlimmer werden?«, fragte ich. »Kann es noch schlimmer werden als das, was ich heute auf dem Schulhof gesehen habe? Wie oft haben sie dich schon verprügelt? Lauern sie dir auf dem Nachhauseweg auf? Bist du deswegen schon ein paar Mal früher aus der Schule abgehauen? Wie lange geht das schon? Seit Schulbeginn, oder? Seit dem Tag, an dem Kasper und Marie sich wegen Maries neuer Arbeit gestritten haben, stimmt's? Was du ja nicht mal gemerkt hast. Da ist irgendwas passiert, oder?«
Unter dem Kissen war es still.
Ich ging zum Bett und setzte mich ans Fußende, zog die Beine hoch und lehnte mich mit dem Rücken gegen die Wand. Ich war völlig durchgefroren. Ein heißes Bad würde mich vielleicht wieder auftauen. Zumindest den Körper. Aber wie badete man seine Seele?
Nach einer Weile begann Viktors Körper zu zucken und unter dem Kissen drangen gedämpfte Laute hervor. Im ersten Augenblick dachte ich, er weinte, aber dann hörte ich, dass es ein Lachen war.

»Ihr wart das reinste Löwenrudel«, kicherte er. »Die haben ganz schön Muffensausen gehabt!«
»Ich hab auf alle Fälle das Gesicht von einem dieser Idioten poliert«, sagte ich.
Viktor nahm das Kissen vom Kopf und sah mich durch die Dunkelheit an. Ich sah ganz schwach das Glänzen seiner Augen. »Wen?«
»Frag mich nicht. Ich glaube, er hatte blonde Haare. Ich war so … ich hätte sie am liebsten alle umgebracht. Die hatten echt Glück, dass sie wie die Karnickel abgedüst sind!«
Viktor schwieg. Im Wohnzimmer waren auch keine Stimmen mehr zu hören. Unten auf der Straße schlug eine Autotür. Ein Motor sprang an.
»Ich geh nie mehr dahin«, sagte Viktor. »Die rächen sich bestimmt an mir.«
Ich hätte ihm so gern gesagt, dass ich auf ihn aufpassen, ihn nie mehr aus den Augen lassen würde und dass ich jedem, der ihm was tat, bei lebendigem Leib das Fell über die Ohren ziehen würde, aber ich wusste, dass ich das Versprechen nicht halten konnte. Ich konnte nicht rund um die Uhr auf ihn aufpassen, er würde zwischendurch alleine sein, und wenn er vor mir frei hatte, wäre er auch auf sich allein gestellt. Früher oder später würden sie ihm irgendwo auflauern. Die Machtlosigkeit wand sich wie eine Schlange durch mein Inneres, schlang sich um eine Säule aus Hass. Ich würde mich auch an ihnen rächen, sie einzeln abpassen und ihnen jeden Knochen im Leib brechen. Wie konnte jemand so pervers sein, *Viktor* zu schlagen? Ihm ins Gesicht zu treten, wenn er schon am Boden lag?!
Es dauerte eine Weile, bis ich ihn so weit hatte, dass er er-

zählte: Ich hatte Recht. Es hatte am ersten Schultag begonnen. Ein neuer Junge in der Klasse hatte angefangen, am gleichen Tag, an dem Adam in meine Klasse gekommen war. Aber der Junge aus Viktors Klasse war ein ganz anderer Typ. Björn Svensson übernahm sofort den ersten Platz in der Klasse. Bereits in der ersten Pause hatte er gefragt, ob es einen Bücherwurm in der Klasse gäbe, und irgendjemand hatte auf Viktor gezeigt. Da hatte Björn gesagt, dass Viktor eher wie eine Leseratte aussähe und dass Leseratten die Allerschlimmsten wären, die vermehrten sich wie Hölle und verbreiteten Krankheiten. Darum müssten sie ausgerottet werden, ehe sie die ganze Welt überschwemmten.

Die Mitschüler hatten gelacht. Bis dahin hatte keiner über Viktor gelacht, aber alle wollten mit Björn befreundet sein.

Damit war die Lawine ins Rollen geraten. Selbst seine alten Freunde wendeten sich von ihm ab. Peter, zum Beispiel, und Jonathan, die seit der ersten Klasse mit ihm gespielt hatten. Ich machte mir echte Vorwürfe, weil mir nicht aufgefallen war, dass sie sich seit Beginn des Schuljahres nicht mehr bei uns hatten blicken lassen.

»Warum hast du nichts gesagt?«, sagte ich zu Viktor. »Du hättest was sagen sollen!«

»Ich hab gedacht, die hören irgendwann auf«, sagte Viktor. »Dass sie aufhören, wenn ich mir nichts aus ihnen mache.«

Viktors alte Klassenlehrerin Eva hätte das sicher mitbekommen. Sie hätte nachgehakt. Aber Veronika hatte nichts gemerkt, zumindest hatte sie Viktor nicht angesprochen. Sie war sauer, wenn Viktor früher ohne Entschuldigung nach Hause ging oder wenn er sich in der großen Pause weigerte, nach draußen zu gehen. Mit ein wenig gutem Willen hätte man zu ihrer Verteidigung sagen können, dass sie Viktor nicht kannte, ihr deswegen die Veränderung nicht aufgefallen war. Aber ich hatte keine Lust auf guten Willen. Ich wollte, dass jemand zur Verantwortung gezogen wurde. Irgendjemand musste doch die Verantwortung übernehmen.

In mir nagten die ganzen Zeichen. Alles, was ich gesehen hatte, ohne zu verstehen. Wie konnte man bloß so unerträglich egoistisch sein? Einmal hatte er sogar versucht, mit mir darüber zu reden, aber ich hatte ihn einfach stehen lassen! Um Andreas beim Hockeytraining zuzugucken. Und als Viktor sich entschied, selber Hockey zu spielen, hatte ich das auch noch boykottiert.

Konnte ich eigentlich nichts richtig machen? Sogar Viktor hatte ich im Stich gelassen. Meinen kleinen Bruder, für den ich alles tun würde.

Wenn hier einer eine Ratte war, die totgetrampelt werden musste, dann ich.

Marie hatte ich jahrelang gequält, und indem ich sie verletzte, hatte ich auch Kasper verletzt. Ich hatte Adam verletzt, und Andreas und Frida, und als Viktor um Hilfe rief, war ich anderweitig beschäftigt gewesen.

Soweit ich wusste, gab es nur sechs Menschen auf der Welt, denen wirklich was an mir lag: Kasper. Marie. Viktor. Adam. Andreas. Frida.

In meinem Kopf tauchte ein Sprichwort auf: »Wen man lieb hat, den züchtigt man.«

So was Dämliches.

Das hätte von Ingrid sein können. Und ich war ihre Toch-

ter. Ich konnte machen, was ich wollte, mir die Haare kurz schneiden und mich abstrampeln, ein besserer Mensch zu werden, ich blieb doch ihre Tochter. Eine Verräterin.
Vielleicht sollte ich meine Tasche packen und zu ihr in die neue Wohnung nach Brüssel ziehen. Das hätten wir beide wirklich verdient.
Viktor weinte.
Fast tonlos. Ich saß ganz nah bei ihm und hielt ihn fest, während mein Pullover immer nasser wurde.

VIKTOR DURFTE AM nächsten Tag zu Hause bleiben.
Ich nicht. Mir fiel keine plausible Entschuldigung ein. Ich schaffte es nicht, Kasper von meiner Angst zu erzählen, dass inzwischen die ganze Schule wusste, was ich Frida angetan hatte. Genauso wenig von meiner Angst vor dem eisigen Wind, der mir in den Korridoren entgegenwehen würde, und vor der undurchdringlichen Mauer der Sympathisanten, die sich schützend vor Frida stellten. Ich war eine Aussätzige. Es würde schon reichen, wenn sie Rakel und Ellen davon erzählt hatte. Eine solche Neuigkeit würde sich ausbreiten wie ein Steppenbrand im Sturm. Alle würden es wissen.
Jeder Schritt, der mich der Schule näher brachte, schmerzte, die Angst bohrte sich wie Stacheldraht in meine Haut. Ich dachte an Viktor, der seit August jeden Tag mit so einem Gefühl zur Schule gegangen war, und an all die, die sich über Jahre hinweg so fühlten. Aber das half mir auch nicht weiter. Ich redete mir ein, dass ich es nicht anders verdient hatte. Dass die Strafe wie ein reinigendes Bad sein würde, von allem, dessen ich mich schuldig gemacht hatte. Aber ich wollte nicht gereinigt werden. Ich hatte einfach nur Angst.
Es war kalt und ich ging langsam. Dennoch schwitzte ich, als ich das Schulgelände betrat. Noch eine Minute bis zur ersten Stunde.
Bei den Schränken herrschte ein Mordsgedränge. Das übliche Stimmengewirr, vereinzelte Rufe und Lachen, Schlüsselklirren und scheppernde Blechtüren. All die vertrauten Geräusche, die ich normalerweise gar nicht mehr wahrnahm. Aber heute hörte ich sie.

Überdeutlich. Rakel suchte etwas in ihrem Schrank, der neben meinem lag. Ich zwang meine Füße vorwärts und meine Hand, den Schlüssel aus der Tasche zu nehmen.
»Hallo!«, begrüßte Rakel mich fröhlich, als sie mich sah. »Wo seid ihr denn gestern alle abgeblieben? Habt ihr euch um deinen Bruder gekümmert?«
»Wen meinst du mit alle?«
»Du, Frida und Adam natürlich! Andreas hat das von deinem Bruder erzählt. Wir haben den Lehrern gesagt, dass ihr wahrscheinlich ins Krankenhaus gefahren seid, um nachzusehen, wie es ihm geht.«
Mein Herz setzte vor Erleichterung aus. Sie schien nichts zu wissen. Noch nicht. Dann wusste es auch noch keiner der anderen.
»Er … konnte gleich nach Hause. Keine inneren Verletzungen oder so. Das dachte ich zuerst, weil er sagte, er hätte solche Schmerzen im Körper.«
»Ein Glück«, sagte Rakel. »Dass er nicht schlimmer verletzt war, meine ich. Es muss schrecklich für dich gewesen sein, zu beobachten, wie sie ihn verprügelt haben.«
Ich nickte. Mir war schwindelig.
Ellen kam mit den Mathebüchern unterm Arm zu uns. »Hallo«, sagte sie. »Ist Frida krank?«
»Weiß ich nicht«, sagte ich.
»Wahrscheinlich nicht. Kommt ihr? Wir fangen gleich an!«
Haggis schloss gerade die Tür zum Klassenzimmer auf, als wir die Treppe hochkamen. Frida war nirgends zu sehen. Und Adam auch nicht. Ich zögerte einen Moment, setzte mich dann aber an den Tisch, an dem Frida und ich normalerweise saßen, in der zweitletzten Reihe am Fenster. Alles

andere hätte nur Aufmerksamkeit erweckt. Tove flüsterte Linda etwas ins Ohr und dann guckten beide in meine Richtung. Wenn Rakel und Ellen nichts wussten, konnten Linda und Tove eigentlich auch nichts wissen, trotzdem brach mir der kalte Schweiß in den Handflächen aus und mir wurde ganz flau.

»Nun gut«, sagte Haggis und sah uns über die Ränder seiner Lesebrille hinweg an. »Frida und Adam fehlen … hat jemand was von ihnen gehört?«

Alle drehten die Köpfe und sahen mich an. Neunundzwanzig Augenpaare. Wenn etwas mit Frida war, musste ich es wissen. Das war einfach so.

Ich schüttelte den Kopf. Die Blicke wendeten sich wieder ab. Haggis notierte etwas in seinem Heft.

Da ging die Tür auf und Frida kam herein. Sie hatte ein aufgerolltes blaues Tuch um den Kopf gewunden, so dass sich nur ein paar einzelne blonde Strähnen über der Stirn ringelten, der Rest der Haare war hinten zusammengefasst. Dazu trug sie ein knielanges, hellblaues Shirt und dunkelblaue Strumpfhosen.

»Entschuldigung«, sagte sie zu Haggis, der mit einem verdutzten Nicken antwortete.

Frida kam nie zu spät. Es kam schon mal vor, dass sie schwänzte, aber zu spät kam sie nie.

Ich machte mich so klein wie möglich und hätte mich am liebsten in Luft aufgelöst, hatte das Gefühl, einen Platz einzunehmen, der mir nicht mehr zustand. Den ich nicht mehr verdiente. Ich wagte nicht, sie anzusehen, als sie sich neben mich setzte, aber als ich den schwachen Duft von Apfelshampoo und Pleasure roch, musste ich blinzeln, um die Tränen zurückzuhalten. Mir war, als hätte jemand ein

Stück aus meinem Körper herausgerissen und eine schmerzende Leere hinterlassen.
Ich hörte nicht, was Haggis sagte, und verstand keine einzige Aufgabe aus dem Mathebuch. Ich sah nur das Blau ihrer Sachen aus dem Augenwinkel und Adams leeren Platz schräg vor mir. Und ab und zu Fridas Hand, die Zahlen auf das karierte Blatt Papier schrieb.
Rakel drehte sich um und bat Frida, ihr etwas zu erklären, und Frida erklärte es ihr. Ich vertiefte mich ganz in mein Buch und versteckte mich zwischen den Zeilen und Zeichen.
Als es zur Pause klingelte, fühlte ich mich wie nach einem Marathon. Alle Muskeln taten mir weh. Das Dumme war nur, dass ich kein Ziel vor Augen hatte. Bei einem Marathonlauf würde ich mich den anderen anschließen.
Ich ließ mir viel Zeit, um Frida die Möglichkeit zu geben, mit Ellen und Rakel abzuziehen, sortierte umständlich meine Sachen und schob den Stuhl extra langsam unter den Tisch, aber sie ging nicht. Sie wartete auf mich, wie immer. Wortlos und ohne mich anzusehen, blieb sie stehen, bis ich kam, und lief dann neben mir den Korridor entlang. Sie sah blass aus. Verbittert. Zuerst begriff ich nicht, wieso sie mich schützte, aber dann fiel mir ihre Frage wieder ein, wer von der Sache mit Adam wüsste, ob ich jemandem etwas erzählt hätte, und mir ging auf, dass sie vielleicht sich selber schützte. Dass das, was peinlich für mich war, mindestens so peinlich für sie war. Ihr lag nichts daran, dass die anderen etwas erfuhren.
Sie hätte anders reagieren können. Sie hätte genauso gut Details herausposaunen können, um sich an mir zu rächen. Sie hätte mich leicht auf die Abschussliste setzen können,

wenn sie es gewollt hätte. Aber offenbar wollte sie das nicht.

Ich folgte ihr wie ein Schatten zur nächsten Unterrichtsstunde und danach in die Kantine, überließ Ellen und Rakel das Reden. Ihr Geplapper zog einen gnädigen Vorhang vor das Schweigen, das zwischen Frida und mir herrschte. Es war natürlich trotzdem spürbar. Rakel und Ellen musterten uns neugierig, trauten sich aber nicht zu fragen.

Nach dem Essen hatten wir Englisch. Affe hatte gerade seine speckige Tasche auf das Pult fallen lassen und öffnete die Schnallen, als Frida zu ihm ging und ihr Textheft vor ihm auf den Tisch legte.

»Ich springe ab«, sagte sie. »Sie müssen sich eine andere Julia suchen.«

Man hätte eine Stecknadel fallen hören können. Wer noch nicht saß, blieb stehen und starrte Frida an.

»Was sagst du da?«, fragte Affe. »Bist du verrückt geworden? Du kannst deinen Text von vorne bis hinten auswendig! Da kannst du doch nicht einfach abspringen!«

»Doch«, sagte Frida, »genau das tue ich hiermit. Suchen Sie sich eine andere Julia.«

Sie drehte Affe den Rücken zu und setzte sich wieder neben mich. Dann sah sie sich in der Klasse um.

»Was glotzt ihr so?«

Die anderen sahen verwirrt zu Affe, als erwarteten sie, dass er die Antwort auf die Frage wüsste. Aber er sah genauso perplex aus wie sie, als er Fridas Textheft hochhob und in der Hand wog.

»Bist du sicher?«, fragte er. »Ich meine, kannst du mir den Grund nennen?«

Frida sah ihn trotzig an. »Nein.«

Danach schaute sie aus dem Fenster und beantwortete keine weiteren Fragen mehr.

Affe seufzte. »Damit haben wir auf einen Schlag keinen Romeo und keine Julia mehr. Weiß jemand, wo Adam steckt?«

Als keiner antwortete, seufzte Affe erneut. »War er heute schon in der Schule?«

Vereinzeltes Kopfschütteln.

Ich sah, wie Frida die Zähne zusammenbiss und versuchte, unberührt auszusehen. Ihre Kiefermuskeln waren die reinsten Knoten unter ihrer hellen Haut.

Nach der Stunde verschwand sie. Ich sah sie weder bei den Schränken, als ich die Bücher für die nächste Stunde holte, noch vor Granlunds Klasse, wo wir Gemeinschaftskunde hatten. Schnell lief ich die Treppe runter, sah in den Toilettenräumen bei den Schränken nach und danach in dem Klassenzimmer, in dem wir Englisch gehabt hatten. Nichts. Ich hatte das Gefühl, wissen zu müssen, wo sie war, und dass es mir bestimmt einfallen würde, wenn ich mich nur beruhigte und nachdachte.

Auf dem breiten Korridor im Erdgeschoss war alles still. Alle Schüler waren in ihren Klassen. Ich hörte meinen eigenen Atem. Denk nach, Katrin! Streng dein Hirn an!

Plötzlich wusste ich es.

Es regnete. Ich holte die Jacke aus meinem Schrank und zog sie über, ehe ich den Schulhof überquerte und die Hausmeisterwohnung ansteuerte. Gleichzeitig mit dem Bau der Hausmeisterwohnung hatten sie angefangen, einen kleinen Schuppen zu bauen, aber aus irgendeinem Grund war der Bau ins Stocken geraten. So standen an der Rückseite der Hausmeisterwohnung nur zwei graue, fensterlose

Wände. Für ein paar Dachbalken hatte es noch gereicht, aber das war es dann auch schon gewesen. Einer der Hausmeister hatte ein Wellblech über die Balken gelegt und ab und zu wurde sogar das eine oder andere darunter gelagert. Kartons mit Altpapier, zum Beispiel.
Seit letztem Jahr stand dort eine längliche Holzkiste, die Frida und ich vor die hintere Wand geschoben hatten und als Bank benutzten. Das war unsere Insel im brausenden Schulmeer. Ein Bushäuschen, in dem wir warteten, dass das Leben vorbeikam und uns mitnahm. Und ein Platz, der das Bahnhofscafé ersetzen musste, wenn während der Schulzeit etwas Wichtiges zu besprechen war.

Frida saß mit angezogenen Beinen auf der Kiste, die Arme um die Knie geschlungen. Sie hatte nasse Wangen, aber ich war nicht sicher, ob vom Regen oder von den Tränen oder von beidem. Der Regen trommelte auf das Wellblech. Sie sah mich nicht an, als ich unter das Dach trat, aber sie saß an dem Ende der Kiste, an dem sie immer saß, wenn wir hierher kamen, um in Ruhe zu reden, und ich wusste, dass sie mich erwartet hatte.
Ich setzte mich neben sie. Der Regen spritzte auf die ersten Zentimeter Betonboden, aber hinten an der Wand war es trocken.
»Ich begreife nicht, wie du das tun konntest«, sagte Frida. »Wenn Rakel das gemacht hätte … egal wer. Aber doch nicht du.«
»Weil ich feige war«, sagte ich. »Es ist einfach passiert und ich wusste nicht, wie ich es dir erklären sollte. Außerdem war ja nichts … ich meine, wir sind nur Freunde …«

»Wenn ihr nur Freunde wärt, hättest du es mir doch sagen können«, sagte Frida. »Du lügst schon wieder.«
»Tu ich nicht! Wir haben nur geredet. Über seine Eltern und meine Eltern und … Wir haben festgestellt, dass wir eine Menge gemeinsam haben.«
»Wie schön für dich!«
»Das war wichtig! Er … hat mich verstanden und ich konnte plötzlich über Dinge reden, die …«
Ich brach mitten im Satz ab. Sah ein, was ich gerade im Begriff war zu sagen. Aber es war zu spät. Frida drehte den Kopf und sah mich an, und ihr Blick war so verletzt und traurig, dass es mir einen Stich versetzte.
»… über die du mit *mir* nicht reden konntest«, beendete sie den Satz.
»Du verstehst das nicht«, sagte ich. »Du hast alles! Dein Leben ist perfekt! Wie sollst du verstehen, was es heißt, eine Mutter zu haben, die einen fallen lässt und einfach abhaut, oder wie es ist, nie Geld zu haben, von dem man sich was kaufen kann, oder Pickel zu haben und Fehler zu machen? Dass man Menschen wehtut, die man mag, weil man innerlich so zerrissen ist?«
»Willst du deiner Mutter die Schuld in die Schuhe schieben für das, was du mir angetan hast? Meinst du, du wärst so arm dran, dass du dich andern gegenüber aufführen kannst, wie du willst? Meinst du, du müsstest keine Verantwortung übernehmen für das, was du tust?«
Ihre Worte wühlten mich auf und wirbelten eine Menge Ablagerungen und Schlacke vom Grund auf. Frida traf mich an meiner empfindlichsten Stelle. Und vielleicht hatte ich es ja nicht anders verdient.
»Es ist auf alle Fälle einfacher, Verantwortung für seine

Handlungen zu übernehmen, wenn man weiß, wie man tickt«, sagte ich. »Mir war bis vor kurzem nicht klar, wieso ich so eklig zu Marie war. Nun weiß ich es. Das ist keine Entschuldigung, aber zumindest hat es dazu geführt, dass ich jetzt nett zu ihr sein kann!«

»Glaubst du wirklich, es wäre so wunderbar, ich zu sein?«, fragte Frida.

»Ja«, antwortete ich ehrlich. »Außer vielleicht die Tatsache, mit mir befreundet zu sein.«

»Meinst du, es macht Spaß, nie zu wissen, wer ein richtiger Freund ist oder wer nur mit mir befreundet sein will, weil er weiß, dass ich das Geld habe, eine Pizza oder einen Kinobesuch zu spendieren? Wie perfekt, glaubst du, ist es, nie zu wissen, welche Jungs dich nur wegen deines Aussehens toll finden oder für das, was du bist? Nie zu wissen, wer einem in den Arsch kriecht und dich eine reiche verzogene Tussi nennt, sobald du ihm den Rücken zukehrst?«

»Jetzt klingst du wie Julia Roberts in *Notting Hill*«, sagte ich.

Frida verzog unfreiwillig den Mund. »Sie hatte nicht ganz Unrecht!«

Die Luft war etwas leichter zu atmen, als ich das versteckte Lächeln sah, wenn auch immer noch bitter. Wir konnten noch immer miteinander reden. Vielleicht würde sie mir nicht verzeihen, aber sie würde wenigstens zuhören.

»An der Sache mit Adam«, sagte ich, »gebe ich Mama jedenfalls nicht die Schuld. Ich hab die totale Panik gekriegt, als mir klar wurde, dass ich mich in ihn verliebt hatte. Ich hatte niemals vor … Na ja, ich wusste doch, dass du ihn haben wolltest, und war hundertprozentig sicher, dass er dich auch wollte, auch wenn er das selbst noch nicht gemerkt hatte. Ich habe mich sogar … für dich ins Zeug gelegt … obwohl ich schon in ihn verliebt war. Ganz so mies, wie du denkst, bin ich also nicht. Das erste Mal habe ich ihn zufällig getroffen. Davon habe ich dir erzählt … erinnerst du dich?«

»Aber auch nur, weil ich gemerkt habe, dass irgendwas los war!«, sagte Frida. »Nachdem er dich angelächelt und gegrüßt hat. Aus heiterem Himmel! Sonst hättest du keinen Mucks gesagt!«

Ich antwortete nicht. Sie hatte Recht. Wahrscheinlich hatte sie genau zu Hause auf dem Bett gelegen, so wie ich bei Viktor, und war alle Zeichen durchgegangen, alles, was sie hätte merken müssen.

Man wird irgendwie blind, wenn man glaubt, jemanden zu kennen. Wenn man selbstverständlich davon ausgeht, dass man schon merken würde, wenn es was zu merken gäbe.

»Egal was du sagst«, sagte Frida. »Du hast dich einfach schäbig benommen.«

»Weil ich Angst hatte, dich zu verlieren!«, sagte ich verzweifelt. »Weil du mir mehr bedeutest als alles andere.«

Frida sah mich an und ich erwiderte ihren Blick. Sie musste doch sehen, dass das die Wahrheit war.

»Ich würde dich gerne hassen«, sagte sie und seufzte. »Ich gebe mir wirklich Mühe. Aber es gelingt mir nicht.«

»Ich hab dich nicht verdient«, sagte ich.

»Mein Gott!«, sagte Frida. »Du hast zu viele Filme gesehen. So was sagt kein normaler Mensch!«

»Wenn ich mich nun aber mal so fühle. Was soll ich sonst sagen?«

»*Entschuldigung* wäre nicht schlecht.«

»Manche Dinge sind einfach zu groß, als dass sie mit einer Entschuldigung abgetan wären.«
»Probier es doch mal!«
Ich sah ihr Profil an. Die gerade Nase, die ausdrucksvollen Lippen und das blonde Haar, das sich leicht im Wind bewegte. Ein paar neue Locken hatten sich aus dem blauen Schal befreit und fielen über die Schläfe. Sie hatte keine Jacke über dem Shirt an, obwohl es draußen kaum mehr als acht Grad sein konnte. Ihre Brustwarzen unter dem dünnen Baumwollstoff waren hart. Ich fragte mich, wie ich ohne sie leben sollte. Wie hatte ich so infernalisch dumm sein können, unsere Freundschaft aufs Spiel zu setzen?
»Es tut mir Leid«, sagte ich.
Frida antwortete nicht, zog nur leicht die Augenbrauen hoch, als ginge sie in sich, ob sie die Entschuldigung annehmen konnte.
»Und Adam?«, sagte sie. »Was machen wir mit dem?«
Sein Name versetzte mir einen Stich. Wie ich ohne ihn leben sollte, wusste ich auch nicht. Wie kann jemand so plötzlich so wichtig werden? Wie kann die Sehnsucht nach einem Menschen, den man nie gehabt hat und von dem man weiß, dass man ihn nie haben wird, so brennen?
»Er hat wahrscheinlich die Nase voll«, sagte ich. »Ich hab ihn einfach stehen lassen und bin hinter dir hergerannt.«
»Er hat die Nase nicht voll«, sagte Frida. »Dann wäre er heute zur Schule gekommen.«
»Er ist wohl krank.«
»Quatsch«, sagte Frida. »Ist er nicht. Er ist bestimmt traurig und sauer.«
»Das ist meine Spezialität«, sagte ich. »Leute traurig und sauer zu machen.«

Frida sah mich ein paar Sekunden lang an. Dann streckte sie die Arme aus und wir umarmten uns lange und fest, fast verzweifelt.

»Es gibt noch etwas, das nicht besonders toll ist, wenn man ich ist«, sagte sie.

»Und das wäre?«

Sie zog die Nase hoch und strich sich mit dem Ärmel übers Gesicht.

»Man ist gewöhnt, zu bekommen, was man haben will. Ich war total sicher, dass Adam sich in mich verlieben würde. Früher oder später.«

»Das wird er auch. Früher oder später.«

»Red keinen Blödsinn. Das wird er nicht. Aber tu mir einen Gefallen und knutsch nicht ständig mit ihm rum, wenn ich dabei bin. Jedenfalls nicht am Anfang, okay?«

KASPER UND VIKTOR hatten um vier Uhr einen Termin in der Schule mit Viktors Lehrern und anderem Personal. Sie zogen sich gerade die Jacken an, als ich nach Hause kam. Viktors Unterlippe war geschwollen, und er ging immer noch leicht gekrümmt, als hätte er Schmerzen. Er sah mich flehend an.

»Bitte«, sagte er. »Kannst du nicht mitkommen?«

Ich zog die Jacke wieder an.

»Vor denen musst du doch keine Angst haben«, sagte ich.

»Hab ich auch nicht«, sagte er. »Ich hab nur Angst vor dem, was sie sich ausdenken.«

Das hätte ich an seiner Stelle auch, aber ich sagte nichts. Tarzan strich erwartungsvoll um meine Beine.

»Ist einer von euch mit ihm draußen gewesen?«, fragte ich.

»Nein … ach ja …«, sagte Kasper.

Ich seufzte und nahm die Leine vom Haken. »Dann muss er auch mit. Ich binde ihn draußen an.«

Eine halbe Stunde später war ich zurück in der Schule, diesmal allerdings im Lehrerzimmer der vierten bis sechsten Klassen. Der Schulleiter war da sowie die Schulschwester, Viktors Klassenlehrerin und die Frau, die zum Zeitpunkt der Prügelei Aufsicht auf dem Schulhof hatte. Sie schien so eine Art Sozialbetreuerin zu sein.

Sie begrüßte uns übertrieben freundlich und stellte sich als Gunilla vor, aber ich sah ihren Augen genau an, dass sie nicht vergessen hatte, dass ich sie eine blöde Kuh genannt hatte.

Der Schulleiter wäre wahrscheinlich die härteste Nuss. Bestimmt würde er das Ganze als Jungenstreich abtun, der übers Ziel hinausgeschossen war, und es mit einer Verwarnung bewenden lassen.
Aber da hatte ich mich getäuscht. Er eröffnete das Treffen, indem er ein Faltblatt und Lehrerinformationen über Mobbing austeilte und danach vorschlug, Einzelgespräche mit Viktor und den Mobbern zu führen. Später würden sie dann in gemeinsamen Gesprächen versuchen, herauszufinden, wie es so weit kommen konnte.
Das hörte sich gar nicht so schlecht an. Wenn Viktor sich das zutraute.
Während die anderen überlegten, plante ich im Stillen, diesem Björn bei nächster Gelegenheit aufzulauern, um ihn in die Mangel zu nehmen und ihm einzubläuen, dass ich, wenn er noch ein einziges Mal die Klasse gegen Viktor aufstachelte, irgendwo mit meinen Freunden auf ihn warten und ihn derart vermöbeln würde, dass seine eigene Mutter ihn nicht wiedererkannte, wenn er nach Hause kam. Falls er nach Hause kam. Das sagte ich selbstverständlich nicht laut, da es wohl kaum in den Akzeptanzbereich fiel, wie Mobbingprobleme zu lösen waren. Aber es würde wenigstens meine persönlichen Rachegelüste befriedigen.
Im hintersten Winkel meines Gehirns hörte ich Kasper sagen, dass »Rache nur neue Rache hervorbrachte«, und während die Lehrer diskutierten und ich trotzdem meinen Rachegedanken nachhing, hörte ich, wie jemand sagte: »… findest du nicht auch, Katrin?«
Die Stimme drang in mein Hirn und ich sah mich verwirrt um.
»Äh, was?«

Gunilla lächelte mich zuckersüß an. »Glaubst du nicht auch, dass Viktors Probleme sich lösen lassen, wenn wir alle an einem Strang ziehen?«

»Doch, ja, absolut.«

Viktor schien nicht sehr überzeugt. Sein Blick flackerte unruhig, als er von einem zum anderen schaute.

»Das müssen wir«, fügte ich hinzu.

»Siehst du, Viktor«, sagte Veronika. »Mit deiner Schwester hast du wenigstens eine kampfbereite Beschützerin an deiner Seite.«

»Katrin schlägt sich doch nicht«, sagte Kasper.

»Wie man's nimmt«, sagte Veronika. »Björn Svensson hatte heute Morgen jedenfalls eine ordentlich geschwollene Nase, als er zur Schule kam.«

»Vielleicht ist er ja erkältet«, sagte ich und merkte, wie sich gleichzeitig Unruhe und Befriedigung in meinem Körper breit machten.

Dann war es also Viktors Plagegeist Nummer eins gewesen, dem ich meine Faust mitten ins Gesicht gepflanzt hatte.

Viktor lächelte seine Schuhspitzen an.

»Du freust dich doch wohl nicht darüber, dass anderen die gleiche Gewalt angetan wird, der du selbst ausgesetzt warst?« Gunilla sah ihn vorwurfsvoll an.

»Wir sind alle Menschen«, sagte Veronika. »Und Katrin hat nur ihren kleinen Bruder verteidigt. Das war mutig. Aber im weiteren Verlauf müssen wir natürlich versuchen, den Konflikt mit anderen Methoden zu lösen. Wie sieht es aus, Viktor, kommst du morgen wieder zur Schule?«

Ich sah die Angst in seinen Augen und wünschte mir nichts sehnlicher, als ihn beschützen zu können, damit er nie mehr Angst vor irgendwas zu haben brauchte. Aber das konnte ich nicht. Ich nahm mir auf alle Fälle vor, in Zukunft aufmerksamer zu sein. Da zu sein, wenn er mich brauchte.

Wir sprachen nicht viel auf dem Heimweg. Kaspers Hand lag auf Viktors Schulter. Er sah besorgt aus und wirkte unsicher. Mein Hirn lief auf Sparflamme, ich war erschöpft. Es war einfach zu viel in viel zu kurzer Zeit passiert.

Tarzan zuliebe trennte ich mich von den anderen und machte noch einen kleinen Umweg zu der Grünfläche hinter dem ICA Maxi. Als ich kurz darauf die Köpmansgatan entlanglief, blieb ich stehen, weil etwas in dem großen Schaufenster von Esch Expert meine Aufmerksamkeit auf sich zog. Es stand auf einem dreibeinigen Stativ. An einem der Beine hing ein rotoranges Schild.

»Angebot für dunkle Herbstabende! Teleskop, ursprüngl. Preis 5800 Kronen, jetzt nur noch 4999«, stand dort mit schwarzer Tusche.

Mein Kreislauf kam in Gang, in meinen Ohren rauschte es. Ich hatte bisher noch keine Öre für meine Arbeit im Atelier gesehen. Wie viel da wohl aufgelaufen war? Bis zu Viktors Geburtstag waren es nur noch zwei Wochen.

Ich zog an der Leine und rannte, Tarzan glücklich neben mir her, nach Hause.

Die Tür zu Viktors Zimmer stand offen. Er lag auf dem Bett und las einen Gary-Larson-Comic. Kasper stand in der Küche und rührte Pfannkuchenteig an. Ich stellte mich neben ihn.

»Wie viel schuldest du mir?«, fragte ich leise.

»Was?«, sagte Kasper.

»Wie viel schuldest du mir?«, flüsterte ich. »Geld! Den

Lohn für die Schinderei der letzten Jahre. Oder zumindest der letzten fünf Wochen!«
»Oh, so lange schon?«, sagte Kasper.
Ich nickte. »Paytime«, sagte ich. »Wie viel kriege ich?«
»Das muss ich erst ausrechnen.«
»So ungefähr?«
Er hörte auf zu rühren und sah mich fragend an. »Wozu brauchst du das Geld?«
»Für ein Teleskop«, flüsterte ich. »Zu Viktors Geburtstag! Bei Expert in der Köpmansgatan gibt es eins zum Extrapreis.«
»Aha. Und wie ›extra‹ ist der Preis?«
»4999 Kronen.«
Kasper starrte mich ein paar Sekunden lang an, ehe er sich wieder der Schüssel widmete und weiterrührte.
»Du meine Güte«, sagte er.
»Hab ich so viel verdient?«
»Das will ich nicht hoffen!«
Ich sah enttäuscht in den Pfannkuchenteig, der sich in der Plastikschüssel drehte. Wie sollte ich das restliche Geld auftreiben?
»Weißt du«, sagte Kasper nach einer Weile. »Wir haben beide ein schlechtes Gewissen, weil wir sehr viel nicht gesehen und verstanden haben, was wir hätten sehen und verstehen sollen. Aber so etwas lässt sich nicht mit teuren Geschenken reparieren. Wir können nur versuchen, unsere Fehler ein Stück weit wieder gutzumachen, indem wir in Zukunft mit offeneren Augen durch die Gegend gehen.«
»Red nicht so einen Quatsch«, sagte ich. »Ich will das Teleskop nicht kaufen, weil er gemobbt wird.«
»Bist du sicher? Aus welchem Grund solltest du sonst so

ein unanständig teures Geburtstagsgeschenk kaufen wollen?«

Es brannte unter meinen Augenlidern, als ich an *Age of Empire II* und das Harry-Potter-Geschenkpapier dachte.

»Weil ich sehen will, wie er das Paket aufmacht«, sagte ich, drehte mich um und ging in mein Zimmer.

Ich würde die 4999 Kronen niemals zusammenkriegen! So viel Geld hatte ich noch nie gehabt.

Aber irgendwann würde ich ihm so ein Teleskop kaufen. Wenn ich einmal eine richtige Arbeit hatte, dann würde Viktor endlich sein Teleskop kriegen. Aber bis dahin war er wahrscheinlich längst schon Astronom und kurz vorm Nobelpreis.

Frida konnte ich auch nicht anpumpen. Jedenfalls nicht im Augenblick. Wenn ich wenigstens mit Adam reden könnte. Er hatte wahrscheinlich auch kein Geld, aber bestimmt eine gute Idee, was man machen könnte. Zum Beispiel eine große Sammelaktion für Mobbingopfer, oder so was in der Art. Dann würden wir zusammen das Teleskop kaufen, und er wäre zu Viktors Geburtstag eingeladen, und ich würde ganz dicht neben ihm stehen, wenn Viktor das Geschenk auspackte, seine Hand halten und seinen Duft spüren …

Ich biss mir auf die Lippe. Das war doch krank!

Sobald irgendwas passierte, dachte ich an Adam.

Wenn nichts passierte, dachte ich auch an Adam.

Wie verliebt konnte man eigentlich sein?

Seine Telefonnummer blinkte in meinem Kopf auf. Ob er böse auf mich war? Würde er überhaupt mit mir sprechen wollen, wenn ich ihn anrief? Was würde Frida dazu sagen? Dass ich mich bei der ersten besten Gelegenheit auf ihn stürzte?

Seine Stimme am Telefon. Nur ein paar Sekunden, ganz nah. Ich könnte ja sagen, dass ich nur wissen wollte, wie es ihm geht. Ob er krank war? Und ich könnte mich für gestern entschuldigen. Das war doch wohl etwas, wofür man sich entschuldigen konnte, oder?

Die Minuten vergingen, ich lag unschlüssig auf meinem Bett und dachte nach, aber ich rief nicht an. Ich traute mich nicht.

Als es Zeit zum Schlafengehen war, kam Viktor in seinem ausgewaschenen Raumschiffschlafanzug in mein Zimmer.

»Ich wollte mich noch bei dir entschuldigen«, sagte er.

»Für was um alles in der Welt willst du dich bei mir entschuldigen?!«

»Für das, was ich gestern gesagt habe, bevor ich ins Krankenhaus gefahren bin. Ich hatte solche Angst.«

»Es war völlig okay, was du gesagt hast. Dadurch ist mir klar geworden, dass sie dich nicht das erste Mal verprügelt haben, dass das schon länger so geht. Ich war eine echte Idiotin, Viktor, dass ich das nicht eher kapiert habe!«

Er zuckte mit den Schultern. »Ich hab ja nichts gesagt. Obwohl, einmal war ich kurz davor.«

»Und da hab ich dich einfach stehen lassen, weil ich in die Eishalle wollte.«

»Das weißt du noch?«

Ich nickte. »Leider.«

Viktor sah mich nachdenklich an. Sein Gesicht sah schief aus mit der geschwollenen Unterlippe und der blauen Beule über dem Auge.

»Die haben doch nicht Recht, oder?«, sagte er. »Die sind doch dumm im Kopf, oder?«

»Natürlich«, sagte ich. »Sie ertragen es einfach nicht, dass du cleverer bist als sie. Aber das wird sich hoffentlich bald ändern.«

»Glaubst du?«

»Ja, das glaube ich. Und du … wenn das wieder passiert, wenn sie auch nur ansatzweise gemein zu dir sind, erzählst du es mir sofort, okay? Ganz deutlich, damit ich es auch wirklich begreife, ich bin nämlich auch nicht so clever wie du. Ich brauche klare Fakten. Verstehst du?«

Viktor nickte und grinste schief.

»Gute Nacht«, sagte er.

»Gute Nacht.«

Ich lag noch eine ganze Weile auf dem Bett, den Blick an die Decke gerichtet. Jetzt war es zu spät, Adam anzurufen. Ob er mich morgen in der Schule ansehen würde? Mit mir sprechen würde? Oder ob er so tun würde, als wäre ich Luft?

Es war halb zwölf. Das Schlangennest in meinem Innern kam nicht zur Ruhe. Ich stand auf und ging auf den Flur. Im Schlafzimmer brannte noch Licht. Kasper saß am Schreibtisch.

»Hallo«, sagte ich. »Ich kann nicht schlafen. Ich geh ein bisschen raus.«

Er drehte sich um. »Um diese Zeit?!«

»Nur eine kleine Runde. Ich brauche dringend Luft.«

»Nimm Tarzan mit.«

Ich nickte. Tarzan gähnte demonstrativ, als ich ihn an die Leine legte. Der Straßenbelag war feucht, aber es hatte aufgehört zu regnen. Dafür blies jetzt ein kalter Wind und ich lief schneller. Braune, nasse Blätter blieben an meinen Stiefeln kleben. Das würde kein langer Spaziergang werden.

Ich würde sowieso nicht schlafen können, egal wie lange ich herumlief.
Zwanzig Minuten später war ich auf dem Heimweg. Als ich in die Kärrhöksgatan einbog, sah ich im Hauseingang gegenüber unserem Haus jemanden stehen. Jemand, der rauchte. Die Glut leuchtete auf, als er an der Zigarette sog. Ich erkannte die fahrigen Bewegungen wieder, mit denen er die Asche abtippte.
Ich hatte ihn schon ein paar Wochen lang nicht gesehen. Neugierig ging ich auf seiner Straßenseite weiter. Er war älter, als ich gedacht hatte, so um die vierzig, hager und ziemlich klein. Als ich mit Tarzan näher kam, zog er sich etwas in den Hauseingang zurück.
»Ich hab Angst vor Hunden«, entschuldigte er sich.
»Tarzan tut niemandem was«, sagte ich.
»Das sagen alle«, sagte der Raucher.
Ich hielt Tarzan an der kurzen Leine, weil er gern die Leute beschnüffelte, mit denen ich mich unterhielt.
»Rauchen Sie nicht mehr an Ihrem Fenster?«, fragte ich.
Er sah mich verwundert an und lächelte.
»Ich habe Sie ein paar Mal dort gesehen«, sagte ich. »Nachts.« Ich zeigte mit einem Nicken zu dem Fenster, an dem er normalerweise saß.
»Ach ja … Ich sitze nur noch selten dort und starre in die Nacht. Das löst auch nichts.«
»Was?«
Er lächelte verlegen. Seine Schneidezähne waren ziemlich lang und gelb. Wie ich es mir vorgestellt hatte.
»Ach«, sagte er, »Frauengeschichten.«
»Das hab ich mir schon gedacht«, sagte ich. »Haben sie grüne Vorhänge?«

»Wie bitte?«

Ich lachte. »Ach, nichts. Bis zum nächsten Mal.«

Ich ging nach Hause. Kasper war noch wach. Als er mich im Flur hörte, kam er aus dem Schlafzimmer und winkte mich verschwörerisch zu sich. Ich zog die Stiefel aus und folgte ihm an den beleuchteten Schreibtisch. Er zeigte auf ein Blatt Papier mit Berechnungen, die wahrscheinlich nur er selbst verstand.

»Ich schulde dir viertausendsechshundertfünfunddreißig Kronen«, sagte er. »Den Rest kannst du als Vorschuss haben.«

AM NÄCHSTEN MORGEN wartete Frida in der Schule bei meinem Spind auf mich. Über ihrer Schulter hing die braune Lederjacke.

»Es ist extrem unhöflich, Geschenke zurückzugeben. Aber was soll man anderes erwarten, du hast schließlich keine Mutter, die dich ordentlich erzogen hat.«

»Ich dachte …«, setzte ich an. Weiter kam ich nicht, weil Frida mir die Jacke zuwarf und ich reflexartig die Hände hob und sie auffing.

Ich schob die Hand in die Tasche. Die Kette war noch da.

»Kommt er heute?«, fragte Frida.

»Das … weiß ich nicht.«

»Hast du ihn nicht angerufen?«

Ich schüttelte den Kopf.

»Trollo«, sagte Frida. »Wenn du dich nicht um ihn kümmerst, übernehm ich das. Dass du es nur weißt.«

Ich zog die Kette aus der Tasche und ließ sie vor meinem Gesicht pendeln.

»Wenn man sie als Pendel nimmt«, sagte ich, »und Fragen stellt …«

»Ja?«

»Wie weiß man, was sie antwortet?«

Frida zuckte mit den Schultern. »Keine Ahnung.«

Als ich meine Kette umlegte, fingerte sie an dem Kristall herum, der um ihren Hals hing. Wir tasteten uns vorsichtig aufeinander zu, kreisten unsicher um eine offene Wunde.

Adam kam nicht. Sein Platz blieb den ganzen Tag leer. Nach der letzten Stunde klopfte Frida mir aufmunternd auf den Rücken. Vielleicht nicht ganz so locker und natürlich, wie es den Anschein haben sollte, aber sie meinte es ernst.

»Geh nach Hause und mach dich ein bisschen frisch«, sagte sie. »Und dann gehst du zu ihm und klingelst. Schaffst du das?«

Ich nickte gehorsam.

»Und heute Abend rufst du mich an und erzählst«, fuhr Frida fort. »Aber bitte keine widerlichen Details darüber, wie es ist, mit ihm rumzumachen, und so.«

»Hör auf«, sagte ich.

Frida seufzte tief. »Ich gebe mir wenigstens Mühe«, sagte sie.

»Ich weiß.«

Eine halbe Stunde später hatte ich alle Klamotten aus dem Schrank gezerrt und mich für das langärmelige, schwarze Top und eine schwarze Hose entschieden. Das sah gut angezogen und zugleich ein bisschen traurig aus. Ich schminkte mich vor dem Badezimmerspiegel, wusch am Ende aber alles wieder ab. Ich wollte so sein, wie ich war. Ohne Maske.

Meine Füße kannten den Weg auswendig. Ich war so viele Abende in diese Richtung gegangen und an seinem Haus vorbeigeschlichen wie eine liebeskranke Katze. Aber dieses Mal war es anders. Dieses Mal würde ich weder schleichen noch fliehen, wenn ich eine Bewegung hinter den Fenstern mit den naturweißen Vorhängen sah. Dieses Mal würde ich hineingehen.

Ich blieb vor dem Eingang stehen und sah nach oben. Ob er wirklich krank war? Was, wenn er gar nicht traurig und enttäuscht, sondern einfach nur bärenmäßig erkältet war?

Würde er sich in dem Fall über den Besuch einer schwarz gekleideten, reumütigen Gestalt wie mir überhaupt freuen?

Die Verlockung, einfach umzukehren und mich zu verdrücken, wuchs mit jeder Sekunde, die ich dort stehen blieb. In einer halben Minute könnte es zu spät sein. Dann hatten meine Grübeleien und meine Feigheit mich vielleicht so weit, dass ich mich von ihnen nach Hause schleppen lassen würde, zurück in mein Zimmer mit all den finsteren Gedanken, die sich dort im Laufe der letzten Wochen aufgestaut hatten. Ich atmete tief durch, gab den Türcode ein und hörte das bestätigende Klicken, dass ich die richtigen Zahlen gedrückt hatte. Bloß nicht nachdenken, einfach in den Fahrstuhl steigen, hinauf in den fünften Stock, aussteigen und klingeln.

Camilla öffnete die Tür. Sie hatte ihr Haar locker im Nacken hochgesteckt und ließ ihr blendendes Zahnpastalächeln aufblitzen.

»Katrin! Hallo!«

»Hallo«, sagte ich nervös. »Ist Adam … krank?«

Ich hätte mir auf die Zunge beißen können. Vielleicht war er ja gar nicht zu Hause. Vielleicht hatte er seiner Mutter gesagt, er wäre in der Schule, und jetzt kam ich und ließ den Schwindel auffliegen.

Aber Camilla schüttelte ruhig den Kopf. »Nein, er schwänzt.«

Ich muss ziemlich erstaunt ausgesehen haben, weil sie loslachte.

»In unserer Familie wird mit offenen Karten gespielt«, sagte sie. »Ich gehe davon aus, dass er gute Gründe hat, wenn er nicht in die Schule will. Komm doch rein.«

So eine Mutter war mir noch nie untergekommen. War sie die verständnisvollste Mutter der Welt oder nur verantwortungslos? Darüber würde ich nachdenken müssen. Aber nicht jetzt. Im Moment konnte ich gar nichts denken. Ich hatte vollauf damit zu tun, aus meinen Stiefeln zu steigen und meine steifen, aufgeregten Beine zu überreden, die Wohnung zu betreten.

Camilla zeigte mit einem Nicken zu einer geschlossenen Tür. »Er ist in seinem Zimmer.«

Die Panik flatterte wie eine aufgescheuchte Krähe in mir auf und ich war drauf und dran, zu sagen, dass ich auch ein anderes Mal wiederkommen könnte, mir meine Stiefel zu schnappen und nach Hause zu fliehen. Aber da klopfte Camilla auch schon an Adams Tür und öffnete sie, ohne die Antwort abzuwarten. Gab es eigentlich keine Erwachsenen, die kapierten, was es mit dem Anklopfen auf sich hatte?

»Du hast Besuch«, sagte sie.

Danach zog sie sich diskret in das helle Wohnzimmer zurück und ließ mich auf dem Flur allein. Adam saß an seinem Schreibtisch vor dem Computer. Auf dem Bildschirm bewegte sich eine Figur durch einen grottenähnlichen Tunnel, plötzlich erstarrte das Bild und in der Mitte des Bildschirms erschien ein Button, auf dem PAUSE stand. Adam drehte sich um, und ich vergaß schlagartig, was ich mir auf dem Weg hierher zurechtgelegt hatte. Eins von Viktors schwarzen Löchern tat sich in mir auf und schluckte alles.

»Ach, du bist es«, sagte Adam.

»Ja«, sagte ich.

Spritzige Konversationskunst. Adam schien sich auch nicht

gerade wie Oscar Wilde zu fühlen. Ich warf einen nervösen Blick über die Schulter. Ob Camilla wohl mit Trichterohren hinter der Tür stand?
»Darf ich … reinkommen?«
Adam nickte.
Ich trat über die Schwelle und machte die Tür hinter mir zu. Das Zimmer war mit Nadelstreifentapeten tapeziert, wie ein altmodischer Anzug. Das Bett war nicht gemacht. Die dicke Daunendecke war halb auf den Boden gerutscht. Der Anblick machte mich verlegen. Adam folgte meinem Blick, sagte aber nichts.
»Ich wollte dich eigentlich vorher anrufen«, setzte ich an. »Aber … ich war nicht sicher, ob du … Ach Mist, ich wollte mich bei dir entschuldigen … wegen gestern.«
Er zuckte mit den Schultern.
»Ich hatte nie die Absicht, mich zwischen dich und deine Freundin zu drängen. Und sie ist dir ja offensichtlich sehr viel wichtiger.«
»Das hat sich geklärt«, sagte ich. »Mit Frida.«
»Ah ja. Wie schön für dich.«
Sehr begeistert klang das ja nicht. Zwischen uns stand eine Mauer. Ich konnte nicht sehen, was er dachte.
»Ich habe es ihr erzählt«, sagte ich. »Sie ist traurig, aber … wir haben uns wieder vertragen.«
»Ah ja«, sagte Adam wieder.
Er war nicht sehr kooperativ. Aber wahrscheinlich hatte ich auch keine Hilfe verdient. Wäre ich doch bloß zu Hause geblieben! Was hatte ich hier verloren, wo er mich offensichtlich hinwünschte, wo der Pfeffer wuchs?
»Warum warst du nicht in der Schule?«, fragte ich.
Er zögerte. Sah mich an. Gewitterwolkenblau.

»Weil ich keine Lust hatte«, sagte er. »Das ist mir zu viel. Alles. Mit Frida und dir und diesem bescheuerten Stück und …« Er brach den Satz ab, als hätte er schon viel zu viel gesagt.

»Aber … das mit Frida ist jetzt geklärt«, wiederholte ich. »Und was das Stück angeht … Frida ist abgesprungen. Sie will nicht mehr mitmachen.«

»Ich auch nicht«, sagte Adam. »Die können sich einen anderen Romeo suchen.«

»Na, da wird Affe sich aber freuen«, sagte ich. »Er war völlig durch den Wind, als Frida ihm mitteilte, dass sie nicht mehr die Julia spielt. So wie Romeo sagt: ›I have lost myself, I am not here …‹«

»… this is not Romeo, he's some other where«, vollendete Adam den Satz. »Kannst du eigentlich den ganzen Text? Vielleicht solltest du Romeo *und* Julia spielen.«

Ich nickte. »Gute Idee, ich könnte abwechselnd einen Herren- und einen Damenhut aufsetzen«, sagte ich und rezitierte mit lieblicher Juliastimme: »Art thou not Romeo and a Montague?« Ich machte einen Schritt zur Seite, verneigte mich und senkte die Stimme: »Neither, fair saint, if either thee dislike!«

Adam lachte und dieses Lachen ließ mich fast zerspringen vor Glück.

»Die einzigen Sätze, die ich nicht kann, sind meine eigenen«, sagte ich. »Julias Text kann ich, weil ich Frida mindestens fünfhundertmal abgehört habe, und Romeos kann ich, weil alles, was du sagst, in meinem Kopf hängen bleibt.«

Der letzte Satz rutschte mir unbeabsichtigt heraus. Ich schwieg verlegen.

Adam betrachtete seine Hände. »Weißt du, was ich gestern gemacht habe?«
Er hob den Blick. Ich schüttelte den Kopf.
»Ich habe Pucko besucht. Ich bin einfach zu dem Haus gegangen und habe geklingelt. Als der Mann die Tür öffnete, kam Pucko, um nachzusehen, wer da war …«
»Und, hat er dich wiedererkannt?«
Adam nickte.
»Wie haben dic neuen Besitzer reagiert?«
»Sie meinten, ich könnte jederzeit kommen. Ab und zu brauchten sie jemanden, der nach dem Hund sieht und mit ihm ausgeht, wenn sie mal weg sind und so …«
»Klasse«, sagte ich. »Wir könnten doch zusammen gehen … Ich meine, dann hätten die Hunde einen Freund und wir … Wenn du …?«
Weiter kam ich nicht. Die Frage blieb unausgesprochen in der Luft hängen, aber ich wusste, dass er wusste, was ich wissen wollte.
Adam seufzte. »Das funktioniert nicht«, sagte er. »Sobald Frida pfeift, wirst du mich in die nächste Ecke schleudern und hinter ihr herrennen. Noch mehr davon ertrage ich nicht.«
Ich war mit einem Mal völlig verzweifelt.
»Ist es denn wirklich so unmöglich, gleichzeitig einen Freund und eine beste Freundin zu haben?«, schrie ich fast. »Zuerst will Andreas, dass ich mich entscheide, dann will Frida, dass ich mich entscheide, und jetzt fängst du auch noch damit an!«
Adam fuhr von seinem Stuhl hoch. »Ich hab nie von dir verlangt, dich zu entscheiden! Du hattest dich längst entschieden. Das hast du ja deutlich genug gesagt! Es war in

der ganzen Schule zu hören, wie du Frida hinterhergebrüllt hast, dass du dich für sie entschieden hast!«
»Versteh doch! Ich konnte ja nicht wissen, dass sie akzeptieren würde, dass du und ich … Aber sie akzeptiert es! Es ist alles in Ordnung!«
»Oh, danke, liebe Frida! Soll ich vor ihr auf die Knie fallen und ihr die Füße küssen?! Und was ist, wenn sie es sich plötzlich anders überlegt? Dann weiß ich wenigstens, wo ich dich finde!«
»Halt die Klappe!«
Adam schlug gegen einen Stapel Bücher auf dem Schreibtisch, der polternd zu Boden fiel. »Du hast ja keine Ahnung, was es heißt, so verflucht verliebt zu sein!«
»Doch«, sagte ich. »Da kannst du Gift drauf nehmen.«
Er verstummte. Rieb sich mit den Händen übers Gesicht. Als er den Kopf hob, sahen seine Augen anders aus.
»Wirklich?«
»Und ob!«
»Ganz schön schrecklich, stimmt's?«
Ich nickte. Und dann stand er plötzlich vor mir, ich schlang die Arme um seinen Hals und merkte, wie die Mauer zwischen uns in der Wärme unserer Körper endlich wegschmolz. Er küsste mich, griff in meine Haare, zog mein Gesicht zu seinem, und dann küssten wir uns wieder, lange, fest aneinander gepresst. Nicht aufhören, dachte ich. Lass mich nicht los, lass mich nie wieder los.
»Du«, flüsterte er. »Du und Andreas … Habt ihr es gemacht? Hast du mit ihm geschlafen?«
Ich schüttelte den Kopf. Das zwischen Andreas und mir hatte rein gar nichts mit dem zu tun, was hier passierte, das gehörte in zwei verschiedene Welten, konnte nicht mit-

einander konkurrieren. Genau das wollte ich Adam sagen, aber meine Zunge gehorchte mir nicht. Sie wollte nur noch mehr von Adam schmecken. Ich machte mich auf die Suche nach der nackten Haut unter seinem Pullover, streichelte seinen Rücken und seine Schultern. Adam stöhnte leise und versuchte, meine Hände einzufangen.

»Mama kann jeden Moment kommen ... Sie platzt bestimmt schon vor Neugier ... Wenn du wüsstest, wie sehr ich auf diesen Moment gewartet habe, mich nach dir gesehnt habe ... Hör lieber auf, bevor ich verrückt werde ...!«

Ich gluckste. »Was passiert dann? Wenn du verrückt wirst?«

»Das weiß ich nicht. So verrückt war ich bisher noch nie.«

Ich hob mein Gesicht und sah ihm tief in die blaugrauen Augen. »Ich auch nicht«, sagte ich. »Aber ich glaube, jetzt ist es so weit.«

Am Abend nahm ich den Zettel mit Maries Telefonnummer und legte ihn vor Kasper auf den Küchentisch. Viktor war schon schlafen gegangen.

»Ruf sie an«, sagte ich, »jetzt!«

Kasper schaute perplex auf das kleine Stück Papier. »Ist das ...?«

»Ja, das ist Maries Handschrift. Und das ist ihre Telefonnummer.«

»Ich möchte eine Erklärung.«

»Ruf sie an«, wiederholte ich. »Ich warte so lange hier.«

»Ich brauche Bedenkzeit«, sagte er. »Lass uns morgen darüber reden.«

»Denken ist lebensgefährlich«, sagte ich.
Kasper rührte sich nicht und starrte einige Sekunden den Zettel an, dann erhob er sich, ging auf den Flur und zog die Tür hinter sich zu.
Ich blieb am Küchentisch sitzen. Und dort saß ich, lange. Ich vermisste Adam. Aber es war eine neue Art Sehnsucht. Eine klingende, wärmende und übersprudelnde Sehnsucht. Wenn Kasper fertig telefoniert hatte, würde ich ihn anrufen. Morgen war Freitag, da konnten wir viel zusammen sein. Ich könnte erst mit Frida in die Stadt gehen und später Adam treffen. Es würde sicher nicht einfach werden, aber es musste gehen. Wir wollten es schließlich alle und wir würden gemeinsam daran arbeiten.
Zwischendurch hörte ich Kaspers murmelnde Stimme. Nach fast einer Stunde kam er wieder in die Küche. Er sah verändert aus. Das Gesicht und die Haltung. Weniger nach Olof Kaspersson, sondern mehr wie Kasper.
»Und?«, fragte ich. »Kommt sie zu uns zurück?«
»Nein«, sagte er, »so einfach ist das nicht. Aber wir haben uns morgen zum Mittagessen verabredet und das ist doch schon mal ein guter Anfang.«
Ich sah Maries runden Bauch vor mir und musste grinsen.
Dich erwartet eine Bombenüberraschung, Alter!, dachte ich. Aber ich sagte nichts.

Katarina von Bredow

Katarina von Bredow, geboren 1967, lebt mit ihrem Mann in Småland, Schweden. Sie studierte Kunst und hat einige Jahre als Fotoreporterin gearbeitet. Seit 1991 schreibt sie Jugendbücher und Romane. Bei Beltz & Gelberg erschienen von ihr auch *Ludvig meine Liebe, Kribbeln unter der Haut, Zum Glück allein, Wie ich es will* und zuletzt *Er ist der Freund meiner Freundin*.
Weitere Informationen zur Autorin unter www.katarinavonbredow.se

Katarina von Bredow

Er ist der Freund meiner Freundin

Aus dem Schwedischen von Maike Dörries
Roman, 384 Seiten (ab 14), Klappenbroschur 81089

Emma ist gerade von zu Hause ausgezogen, jobbt in einem Café und hat in Markus den besten – platonischen – Freund der Welt. Und eine beste Freundin, Ellinor. Aber dann ist da diese eine Sekunde, die alles in ihrem Leben durcheinander bringt: Adrian, der Herzensbrecher, und Emma. Emma kann es nicht lassen, sich heimlich mit ihm zu treffen. Denn die Sache hat einen Haken – Adrian ist der Freund von Ellinor …

Katarina von Bredow

Ludvig meine Liebe

Aus dem Schwedischen von Maike Dörries
Roman, 216 Seiten (ab 14), Gulliver TB 78881

»Darf einem so warm und schwach im ganzen Körper werden, wenn man seinen eigenen Bruder ansieht? Darf das passieren, auch wenn er der hübscheste und netteste Junge im ganzen Universum ist?« Trotz dieser Zweifel kann Amanda ihre Gefühle nicht verbergen, und Ludvig ist in Amanda verliebt. Die Spannung zwischen den Geschwistern wird immer stärker – bis sie ihrem Verlangen nachgeben.

GULLIVER
www.gulliver-welten.de
Beltz & Gelberg, Postfach 10 01 54, 69441 Weinheim

Katarina von Bredow

Wie ich es will

Aus dem Schwedischen von Maike Dörries
Roman, 272 Seiten (ab 14), Gulliver TB 74195

Jessica ist so verliebt und kann es kaum glauben, dass Arvid auch auf die Fete kommt. Es wird eine Nacht, die ihr Leben verändert: Jessica ist schwanger. Lange Zeit trägt sie das Wissen allein mit sich herum, bis sie die Entscheidung, ob sie das Kind abtreiben lässt oder ob sie es bekommt, nicht mehr länger hinauszögern kann…

Katarina von Bredow

Zum Glück allein

Aus dem Schwedischen von Maike Dörries
Roman, 288 Seiten (ab 14), Gulliver TB 74162

Alle beneiden die 19-jährige Fanny um ihren Freund Johan, Mister Perfect. Fanny liebt ihn blind und möchte mit ihm zusammenziehen. Doch dann erfährt Fanny, dass Johan sie schon seit geraumer Zeit betrügt. Und das soll Liebe sein?
Bald knistert es zwischen Fanny und ihrem Lehrer Finn, dem sie ihr Herz ausschüttet. Fanny ahnt, jetzt muss sie sich endlich trauen, ihr Leben selbst in die Hand zu nehmen.

GULLIVER
www.gulliver-welten.de
Beltz & Gelberg, Postfach 10 01 54, 69441 Weinheim